CHARLENE SANDS

Promesses à Sunset Ranch

Traduction française de
MURIEL LEVET

PASSIONS

HARLEQUIN

Collection : PASSIONS

Titre original :
THE SECRET HEIR OF SUNSET RANCH

Ce roman a déjà été publié en 2015

HARPERCOLLINS FRANCE
83-85, boulevard Vincent-Auriol, 75646 PARIS CEDEX 13
Service Lectrices — Tél. : 01 45 82 47 47 - www.harlequin.fr
ISBN 978-2-2804-9518-9 — ISSN 1950-2761

Composé et édité par HarperCollins France.
Imprimé en juillet 2023 par CPI Black Print (Barcelone)
en utilisant 100% d'électricité renouvelable.
Dépôt légal : août 2023.

FSC www.fsc.org MIXTE Papier issu de sources responsables FSC® C159065

Pour limiter l'empreinte environnementale de ses livres, HarperCollins France s'engage à n'utiliser que du papier fabriqué à partir de bois provenant de forêts gérées durablement et de manière responsable.

- 1 -

Justin Slade était de retour chez lui. Cela faisait trois jours, désormais.

Son pick-up lancé à pleine vitesse sur l'autoroute, tel l'un des majestueux pur-sang du Sunset Ranch, il écoutait un vieux tube de musique country. En temps normal, il aurait fredonné gaiement la chanson.

Mais, ce matin-là, il n'arrivait à apprécier ni la musique ni le ciel du Nevada, pourtant assez bleu et clair pour lui rappeler que l'hiver n'était pas encore près d'arriver. Plus il songeait à ce qu'il avait à faire, plus il se sentait anxieux. Mais le marine qui était en lui savait qu'il n'avait pas d'autre choix. Il fallait qu'il avoue la vérité. Pour Matilda Applegate et pour… Brett.

D'un geste déterminé, il éteignit la radio.

Le silence qui s'ensuivit le soulagea. Il avait besoin de réfléchir.

Le sentiment d'appréhension qui s'était emparé de lui était bien trop profond pour être apaisé par le rythme enjoué de la musique country. Brett Applegate était mort. M… sa faute. Et la tante du jeune homme, Mattie A… le seul membre de sa famille à être encore … connaître la vérité.

Serrant nerveusement le volant, il se l… GPS. Plus la route déserte de Silver Spring… e, plus il avait hâte d'en terminer. Il ne s'était jam… ssi angoissé de sa vie, même avant les missions extre… ment dangereuses qui lui avaient été confiées en Afghanistan. Et ce mélange de culpabilité et de peine lui était tout simplement insupportable.

— Dans cent mètres, tournez à droite, fit soudain le GPS, coupant court à ses pensées.

Suivant les instructions, il s'engagea dans un petit chemin de sable et ne tarda pas à apercevoir un ranch de plain-pied usé par le froid glacial des hivers, la chaleur infernale des étés et, manifestement, de graves problèmes financiers. Plus il approchait de la maison de Brett, dont l'état de délabrement affichait la misère dans laquelle avaient vécu les Applegate pendant des années, plus il sentait son mal-être se renforcer. Brett lui avait confié que son oncle Ralph aurait eu le cœur brisé s'il avait pu voir ce qu'il était advenu de sa maison, qui avait toujours été pour lui sa fierté.

Il apercevait maintenant, près de la maison, une vieille voiture, dont l'un des pneus arrière était crevé. Mais ce qu'il voyait surtout, c'était une jeune femme, manifestement occupée à fouiller dans le coffre. Et la forme ronde et parfaite de ses fesses, pointant vers le ciel. N'importe quel homme sain d'esprit aurait ralenti pour mieux profiter du spectacle ; n'importe quel homme sain d'esprit se serait arrêté pour proposer son aide.

Et qui était-il, sinon un homme sain d'esprit, un homme ayant par ailleurs passé neuf ans dans les Marines ? Il alla se garer un peu plus loin dans la cour, sans détacher son regard de ce qu'il n'avait pas eu l'occasion de contempler depuis bien longtemps : une femme aux fesses somptueuses.

Ravalant sa salive avec peine, il finit par descendre du pick-up pour s'approcher de la voiture. Toujours occupée à fouiller dans le coffre, la jeune femme ne montra aucun signe d'avoir remarqué sa présence. Son chemisier de soie, qui avait un peu remonté, exposait désormais une appétissante bande de peau blanche et soyeuse au niveau de sa taille fine.

Une vraie beauté. Il soupira. Le moment était vraiment mal choisi pour se laisser aller à des rêveries voluptueuses.

— Encore des problèmes. Toujours des problèmes, murmura-t-elle, sans relever la tête.

Et en plus, pour tout arranger, sa voix était douce et sensuelle ! Mais s'il voulait l'aborder, il fallait absolument qu'il se ressaisisse et qu'il se montre courtois. Luttant contre son instinct, il s'efforça donc de détacher son regard de ses courbes délicieuses pour se concentrer sur ses cheveux blond platine ondulés.

— Euh… Excusez-moi, mademoiselle. Puis-je vous aider ?

Manifestement étonnée, elle sursauta… et se cogna contre le haut du coffre.

— Aïe ! s'exclama-t-elle en portant la main à sa tête pour se masser un peu. Vous m'avez fait peur ; je ne vous avais pas vu.

Le regard de la jeune femme croisa le sien, et au même moment, il la vit s'immobiliser, la main plongée dans ses boucles blondes. Fronçant les sourcils, elle fit une petite moue de surprise.

— Mais…

Elle était sublime. Et, soudain, il la reconnut.

Les souvenirs qu'il avait d'elle vinrent se mêler aux troublantes idées qu'elle lui avait inspirées.

Il se rappelait très bien ces yeux vert jade, cette bouche pleine et sensuelle, et cette coupe à la Marilyn Monroe que peu de femmes auraient pu porter. Il n'aurait jamais pensé la revoir un jour. Et pourtant, elle se tenait là devant lui, en chair et en os.

Non, c'était tout simplement impossible.

Et si ce n'était pas elle ? Après tout, plus d'une année et demie s'était écoulée depuis leur rencontre à New York. Peut-être était-ce simplement une femme qui lui ressemblait beaucoup ?

Tâchant de se remettre de sa surprise, il retira son Stetson.

— Excusez-moi, mademoiselle. Je ne voulais pas vous faire peur.

Sans répondre, elle se mit à l'observer de haut en bas, passant en revue sa chemise beige ouverte au col, son jean clair et ses bottes noires bien cirées. Inévitablement, sentir son regard sur lui le fit frissonner.

Puis elle le regarda droit dans les yeux. Les doigts toujours plongés dans sa chevelure blond argenté, elle inclina alors légèrement la tête sur le côté, exposant ainsi la gracieuse courbe de sa gorge. Cette femme était vraiment magnifique ! Complètement médusé, il retint son souffle quelques instants.

Oui, c'était bien elle.

Ces regards, ces gestes si sexy mais naturels ne pouvaient qu'appartenir à la femme qu'il avait connue au Golden Palace Bar.

— Je ne sors pas avec des militaires, lui avait-elle dit alors, quand il s'était approché de sa table.

Un sourire aux lèvres, il avait décidé de prendre le risque de s'asseoir malgré tout.

La voix douce de la jeune femme le ramena au présent.

— B… Brett, c'est bien toi ?

Mais… comment était-ce possible ? Percevant tout l'espoir qu'il y avait dans sa voix, il sentit son cœur se serrer.

— Je ne comprends pas, poursuivit-elle. On nous a dit… on nous a dit que tu étais mort. Tué par balle dans un combat. Oh ! mon Dieu ! Ta tante va être tellement contente ! Mais qu'est-ce qu'il s'est passé ? On t'a confondu avec un autre ?

Inspirant de toutes ses forces pour rassembler son courage, il détourna son regard du visage désorienté de la jeune femme. Il s'en voulait à mort pour le mensonge qu'il avait proféré il y a un an et demi. Il s'en voulait à mort pour la douleur qu'il allait nécessairement lui infliger maintenant, quand il lui dirait la vérité.

— Je ne suis pas Brett Applegate.

Comme pour mieux étudier son visage, elle inclina encore la tête sur le côté.

— Ecoute, je me souviens très bien de toi. Tu ne me reconnais pas ? Je suis Katherine Grady. Kat.

Naturellement qu'il la reconnaissait. Mais il n'avait pas la moindre idée de ce qu'elle faisait ici, si belle, devant la maison des Applegate.

De plus en plus déstabilisé, il se maudit intérieurement pour le pari qu'il avait fait avec Brett Applegate. Il n'avait pas imaginé une seule seconde qu'il puisse perdre ce concours de bras de fer contre son ami. Cela ne s'était jamais produit auparavant. Mais le fait est que Brett l'avait battu trois fois sur cinq juste avant qu'ils ne partent tous deux pour Washington, où on leur avait demandé d'accompagner un général à une réunion de la plus haute importance. Une fois leur mission terminée, et avant de repartir pour leur base en Afghanistan, ils devaient tous deux bénéficier d'un week-end de permission à New York.

L'enjeu du pari ? Inverser les rôles pour le week-end.

Fidèle à sa parole, Justin avait donc vidé le contenu de ses poches, et Brett avait joyeusement sauté sur l'occasion de vivre dans sa peau pendant deux jours.

— Je sens que je vais bien m'amuser, avait dit Brett à Justin, un grand sourire aux lèvres, en s'emparant de la carte bleue et des sept billets de cent dollars de son ami.

Un peu déçu, Justin avait pour sa part dépensé les quelques dizaines de dollars de Brett dans une bouteille de vin au bar de l'hôtel où il avait rencontré Kat. Celle-ci n'avait pas tardé à le conduire dans le petit studio qu'elle louait. Il avait envie de s'amuser un peu. Et elle aussi, manifestement. Le courant était tout de suite passé. Et puis ils avaient dû se séparer.

— Naturellement que je te reconnais, ma douce.

A ces mots, le regard de la jeune femme s'attendrit.

— Personne d'autre que toi ne m'a jamais appelée comme ça.

— Mais je ne suis pas Brett. Je suis Justin Slade et je vis à environ trente kilomètres au nord d'ici. Brett et moi étions ensemble dans les Marines.

— Tu es Justin… Slade ? murmura-t-elle, l'air complètement médusé.

Il hocha la tête.

— Justin Slade, du Sunset Ranch ?

De nouveau, il acquiesça.

— Mais nous… Tu m'as dit que tu t'appelais Brett Applegate. Et que tu devais repartir en Afghanistan. Tu m'as parlé de cette maison qui est ici. Tu…

Sous le coup des regrets, il ferma les yeux. Il s'en voulait énormément. Il avait abusé de la confiance de cette femme, chose qu'il n'avait jamais faite auparavant.

— Je t'ai menti, avoua-t-il à contrecœur.

L'air complètement écœuré, elle se mit à le regarder en plissant les yeux. Le mépris qu'il lui inspirait était incontestable. Ce qui lui semblait tout à fait normal et mérité.

Lentement, elle fit glisser sa main de ses cheveux à sa bouche. Ses doigts, si gracieux, couvrirent ses lèvres. Et elle se mit à secouer la tête.

— Oh… non. Non, ce n'est pas vrai.

— On ferait peut-être mieux d'entrer nous asseoir pour en parler. Je vais essayer de t'expliquer. Matilda est-elle chez elle ?

Gardant le silence, elle ferma les yeux pendant un long moment.

Que se passait-il ? Allait-elle faire un malaise ?

— Kat ? finit-il par dire, d'une voix ferme et assurée.

Elle rouvrit brusquement les paupières.

— Non, nous ne pouvons pas entrer, murmura-t-elle.

— Pourquoi ? demanda-t-il.

Et ce fut à ce moment-là que la porte de la ferme s'ouvrit en grinçant sur une femme âgée aux cheveux couleur de blé tenant dans ses bras un bébé vêtu de marron. Elle se mit à avancer lentement et prudemment, comme si elle calculait chacun des pas qu'elle faisait. Ses yeux bleu clair, encore très vifs, étaient soulignés d'un trait d'eyeliner noir et d'une couche d'ombre à paupières turquoise. La poudre dont elle s'était fardé le visage accentuait plus qu'elle ne cachait ses rides. Mais la bienveillance qui animait son regard était sincère, et dirigée droit vers lui.

— Il m'avait bien semblé entendre des voix. Qui est-ce ?

Le bébé tourna son regard vers lui, avant de s'accrocher au cou de la vieille dame comme si sa vie était menacée.

— Allons, allons, Connor, murmura-t-elle d'une voix rassurante en le serrant plus fort dans ses bras. N'aie pas peur.

— Tatie Mattie, fit Kat après s'être éclairci la voix, je vous présente Justin Slade.

Comme si elle essayait de se souvenir de lui, la vieille dame se mit à le dévisager en fronçant les sourcils.

— Slade ? Ce nom ne m'est pas inconnu.

— J'étais un ami de Brett. Je suis venu ici pour vous parler.

D'ordinaire, Katherine Grady était plutôt douée pour gérer les situations délicates. Elle avait vécu une enfance que l'on pouvait assurément qualifier de difficile et de malheureuse. Passant d'un foyer à un autre avec sa mère pour fuir un père violent et alcoolique, elle avait toujours fait de son mieux pour tenir le choc. Et pourtant elle avait souffert de la faim et beaucoup vécu au jour le jour, sans savoir si elle aurait un toit au-dessus de sa tête une fois la nuit tombée.

En résumé, il lui avait fallu apprendre à survivre dès son plus jeune âge.

Aussi n'avait-elle généralement pas de mal à dissimuler ses émotions. Mais, en cet instant précis, elle se sentait complètement paralysée par la peur. Son cœur battait à tout rompre, et son corps tremblait si fort que ses genoux vacillaient. L'homme qu'elle avait toujours cru être Brett était en réalité Justin Slade. Comment était-ce possible ? Elle n'arrivait pas à croire qu'il lui ait menti de cette façon. Etait-ce un cauchemar… ou bien la réalité ? Et pourtant, il fallait qu'elle mette ses émotions de côté. Pour le bien de Mattie. Cette dernière était encore convalescente ; elle ne pourrait pas supporter un autre choc.

Alors qu'elle se faisait ces réflexions, Mattie avait invité Justin à entrer. Sans hésiter, il tint la porte aux deux femmes, avant de leur emboîter le pas. Mais au moment où, comme toujours, la porte se referma en claquant, Kat sursauta. Elle avait les nerfs à vif. Et dire que, quelques minutes plus tôt, son plus gros problème était le pneu de la voiture qu'il avait à changer.

Il fallait absolument qu'elle se ressaisisse. La scène qui s'apprêtait à se jouer dans le modeste salon de la ferme risquait fort de dégénérer. Mais elle ne savait ni comment l'empêcher de se produire ni comment protéger tatie Mattie de la réalité.

— Asseyez-vous, mon garçon, dit la vieille dame, coupant court à ses pensées. Je vais m'asseoir, moi aussi, si ça ne vous fait rien. Le petit Connor commence à se faire lourd. Il pèse neuf kilos, maintenant, n'est-ce pas, Kat ?

De plus en plus mal à l'aise, elle se contenta de hocher vaguement la tête, avant de prendre place sur un siège imprimé de fleurs, tandis que tatie Mattie s'installait sur son vieux fauteuil inclinable beige. Quant à Justin, il alla s'asseoir sur le canapé. Il n'arrêtait pas de jeter des coups d'œil en biais à Connor.

— C'est modeste, ici, bien sûr, affirma tatie Mattie, mais Kat a fait beaucoup pour m'aider à redécorer la maison malgré le budget très serré. Elle a un véritable don pour ça, vous ne trouvez pas ?

Alors qu'il observait poliment la pièce, Kat se demanda si un œil masculin pouvait remarquer de petites choses telles que les coussins de couleurs complémentaires faits à la main, les petits tapis qui créaient une harmonie dans la pièce, et les vases et cadres photo stratégiquement disposés pour mettre en valeur la modeste demeure. Le jour où elle était arrivée, tatie Mattie était très affaiblie par sa maladie, et les différentes pièces à vivre avaient souffert de son état de faiblesse. Mais, en deux mois, elle avait réussi à insuffler une vie nouvelle à la maison. Ainsi qu'à tatie Mattie, semblait-il.

Et maintenant, tous ses efforts seraient anéantis par l'arrivée de cet homme. Et par ce qu'il était venu annoncer.

— C'est très joli et chaleureux, finit-il par répondre.

Elle n'arrivait pas à croire que cet individu qui se montrait si poli avec tatie Mattie lui ait menti sur son identité. Mais pourquoi avait-il fait ça ?

Elle comprenait que l'on puisse mentir. Elle avait elle-même dû le faire plusieurs fois pour se tirer de situations délicates, se protéger ou protéger les gens qu'elle aimait. Mais pourquoi Justin Slade aurait-il voulu se faire passer pour Brett Applegate ? Elle ne voyait aucune raison valable à cela.

— Vous m'avez dit que vous connaissiez mon neveu, Brett ? demanda tatie Mattie.

Appréhendant ce qui allait suivre, Kat serra les dents.

— Oui, madame. Nous nous sommes rencontrés dans les Marines. Et quand nous avons découvert que nous étions pratiquement voisins, c'est-à-dire de cette région du Nevada, nous avons tout de suite sympathisé.

Connor commençait apparemment à se détendre un peu. Bien calé sur les genoux de tatie Mattie, il tourna soudain le visage vers Justin. Aussitôt, elle sentit ses yeux s'emplir de larmes. Quelque chose de spécial venait de se produire dans l'intervalle de temps, bref mais immense, où le regard de Connor avait croisé celui de Justin.

La rencontre du fils et du père.

— Oh ! regardez, on dirait que Connor a envie de faire connaissance avec vous. C'est le petit garçon de Brett. Il ne va pas tarder à fêter son premier anniversaire.

La terreur ayant repris le dessus sur elle, Kat baissa les yeux. Il fallait qu'elle réfléchisse rapidement. Qu'elle trouve un moyen de protéger Mattie.

— C'est votre fils ? lui demanda soudain Justin.

— Oui, répondit-elle en se relevant pour s'approcher de la vieille dame. Laissez-moi le prendre, tatie Mattie. Vous devez être fatiguée ; vous l'avez dans les bras depuis ce matin.

— Kat essayait de réparer le pneu, expliqua Mattie en se tournant vers Justin. Les routes, par ici, ça ne fait vraiment pas de cadeau aux pneus, vous savez ?

Elle s'interrompit quelques instants pour lui tendre prudemment le bébé, avant de poursuivre :

— C'est vrai que j'ai un peu mal aux bras. Je ne suis plus toute jeune. Mais il n'empêche qu'il n'y a rien de meilleur au monde que de serrer contre soi le petit Connor.

Kat sentit Connor s'accrocher à son cou, et elle ne manqua pas d'embrasser sa petite joue rebondie avant de se tourner vers Justin.

— Tatie Mattie a fait un infarctus. Elle a vraiment *très mal* pris la nouvelle de la mort de Brett.

— Je crois que je serais morte de chagrin, reprit Mattie, si Kat et Connor n'étaient pas arrivés à ce moment-là. Ce bébé est un petit ange descendu du ciel pour me sauver.

A ces mots, Justin se redressa brusquement, son regard, soupçonneux, ne cessant de passer de Kat à tatie Mattie.

— Mais… Brett ne m'avait jamais dit qu'il avait un fils.

Mattie prit un air peiné.

— C'est parce qu'il ne l'a jamais su. Quand Kat est venue le lui annoncer, il était déjà trop tard pour que Connor connaisse son papa. Mais depuis, Kat vit ici, avec moi, et elle prend soin de moi.

— Vous n'avez jamais dit à « Brett » qu'il avait un fils ? s'exclama Justin en se retournant brusquement vers Kat.

— J'ai dit quelque chose que je n'aurais pas dû dire ? demanda Mattie d'un air inquiet.

— Non, pas du tout, tatie, s'efforça-t-elle de répondre doucement. Justin était un ami de Brett. Il a lui aussi le droit de savoir la vérité.

Prenant son courage à deux mains, elle tourna le regard vers Justin. Elle était bouleversée d'avoir été trompée, mais elle ne voulait pas que ce sentiment déteigne sur Mattie. Des émotions violentes et contradictoires se bousculaient en elle, mais peu importait : tatie Mattie avait déjà beaucoup souffert ; il fallait absolument qu'elle la protège.

— J'ai rencontré « Brett » à New York, et nous avons passé quelques jours ensemble. Quand j'ai appris que j'étais enceinte, il était déjà reparti en Afghanistan. J'ai essayé de le contacter, mais il ne m'a jamais répondu. Alors j'ai élevé mon fils seule à New York jusqu'à… jusqu'au jour où j'ai décidé de venir dans le Nevada pour tenter de retrouver sa trace.

L'air songeur, Justin regardait attentivement le petit garçon.

— Je n'ai pas retrouvé sa trace, poursuivit-elle, mais j'ai trouvé tatie Mattie. Connor a été pour elle le meilleur de tous les remèdes. Sa santé s'est incroyablement améliorée depuis que nous sommes là ; même les médecins n'en reviennent pas. N'est-ce pas, tatie Mattie ?

— C'est un véritable miracle, répondit celle-ci en se signant. Ce bébé est un don du ciel.

Kat jeta un coup d'œil à Justin. Il semblait concentré, comme s'il réfléchissait à quelque chose. Puis après avoir fermé les yeux pendant une ou deux secondes, il jeta à Connor un regard étrange… comme… possessif.

— Je veux bien vous croire, finit-il par dire.

Tout à coup, la vieille dame se redressa.

— Veuillez m'excuser, je ne vous ai même pas proposé quelque chose à manger ou à boire. Voudriez-vous un peu de tarte ? Je fais mes propres conserves, et Kat a préparé une tarte aux pêches ce matin même. Si vous voulez un petit café, également… nous pourrions ainsi discuter davantage de Brett…

— C'est très aimable de votre part, mais je ne peux pas, répondit-il sur un ton décidé. Je vous remercie, et je suis navré, mais je suis un peu à court de temps, aujourd'hui.

— Mais vous reviendrez, j'espère, répondit Mattie, sans chercher à dissimuler sa déception. J'aimerais beaucoup que vous me parliez de l'amitié que vous entreteniez avec Brett.

Kat retint sa respiration et lui jeta un coup d'œil à la dérobade. Se détournant de la vieille dame, il adressa à Kat un regard grave. Apparemment, il avait compris à quel point l'état de santé de Mattie était préoccupant. Il ne parlerait pas devant elle. Très bien. C'était déjà une bonne chose.

— Oui, je vous promets que je reviendrai.

Fléchissant un peu les genoux, il prit tendrement la main de Mattie dans la sienne, tout en concentrant son regard sur cette femme de soixante-dix ans, qui avait élevé Brett à partir de l'âge de cinq ans, après la mort tragique de ses parents dans une tempête.

— C'est parfait, alors, répondit chaleureusement Mattie. Je suis ravie d'avoir rencontré l'un des amis de Brett.

— Ravi de vous avoir rencontrée, moi aussi, madame. Brett m'a beaucoup parlé de vous. Et de votre tarte aux pêches. La meilleure de toute la région, à l'en croire.

— Contente de savoir qu'il pensait ça. La prochaine fois que vous viendrez, je vous la ferai goûter.

— Mais j'espère bien. Je repasserai vous voir très bientôt. Et nous parlerons de Brett.

Il commença à se diriger vers la porte d'entrée, puis ajouta :

— Kat, si vous voulez que je vous aide à changer ce pneu...

— C'est très gentil de votre part, commenta Mattie, en se laissant doucement retomber contre le dossier de son fauteuil.

Kat fit de son mieux pour sourire. Elle n'avait aucune envie de se retrouver seule avec lui. Mais plus elle songeait aux mensonges qu'il lui avait dits, plus elle sentait la colère monter en elle. Elle avait besoin de réponses.

— J'arrive tout de suite.

Une fois qu'il fut sorti, elle déposa un baiser sur la joue de Connor, qu'elle alla placer dans son parc, tout près du fauteuil de Mattie.

— Je vais le surveiller, dit la vieille dame.

— Merci. Je ne devrais pas en avoir pour très longtemps.

— Il m'a tout l'air d'un jeune homme gentil, murmura Mattie d'un air pensif.

— C'est vrai, répondit-elle, un peu surprise par ses propos.

Et là-dessus, elle quitta la pièce pour aller se confronter à Justin Slade.

Quand elle ouvrit la porte, Kat le vit immédiatement. Assis par terre, il avait déjà commencé à démonter la jante de la vieille Chevrolet. A bonne distance, elle resta quelques minutes à le regarder travailler, les manches retroussées, le visage crispé et trempé de sueur.

Certes, à l'observer, elle n'avait aucun mal à se souvenir de ce qui s'était passé à New York et des raisons pour lesquelles elle avait décidé de faire pour lui une exception à la règle qu'elle s'était fixée. D'ordinaire, elle ne sortait jamais avec des militaires ou des hommes de condition modeste. La pauvreté et la précarité la hantaient depuis l'enfance, et maintenant elle ne visait que le haut du panier. Mais le charme de Brett, ou plutôt de Justin, était tel qu'elle n'avait pas pu lui résister. A cette époque, elle se sentait par ailleurs très seule, en manque de personnes à qui se confier. Aussi s'était-elle ouverte à lui : elle lui avait parlé de sa vie, et notamment du récent décès de sa mère. Il l'avait écoutée. Il l'avait comprise. Il n'avait pas cherché à faire pression sur elle pour obtenir des choses. Le premier soir, d'ailleurs, il ne lui avait pas fait la moindre avance. Il avait dormi sur le canapé de son petit séjour sans chercher à protester. Le lendemain, ils s'étaient promenés en ville et avaient beaucoup parlé et beaucoup ri. Mais durant tout le temps qu'ils avaient passé ensemble, elle était restée convaincue que tout cela ne la mènerait à rien. Malgré l'alchimie qu'il y avait entre eux, elle ne se sentait pas disposée à abandonner son rêve. Elle n'avait pas envie de tomber amoureuse d'un cow-boy du fin fond du Nevada.

Elle revint à la réalité, les yeux rivés sur Justin.

Une fois le cric mis en place, il avait entrepris de retirer la roue. Mais les écrous refusaient de céder, et il devait chaque fois forcer un peu. Subjuguée, elle regardait les muscles de ses bras se contracter sous le coup de l'effort. Il ne tarda pas néanmoins à retirer le pneu. Et quand il eut terminé, toujours accroupi près de la voiture, il se tourna vers elle et se mit à la dévisager en plissant les yeux.

— Connor, c'est mon fils ? finit-il par dire.

Son cœur fit un bond dans sa poitrine.

— Chut, dit-elle en jetant un coup d'œil inquiet vers la porte de la maison, fort heureusement restée fermée. Il ne faut pas que tatie Mattie nous entende.

— Avec combien d'hommes as-tu couché avant et après m'avoir rencontré ? lui demanda-t-il en se retournant vers la roue de secours.

Son sang ne fit qu'un tour. Comment osait-il ? Il était hors de question qu'elle réponde à cette question ! Et de toute façon, elle était certaine que Brett Applegate était le père de Connor. Enfin, l'homme qu'elle croyait être Brett Applegate.

— Tu m'as menti ! Tu m'as dit que tu étais Brett.

A ces mots, il se redressa brusquement et commença à s'approcher d'elle. Lentement, dangereusement.

— A qui veux-tu faire croire que tu as essayé de joindre Brett Applegate quand tu as découvert que tu étais enceinte ?

Au ton de sa voix, elle se mit à trembler. Il était déterminé à connaître la vérité. Tout aussi déterminé qu'elle. Mais il ne fallait pas qu'elle oublie sa priorité : protéger Mattie.

— On ne peut pas parler de ça ici. Tu as vu tatie Mattie ? Cette femme a déjà bien assez souffert comme ça dans sa vie. Et elle a le cœur fragile. Je suis persuadée qu'elle pourrait faire une autre crise cardiaque si elle surprenait notre conversation.

Soudain, le regard qu'il lui adressa la troubla. Parce qu'il était intense. Et parce que c'était le même que celui de Connor.

— Ce bébé a mes yeux, mes cheveux, dit-il comme s'il avait lu dans ses pensées.

— Chut, murmura-t-elle. Tatie Mattie adore Connor. Elle ne vit plus que pour lui. Nous… nous ne pouvons pas discuter de cela maintenant. Si tu étais vraiment un ami de Brett, tu devrais savoir à quel point il l'aimait. Il n'aurait pas voulu la faire souffrir. Et c'est exactement ce qu'il risque de se passer si nous…

— Mon but n'est pas de faire souffrir la tante de Brett, affirma-t-il d'une voix plus basse. Mais si ce bébé est mon fils, j'ai le droit de…

A bout de nerfs, elle l'interrompit.

— Je ne veux pas parler de ça maintenant, tu as compris ?

— Mais il faudra bien que nous en parlions, Kat. Retrouve-moi à 19 heures chez moi, au Sunset Ranch. Ce n'est qu'à une trentaine de kilomètres d'ici.

Déstabilisée, elle baissa les yeux. Elle ne pouvait pas aller chez les Slade. Pour des raisons trop difficiles à lui expliquer, cela risquait de rendre les choses plus compliquées encore qu'elles ne l'étaient déjà.

— Je ne peux pas.

— Et pourquoi ? demanda-t-il, l'air furieux.

— Je préférerais que nous nous voyions autre part. Dans un endroit neutre.

— Je t'écoute, dit-il en croisant fermement les bras contre la poitrine.

— Il y a un petit café à Silver Springs qui s'appelle Blossom. Tu connais ?

— Je trouverai. Rendez-vous là-bas à 19 heures.

— 20 heures Il faut d'abord que je couche Connor. Mattie peut le garder. Mais je pense qu'elle sera plus à l'aise pour veiller sur lui s'il dort déjà au moment où je pars.

A l'évocation de Connor, Justin se radoucit. Manifestement,

son fils lui inspirait de la tendresse, et cela la soulagea. C'était comme si un courant de… complicité était venu se créer entre eux. Mais cela fut de courte durée, car Justin se remit à la regarder en plissant les yeux, soupçonneux.

— Si tu n'es pas là, je viens te chercher.

Pensait-il vraiment qu'elle fuirait devant lui ?

— Mais je serai là. J'ai besoin de réponses, moi aussi.

— Tu les auras.

L'air méprisant, il se détourna d'elle pour aller chercher la roue de secours, qu'il entreprit de monter.

Le cœur battant à tout rompre, elle repartit vers la maison. Tatie Mattie, fort heureusement, s'était assoupie. Quant à Connor, en voyant apparaître sa maman, il s'accrocha aux barreaux du parc pour se dresser de toute sa petite hauteur. Fière de cette nouvelle prouesse, elle ne put s'empêcher de sourire.

Ton papa est en vie, Connor.

Et il est riche et puissant.

Ces deux faits, et tout ce qu'ils impliquaient, ne cessaient de revenir à son esprit. Mais elle ne pouvait pas penser à cela maintenant. Le bien-être de Mattie devait passer avant tout. Et elle était absolument certaine que son cœur ne tiendrait pas le choc si elle apprenait la vérité sur Connor. Elle ne pouvait pas laisser une telle chose se produire. Mattie ne méritait pas ça. Elle avait déjà connu suffisamment de malheurs comme cela dans sa vie. Il fallait qu'elle fasse tout ce qui était en son pouvoir pour la protéger.

Instinctivement, elle prit Connor dans ses bras et se mit à caresser ses douces boucles brunes.

Mais il lui fallut quelques minutes encore, le temps d'entendre la voiture de Justin redémarrer et s'éloigner, pour pouvoir sentir les battements de son cœur s'apaiser.

- 2 -

Justin quitta la maison des Applegate en serrant les dents. « Choc » n'était pas un mot suffisamment fort pour décrire ce qu'il ressentait. Il était venu pour expliquer à Matilda comment Brett avait trouvé la mort, et il avait découvert à la place qu'il avait un fils. Un adorable petit garçon aux cheveux bruns et aux yeux marron.

Son fils.

Enfin, a priori. Oui, il fallait qu'il reste très prudent. Rien n'était sûr, pour le moment. Connor pouvait aussi bien être l'enfant d'un autre.

Ce qui était sûr, en revanche, c'était qu'il se rappelait très bien Kat. Sa beauté, sa peau blanche, ses beaux yeux verts, et la façon dont elle l'avait accueilli dans son intimité brûlante et humide de désir. S'il avait passé le week-end avec elle, il n'avait passé qu'une seule nuit dans son lit. Une seule nuit. Mais une fois qu'elle avait eu commencé, il n'y avait plus eu moyen de l'arrêter. Dans ses bras, elle n'avait apparemment eu aucun complexe, aucune limite, aucune inhibition. Sa seule règle était de ne pas s'engager.

Et elle le lui avait dit textuellement.

Elle ne voulait pas d'une liaison avec un soldat ou un cow-boy désargenté.

En d'autres termes, il n'était pas assez bien pour elle.

Il avait parfaitement compris le message, et lorsqu'ils s'étaient quittés sans même échanger leurs numéros de téléphone, il avait également compris à quel point la vie de Brett Applegate devait être difficile.

Quoi qu'il en soit, il avait vraiment hâte qu'il soit 20 heures.

Et il s'en voulait à mort d'avoir fait ce stupide pari. Mais si Connor était bel et bien son enfant, il remuerait ciel et terre pour rattraper le temps perdu.

Il resongea à l'Afghanistan, à ces étés brûlants passés à rêver de sentir la brise fraîche du Nevada souffler dans ses cheveux. Comme c'était le cas actuellement. Il s'était accroché à l'idée de revenir au Sunset Ranch pour travailler aux côtés de ses frères. Et c'était cela qui l'avait aidé à supporter la violence des combats et l'austérité du climat.

Perdu dans ses pensées, il finit par s'arrêter sur le parking de l'Amber Pail, un café très fréquenté par les gens du coin qu'il aurait sans doute mieux fait d'éviter. Mais il était encore tôt, et il avait besoin de passer un peu de temps à l'écart de sa famille pour réfléchir à tout ce qui venait de se passer.

Malheureusement, il s'apprêtait à passer le seuil de la porte quand quelqu'un, derrière lui, l'interpella :

— Justin Slade ! Ne me dis pas que tu envisageais de boire tout seul.

Un peu surpris, il se retourna.

Le shérif Robbie Dunphy. Justin était allé à l'université avec sa sœur cadette, Tiffany.

— Salut, Robbie. Comment ça va ?

Le shérif s'approcha de lui, son ventre imposant bien moulé dans sa chemise beige, dont les boutons semblaient sur le point de craquer.

— Je n'ai pas à me plaindre, répondit-il en souriant. Et toi ? Tu n'as pas trop de mal à te réhabituer à la vie ici ?

— Ce n'est pas évident, en effet. Neuf ans, c'est tout de même long.

— C'est drôle, mais comme j'ai entendu dire que tu avais été décoré de la médaille d'honneur je pensais que tu aurais envie de poursuivre ta carrière dans l'armée.

A ces mots, Justin serra les dents. Cette médaille était pour lui une source de fierté mais, en même temps, son évocation ne manquait jamais de lui rappeler ses échecs. Il ne s'était jamais considéré comme un héros. La mort de Brett avait été pour lui un coup dur, et c'était principalement pour cette raison qu'il avait décidé de mettre un terme à sa carrière militaire. Mais naturellement, il ne pouvait pas expliquer tout cela à Robbie.

— Il faut croire que ma terre natale me manquait, finit-il par répondre.

— Content que tu sois revenu, en tout cas, fit Robbie en lui tapant amicalement dans le dos. Allez, je te paie un verre pour fêter ton retour. Amber est toujours là. Et elle a toujours les meilleures bières de la région. Il faut que tu goûtes sa dernière acquisition : elle appelle ça le Nevada Punch.

Il accepta de mauvaise grâce. Il ne pouvait tout de même pas dire au shérif qu'il avait envie de boire seul. Et puis un peu de compagnie lui ferait peut-être du bien. En tout cas, cela l'aiderait à passer le temps.

A la seconde même où ils s'installèrent, Amber contourna le comptoir d'acajou pour venir à leur rencontre, ses beaux cheveux bruns bouclés relevés en chignon.

— Quel plaisir de te revoir, Justin ! s'exclama-t-elle, avant de l'embrasser tendrement sur la joue.

— Salut, Amber.

— Je crois que c'est la première fois que tu viens ici sans enfreindre la loi.

— En effet. Je n'avais pas l'âge légal quand je suis parti pour l'armée.

— Et pourtant tu es venu des dizaines de fois. J'ouvrais la salle de derrière pour que tu puisses jouer au billard avec mon fils et vos autres copains.

— Je n'oublierai jamais ce bon vieux billard, répondit-il en hochant la tête.

C'était sur cette table de billard qu'il avait perdu sa virginité avec Betsy Ann Stankowski quand il avait seize ans.

— Je ne veux pas en entendre plus, intervint le shérif.

— Ne me dis pas que tu ignorais que les garçons venaient là, reprit Amber. Tu as fermé les yeux parce que ta petite sœur allait les rejoindre de temps en temps. Mais tu sais bien que je ne leur ai jamais servi d'alcool. Alors ne viens pas jouer les rabat-joie.

— Comment ça, les rabat-joie ? Je suis venu offrir un verre à Justin. Qu'est-ce qui te ferait plaisir, d'ailleurs, mon grand ? Tu veux essayer le Nevada Punch ?

— Pourquoi pas ?

— Ça marche, fit Amber, avant de se tourner vers le shérif. Quant à toi, je vais te servir ton café glacé préféré. Mais seulement parce que tu as eu le bon sens d'amener Justin avec toi. Allez, c'est ma tournée.

— C'est trop aimable de ta part, répondit Robbie en souriant.

— C'est le moins que je puisse faire pour notre héros local. J'ai entendu dire que tu avais sauvé cinq vies. Nous sommes tous très fiers de toi.

Ce genre d'éloges le mettait toujours mal à l'aise, mais il la remercia. Ses intentions étaient bonnes. En fait, tout le monde était animé de bonnes intentions, mais il n'avait pas envie de boissons ni de repas gratuits, et surtout pas de journalistes rôdant autour du Sunset Ranch pour lui demander des interviews.

Il n'avait envie que d'une chose : un peu de temps pour se réhabituer à sa terre natale. Et se remettre du choc qu'il venait de subir. Kat, Connor…

Ce qui n'allait pas être facile. Amber ne tarda pas à lui servir sa bière spéciale, dont les douces saveurs étaient en effet tout à fait exceptionnelles.

— C'est délicieux, dit-il au shérif.

— Alors, qu'est-ce que je t'avais dit ? Bon, raconte-moi ce que tu envisages de faire, maintenant. Travailler au ranch avec tes frères ?

— Je n'en sais trop rien. Je trouve qu'ils se débrouillent plutôt bien, tous les deux.

En Afghanistan, il avait beaucoup rêvé de retourner travailler au ranch familial. Il adorait la terre et les chevaux, mais quand il était rentré à la maison, trois jours plus tôt, il avait tout de suite compris qu'il allait avoir du mal à trouver sa place dans la mécanique bien huilée de la machine qu'était devenue le Sunset Ranch. A bien y regarder, ses frères n'avaient pas vraiment besoin de lui.

D'autre part, depuis la mort de Brett, il avait un autre projet en tête. Et plus il y réfléchissait, plus l'idée lui semblait intéressante.

Mais pour commencer, il fallait qu'il règle le problème qui venait de lui tomber sur la tête. Le bébé.

Machinalement, il jeta un coup d'œil à sa montre. Il lui faudrait encore attendre quatre heures pour retrouver Kat.

— En tout cas, j'espère que tu n'as pas l'intention de quitter le comté. Est-ce que tu savais que le comité des fêtes envisageait d'organiser une parade en ton honneur ?

Pris de court par cette affirmation, il ouvrit grand les yeux.

— Je… je ne sais pas quoi dire. Une parade ?

N'était-ce pas le genre de choses que l'on réservait aux champions olympiques… ou au Père Noël ?

Il n'avait absolument pas envie de cela. Il ne méritait pas de recevoir l'adoration des citoyens du comté. Il avait eu beaucoup de mal, psychologiquement, à supporter les horreurs qu'il avait vues. Et il ne se considérait pas comme un héros ; ce mot était à son sens réservé à des soldats bien plus courageux qu'il ne l'avait été.

— Oui, finit par répondre le shérif. Ça nous ferait très plaisir à tous. Mais il va falloir un moment pour organiser ça. Le comté de Douglas ne peut pas faire les choses à moitié pour son héros local. Nous avons déjà contacté trois équipes de pom-pom girls.

Complètement médusé, Justin garda le silence pendant quelques secondes.

Ce fut à ce moment-là qu'Amber réapparut à côté d'eux. Avec deux assiettes de poulet frit, qu'elle déposa sur la table en souriant.

— Aux frais de la maison. Considère ça comme ma façon à moi de te remercier pour les services rendus à la nation.

Se frottant les mains l'une contre l'autre, le shérif se mit à regarder son assiette d'un air émerveillé.

— Hmmm. Ça a l'air délicieux, hein, mon grand ?

Justin releva les yeux vers Amber, qui semblait attendre patiemment son approbation.

— Tout à fait. Merci beaucoup, Amber.

— Bon appétit, tous les deux, murmura la tenancière en s'éloignant d'un air ravi.

Une fois qu'elle eut disparu, Justin fit de son mieux pour orienter la conversation sur les affaires du comté. Il n'avait aucune envie de parler de lui. Et il n'avait aucune envie qu'on organise une parade en son honneur. Mais il ne pouvait pas demander que cette manifestation soit annulée. Comment aurait-il pu insulter les citoyens du comté en leur disant qu'il préférait encore se retrouver face à face avec un serpent à sonnettes plutôt que d'être assis sur un char, à saluer des personnes venues lui rendre hommage ?

Une fois les portes du Sunset Ranch passées, Justin sentit ses muscles se détendre un peu. Dans les pâturages, de chaque côté de l'allée, gambadaient de fougueux étalons et de gracieuses juments. Arrosé par les sources des montagnes Rocheuses, le paysage était ici presque toujours vert. Tout en approchant du corps de ferme, il inhala avec plaisir et nostalgie les parfums de luzerne et de foin, de cuir et de terre.

Il avait toujours adoré la maison de son enfance et, depuis son retour, il appréciait encore plus les libertés et les privilèges qu'elle lui octroyait. Il avait vécu en enfer, avait été témoin des pires atrocités, et avait survécu non sans quelques douloureuses blessures internes. Mais la vie qu'il avait vécue au Moyen-Orient lui semblait loin, maintenant, très loin de celle que lui offrait le Sunset Ranch.

Au loin, il aperçut deux cavaliers, qu'il reconnut aussitôt. Son frère Luke et son amie Audrey. Le couple venait de se fiancer, et Audrey attendait un enfant.

En sortant de sa voiture, il salua de la main Ward Halliday, le palefrenier, qui venait de sortir de l'une des granges. Le jour de son arrivée, Ward s'était contenté de le prendre dans ses bras, sans évoquer son statut de héros de guerre. Il lui avait simplement dit qu'il était ravi qu'il soit de retour et qu'il lui avait manqué. Justin avait apprécié son tact et sa volonté de ne pas trop monter les choses en épingle.

— Comment ça va, Ward ?

— Je n'ai pas à me plaindre. Molly a fait des *empanadas* de bœuf. Je les sens d'ici.

— Dis-lui bonjour de ma part.

— Tu peux passer quand tu veux, répondit Ward en s'éloignant. Je suis sûr que Molly sera ravie de te voir.

— Promis.

Quand il poussa la porte d'entrée, il trouva son frère Logan adossé à la porte de son bureau, un verre de whisky à la main.

— Il était temps que tu rentres, frangin, lui dit-il en lui faisant signe d'approcher. J'ai passé la journée à faire la standardiste pour toi. Viens voir tous les messages que tu as reçus.

Il s'exécuta, et ses bottes claquèrent sur le dallage de pierre quand il entra dans le bureau depuis lequel Logan et Sophia géraient les affaires du Sunset Ranch. Le couple envisageait de se marier depuis longtemps déjà, mais son frère avait préféré attendre son retour pour organiser la cérémonie car il lui tenait à cœur qu'il soit son témoin.

— Tu veux un verre ? demanda Logan.

— Non, merci. Ça ira.

Machinalement, il jeta un coup d'œil autour de lui. Malgré tous les efforts que son frère avait faits pour effacer les dernières traces de Randolph Slade, il pouvait toujours sentir la présence de son père. Certaines choses sont plus difficiles que d'autres à éradiquer, songea-t-il en se laissant tomber dans un fauteuil de cuir marron.

— Tu changeras sûrement d'avis quand tu auras vu tout ça, dit Logan en prenant place de l'autre côté du bureau. Il y a sept messages pour toi sur le répondeur. Et Ellie a répondu à je ne sais combien de personnes.

Il lui tendit un petit carnet sur lequel figuraient des notes.

— Paraît-il que Betsy Ann Stankowski a appelé trois fois.

— Hein, mais pourquoi ? demanda Justin, surpris.

— Elle veut peut-être que vous repreniez les choses là où vous les aviez laissées avant que tu ne partes pour l'armée, lui répondit Logan avec un sourire entendu.

Justin fit une grimace. Logan les ayant surpris une ou deux fois ensemble derrière les écuries, il avait fini par lui avouer que Betsy Ann avait été sa première. Son frère aîné lui avait dit de faire attention et recommandé de toujours utiliser un moyen de contraception. Des années plus tard, il avait omis de suivre ce conseil avec Kat. Et il se retrouvait désormais père d'un enfant. Ou du moins, apparemment.

— Betsy Ann et moi avions rompu bien avant que je ne parte.

— Vous avez peut-être eu tort, répondit Logan en souriant. Betsy Ann est devenue institutrice à l'école du village, et j'ai entendu dire que ses élèves l'aimaient beaucoup. Elle s'est également fait un nom en devenant présidente de l'Association des femmes du comté de Douglas.

— C'est vrai ? demanda-t-il, surpris.

Il avait du mal à imaginer Betsy Ann autrement que sous les traits de la jeune fille qui lui avait offert ces quelques maladroites minutes de plaisir sur la table de billard ou derrière les écuries.

— Trois messages en un seul jour. Ce qui est sûr, c'est qu'elle veut obtenir quelque chose.

Il ne pensait pas qu'elle puisse encore avoir des sentiments pour lui. Mais il n'avait pas de mal à s'imaginer ce qu'elle voulait obtenir de lui : si elle était présidente de l'Association des femmes, c'était certainement pour la parade qu'elle avait appelé. Cela étant, il n'avait aucune envie d'en parler avec son frère maintenant. Il avait déjà suffisamment de problèmes à régler.

Brièvement, il passa en revue les différents messages qui avaient été soigneusement notés sur le carnet. Il n'avait aucune envie de le faire, bien sûr, et certainement pas à présent, mais à un moment ou à un autre, il faudrait bien qu'il rappelle toutes ces personnes.

Logan reprit la parole :

— Si je peux t'aider d'une façon ou d'une autre…

— Merci. Mais je vais m'occuper de ça tout seul.

— Il faut aussi que je te dise que Luke a chassé deux journalistes de la propriété ce matin, après ton départ. Ils voulaient obtenir une interview avec le sergent Slade.

— Si j'avais su que mon retour engendrerait un tel bazar…

— Sois patient. Le retour d'un héros de guerre, c'est tout de même quelque chose d'exceptionnel, pour un petit village comme le nôtre. Il faut les comprendre.

— Je sais bien : je me suis fait coincer par le shérif, tout à l'heure. Il m'a dit que les habitants du comté envisageaient d'organiser une parade en mon honneur, et…

— Je vois, fit Logan en lui adressant un regard compréhensif. Tu sais, Sophia a prévu que nous dînions tous ensemble ce soir, au cottage, avec Luke et Audrey. Ce sera tranquille. Et si tu veux, on débranchera le téléphone.

Le cottage avait jadis été la maison de Sophia. A l'époque où ils étaient enfants, elle y vivait avec sa mère, Louisa, la gardienne du domaine. Seulement voilà, quand la rumeur s'était répandue que Louisa et Randall Slade avaient été amants, les choses avaient mal tourné, et Sophia et sa mère avaient quitté le Sunset Ranch. Mais à la mort de Randall, Sophia, dont le nom avait été couché sur le testament des Slade, était revenue. Et Logan était tombé amoureux d'elle.

— Ça m'aurait fait plaisir, finit-il par répondre, mais je ne peux pas. J'ai… j'ai déjà un truc de prévu, ce soir.

— Avec une fille ? demanda Logan en lui jetant un coup d'œil inquisiteur.

Il se sentit obligé de détourner le regard. Son frère était décidément bien trop perspicace.

— Disons simplement que c'est important. Je t'en parlerai quand j'en saurai moi-même davantage.

— Très bien. A demain alors.

Après avoir quitté le bureau de Logan, il se rendit dans sa chambre, à l'autre bout de la maison. Sur les étagères, des trophées de base-ball côtoyaient encore les CD et les DVD de son adolescence. De l'autre côté de la pièce, un vieil ordinateur de bureau bon pour la casse. Etonnant comme la technologie avait progressé depuis son enfance. A son retour, trois jours plus tôt, il s'était dit qu'il fallait absolument qu'il fasse redécorer sa chambre, et ce aussi rapidement que possible. Mais finalement ses vieilles affaires avaient quelque chose de rassurant, et il ne se sentait désormais plus aussi pressé qu'auparavant de les faire disparaître.

Son frère Luke avait déjà fait installer un grand lit pour remplacer celui de son enfance. En s'asseyant dessus, le regard rivé sur le placard qui se trouvait en face de lui, il ne put s'empêcher de sourire.

Au cours des neuf années qui venaient de s'écouler, il avait vécu avec l'essentiel, et uniquement l'essentiel. Seulement quelques jours plus tôt, toutes ses affaires auraient pu tenir dans ce placard.

Las, il ferma les yeux quelques secondes. Et aussitôt, une

image de Brett se dessina dans son esprit. Il n'arrivait pas à écarter son ami de ses pensées.

Il serrait le corps blessé de Brett. Du sang coulait sur le visage de son ami, et, tout à coup, il avait vu une lueur de terreur s'allumer dans ses yeux bleu clair. La mort était proche, ils le savaient tous les deux. Justin avait posé les mains sur le ventre de Brett pour arrêter l'hémorragie.

— Va-t'en, Justin. J'ai joué, et j'ai perdu.

— Reste avec moi, mon pote. Accroche-toi. Brett ? Brett ?

Les yeux de Brett s'étaient éteints. Et son corps était devenu aussi froid que les nuits afghanes.

Il était resté avec lui, s'était accroché à lui.

Et il avait pleuré comme jamais dans sa vie.

S'efforçant de se tirer de sa torpeur, il ouvrit les yeux. La tête baissée, il se mit à arpenter la pièce de long en large. Comme chaque fois qu'il resongeait à tout cela, il avait du mal à respirer, et son cœur battait à tout rompre.

Il n'arrivait pas à oublier ce visage ensanglanté.

Et depuis cet événement horrible, quatre mois plus tôt, le chagrin et les remords le rongeaient.

Serrant les poings, il s'efforça de penser à autre chose.

Et, contre toute attente, ce furent les petites joues rondes de Connor et ses yeux sombres qui emplirent ses pensées. L'image qu'il gardait de ce bébé ne tarda pas à l'apaiser.

Connor.

Il pensait déjà à lui avec une certaine fierté.

Mais que lui arrivait-il ? S'agissait-il vraiment de son fils ? Il fallait qu'il le sache absolument.

— Je vais faire un bisou à Connor, dit doucement Kat à Mattie. Je ne pense pas qu'il se réveillera. Merci encore de me le garder.

— Ne t'inquiète pas pour ça, et surtout passe une bonne

soirée avec Cecelia. Doris va venir prendre le café. Nous serons deux pour veiller sur le petit.

Kat entra doucement dans la chambre qu'elle partageait avec son fils, et elle se dirigea à pas de loup vers le petit lit à barreaux blanc que lui avait prêté l'une des voisines de Mattie. Et comme chaque fois qu'elle regardait son bébé dormir, elle ne put s'empêcher de sourire.

— Dors bien, mon chéri, murmura-t-elle en se penchant pour l'embrasser sur la joue. Maman t'aime très fort.

Elle resta quelques instants devant le lit à observer ce petit être qui faisait sa fierté et son bonheur. Elle n'arrivait toujours pas à se remettre de ce véritable miracle, et elle avait toujours beaucoup de mal à le quitter, même pour quelques minutes. Mais la rencontre de ce soir devait nécessairement avoir lieu.

Elle regrettait encore d'avoir menti à Mattie. Mais elle n'avait pas eu le choix. Aussi lui avait-elle dit qu'elle avait rendez-vous avec Cecelia Tilton, une jeune femme qui, un mois plus tôt, lui avait proposé d'acheter une partie de la collection de vêtements pour bébés qu'elle avait elle-même conçue. C'était la meilleure idée qui lui était venue à l'esprit, d'abord parce que Cecelia l'avait vraiment appelée dans l'après-midi pour discuter de cela, et ensuite parce que sa maison était située non loin du Blossom.

Au moment où elle se gara devant le café, elle se sentit soudain paralysée par l'angoisse. Il fallait à tout prix qu'elle se reprenne. Elle ferma les yeux, poussa un long soupir, puis sortit de sa voiture pour passer les portes vitrées. Comme on y servait surtout des petits déjeuners et des salades, le Blossom était toujours quasiment désert à l'heure du dîner. Et ce soir-là ne faisait pas exception à la règle.

Il ne lui fallut donc que quelques secondes pour localiser Justin dans la salle. Assis dans un petit box isolé, il avait la tête baissée vers son téléphone, qu'il observait d'un air impatient. Et à le regarder, elle se sentit soudain assaillie par des souvenirs du week-end qu'ils avaient passé ensemble.

Elle s'était laissé aller, pendant deux jours, dans les bras d'un homme charmant, compréhensif et sexy, qu'elle n'avait jamais réussi à oublier. Elle avait pensé à lui pendant des semaines après leur séparation, mais elle avait fini par se convaincre qu'il n'était pas fait pour elle. Qu'elle attendait davantage de la vie.

Un peu apaisée, elle s'approcha donc du père de son enfant. Plissant les paupières, il sembla passer en revue sa tenue. Elle portait un jean bleu et un haut blanc ample sous une veste ajustée. A son cou, un collier d'argent fait de grosses mailles ovales entrelacées. Et un bracelet assorti à son poignet.

Une tenue qu'elle avait elle-même créée et qui avait été rejetée par toutes les grandes maisons de mode de New York.

— Tu es en retard, lui dit-il en se levant.

Cela commençait bien…

— Les bébés sont imprévisibles. Il faut parfois un peu plus de temps que nécessaire pour les endormir.

— Ah bon, répondit-il, l'air renfrogné.

Il n'était pas content de la situation ? Eh bien, elle non plus. Mais s'ils voulaient arriver à quelque chose, il allait falloir qu'ils se montrent polis l'un envers l'autre. C'était un minimum. Néanmoins, elle était elle-même fatiguée et peu disposée à faire des efforts.

— Bon, dit-elle. Je crois qu'il vaut mieux remettre ça à plus tard. Tiens-moi au courant, quand tu seras de meilleure humeur.

L'espace de quelques secondes, il l'observa attentivement. Et soudain, il sembla se décrisper un peu. Il lui adressa un sourire réticent mais poli.

— Excuse-moi. Assieds-toi, s'il te plaît, que nous puissions discuter un peu.

Acceptant tacitement ses excuses, elle s'installa dans le fauteuil qui se trouvait en face du sien. Et quand elle releva les yeux, elle fut frappée par la réalité : Connor avait exactement le même visage ! Père et fils possédaient non seulement la même couleur de cheveux et d'yeux, mais également la même bouche large et bien dessiné, ainsi qu'une petite fossette sur la joue gauche quand ils souriaient. Une adorable marque distinctive qu'elle avait embrassée un nombre incalculable de fois sur le visage de son bébé. Ils avaient tous les deux le teint mat, et elle n'avait aucun mal à imaginer que la peau de Connor prendrait au soleil la même nuance dorée que celle de Justin. Et qu'en grandissant la forme de son nez évoluerait vers celle légèrement busquée de celui de Justin.

Oui, elle savait à quoi ressemblerait Connor à l'âge adulte.

— Qui surveille le bébé ? lui demanda-t-il soudain d'un air anxieux.

— Tatie Mattie et Doris Brubaker. Doris est une voisine et amie. Je lui ai demandé de rester avec tatie Mattie jusqu'à mon retour.

— Très bien. Alors allons-y. Les dames d'abord.

— Tu m'as dit que tu étais Brett Applegate. Je veux savoir pourquoi tu m'as menti.

A son grand regret, ce fut à ce moment-là qu'une jeune serveuse s'approcha de leur table.

— Bonjour, je m'appelle Toni. C'est moi qui vais vous servir, ce soir. Avez-vous déjà regardé le menu ? Nous avons aussi comme plat du jour un…

— Je vais prendre un déca, l'interrompit Kat, qui ne se voyait pas du tout avaler quoi que ce soit.

— La même chose, dit Justin.

— Et que diriez-vous d'une tarte aux cerises ou d'un gâteau aux pommes ?

Ils secouèrent tous deux la tête.

— Très bien. Je reviens dans une minute.

Une fois qu'ils furent seuls, Kat tourna de nouveau son visage vers Justin.

— Tu étais sur le point de m'expliquer pourquoi tu m'avais menti.

— J'ai perdu un pari, murmura-t-il d'un air de regret.

Elle cligna les yeux, surprise.

— Tu as perdu un pari ? Qu'est-ce que tu veux dire par là ?

Avant de répondre, il se pencha vers elle, et le tissu de sa chemise bleu marine se tendit au niveau de ses larges épaules. Son cœur s'accéléra. Elle se souvenait bien de ce à quoi il ressemblait quand il était torse nu. Comment aurait-elle pu l'oublier, ça et les délicieuses sensations que lui avait procurées sa peau dorée et ses muscles fermes quand elle les avait caressés pour la première fois ?

— Je veux dire que Brett m'a battu au bras de fer, finit-il par répondre.

— Et ?

— Et j'avais fait ce pari idiot avec lui, parce que j'étais certain de gagner. Il n'arrêtait pas de me taquiner devant mes hommes, et j'ai fini par céder. Je n'avais jamais perdu au bras de fer contre lui. Il avait été convenu que, s'il gagnait, nous échangerions nos places pour le week-end lors de notre prochaine permission. C'est-à-dire nos portefeuilles avec tout ce qu'il y avait dedans. Et naturellement, nous devions aussi échanger nos identités avec les…

Il s'interrompit et fit une petite grimace.

— Avec les femmes ? compléta-t-elle.

Lentement, il hocha la tête.

— Alors si tu as passé le week-end avec moi, c'est simplement parce que tu avais perdu un pari ? Tu t'es servi de moi. Tu m'as menti. Et tu n'avais aucune intention de me dire la vérité.

Son regard devint soudain plus dur.

— Je ne me suis pas servi de toi. Si mes souvenirs sont bons, je ne t'ai pas forcée à faire quoi que ce soit. Et d'autre part, tu m'as clairement fait comprendre qu'il était hors de question que tu t'entiches d'un péquenot. Nous n'avons même pas échangé nos numéros de téléphone quand nous nous sommes quittés.

Ce n'était pas la question. Il s'était montré gentil, attentif, patient durant le week-end. Exactement ce dont elle avait besoin à cette période de sa vie. Il avait été formidable, et, après leurs voluptueux ébats, elle avait eu du mal à imaginer ses nuits sans lui. Le bref intervalle de temps qu'elle avait passé avec lui l'avait aidée à soigner de très anciennes et très profondes blessures. Il n'y avait pas eu que du sexe entre eux. Cela avait été bien plus profond que ça.

— Ce n'est pas comme cela que j'aurais formulé les choses, mais oui, c'est vrai. Je n'avais pas envie de m'engager dans une relation avec un homme qui…

— Qui n'aurait pas servi tes objectifs ?

— Qui ne correspondait pas à la vie que je voulais mener. Et n'oublie pas que tu m'as menti sur ton identité et que ce mensonge a sans doute eu une influence sur ma décision.

— Tu veux dire que si tu avais su que j'étais un rancher plein aux as, tu aurais couché avec moi dès le premier soir ?

Cette accusation lui fit l'effet d'une gifle. Furieuse, elle se redressa un peu.

— Tu n'as pas le droit de me juger. Et ce n'est pas moi qui suis venue te chercher au bar de cet hôtel.

— Et pourquoi ne serais-je pas allé vers toi ? Tu étais magnifique. Et puis on voyait bien que tu attendais quelqu'un. Tu n'arrêtais pas de regarder ta montre. Je me suis dit qu'un abruti t'avait posé un lapin. Et je suis sûr que je ne me suis pas trompé.

En effet, il ne s'était pas trompé, et l'abruti en question était Michael Golden, l'héritier de la chaîne Golden Hotel. Il s'agissait d'une *blind date*, à laquelle il ne s'était jamais présenté. Elle l'attendait depuis une heure quand Justin était venu l'aborder.

La serveuse leur apporta leurs tasses de café. Ayant apparemment pris conscience de la gravité de la situation et de l'importance de la discussion, elle ne tarda pas à s'éloigner.

— Je t'ai dit, ce soir-là, que je ne sortais pas avec des militaires, reprit alors Kat.

— Nous nous sommes dit beaucoup de choses.

— Mais ce que je t'ai dit, ce que je t'ai confessé durant ces deux jours, c'était la pure vérité. Or, tu ne peux pas en dire de même, n'est-ce pas ?

Elle remarqua qu'à ces mots ses épaules s'étaient légèrement affaissées.

— Non.

Elle s'avança un peu sur son siège pour mieux le regarder. Et il soutint son regard.

— J'aimerais savoir quelque chose, lui dit-il. As-tu vraiment essayé de retrouver Brett ?

— Eh bien, répondit-elle, déstabilisée, je lui ai écrit, mais il ne m'a jamais répondu. J'ignore s'il a reçu ma lettre.

— Une lettre, une seule ? C'est tout ce qu'il valait, à tes yeux ?

— Ce n'est pas ce que j'ai dit.

— Nos troupes étaient stationnées dans la base de Delaram : le 3e bataillon de la quatrième division des Marines. Je suis certain de l'avoir mentionné.

— Tout ce dont je me souvenais, c'est qu'il était en Afghanistan. Je n'ai pas retenu les détails. Mais peu importe, maintenant. Puisque ce n'est pas avec Brett que j'ai couché, mais avec toi. Et puisque je ne le savais pas, pour la simple et bonne raison que tu m'avais menti sur ton identité.

— Pour ma part, je ne savais pas que nous avions conçu un enfant, répondit-il en secouant la tête.

— Naturellement. Mais je veux que tu saches que mon but à moi n'était pas de concevoir un enfant, même si je ne regrette Connor pour rien au monde.

Sa voix se brisa, mais, émue aux larmes, elle s'efforça d'ajouter :

— Il est tout pour moi.

Quand elle avait fini par se mettre à la recherche du père de son enfant et qu'elle était arrivée à Silver Springs, Mattie lui avait immédiatement annoncé la nouvelle : Brett était mort au combat. En l'apprenant, elle n'avait pu s'empêcher de penser que si elle avait fait davantage d'efforts pour le rechercher, cela aurait eu moins de chances d'arriver. Car s'il avait su qu'il allait devenir père, Brett serait peut-être rentré aux Etats-Unis, et il ne serait peut-être pas mort au combat, et Mattie n'aurait pas eu le cœur brisé. Mais, désormais, elle savait que c'était tout à fait impossible car, si Brett avait reçu sa lettre, il l'aurait aussitôt remise à son ami. Il aurait compris que le bébé qu'elle portait n'était pas le sien, mais celui de Justin.

— Je sais qu'il y a des choses que j'aurais pu faire de façon différente, mais…

Ne sachant quoi ajouter, elle se contenta de hausser les épaules.

Il la regarda droit dans les yeux.

— Il y a des choses que j'aurais faites différemment, moi aussi, si j'avais su. Mais je voudrais que tu me dises une chose : est-ce que tu crois vraiment que Connor est mon fils ?

Elle n'hésita pas une seule seconde. Elle savait parfaitement à quel moment son petit garçon avait été conçu.

— J'en suis certaine.

Elle le dévisagea. Il avait désormais les yeux humides de larmes, et le soupir qu'il poussa était incontestablement un soupir de soulagement. Lentement, il se mit à hocher la tête. Et soudain, l'expression de son visage changea. C'était désormais de la détermination qu'elle voyait dans ses yeux.

— Cela fait un an et demi, dit-il.

— Oui. Quasiment, répondit-elle.

Et au même instant, la serveuse s'approcha de nouveau d'eux.

— Il faut que je commence à fermer. Mais vous pouvez terminer vos cafés tranquillement. Ne faites pas attention à moi.

Elle jeta un bref coup d'œil aux deux tasses encore pleines, avant de disparaître.

Tout en posant un billet de vingt dollars sur la table, Justin se leva et lui tendit la main.

— Viens. Partons.

— Pour aller où ?

— Peu importe. Mais il faut que nous terminions cette conversation.

La soirée prenait une tournure qu'elle n'avait pas prévue. Hésitante, elle glissa sa main dans la sienne et se laissa conduire vers la sortie.

- 3 -

La main appuyée contre le bas de son dos, Justin fit sortir Kat du café. La nuit était tombée, et l'air était désormais un peu frais.

— Va chercher ton manteau, lui dit-il quand il remarqua qu'elle s'était mise à frissonner.

— Je n'en ai pas apporté. Pourquoi, où allons-nous ?

— Marcher un peu. Attends-moi une seconde.

Il se dépêcha de retourner à son pick-up pour y chercher son bombardier. Il était vieux, le cuir était usé, mais la doublure de laine de mouton assez chaude pour réchauffer un rescapé d'avalanche.

— Tiens, lui dit-il en le lui tendant. Tu devrais pourtant savoir que les nuits sont fraîches, par ici.

— Je ne pensais pas que nous passerions du temps dehors.

Sans répondre, il posa le blouson sur ses épaules pour qu'elle puisse l'enfiler. Il était deux fois trop grand pour elle. Instinctivement, il s'empara des revers pour les serrer un peu plus autour de sa gorge. Les beaux yeux verts de Kat, surpris, rencontrèrent les siens. Avec ses cheveux blond platine, son air innocent et ses lèvres pleines fardées de rose, elle lui évoquait une starlette du cinéma des années 1950.

— C'est assez chaud ?

Elle observa sa bouche pendant une seconde de trop. Un petit regard sensuel qui lui donna des frissons dans le dos.

— Hm hm.

Leurs regards se croisèrent de nouveau, et quelques secondes passèrent. Instinctivement, il resserra sa prise autour des revers, ses doigts à quelques centimètres à peine de ses deux seins ronds et fermes qu'il avait à une époque pris tant de plaisir à caresser. Il n'avait pas oublié.

De mauvaise grâce, il finit par la libérer. L'air un peu embarrassée, elle croisa les bras.

— En venant, j'ai aperçu un petit square avec un kiosque à musique, lui dit-il en reposant la main sur son dos pour l'attirer vers le bas de la rue. Mais si tu préfères, on peut s'asseoir dans mon pick-up. Je mettrai le moteur en marche pour qu'il y ait du chauffage.

Elle secoua la tête, et il en fut ravi. Ils ne pourraient pas discuter s'ils étaient confortablement installés dans son pick-up. La dernière fois qu'ils s'étaient retrouvés seuls dans un espace restreint, l'atmosphère était immédiatement devenue torride, et il n'avait pas pu résister à son charme. Il se sentait toujours très attiré par elle et, d'un certain côté, il avait très envie de recommencer, mais les enjeux étaient beaucoup trop importants pour courir le risque de se laisser aller d'une quelconque façon.

Dans la lumière des réverbères, ils continuèrent donc à marcher. Au loin, ils pouvaient voir le sommet du kiosque à musique. Quand ils arrivèrent au square, il constata avec un certain soulagement que les bancs étaient tous vides. Y compris celui qui était le plus proche du kiosque, et sur lequel ils finirent par s'asseoir.

— Parle-moi de Connor, lui dit-il alors.

Il vit son visage s'illuminer, prendre un air radieux et attendri.

— C'est un petit garçon merveilleux. Il est né en parfaite santé. Son score d'Apgar était de 10.

— Son score d'Apgar ?

— C'est un test qui est pratiqué à la naissance pour évaluer des choses comme le rythme cardiaque, la respiration ou le tonus musculaire. Dix est le meilleur score qu'un bébé puisse obtenir.

Il hocha la tête, se laissant gagner par une forme de fierté qu'il n'avait jamais connue jusqu'alors.

— Il mange bien et dort bien. Enfin, il faut connaître certaines astuces pour réussir à l'endormir.

— Quel genre d'astuces ?

— D'abord, je lui donne le biberon. Ensuite, je lui chante des berceuses. Et si ça ne suffit pas, je lui montre un épisode de *Sesame Street* sur mon téléphone. Il est complètement fou de ça. J'adore le regarder dormir. Je pourrais passer des heures à me réjouir de la chance que j'ai de…

Elle s'interrompit brusquement.

— Je suis… Je suis désolée, finit-elle par dire.

— Moi aussi, répondit-il, bouleversé.

— Mais ce qui est fait est fait, Justin. On ne peut pas changer le passé.

— Je ne pourrai jamais rattraper le temps perdu. Quand je pense à toutes ces choses que j'ai ratées…

— Je comprends. Mais même si tu l'avais su, tu n'aurais pas pu le voir beaucoup, puisque tu étais en Afghanistan.

— Ce n'est pas le problème. Il a de la famille, ici, et j'aurais fait tout ce que j'aurais pu pour passer du temps avec lui. J'ai été complètement absent de sa vie. Mais tout cela va changer, maintenant. Je veux jouer un rôle dans son existence. Je veux qu'il sache que je suis son père.

— Non, Justin, répondit-elle en étrécissant les paupières. Tu ne peux pas faire ça à Mattie. Ça la tuerait. Son cœur ne tiendra pas le coup si tu lui prends Connor, c'est certain.

Il se pencha un peu pour mieux la regarder. Etait-elle sérieuse ? Voulait-elle vraiment le priver de son fils à cause de… la tante de Brett ?

— Justin, écoute-moi. Quand je suis arrivée ici, il y a deux mois de cela, elle venait tout juste de sortir de l'hôpital. Elle avait fait une crise cardiaque en apprenant la nouvelle du décès de Brett. Et elle avait perdu goût à la vie. Elle avait beaucoup maigri aussi, mais elle ne voulait pas rester à l'hôpital ; elle préférait être seule chez elle. J'ai vu le désespoir dans ses yeux, Justin, ça m'a rappelé… ça m'a rappelé ma propre mère. Quand je lui ai raconté mon histoire, comment j'avais rencontré Brett et conçu le bébé… elle a fait un remarquable bond en avant. Elle nous a accueillis, moi et Connor, les bras ouverts. En deux mois à peine, elle a repris des forces. Son cœur est fragilisé et elle a besoin de beaucoup de repos, mais le médecin n'arrête pas de lui dire que Connor est le meilleur remède à sa maladie. Je t'assure que tout cela est vrai. Tu ne peux pas annoncer à cette femme que Connor n'est pas le fils de Brett.

— Tu n'as pas le droit de me demander ça, Kat ; j'ai déjà manqué tellement de choses… Et de toute façon, tu ne peux pas priver Connor de son véritable père.

— Si tu ne crains pas d'envoyer tatie Mattie à l'hôpital… ou pire encore…

Son instinct lui disait que Kat avait raison. Mais le coup était dur à encaisser. Comment supporter un instant de plus que son fils ne connaisse pas son père ? Mais il avait vu Matilda Applegate. C'était une femme frêle et affaiblie, qui faisait bien plus que ses soixante-dix ans. Néanmoins, quand son regard se posait sur le petit Connor, un regain de jeunesse semblait l'animer, comme si elle avait bu dans une fontaine de jouvence. Il n'avait aucune envie de l'admettre, mais la vie de cette femme dépendait de ce petit garçon.

De son fils.

Depuis la mort de Brett, il ne s'était pas passé un jour sans qu'il ne se sente rongé par les remords. Et il s'était juré qu'une fois de retour chez lui il soulagerait sa conscience en allant parler à la tante de son ami. Il lui avait fallu trois jours pour trouver le courage de rendre visite à Mattie. Et il était venu la voir, bien déterminé à lui dire la vérité. Mais plus il contemplait le visage de Kat, l'inquiétude qui assombrissait ses beaux yeux verts, plus il doutait. Fallait-il vraiment qu'il la confronte à la réalité ?

— Je n'ai pas envie de faire du mal à Mattie Applegate.

— Alors… ne lui en fais pas.

— Mais je veux connaître mon fils.

— Je ne t'en empêcherai pas. C'est promis, répondit-elle sur un ton convaincant.

Perplexe, il plongea le regard dans le sien. Pouvait-il lui faire confiance ? Son côté instinctif, qui voyait en elle une femme belle et sincère, avait envie de la croire, mais il ne devait pas prendre de risque. Les enjeux étaient beaucoup trop importants. Il était en droit de connaître son fils, il avait envie d'établir un lien avec lui. De lui offrir l'amour d'un père.

Pour mieux juger de ses réactions, il se rapprocha un peu d'elle. Elle sentait le gardénia. Un parfum printanier et léger, qui semblait en contraste direct avec la fraîcheur de la nuit.

— Que proposes-tu ?

Comme pour réfléchir à la question, elle baissa les yeux, et ses longs cils ombrèrent ses pommettes hautes.

— Je ne sais pas, répondit-elle en secouant la tête. Mais je pense qu'il vaudrait mieux que cela se fasse discrètement. Je sais que je ne pourrai pas t'empêcher de voir Connor. Alors je ferai tout mon possible pour te faciliter la tâche. A condition que tu ne dises rien à tatie Mattie.

Il n'avait aucun moyen de savoir si Matilda Applegate mourrait ou non en apprenant la vérité, mais ce qui était sûr, c'était que Kat en était convaincue. Et qu'il ne pouvait pas prendre de risque. Même si cela ne lui plaisait pas du tout.

— Très bien. Je ne lui dirai rien.

Il vit alors un large sourire se dessiner sur le visage de Kat, ses yeux s'emplir de gratitude.

— Merci, Justin. Merci.

Il eut beau faire autant d'efforts qu'il le pouvait, il ne réussit pas à détacher le regard du sien. Le bonheur et la satisfaction qu'il lisait dans ses beaux yeux verts étaient bien trop intenses pour s'en détourner. Il était tout simplement subjugué.

N'y tenant plus, il l'attira près de lui. Un petit cri de surprise s'échappa de ses lèvres, et il fixa sa bouche pleine et sensuelle, avant de glisser une main dans ses cheveux blonds.

— Qu'est-ce que tu fais ? murmura-t-elle.

Sans répondre, il effleura doucement ses lèvres des siennes. Du fond de sa gorge gracieuse s'éleva un petit son qui lui évoqua le ronronnement d'un chat.

Prenant cela comme un encouragement, il glissa la langue dans sa bouche pour mieux y goûter, avant de passer les mains sous le blouson pour absorber toute la chaleur de son corps.

S'accrochant fermement à ses hanches, il l'attira plus près de lui. Combien de fois, au cours des nuits fraîches et solitaires qu'il avait passées dans le désert, avait-il rêvé de refaire cela ? La tenir dans ses bras, embrasser ses lèvres pleines, lui faire l'amour. Il avait eu l'occasion de fréquenter d'autres femmes au cours des neuf années qu'il avait passées dans l'armée. Mais c'était incontestablement Kat qui lui avait laissé les souvenirs les plus mémorables.

Ivre de désir, il glissa les mains sous son haut et les plaça sur son ventre, là où elle avait porté leur bébé. Sa peau était aussi ferme et douce que dans ses souvenirs.

Tout en poussant un petit cri de volupté, elle se pencha vers lui, et il inspira avec gourmandise son parfum. Une boucle de cheveux soyeux retomba sur sa joue. Il sentit un délicieux frisson lui parcourir le corps et, soudain, un désir puissant, animal, instinctif, s'empara de lui.

Ce fut à ce moment-là qu'ils se retrouvèrent soudain pris dans la lumière des phares d'une voiture, qui passa rapidement à côté du square. Tout en sursautant, Kat s'écarta brusquement de lui et, portant la main à la bouche, le regarda droit dans les yeux. L'expression de son visage lui évoqua un mélange confus de désir, de surprise et de reproches.

Son rouge à lèvres avait coulé, ses cheveux étaient ébouriffés, mais rien de tout cela ne comptait. Elle était si belle. Et il la désirait.

Tout en détournant le regard du sien, elle croisa fermement les bras contre la poitrine. Comme si elle cherchait à se donner le courage de faire quelque chose.

— Je suis sortie avec ton frère deux fois, lui dit-elle soudainement.

Sous le coup de la surprise, il s'écarta brusquement d'elle.

— Je me suis dit qu'il valait mieux que tu l'apprennes de ma bouche plutôt que de celle de quelqu'un d'autre. Luke et moi…

— Luke et toi ?

— Il ne s'est rien passé, rassure-toi. Je me sentais seule et j'étais folle d'inquiétude pour Mattie. Nous ne nous sommes fréquentés que pendant un très bref laps de temps. Mais il faut que tu saches que je connais déjà toute ta famille.

Un élan de colère lui traversa le corps. Luke et elle ? Il n'arrivait même pas à se l'imaginer. Blessé dans son orgueil, il serra les dents. Quelles autres nouvelles allait-elle encore lui annoncer ? Il fallait qu'il se reprenne. Il ne devait surtout pas se laisser aller à lui faire confiance. Après tout, il ne la connaissait pas.

— Est-ce que tu veux savoir ce qui s'est passé entre…

— Je verrai ça avec Luke. En revanche, il y a bien une chose que j'aimerais te demander.

Elle se mit à le regarder d'un air inquiet, et ses lèvres tremblèrent légèrement.

— Quoi ?

— Un test de paternité.

Une fois de retour à la maison, Kat laissa sa déception s'exprimer par un profond soupir. Justin ait douté de sa parole et demandé un test de paternité. Elle était furieuse, mais s'il fallait cela pour apaiser son esprit et garder le secret, elle se plierait à sa volonté. Pour le bien de Mattie.

Elle avait commis de graves erreurs au cours du passé,

mais protéger Mattie de la vérité n'en était pas une, elle en était certaine. Elle savait, au plus profond d'elle-même, qu'elle ne pouvait agir autrement.

En arrivant dans la chambre de Connor, elle sentit tout son être s'illuminer de bonheur. Le petit dormait paisiblement dans son lit, et comme chaque fois qu'elle le voyait, elle ne put s'empêcher de sourire. Il n'y avait pas de mots assez forts pour exprimer l'amour inconditionnel qu'elle avait pour lui. Une adoration qui ne connaissait aucune limite. Elle avait toujours fait passer Connor avant tout, mais elle regrettait d'avoir mis tant de temps à se résoudre à quitter Michael Golden. Cet homme n'était pas bon pour Connor. Malheureusement, elle l'avait compris un peu tard.

Perdue dans ses pensées, elle entra ensuite à pas de loup dans la chambre de Mattie. Une couverture en patchwork enroulé autour de ses frêles épaules, la vieille dame était immobile. Un peu inquiète, Kat s'avança doucement vers elle.

— Je respire toujours, lui dit-elle en lui faisant un clin d'œil.

— J'espère bien, répondit Kat en riant.

— Je me suis efforcée de garder les yeux ouverts, au cas où Connor aurait eu besoin de moi.

— Il a l'air de bien dormir, tatie Mattie.

— Tant mieux, ma chérie. Je ne l'ai pas entendu de la soirée.

— Vous pouvez dormir tranquillement, maintenant, affirma Kat en se dirigeant vers la porte.

— Je crois que c'est ce que je vais faire.

— Bonne nuit, tatie Mattie, dit-elle en sortant. Et encore merci.

— Bonne nuit, ma chérie.

Les marques d'affection de Mattie lui remontèrent le moral. Kat lui avait redonné goût à la vie, mais l'inverse valait également.

Apaisée, elle se rendit dans la pièce où Mattie avait entreposé les affaires de Ralph, feu son mari. Malgré les années qui s'étaient écoulées depuis son décès, la vieille dame avait refusé de jeter les objets qui lui avaient appartenu ; elle disait qu'elle avait ainsi l'impression d'être plus proche de lui. Kat trouvait cela mignon et romantique. Jamais elle n'aurait ce genre de relation avec qui que ce soit. Mais elle avait Connor, désormais, et cela lui suffisait.

A son arrivée, la vieille dame avait néanmoins eu la gentillesse de lui faire un peu d'espace dans cette pièce, qui abritait désormais une vieille table en pin que Kat avait trouvé dans la grange et restauré elle-même pour s'en servir de bureau. De l'autre côté de la pièce, entre les cannes à pêche de Ralph et les cartons qui contenaient ses affaires, se trouvait la vieille machine à coudre de Mattie. Fort heureusement, il ne s'agissait pas d'une relique, et Kat avait réussi à la bricoler un peu pour la rendre plus efficace.

Après s'être assise devant la machine, elle prit le patron de robe qu'elle avait dessiné le mois précédent. Puis elle se mit à enfoncer des épingles dans le plumetis de tulle jaune sur lequel elle avait commencé à travailler le matin, avant que Justin Slade ne vienne bouleverser son univers.

Elle n'arrivait pas à oublier son odeur virile et musquée. En y resongeant, elle sentit un délicieux frisson lui parcourir le corps. Elle s'était si facilement laissé prendre au jeu. Car il y avait beaucoup de choses qui lui manquaient. La force des bras d'un homme, une épaule solide sur laquelle s'appuyer… Mais ce n'était pas une raison. Elle avait des problèmes importants à régler. Et elle s'en voulait d'avoir rendu ce baiser, d'avoir si facilement cédé aux avances de Justin.

Car elle avait beau se sentir coupable de beaucoup de choses, c'était lui qui lui avait menti le premier. C'était lui qui était responsable de tout cet imbroglio. Justin Slade n'était pas un saint.

Mais c'était un héros. Un héros qui avait reçu la médaille d'honneur pour avoir sauvé la vie de cinq soldats. Elle avait lu cette information sur internet en faisant quelques recherches sur lui. Elle se souvenait vaguement que Luke lui avait dit que son frère était un soldat décoré. Mais sur le moment, elle n'avait pas établi de lien, et ce pour la simple et bonne raison qu'elle ne pouvait pas savoir que Luke était l'oncle de son fils. Mais elle en était désormais certaine.

Ce test de paternité était parfaitement inutile.

Perdue dans ses pensées, elle poussa le tissu sous l'aiguille de la Singer et commença à le guider. Le ronronnement de la machine ne tarda pas à l'apaiser. Entre ses doigts de fée, ce petit morceau de tissu jaune n'allait pas tarder à devenir une jolie robe de fillette. Grâce aux commandes des particuliers et des petits commerces indépendants, elle pouvait gérer son entreprise, Babylicious, depuis la maison de Mattie. Et surtout, elle pouvait se perdre dans ce travail qu'elle aimait tant, et qui lui permettrait d'oublier Justin Slade, le père de son enfant, qui risquait bien, dans les temps à venir, de lui rendre la vie très compliquée.

Par peur que l'affaire ne s'ébruite, c'était à un ami de la famille que Justin avait confié la délicate mission d'effectuer le test de paternité : le Dr Barrington.

Le lendemain matin, il retrouva Kat dans le parking d'un petit supermarché de Silver Springs. Avec Connor fermement attaché sur son siège auto, il conduisit la voiture de Kat jusqu'au cabinet du docteur. Les prélèvements de salive ne durèrent que très peu de temps, et il ne tarda pas à reconduire tout le monde au parking où il avait laissé son pick-up.

Mais quand il se gara, il s'aperçut que le petit garçon s'était endormi et respirait doucement. Et à le regarder, il sentit son cœur se gonfler d'amour. Jusqu'alors, la situation ne lui avait inspiré que regrets, colère et amertume. Mais, désormais, il n'était plus que tendresse et affection. Déjà, il songeait à l'avenir de ce petit garçon qu'il avait sans nul doute engendré et à toutes les choses qu'il avait envie de lui transmettre.

— Il est vraiment adorable, dit-il à Kat.

Levant les yeux vers lui, elle lui adressa un sourire radieux.

— Pas tout le temps, bien sûr, mais dans l'ensemble, je crois qu'on peut vraiment dire qu'il est mignon.

Ils restèrent quelques instants à se regarder.

Il avait vraiment envie de passer la journée avec eux, de les emmener déjeuner en ville, de passer du temps avec Connor. De l'emmener faire une promenade en poussette et de faire toutes les autres choses qu'il avait manquées. Comme un vrai père de famille. Mais il devait d'abord attendre les résultats du test de paternité.

Ses neuf années passées dans l'armée lui avaient appris à patienter. A attendre et reconnaître le moment opportun. Or, ce moment n'était pas encore venu.

Il ne pouvait pas faire confiance à Kat. Elle n'ignorait rien de la fortune des Slade. Elle avait vu le Sunset Ranch et avait déjà essayé de s'y infiltrer en sortant avec Luke. Et si c'était pour les mêmes raisons qu'elle cherchait à faire passer son fils pour un Slade ? Et s'il ne s'agissait là que d'une nouvelle manœuvre ?

Oui, il fallait qu'il attende que le test de paternité prouve ou non que ce petit chérubin aux boucles noires et aux yeux bruns était son fils. Les trois jours les plus longs de toute sa vie.

S'il s'avérait que Connor était bien de lui, il ferait tout pour jouer un rôle dans sa vie. Pour son bien. Parce qu'il n'avait pas envie que le petit grandisse sans père.

— Il faut que j'y aille, dit soudain Kat, coupant court à ses pensées. Quand il va se réveiller, il voudra manger. Et il n'est jamais de très bonne humeur quand il a faim.

— J'aimerais beaucoup le voir manger.

— Tu le verras, répondit-elle doucement. C'est ton fils, Justin. Et tu en auras la preuve dans quelques jours.

Il attendit que la voiture ait disparu pour remonter dans son pick-up. Et puis, instinctivement, il se rendit au cimetière de Silver Haven, où le corps de Brett avait été enterré. Il arrêta sa voiture.

Vas-y. Va faire la paix avec ton esprit.

Les mains figées sur le volant, il resta quelques instants à regarder fixement les grilles. Ce fut le véhicule qui arriva derrière lui qui l'aida à prendre sa décision. Il n'avait que deux choix : faire demi-tour ou avancer.

Il fit demi-tour.

Il ne se sentait pas prêt à passer ces grilles. Et il ne savait pas s'il le serait un jour. Le cœur battant à tout rompre, il prit la direction du Sunset Ranch.

Au moins, il avait essayé.

Après s'être garé devant chez lui, il resta quelques instants dans sa voiture, les yeux rivés sur le tableau de bord, ses pensées tournées vers le passé. Les choses qu'il ne pouvait pas changer, les erreurs qu'il avait commises.

Plusieurs minutes durent s'écouler.

Mais, soudain, des coups portés à la vitre le tirèrent de sa torpeur.

Luke.

— Quelque chose ne va pas ? lui demanda son frère.

Malgré le grand sourire qu'il arborait, son regard était chargé d'inquiétude. Luke avait toujours été très compréhensif et très rationnel. C'était d'ailleurs toujours vers lui que Justin se tournait quand il avait un problème. Mais cette fois-ci… Luke ne pouvait pas être la solution, puisque c'était en quelque sorte lui, le problème.

Déterminé, il sortit du pick-up.

— Il faut qu'on parle.

— Ça a l'air sérieux, lui répondit son frère, qui avait tout à coup perdu le sourire.

Justin regarda en plissant les yeux le soleil qui montait sur les terres des Slade.

— Tu aurais le temps de faire un tour à cheval ?

— Si c'est important, je vais prendre le temps, lui répondit Luke en hochant la tête.

— C'est important.

— Très bien. Alors allons-y.

- 4 -

— C'est très gentil à vous d'être revenu me voir, Justin, lui dit Mattie en s'asseyant en face de lui sur son fauteuil. Vous êtes sûr que vous ne voulez pas de tarte aux pêches ?

— Tout à l'heure, peut-être.

— La tarte attendra. Quant à moi, à mon âge, j'ai l'habitude d'attendre. Il n'y a plus rien d'autre à faire.

Justin sourit. Mattie était vêtue d'un peignoir imprimé de fleurs rouges, turquoise et orange. Ses cheveux étaient tirés en un chignon bas, qui lui rappelait celui que portait autrefois sa mère. Il n'avait aucun mal à s'imaginer la femme jolie et attrayante qu'elle avait été à une époque.

— Ma grand-mère disait toujours que l'âge n'est qu'un chiffre, et que ce qui compte, c'est la façon dont on se sent dans sa tête.

Elle se pencha vers lui, et le sourire qu'elle lui adressa la fit rajeunir de dix ans.

— Si c'est vrai, eh bien, c'est que j'ai seize ans.

— C'est ce que ma grand-mère disait, elle aussi, répondit-il en hochant la tête.

— Mais naturellement, quand votre corps vous lâche, vous avez tendance à oublier ça.

— Je comprends.

— Alors vous étiez venu me parler de Brett ? Comme c'est gentil de votre part. Vous le connaissiez bien ?

— Oui, madame. Il s'est engagé trois ans après moi. Il a été affecté dans mon unité il y a environ deux ans. Nous avons servi ensemble et nous sommes devenus amis.

Mattie s'adossa à son fauteuil, et un sourire triste et distant se dessina sur ses lèvres.

— Il était comme un fils pour moi. Ralph et moi l'avons élevé ensemble, vous savez. Et désormais, Ralph et Brett servent le bon Dieu, là-haut. Et si vous me parliez un peu des moments que vous avez passés avec Brett ?

C'était douloureux, mais il savait qu'il le lui devait. Il lui parla de leur caserne, de la promiscuité, de la chaleur infernale des journées et de la fraîcheur glaciale des soirées, des amitiés qui s'étaient nouées entre les soldats dans ce milieu hostile. Ils avaient peu de contact avec le monde extérieur : pas de télévision, pas de connexion internet la plupart du temps. Il lui raconta donc les parties de poker, les photos qu'ils se montraient, les discussions sur le passé des uns et des autres dans leurs terres natales. C'était toujours cela qui revenait. Chacun connaissait l'enfance de l'autre aussi bien qu'il connaissait la sienne. Il répéta à Mattie tout ce que Brett avait dit au sujet de son oncle Ralph et de l'affection et l'admiration qu'il lui portait. Il lui expliqua que Brett se sentait coupable de l'avoir laissée seule, mais espérait revenir un jour à la maison pour rendre à la ferme des Applegate sa gloire de jadis. C'était si important pour lui.

Il lui dit tout sur Brett. Tout, sauf la seule et unique chose qu'il lui tenait vraiment à cœur de lui raconter. La façon dont Brett était mort. Il avait les mots sur le bout de la langue, et ils ne demandaient qu'à être prononcés, mais chaque fois qu'une occasion se présentait, il n'arrivait pas à les faire sortir, soit parce que Mattie lui avait souri, soit parce que son regard nostalgique était perdu dans le vide, soit parce qu'elle avait placé les mains sur son cœur, comme pour mieux y garder les images de Brett qu'il venait de lui dépeindre.

Et pourtant, soulager sa conscience, se débarrasser du lourd fardeau qu'il portait depuis des mois était pour lui une priorité. Les souvenirs qu'il avait de Brett le hantaient. Il ne faisait plus que des cauchemars. Et il avait très envie de dire la vérité à Mattie, qui le méritait, ne serait-ce que pour se sentir ainsi un peu moins lourd.

Mais il ne pouvait pas faire ça.

Une bataille faisait rage dans son esprit, et il était ravi que Kat et Connor soient sortis faire des courses en ville, ce matin. Ravi d'avoir un peu de temps pour parler seul avec Mattie.

Au départ, quand Mattie lui avait ouvert la porte et lui avait dit que Kat et le bébé étaient absents, il s'était senti un peu déçu. Il avait envie de voir Connor. Il avait hâte de revoir le bébé, hâte de contempler de nouveau ses petites joues rebondies et ses grands yeux curieux.

Et il avait envie de voir Kat, aussi.

Elle ne lui avait pas menti au sujet de Luke. Ils étaient sortis ensemble pendant un très bref laps de temps et n'avaient échangé rien d'autre qu'un ou deux baisers. Luke lui avait assuré qu'il n'y avait rien eu de plus entre eux, et le soulagement qu'il avait ressenti au moment où il le lui avait juré avait été bien plus intense qu'il ne l'aurait pensé.

Luke avait pour sa part paru très étonné quand, mal à l'aise, il lui avait par la suite raconté l'histoire de sa liaison avec Kat. Le pari idiot, et les conséquences qui en avaient découlé.

— Je vois que tu es loin d'être parfait, lui avait dit son frère sur le ton de la plaisanterie. Mais c'est ce que j'ai toujours pensé.

Il avait apprécié la franchise de cette affirmation. Notamment parce qu'il ne se sentait pas toujours à la hauteur des attentes des autres vis-à-vis de son statut de héros de guerre. Luke avait un véritable don : il savait toujours ce qu'il fallait dire.

Contrairement à lui qui, en ce moment même, n'arrivait pas à sortir la phrase qu'il avait pourtant répétée devant son miroir des dizaines de fois : « Brett est mort à cause de moi. »

Quant à Mattie, elle avait pour l'instant eu le tact de ne pas l'interroger à ce sujet. C'était visiblement une vieille dame très sage. Elle devait avoir compris que cela leur ferait du mal à tous les deux.

Embarrassé, il décida donc de passer à un autre sujet.

— Tatie Mattie… Cela ne vous gêne pas si je vous appelle comme ça ?

Les yeux de la vieille dame prirent un nouvel éclat.

— Au contraire. Je suis très honorée.

— J'ai un projet que j'ai très envie de développer, mais il me faut d'abord votre accord. J'espère que vous ne serez pas vexée si je vous dis ça, mais vos terres auraient besoin d'être davantage entretenues.

— Je n'ai jamais cherché à le nier. Il y a des ronces partout, des trous de gauphres et de serpents, et derrière la vieille grange, il n'y a plus rien d'autre que des cactus. Ralph a fait beaucoup d'efforts pour remédier à tout cela, mais quand on manque d'argent, ce n'est pas facile. C'était un homme bien, vous savez ?

— Oui, je sais. Brett n'arrêtait pas de chanter ses louanges. Il m'a expliqué les difficultés financières qu'il avait rencontrées, à cause de la concurrence des gros élevages de porc industriels. Et il ne rêvait que de redonner vie à la ferme en rentrant à la maison.

A ces mots, il vit ses yeux s'emplir de larmes et son cœur se serra.

— Je sais. Brett était un bon garçon, et cette maison lui tenait à cœur.

— Vous savez, j'ai très envie d'honorer la mémoire de Brett, de Ralph et, à travers eux, de tous ceux qui ont combattu pour la patrie. Ralph avait servi au Viêt-nam, et Brett a… a donné sa vie au Moyen-Orient. Et puis il y a beaucoup d'autres vétérans ici qui ont gardé des blessures physiques ou psychologiques de leur séjour dans l'armée et qui mériteraient d'être davantage aidés. Si vous acceptiez de vendre vos terres… Il y a ici au moins deux cent cinquante hectares qui pourraient…

— Deux cent soixante-cinq, corrigea-t-elle.

Il inspira fort. Le moment était venu de lui exposer son projet.

— J'ai dans l'idée d'y faire bâtir un refuge pour les anciens soldats. Faire venir des chevaux et faire construire un bâtiment pour les vétérans, loin de votre maison, naturellement. De cette façon, les jeunes et les moins jeunes pourraient s'occuper des bêtes, et inversement. Le Sunset Ranch pourrait procurer des juments et des hongres, qui ont besoin de beaucoup de soin et d'attention. Ce serait un refuge équestre. Si vous acceptez de me vendre vos terres, je m'assurerai que votre maison bénéficie de toutes les réparations dont elle a besoin. C'était le rêve de Brett de faire restaurer cette ferme, et je vous assure que j'ai vraiment très envie de le réaliser pour lui.

Des larmes se mirent à rouler sur les joues de Mattie.

— Pourquoi… Je ne sais pas… Oh ! mon Dieu. C'est l'idée la plus extraordinaire que j'aie jamais entendue. Mes terres… un refuge pour vétérans ?

Sa voix se brisa, et elle reprit, d'un air émerveillé :

— Je suis certaine que mon Ralph et mon Brett auraient adoré cette idée.

— Ne pleurez pas, tatie Mattie, dit-il en se levant pour aller lui chercher un mouchoir en papier. Je vous proposerai un prix très correct, vous savez ?

— Je n'en doute pas, répondit-elle en s'essuyant les yeux.

La culpabilité continuait de le tenailler, mais c'était ce qu'il y avait de mieux à faire pour honorer la mémoire de Brett, il le savait. Et puis, d'une certaine façon, cela compenserait le tort qu'il avait causé à Mattie…

— Si vous êtes d'accord, nous pourrions rebaptiser l'endroit le Refuge équestre d'Applegate.

Son visage s'illumina de joie.

— Oh ! mon Dieu… Je ne sais pas ce que j'ai fait pour mériter ça. D'abord, Connor et Kat qui sont arrivés dans ma vie. Et maintenant vous et cette proposition. Je ne vois pas comment je pourrais refuser une offre aussi merveilleuse.

— Je crois que Brett aurait été ravi, dit-il doucement.

— Je crois aussi, répondit-elle en hochant la tête.

Ce fut à ce moment-là que la porte d'entrée s'ouvrit sur Kat, qui portait un cabas sur une hanche et Connor dans un porte-bébé, contre sa poitrine. Face à ce spectacle, il sentit son cœur fondre. Il se leva d'un bond pour s'approcher du petit, qui, cette fois-ci, ne détourna pas la tête et le regarda droit dans les yeux.

A la fois surpris et ému, il dut lutter pour se reprendre. Il fallait qu'il aide Kat à porter ce sac. Il fit mine de le lui prendre. Mais avant qu'il n'ait eu le temps de l'atteindre, elle l'avait laissé tomber sur la table. Son regard était rivé sur le visage trempé de larmes de Mattie, et un petit cri s'échappa de ses lèvres pleines.

— Justin, qu'est-ce que tu fais ici ? lui demanda-t-elle en tournant vers lui des yeux accusateurs.

— Kat, ma chérie, Justin était juste venu me dire que…

— Qu'est-ce que tu lui as dit ? fit-elle d'un air paniqué.

— Du calme, murmura-t-il.

— Je ne me calmerai pas. Tu ne m'as jamais dit que tu passerais aujourd'hui.

— Mais j'avais dit à tatie Mattie que je passerais lui rendre visite pour lui parler de Brett.

— Il n'a pas besoin d'invitation, ma chérie. Il m'a raconté des anecdotes extraordinaires. C'est vraiment dommage que tu aies raté ça.

Il remarqua qu'à ces mots Kat s'était légèrement détendue, bien qu'elle arborât désormais un air embarrassé.

— Des anecdotes extraordinaires ? répéta-t-elle en entreprenant de faire sortir Connor du porte-bébé. Alors, pourquoi est-ce que tatie Mattie pleure ?

— Tu en as d'autres dans ta voiture ? demanda-t-il en pointant du doigt le cabas.

Elle hocha la tête.

— Je vais aller les chercher ; tatie Mattie te racontera.

— Viens t'asseoir avec Connor, Kat, intervint la vieille dame en s'essuyant les yeux. Je vais t'expliquer la merveilleuse idée que vient de m'exposer Justin.

Kat, vêtue d'un jean étroit et d'un pull rose pâle bien ajusté qui révélaient ses courbes sans dévoiler un centimètre carré de peau, était tout simplement magnifique. Et le bébé qu'elle portait dans ses bras ne gâchait en rien ce beau tableau.

Détachant à contrecœur son regard de ce somptueux spectacle, il sortit chercher les sacs. Mais une fois dehors, il lui fallut s'appuyer aux colonnes du porche pour reprendre son souffle. Reprendre ses esprits.

Il n'avait jamais imaginé que son retour à la maison serait si difficile.

Plus tard, Kat se retrouva dans la cuisine avec Justin, occupé à couper la viande pour le dîner.

— A la limite, il n'y aurait même pas besoin de couteau, commenta-t-il. Cette viande est tendre comme du beurre.

Mais pourquoi Mattie l'avait-elle invité à partager leur repas ?

Il avait traîné dans les parages tout l'après-midi, l'avait aidée à ranger les courses, avait discuté avec Mattie de son idée de refuge équestre, et désormais il l'aidait à préparer le dîner pendant que Connor et Mattie faisaient tous les deux la sieste.

— On n'avait pas de la viande comme ça, en Afghanistan.

Ses hanches frôlèrent les siennes, et elle dut retenir son souffle quelques instants. Mais pourquoi fallait-il qu'elle soit si proche de lui ?

— Comment était-ce, là-bas ? demanda-t-elle en tâchant de se concentrer sur la sauce et de ne pas se laisser distraire par cet homme si sexy qui se trouvait à côté d'elle.

Elle lui en voulait toujours beaucoup de lui avoir menti. Elle avait passé toute sa vie avec des hommes qui avaient abusé d'elle, et quand Justin, dans la peau de Brett, s'était présenté à elle, elle s'était presque tout de suite confiée à lui. Elle lui avait dit des choses qu'elle n'avait jamais dites à personne, sur son enfance, sur ses rêves. Pourquoi ? Peut-être était-ce parce qu'elle savait qu'il devait partir et parce qu'elle pensait qu'elle n'aurait jamais à se retrouver face à lui de nouveau ? Ou peut-être avait-elle juste eu l'impression qu'elle pouvait lui faire confiance ? Un peu des deux, certainement.

— C'était très difficile d'être isolé du reste du monde, finit-il par répondre, coupant court à ses pensées. On avait tous l'impression d'être déconnectés de nous-mêmes, de la vie, de tout ce que nous connaissions. La seule chose qui comptait, c'était la mission et son succès.

Il s'interrompit et baissa les yeux.

— Le plus dur, reprit-il plus bas, ça a été de perdre Brett.

Elle plongea son regard dans le sien, et la douleur qu'elle lut dans ses yeux la bouleversa.

— Tu as sauvé des vies, Justin.

— Je n'ai fait qu'accomplir mon devoir.

— Mais tu es un héros. Le comté va organiser une parade en ton honneur. Je l'ai lu dans le journal.

— Je n'ai jamais rien demandé.

— Mais tu as sauvé la vie de cinq hommes. Ils seraient morts si tu n'avais pas été là.

— Je n'ai pas sauvé Brett, murmura-t-il, le regard fixé sur le mur. Et j'aurais pu.

Elle ignorait tout de cette histoire. Que s'était-il vraiment passé, au juste ?

— Je suis désolée pour la mort de Brett, finit-elle par dire. Et je trouve que cette idée de refuge serait un excellent moyen d'honorer sa mémoire.

Lentement, il secoua la tête.

— J'ai envie de faire quelque chose de bien pour me racheter.

— Mais tu as déjà fait quelque chose de bien.

Après avoir relevé la tête pour mieux le regarder, elle baissa la voix :

— Tu as promis de garder le secret dont dépend la vie de Mattie.

— Il y a quelques heures à peine, tu pensais que j'étais revenu sur cette promesse.

— Tatie Mattie était en train de pleurer. Je ne savais pas quoi penser.

— Elle compte vraiment tant que ça, pour toi ?

Quelle question ! Trouvait-il si curieux qu'elle ait envie de s'occuper d'une femme qui n'avait manifesté envers elle que tendresse et bienveillance ? La jugeait-il incapable de placer les besoins de quelqu'un d'autre au-dessus des siens ? Mattie ne remplacerait jamais la mère qu'elle avait perdue, mais le lien affectif qui les unissait désormais était solide, reposant en partie sur l'amour qu'elles avaient toutes deux pour Connor.

— Bien sûr que oui, finit-elle par répondre.

Tout en s'accoudant au plan de travail, il se pencha vers elle, et bientôt son beau visage fut si proche du sien qu'elle ne put plus rien voir d'autre. Complètement captivée par son regard, elle s'immobilisa. Doucement, tendrement, il passa une main dans ses cheveux. Au même instant, elle sentit une vague de chaleur déferler dans son corps, ainsi qu'un délicieux frisson. Tout en faisant sensuellement glisser son index sur sa joue, il baissa les yeux vers sa bouche.

— Je ne reviens jamais sur mes promesses, Kat.

Elle ravala sa salive avec peine. Ils étaient seuls dans la cuisine, et elle n'avait pas le courage de le repousser. Notamment parce qu'elle ne se souvenait que trop bien de tout le plaisir qu'il pouvait lui donner.

— Mais tu m'as menti pendant tout un week-end, s'efforça-t-elle néanmoins de murmurer.

— J'avais envie de toi, répondit-il en posant les mains sur sa taille.

A travers les fines mailles de son pull, elle sentit toute la passion qu'il y avait dans son geste. Il l'attira plus près de lui. Leurs cuisses se touchèrent, ses seins vinrent se presser contre les muscles fermes de ses pectoraux. Comme pour mieux lui faire comprendre ce qu'il avait en tête, il laissa échapper un petit grognement. Leurs bouches n'étaient plus qu'à quelques centimètres l'une de l'autre.

— Et j'ai toujours envie de toi, murmura-t-il, juste avant de joindre ses lèvres aux siennes.

La sensualité, la fougue qu'il y avait dans ce baiser étaient telles qu'elle n'eut d'autre choix que de le lui rendre. Jetant les bras autour de son cou, elle se serra encore un peu plus contre son corps brûlant.

Il plongea la langue dans sa bouche, et elle l'accueillit avec un doux gémissement. Petit à petit, son baiser se fit plus appuyé, réveillant tout le désir qu'elle avait pour lui. Un désir qu'elle n'avait pas ressenti depuis la naissance de Connor. Elle avait envie de sentir ses lèvres contre les siennes, son corps contre le sien et toute la fermeté du désir qu'il avait pour elle.

De la bouche, il traça un chemin de feu jusqu'à sa gorge. Pour mieux lui en faciliter l'accès, elle releva légèrement le menton. Au même instant, il se mit à caresser langoureusement sa poitrine de ses mains brûlantes. Par-dessus le doux cashmere, il ne tarda pas à prendre ses seins en coupe. Une sensation de chaleur intense s'installa au creux de son ventre. De nouveau, il l'embrassa. Et, fiévreusement, elle sut qu'elle avait envie de plus. Elle avait envie de lui. Maintenant.

Mais c'était tout à fait impossible. Connor et Mattie dormaient dans la pièce d'à côté.

D'ordinaire, elle aimait bien les jeux sensuels et un peu

risqués. Mais pas là. Pas avec son fils si près. C'était de la folie. Alors qu'elle se faisait cette réflexion, il releva son pull avec impatience. Et bien vite, elle sentit ses mains brûlantes sortir sa poitrine de son soutien-gorge. Enfin, leurs peaux se rencontrèrent, la paume rugueuse de ses doigts jouant contre ses doux tétons, lui procurant d'intenses et voluptueuses sensations.

— Tu es aussi délicieuse que dans mes souvenirs, murmura-t-il. Si tu savais à quel point ç'a été dur de ne pas coucher avec toi le premier soir. Si tu savais à quel point j'avais envie de toi.

Les souvenirs de ce week-end affleurèrent à sa mémoire. Elle avait failli s'éprendre d'un garçon fauché, exactement le genre d'homme dont elle ne voulait plus dans sa vie. Mais, désormais, les choses étaient différentes. Justin n'était pas Brett Applegate. Et il était en train de la rendre folle.

— On… on ne peut pas faire ça, balbutia-t-elle.

Il s'immobilisa et la regarda droit dans les yeux. Et elle n'eut pas de mal à lire la déception dans son regard. D'autant moins qu'elle se sentait très frustrée, elle aussi. Tout en hochant la tête d'un air résigné, il la libéra de son étreinte.

— Tu as raison. On ne peut pas faire ça.

Tremblante, elle croisa les bras, encore toute chaude des caresses qu'il venait de lui prodiguer.

— C'est déjà suffisamment compliqué comme ça.

— Il n'y a rien de compliqué entre toi et moi. Tout est clair entre nous.

Elle plongea son regard dans le sien.

— C'est vrai, admit-elle, tout en songeant à Mattie, à Connor et à tous les mensonges qu'elle avait dû dire au cours de son existence pour assurer sa survie. Et celle de son fils.

— Il faut que j'aille voir si Connor dort toujours. Est-ce que tu pourrais… ?

— Je viens avec toi. On préparera le repas plus tard.

Elle ne pouvait pas lui dire non. Il avait le droit de voir

Connor. Car si lui avait des doutes, elle était pour sa part certaine qu'il s'agissait bien de son fils. Ils avaient conçu cet enfant ensemble, c'était sûr, deux jours avant qu'elle ne rencontre Michael Golden.

— D'accord, finit-elle par répondre en lui adressant un petit sourire.

Il l'accompagna dans la chambre. Connor venait juste de se réveiller. Dès qu'il la vit, il se redressa pour s'asseoir et se mit à la regarder de ses yeux encore embrumés par le sommeil.

— Coucou, mon bébé.

De ses petits poings, il se mit à se frotter vigoureusement les paupières.

— Il lui faut toujours quelques minutes pour se réveiller, expliqua-t-elle à Justin.

— Pas de problème. Je pourrais passer toutes mes journées à le regarder.

Surprise, elle tourna la tête pour mieux observer ce vaillant soldat, ce héros de guerre dont le regard était désormais empreint de tendresse. Il était tout de suite tombé sous le charme de Connor. Ce qui n'avait somme toute rien d'étonnant. Elle-même aurait décroché la lune pour ce petit ange.

— Oui, moi aussi, murmura-t-elle. Il faut que je change sa couche. Tu peux retourner en bas, si tu veux.

Il lui jeta un regard amusé.

— J'ai vu des choses bien pires, tu sais ?

— O.K., mais ne viens pas te plaindre après.

Il éclata d'un rire joyeux, et Connor se mit à le dévisager d'un œil curieux.

— Même pas peur. Allez, on y va.

Plus tard, quand ils furent tous assis autour de la table, Connor sur sa chaise haute, Justin commença à parler des détails pratiques de la vente des terres.

Ce changement de sujet permit à Kat de respirer un peu. Jusque-là, il avait passé son temps à observer ses moindres faits et gestes, tout en lui jetant des coups d'œil en biais brûlants de désir. Quant aux regards adorateurs qu'il adressait régulièrement à Connor, il aurait été difficile de les manquer. Ce qui, à son sens, était pire encore. Mattie n'était pas née de la dernière pluie. Et elle était là, à les observer. Qu'allait-elle en déduire ? Qu'allait-elle en penser ?

Alors qu'elle se faisait ces réflexions, il continuait de parler :

— Je vais demander à mon avocat de rédiger les papiers, que je vous apporterai dans quelques jours, disait-il à Mattie. Si vous êtes toujours d'accord, naturellement.

L'argent de la vente aiderait Mattie à payer ses dépenses médicales et lui permettrait également de bénéficier d'un meilleur niveau de vie. D'autre part, ces terres laissées à l'abandon ne lui étaient plus d'aucune utilité, et il était fort peu probable que quelqu'un trouve une meilleure idée que celle de Justin pour restaurer la ferme.

Sans répondre, Mattie se mit à observer Connor d'un air curieusement contrarié.

— Je viens juste de me rendre compte d'une chose, dit-elle lentement. En vendant mes terres, je vais priver le petit de son héritage.

Justin tourna son regard vers Kat, qui sentit aussitôt ses joues rougir.

Personne ne semblait y avoir pensé jusqu'ici, et ce pour une simple et bonne raison : Mattie ne pouvait pas priver Connor de son héritage puisque celui-ci n'était pas son petit-neveu.

— Mais, tatie Mattie, balbutia-t-elle, nous ne vous demandons rien du tout. Vous avez déjà fait tellement pour nous, en nous offrant votre hospitalité.

— Ne dis pas de sottises, ma grande. Quand tu es arrivée ici, tu t'es immédiatement occupée de moi. Tu as rapporté du bonheur dans ma vie. Tu as fait bien plus de choses pour moi que je ne pourrai jamais en faire pour toi.

— Mais… je vous ai toujours dit que je n'attendais rien de votre part.

— Oui. Mais cet enfant est mon descendant. Il mérite…

— Il ne mérite pas une terre mal entretenue qui continuera de se détériorer avec le temps, intervint Justin. N'oubliez pas que je vous en offrirai un bon prix. Et je vous promets que Connor ne perdra pas au change. D'autre part, vous conserverez la maison qui, comme je vous l'ai promis, sera entièrement restaurée.

Mattie hocha lentement la tête, et les rides de son front se creusèrent un peu.

— Vous avez sans doute raison. C'est difficile de prendre des décisions à mon âge.

Là-dessus, elle tourna son regard vers Kat, qui lut dans ses yeux une confiance si absolue qu'elle sentit son cœur se serrer.

— Si tu penses que c'est une bonne idée, Kat, je me rangerai à ton avis.

Embarrassée, Kat prit une profonde inspiration. Elle n'avait en théorie aucun droit de prendre des décisions à la place de Mattie. Mais la confiance aveugle qu'elle lisait sur son visage semblait indiquer le contraire. Silencieusement, la vieille dame était en train d'implorer son aide.

— Connor ne sera pas lésé, finit-elle par dire. Et le refuge portera secours à beaucoup d'hommes bien.

— Tu as sans doute raison. C'est une bonne chose, en effet.

— Oui, il me semble aussi, répondit Kat.

Et sur ce, elle se leva pour aller chercher le pilulier de Mattie, dont elle sortit deux cachets.

— Tenez, dit-elle en les plaçant près de l'assiette de Mattie. C'est l'heure de vos médicaments.

— Merci, ma chérie.

Elle remarqua que Justin s'était remis à épier ses moindres faits et gestes.

— Alors, l'affaire est conclue ? demanda-t-elle.

— Oui, répondit Mattie après avoir avalé ses médicaments. Je vous vends les terres, Justin.

Chacun plongea dans un silence songeur.

Une fois la vaisselle faite, Justin alla dire au revoir à Mattie. Avec Connor dans les bras, Kat le raccompagna jusqu'à la porte. Sous le porche, à la lumière de la lune, ils restèrent quelques instants sans parler. Connor n'avait plus peur de Justin, désormais. Il le regardait en souriant.

— Tout cela, c'est à ton avantage, n'est-ce pas ? lui demanda soudain Justin.

— Qu'est-ce que tu entends par là ?

— Quoi qu'il arrive, tu seras gagnante. Si tatie Mattie meurt, tu récupéreras tout ce qu'elle possède. Ce quart de million de dollars que je vais lui verser pour ses terres asséchées te reviendra.

— Ce n'est pas pour ça que je garde le secret, Justin. Je suis venue ici pour…

— Ouais, je connais l'histoire. Ce que je ne comprends pas, c'est pourquoi tu as mis autant de temps avant de te décider à rechercher la famille de Brett. Connor devait avoir… neuf mois quand tu es arrivée à Silver Springs. Qu'est-ce que tu as fait, durant tout ce temps ?

J'ai vécu avec Michael Golden, qui m'avait promis d'élever mon fils et de le faire vivre dans l'abondance.

Voilà ce qu'elle eut envie de répondre. Mais en avouant la vérité, elle aurait perdu toute crédibilité. Aussi jugea-t-elle préférable de garder le silence. Vu l'état d'esprit dans lequel Justin se trouvait, elle avait de toute façon bien peu de chances de sortir victorieuse de ce conflit.

— S'il s'agit bien de mon fils, je serais prêt à payer dix fois plus pour ces terres. Et je suis parfaitement en mesure de le faire. Mais ça, tu le sais déjà, puisque tu es sortie avec Luke.

— Je t'ai déjà dit que Luke et moi étions juste… amis.

Il serra les dents, mais elle remarqua dans ses yeux comme une lueur de soulagement.

— Il me l'a confirmé. Je ne t'aurais pas embrassée comme je l'ai fait dans la cuisine si ça n'avait pas été le cas.

— J'en déduis donc que tu ne m'as pas cru quand c'est

moi qui te l'ai dit ? rétorqua-t-elle en relevant fièrement le menton.

— Je ne sais pas quoi penser, ma douce, dit-il en baissant les yeux vers Connor.

Lentement, il passa la main sur la petite joue rebondie du bébé.

— Vous feriez mieux de rentrer, tous les deux. Il ne fait pas chaud, affirma-t-il.

Et sur ce, il tourna les talons et descendit les marches du porche, la laissant aux prises avec toutes sortes d'émotions contradictoires. Un vrai tourbillon.

Le lendemain, en fin de matinée, Justin alla chercher dans le bar du séjour une bouteille de whisky cinquante ans d'âge.

— A Connor, mon fils, finit-il par dire en se versant un verre.

Il but une gorgée, en savourant les délicates notes ambrées du précieux breuvage. Il était euphorique. Mais ce n'était pas l'effet de la boisson.

Connor était bien son fils. Et il était ravi d'en avoir eu la confirmation.

Des images de son propre père lui revinrent soudainement à l'esprit. Il entretenait de bonnes relations avec Randall Slade. Certes, il s'agissait d'un homme assez dur, mais Justin avait toujours su comment se positionner par rapport à lui. Et il avait toujours su que son père était là pour lui. Or, il voulait que Connor connaisse cela, lui aussi. Il voulait que son fils sache que, quoi qu'il arrive, il serait toujours là pour le soutenir.

Emu. Voilà comment il se sentait. Plein d'amour pour Connor. Un sentiment puissant, qu'il avait eu beaucoup de mal à réprimer jusqu'ici.

Comment avait-il pu douter un seul instant ? Connor ne pouvait être que son enfant. Il lui ressemblait trait pour trait.

Il avait les mêmes yeux que lui, les mêmes cheveux, le même teint. Mais en entendant le Dr Barrington lui confirmer cette information, il s'était senti complètement bouleversé. Il était heureux. Vraiment heureux. Il avait envie que ce petit garçon soit son fils. Par un concours de bien tristes circonstances, ils s'étaient trouvés séparés, et il ne pourrait naturellement jamais rattraper le temps perdu.

Mais, maintenant, il comptait bien agir. Faire tout ce qui était en son pouvoir pour jouer un rôle dans la vie de son fils.

— Je veux que mon fils connaisse sa famille.

Kat avait tremblé quand Justin avait formulé cette requête, le matin. Il avait insisté pour venir les chercher. Elle avait refusé mais, en guise de compromis, elle avait fini par accepter de se rendre au Sunset Ranch par ses propres moyens. De cette façon, si les choses ne se passaient pas bien ou si Mattie avait besoin d'elle, elle pourrait toujours retourner chez elle.

De mauvaise grâce, visiblement, il lui avait donné son accord. Il ne lui avait pas été facile de trouver une bonne excuse pour ne pas dîner avec Mattie, car il ne lui arrivait que très rarement de la quitter plus d'une heure ou deux.

Quand elle était arrivée à Silver Springs, elle s'était juré de ne plus jamais mentir. Et elle s'en voulait énormément de ne pas avoir tenu sa promesse, et qui plus est en cachant la vérité à Matilda Applegate. La situation devenait de plus en plus compliquée et douloureuse pour elle. D'autant plus que, maintenant que Justin avait la confirmation qu'il était bien le père de Connor, il semblait très disposé à révéler la nouvelle à son entourage, en tout cas à sa famille. Elle l'avait supplié de garder le secret, mais il lui avait assuré que l'on pouvait se fier à la discrétion des Slade.

L'ennui, c'est qu'elle savait d'expérience une chose : on ne peut se fier à personne.

Il était 17 heures quand elle se gara devant la grande

maison du Sunset Ranch. Le soleil était bas dans le ciel, presque entièrement dissimulé par les montagnes qui enserraient la propriété.

— Allez, mon bébé. Il faut y aller.

Quand elle se pencha pour déboucler sa ceinture, le petit, manifestement pressé d'être libéré, lui tendit aussitôt les bras. Instinctivement, elle le serra fort contre elle et laissa sa douce odeur lui emplir les narines et masquer celles du foin, du cuir et de la terre.

Le ranch, immense, disposait de plusieurs écuries, granges et autres dépendances, ainsi que d'une grande maison de plain-pied, où elle était déjà entrée, au bras de Luke. Mais bien qu'elle eût passé de bons moments avec lui, les choses entre eux n'étaient jamais allées bien loin.

Alors qu'elle commençait à s'approcher du bâtiment, Connor aperçut non loin d'eux quelques chevaux qui paissaient. Tout en agitant ses petites jambes, il se mit à pointer du doigt dans leur direction.

— D'accord, mon chéri. On va aller les voir, dit-elle en s'approchant de la clôture.

Le petit, manifestement fasciné, avait désormais les yeux rivés sur les trois hongres qui se trouvaient devant eux.

— Che… vaux, articula-t-elle lentement.

— Che… aux, répéta Connor.

— Bravo, mon chéri ! s'exclama-t-elle en le serrant un peu plus fort contre elle.

— Ça doit être dans les gènes.

Au son de la voix de Luke Slade, elle se retourna brusquement. Elle avait appréhendé toute la journée ce face-à-face avec lui, ainsi qu'avec le reste de la famille.

— De… de quoi parles-tu ? balbutia-t-elle.

— De son amour pour les chevaux.

Elle hocha la tête.

— C'est un peu étrange, comme situation, tu ne trouves pas ? lui demanda-t-elle.

— Si, mais ne te sens pas gênée vis-à-vis de nous. Et de moi en particulier. J'ai parlé avec Justin et je lui ai expliqué qu'il n'y avait rien eu entre nous.

— Merci, dit-elle, un peu soulagée.

Luke avait toujours été juste avec elle. C'était un homme bien.

— Mais il faut tout de même reconnaître que les circonstances sont assez… extraordinaires.

Un grand sourire aux lèvres, il se mit à caresser doucement les cheveux de Connor.

— Je dirais même bizarres. Mais le fait est que nous sommes ici tous ensemble, et que ce petit garçon est mon neveu.

— C'est complètement fou, hein ?

— Oui, répondit-il en haussant les épaules. Mais la vie est ainsi faite. Les choses ne sont pas toujours nettes et carrées.

— C'est vrai. Alors, comme ça, j'ai entendu dire que tu allais épouser la fille qui s'est évanouie ?

— Exact, répondit-il en riant. Et j'en suis très heureux. Ceci étant, évite de mentionner ça devant Audrey. Elle est déjà suffisamment gênée comme ça. Elle ne pensait pas qu'elle aurait à te revoir un jour. Et puis elle est enceinte.

— C'est promis, répondit-elle en souriant. Et toutes mes félicitations. Je suis vraiment ravie pour toi.

Du coin de l'œil, elle vit alors Justin approcher.

Elle se tourna vers lui. Il la regarda droit dans les yeux.

Aussitôt, elle sentit une vague de chaleur déferler sur son corps, alimentée par le souvenir du voluptueux baiser qu'ils avaient échangé. Vêtu d'un jean clair, d'une chemise noire et d'un chapeau noir, il était plus beau que jamais.

Tout en se tordant sur lui-même, Connor se remit à pointer du doigt les chevaux.

Et au moment même où ses yeux se posèrent sur son fils, Justin prit un air à la fois émerveillé et attendri.

— Alors comme ça, tu aimes les chevaux ?

— Félicitations, papa, fit Luke en lui tapant dans le dos. Il est mignon comme tout.

Et sur ces mots, il s'éloigna.

— A tout à l'heure, lança Justin avant de se tourner vers elle, un sourire aux lèvres : Je suis content que tu l'aies amené.

— On ne peut pas vraiment dire que tu m'aies donné le choix.

— Tu m'avais promis de me laisser voir mon fils.

— Oui, toi. Mais pas ta famille. Ecoute, c'est très risqué.

— Pas du tout. Ils sont au courant de la situation. Et je peux t'assurer qu'ils garderont le silence.

Détournant son regard du sien, elle se mit à observer les chevaux, que Connor continuait de regarder d'un air émerveillé.

— J'ai envie de le prendre dans mes bras. Tu crois qu'il accepterait ?

Face à son regard plein d'espoir et d'admiration, elle sentit son cœur fondre.

— On peut toujours essayer. Laisse-le face aux chevaux. Il a l'air complètement fasciné.

Aussi doucement que possible, elle le lui mit dans les bras. Avec un petit pincement au cœur. Car, jusqu'ici, elle n'avait jamais eu à partager Connor avec qui que ce soit. Pas de cette façon. Pas avec quelqu'un qui avait autant de droits et de devoirs vis-à-vis de lui qu'elle n'en avait elle-même. Mais le petit, pour sa part, sembla à peine remarquer qu'il était passé de ses bras à ceux de Justin. Il avait le regard rivé sur une jument grise qui s'était approchée de la clôture.

Justin, raide comme un piquet, le tenait maladroitement contre lui. Un peu comme s'il s'agissait d'un objet fragile et délicat qu'il aurait eu peur de briser. Encore un autre moment extraordinaire : le premier contact physique entre le père et le fils.

— Elle s'appelle Starlight, dit-il d'une voix douce. Elle doit avoir ton âge environ, mon fils.

Connor se tourna vers lui.

— Quand tu seras plus grand, je t'apprendrai à monter.

L'air légèrement perturbé, le petit la chercha des yeux et tendit les bras dans sa direction. Sa lèvre inférieure tremblait légèrement.

— Il veut sa maman.

Justin le lui remit et Connor, de nouveau dans ses bras, s'accrocha fermement à son cou.

— Il va s'habituer à toi, dit-elle à Justin d'une voix rassurante. C'est juste que, pendant très longtemps, il n'y a eu que lui et moi.

Justin avait le regard accroché à Connor. Soudain, il prit une profonde inspiration.

— La famille nous attend. On y va ?

Rassemblant son courage et s'efforçant de chasser sa crainte, elle hocha la tête.

— Allons-y.

Après avoir tendrement passé un bras autour de sa taille, il la conduisit jusqu'à la maison. Elle se concentra sur la chaleur de sa main, dans laquelle elle essaya de puiser tout le réconfort qu'elle pouvait trouver.

Cela allait être difficile. Extrêmement difficile.

- 5 -

L'air ravi, Connor, assis au milieu du séjour, martelait les touches d'un petit piano pour enfant. Il était entouré de cubes, d'une girafe en caoutchouc, d'une peluche et de dizaines d'autres jouets. Sophia et Audrey, que Kat avaient rencontrées avant qu'aucun des Slade ne sache la vérité, faisaient tout leur possible pour la mettre à l'aise. Logan, qui s'était montré tout aussi charmant à son encontre, l'avait gentiment prise dans ses bras au moment où elle avait passé le seuil de la maison, et Luke lui avait adressé un sourire très chaleureux. Manifestement, le clan Slade dans son ensemble était donc disposé à offrir à Connor un amour inconditionnel. Ce qui, en un sens, n'avait rien d'étonnant, puisqu'il s'agissait d'un adorable petit bébé. Le plus curieux, en réalité, était de se dire que c'était là sa famille. Car, jusqu'à très récemment, elle était persuadée que son fils n'avait pas d'autre famille qu'elle et tatie Mattie.

Mais malgré l'accueil cordial des Slade, comment pouvait-elle se sentir à son aise ? Où tout cela allait-il les mener ? Sans compter que Justin avait tendance à la troubler. Assise à côté de lui sur le canapé, elle prêtait attention à ses moindres gestes, à chacune de ses respirations, à son délicieux parfum qui venait lui effleurer le nez. Le baiser qu'ils avaient partagé quelques jours plus tôt était resté gravé dans sa mémoire et lui revenait régulièrement à l'esprit. Elle avait envie de sentir de nouveau ses lèvres douces contre les siennes, elle avait envie de la chaleur de ses mains contre son corps et de toutes les voluptueuses choses qui pouvaient s'ensuivre, mais elle ne devait pas oublier qu'il fallait qu'ils se montrent prudents. Un petit faux pas, une mauvaise décision, et c'était tout le bien-être de Connor qui pourrait s'en trouver affecté.

A regarder Justin se pencher pour mieux observer son fils et écouter la cacophonie que produisaient ses petits doigts sur le piano, elle aurait pourtant dû se sentir confiante. Mais force lui était de constater qu'elle était tendue, nerveuse, stressée. Toute sa vie avait été bouleversée. Elle était venue à Silver Springs pour prendre un nouveau départ. Et voilà où cela l'avait menée : elle et toute la famille Slade, liés ensemble par un inextricable réseau de mensonges et de secrets.

— Apparemment, il adore la musique, dit soudain Audrey, coupant court à ses pensées.

Les mains posées sur son ventre rond de femme enceinte, la fiancée de Luke se tenait debout derrière le canapé.

— Si on peut appeler ça comme ça, commenta Luke en souriant.

— Les jouets de bébé…, murmura Kat. Au bout d'un moment, on ne les entend même plus. Ça devient une sorte de fond sonore.

Audrey se mit à se mordiller la lèvre inférieure.

— Je crois que j'ai beaucoup à apprendre sur les bébés.

— Ça se fait petit à petit, ne t'inquiète pas, la rassura Kat. Et puis il y a une bonne dose d'instinct.

— C'est bon à savoir, dit Audrey en jetant un coup d'œil à Luke. D'autant plus que j'aime bien que les choses se fassent lentement.

A ces mots, Logan éclata de rire.

— Alors comme ça, Luke, tu fais les choses lentement ?

— Arrête, fit Audrey. Tu sais bien que ce n'est pas ce que j'ai voulu dire.

Tout sourire, Kat et Sophia se mirent à secouer la tête.

Quant à Luke, il jeta un regard faussement furieux à Logan, qui tourna son attention vers Connor.

Et à observer les Slade entre eux, Kat ne put s'empêcher de ressentir une petite pointe de jalousie. Quand elle était tombée enceinte, elle n'avait déjà plus de famille, c'est-à-dire plus personne autour d'elle pour la conseiller, la soutenir. Depuis la mort de sa mère, elle était seule. Absolument seule.

Connor, quant à lui, pourrait bénéficier de tout ce dont elle avait manqué, mais elle ne savait pas trop ce qu'elle devait en penser. Justin avait affirmé un peu plus tôt qu'il lui offrirait un poulain pour son anniversaire, un pur-sang qu'il avait déjà choisi, de sorte qu'ils puissent tous deux grandir ensemble.

Mais il lui semblait qu'il était trop tôt pour un tel présent. Connor n'était encore qu'un bébé. Ce n'était pas avec de luxueux cadeaux que Justin pourrait rattraper le temps perdu : il fallait absolument qu'elle en parle en privé avec lui, tout en se montrant très prudente sur le choix de ses mots.

La nouvelle de sa paternité lui était tombée dessus de façon brutale, sans préparation, et désormais il avait envie de décrocher la lune pour Connor, mais il fallait absolument que cet empressement et cet enthousiasme soient tempérés.

Les choses se seraient-elles passées différemment si elle avait su que le paysan sans le sou qu'elle avait rencontré était en réalité Justin Slade, un rancher fortuné ? Aurait-elle été disposée à entretenir une relation à distance avec lui, même s'il était militaire ? Sans doute. Mais elle ne voulait pas réfléchir à ce que tout cela pouvait révéler sur elle. Elle avait déjà entendu des jugements de ce type, et notamment de la bouche de son père quand elle n'était encore qu'une enfant.

Elle avait appris, dès l'âge de cinq ans, à laisser ses méchancetés glisser sur elle.

Alors qu'elle resongeait à tout cela, la gouvernante des Slade, Ellie, entra dans le séjour.

— Le dîner est servi. Gratin de macaronis au fromage.

— Comment ? s'exclama Logan en levant les sourcils.

— Du gratin de macaronis ? fit Luke, d'un air tout aussi surpris.

— La recette de votre maman. A la demande de Justin. Mais ne vous inquiétez pas : j'ai également fait du rôti de porc et des pommes sautées.

— Mais j'adore ton gratin, Ellie, dit Logan.

— Moi aussi, ajouta Luke. Et puis ça fait longtemps qu'on n'en a pas mangé.

— C'est une version très élaborée du gratin de macaronis, expliqua Justin à Kat. Je suis prêt à parier que tu n'en as jamais mangé de meilleur. Et je suis persuadé que Connor aimera ça, lui aussi.

— Ah. Très bien, répondit-elle distraitement.

Elle se demandait si Ellie était au courant pour Connor, car elle le regardait d'un air bien attendri.

— J'espère que Connor ne va pas faire de bêtises, dit-elle à Justin en arrivant dans la salle à manger. Tu sais, il vaudrait peut-être mieux qu'il mange dans une assiette en plastique.

— Il y a une chaise haute qui l'attend là-bas. Ne t'inquiète pas. Et même s'il cassait quelque chose, il n'y a rien dans la maison qui vaille le prix de l'avoir ici avec nous.

Décidément, son fils n'aurait pu être mieux accueilli… Mais elle n'arrivait pas à se détendre.

— Naturellement, lui dit Sophia quelques instants plus tard alors qu'ils s'installaient tous à table, Connor et toi êtes invités à notre mariage. Logan et moi serions ravis que vous vous joigniez à nous.

Prise de court, elle baissa les yeux vers son assiette. Il fallait qu'elle réfléchisse rapidement. Mais aucune excuse valable ne lui venait à l'esprit.

— Eh bien… je…

Justin, assis à côté d'elle, l'interrompit :

— Bien sûr. Je veux que Connor soit présent à ce mariage.

— C'est la semaine prochaine, dit Sophia. Samedi, à Reno. Justin est notre témoin.

— Euh… Je ne pense pas… Je ne pense pas que ce soit une bonne idée.

Ne sachant que faire, elle jeta un regard suppliant à Justin. Il devait bien imaginer ce que les gens allaient penser si elle venait au mariage à son bras.

— Ce n'est pas que je n'ai pas envie d'y aller, finit-elle par expliquer, mais avec la situation, Mattie et tout ça…

— Justin nous a tout raconté, intervint Audrey. Et personnellement, je suis très impressionnée par la loyauté dont tu fais preuve envers elle. C'est une situation très compliquée, mais nous nous sommes tous mis d'accord pour garder le secret.

— Oui, ajouta Sophia. Nous savons que la santé de cette dame est très fragile et nous veillerons bien à ce que rien ne se sache.

Tout en poussant un profond soupir, Justin lui prit la main sous la table et la serra gentiment.

— Nous en reparlerons plus tard. Après le dîner, dit-il.

Mais déjà ses doigts s'étaient glissés sous le tissu de sa jupe et caressaient doucement l'intérieur de sa cuisse, remontant sensuellement vers sa petite culotte. Le rose monta à ses joues alors qu'elle tremblait de désir. Priant pour que personne n'ait rien remarqué, elle se redressa un peu sur sa chaise.

— Bon, d'accord, balbutia-t-elle.

Embarrassée, elle tourna son attention vers Connor, qui mâchouillait sagement sa girafe sur sa chaise haute.

— Tu veux goûter le gratin, mon chéri ?

A ces mots, il laissa tomber le jouet et se mit à regarder fixement son assiette.

— Ça, ça veut dire oui.

Alors qu'elle lui donnait à manger à la petite cuillère, elle remarqua que Justin ne les quittait pas des yeux. Et soudain, elle prit conscience d'une chose et une curieuse sensation vint se nicher au creux de son ventre.

Pour le meilleur et pour le pire, par le biais de Connor, elle serait liée à Justin Slade jusqu'à la fin de sa vie.

Une fois le repas terminé, Kat prit dans ses bras Connor, qui ne tarda pas à s'endormir.

Justin les conduisit dans l'une des chambres de la spacieuse villa, où, à l'aide de couettes et de traversins, il s'attela immédiatement à créer un lit de fortune à même le sol pour le bébé.

— Voilà, murmura-t-il une fois qu'il eut terminé. Il sera bien, comme ça.

Délicatement, elle coucha Connor entre les traversins et, aussitôt, il roula sur le côté. Après avoir déposé sur lui sa couverture, elle l'embrassa tendrement sur la joue.

— Tu es sûre qu'il ne peut pas dormir dans le lit ? chuchota Justin.

— Sûre. Il pourrait tomber.

Comme s'il avait du mal à respirer ou à déglutir, il porta la main à la gorge.

— J'imagine que je devrais savoir ce genre de choses, dit-il d'un air angoissé.

Après s'être accroupi à côté d'elle, il se mit à caresser doucement les cheveux de Connor. Les yeux emplis de tendresse et d'amour, il passa un long moment à regarder son fils, et, en l'observant, elle fut soudain prise de remords. Des remords qui l'amenèrent à remettre en question ses décisions.

Enfin, il se leva, et elle fit de même. Machinalement, elle examina la chambre. Avec ses stores de bois en lieu et place de rideaux, son parquet en chêne et ses meubles en noyer, elle avait un côté masculin assez prononcé.

— Ce sera la chambre de Connor. Je vais la faire redécorer

pour qu'elle soit comme tu as envie qu'elle soit. Tu n'auras qu'à me dire ce dont tu as besoin. Quant au grand lit, il restera ici. Tu pourras dormir dedans quand Connor passera la nuit à la maison.

Surprise par ces affirmations, elle plaça une main devant lui pour l'interrompre.

— Ne va pas trop vite, s'il te plaît, dit-elle à voix basse pour ne pas réveiller le bébé. Je n'arrive pas à te suivre.

— Pourtant, il me semblait que c'était toi qui avais de l'avance sur moi. Onze mois d'avance, pour être exact.

Très bien. Justin avait eu beau lui mentir, il n'était pas disposé à lui laisser oublier qu'il avait manqué déjà beaucoup de choses dans la vie de son fils, et que cela le faisait souffrir. Très bien, elle pouvait comprendre son empressement à créer un lien avec Connor ; mais comment faire, pour que tout cela fonctionne sans faire de mal à personne ?

— Je ne peux pas te garantir que Connor passera beaucoup de temps ici. Quant à moi…

Elle tourna son regard vers le lit, et il dut percevoir quelque chose dans cette seconde d'hésitation, car une lueur de désir s'alluma dans ses yeux.

— Bref, peu importe, dit-elle.

— Est-ce qu'on peut le laisser quelques minutes ? demanda-t-il. Il faut qu'on parle, et je ne veux pas prendre le risque de le réveiller.

Sans répondre, elle alla de nouveau s'accroupir près de son petit ange qui dormait à poings fermés.

— Ça devrait aller, maintenant, finit-elle par dire en réajustant ses couvertures. C'est un bon dormeur.

— Ma chambre se trouve juste à côté. S'il pleure, nous l'entendrons.

Il lui prit la main et elle le suivit donc jusqu'à la chambre adjacente, dont la décoration l'étonna quelque peu, car elle reflétait la personnalité d'un Justin adolescent, pas de l'homme qu'elle connaissait : un vieil ordinateur de bureau, des consoles et jeux vidéo, des trophées de sport… Elle ne put s'empêcher de se sentir envieuse. Justin pouvait offrir la même vie à Connor. Une vie qu'elle-même ne parviendrait jamais à lui procurer.

— Assieds-toi, lui dit-il d'une voix basse en pointant du doigt le lit.

Elle s'exécuta, et il vint s'installer sur le rebord du lit juste à côté d'elle. Aussitôt, les subtiles nuances de son parfum vinrent attiser ses sens, comme pour l'attirer vers lui. Sa proximité était une force qu'elle n'était pas en mesure de combattre. Mais pourquoi fallait-il qu'il ait cet effet-là sur elle ? Il devait absolument se maîtriser.

Car, en ce moment précis, c'était lui qui avait toutes les cartes en main. Il avait des droits vis-à-vis de Connor. Et d'un seul mot, il pouvait blesser Mattie à mort et détruire tout son univers.

— Je veux établir une relation avec mon fils, lui dit-il, coupant court à ses pensées. Je ne parlerai de lui à personne, je te donne ma parole. Mais, en contrepartie, je voudrais obtenir deux choses de ta part : premièrement, je voudrais que tu acceptes qu'il ait sa chambre ici, au Sunset Ranch. Et deuxièmement, je voudrais que tu l'accompagnes au mariage de mon frère. Notamment parce qu'il a déjà manqué beaucoup de moments familiaux.

— Ce ne sera pas facile, répondit-elle, perplexe. Qu'est-ce que je vais dire aux gens ?

— Je te présenterai comme une amie de la famille. Tu n'auras pas à t'expliquer. Et s'il y a un ou deux fouineurs qui cherchent à creuser, tu n'auras qu'à t'en tenir à l'histoire que nous aurons élaborée ensemble.

— Crois-moi ou non, mais je n'aime pas mentir.

— Je sais. Mais je te rappelle que nous devons le faire pour le bien de Mattie.

Lentement, elle hocha la tête. Avait-elle le choix ? Quoiqu'elle eût du mal à accepter la situation, il fallait bien qu'elle lui donne des occasions de voir son fils. Ce mariage n'était en réalité que la toute première d'une longue liste de concessions qu'elle serait contrainte de faire.

— Ecoute, lui dit-il, je sais que rien de tout cela n'est facile. Mais je voudrais vraiment que tu viennes au mariage de Logan et Sophia avec moi. Nous passerons la nuit à Reno. Mais tu auras ta chambre et moi la mienne, rassure-toi.

— Oui, il faut que j'aie ma chambre, répondit-elle d'une voix tremblante.

— Alors, tu es d'accord ?

En guise de réponse, elle haussa les épaules. Elle n'avait pas envie d'y aller. Elle n'avait pas envie d'être mise dans cette position, mais elle ne voyait aucun moyen de se tirer de là.

— Oui. Mais il va falloir que je trouve une excuse à donner à Mattie.

A ces mots, un grand sourire, tendre et chaleureux, se dessina sur ses lèvres. Il était tellement séduisant quand il baissait sa garde de cette façon.

— Parfait. Alors l'affaire est conclue. Nous parlerons plus tard des détails. Car avant cela, j'aurais une dernière chose à te demander. Voilà : je voudrais que tu acceptes de travailler avec moi.

— Comment ? fit-elle, décontenancée. Mais pourquoi ? Je n'y connais rien en chevaux…

— Certes. Mais tu as un goût pour la décoration. Or, j'ai promis à Mattie de faire restaurer la maison et, pour cela, j'ai besoin d'aide. C'est là que tu entres en jeu. Je n'y connais rien en tissu, parquet, carrelage ou accord de couleurs. Ce n'est pas mon truc. Mais à ce que j'ai cru comprendre, c'est le tien. Et à ce que j'ai pu voir, tu es très douée pour ça. Et je veux t'engager.

Elle fut troublée par son regard, qui était soudain devenu plus doux. Il était en train de passer en revue son corps. Comme s'il observait ses vêtements. Ou plutôt comme s'il essayait de se rappeler d'elle nue. Le souvenir des sensations que lui avait apportées sa main sur sa cuisse lui revint brutalement à la mémoire. Son cœur s'accéléra. Cela avait été tout simplement délicieux. Il savait vraiment bien se servir de ses mains. Mais peu importe ; il fallait qu'elle se montre prudente. Sans quoi elle risquait fort de tomber une nouvelle fois sous son charme. Voire pire. De tomber amoureuse de lui.

— M'engager ? Mais pourquoi ? Je pourrais faire tout ça gratuitement. Tu le sais très bien.

— Non, je ne le sais pas. Il y a très peu de choses que je sais sur toi. Mais passons. Je suis pressé de concrétiser mon projet. Un engagement le formalisera. Et je préfère engager quelqu'un en qui Mattie a confiance plutôt qu'un parfait inconnu.

— Eh bien… d'accord. Dans ce cas, je vais le faire. Pour tatie Mattie. Et pour te prouver que je ne compte pas disparaître du jour au lendemain.

— Je n'ai jamais pensé ça, dit-il d'un air surpris.

— Mais c'est en partie pour cela que tu veux m'engager, rétorqua-t-elle en relevant fièrement le menton. Si je m'investis dans un projet, je ne serai pas tentée de quitter la région. C'est ça que tu as pensé, hein ? Admets-le.

Comme pour mieux réfléchir à ce qu'il devait répondre, il détourna le regard, et quelques secondes s'écoulèrent avant qu'il ne réponde :

— Ou peut-être ai-je envie de travailler avec toi pour de toutes autres raisons ?

— Lesquelles ?

— Celles-ci, répondit-il en glissant un bras autour de sa taille et en l'attirant contre lui.

Une sensation de chaleur intense se répandit dans son corps tout entier. Elle sentit ses tétons durcir, et elle chercha vainement à lutter contre son désir. Il la fit asseoir sur ses genoux. Sa jupe remonta un peu sur ses cuisses, exposant ses jambes à son regard. L'attraction entre eux avait une force irrésistible. Malgré les mensonges qu'il avait proférés, malgré tous les problèmes qui les séparaient, elle ne pouvait pas lui résister.

D'un geste ferme et assuré, il se mit à caresser ses cuisses. Elle sentait son regard sur sa bouche, et, dans son ventre, un brasier ardent. Se maudissant pour sa faiblesse, elle cambra les hanches.

D'une main, il se mit alors à lui caresser la poitrine, et ses tétons, déjà tout durcis par l'excitation, se dressèrent encore. Mais il ne s'arrêta pas là. Du bout des doigts, il se mit à lui effleurer tout doucement la gorge, ne faisant ainsi qu'attiser le désir qu'elle avait pour lui. Le plaisir de l'anticipation était tel que tout son corps se mit à trembler, ne réclamant que davantage de caresses, davantage de tentation. Plongeant alors une main dans ses cheveux, il attira son visage près du sien.

— Si tu savais comme tu m'excites, murmura-t-il, juste avant de joindre ses lèvres aux siennes.

Et le baiser qu'il lui donna fut si passionné qu'elle en eut le souffle coupé. Une vague de chaleur déferla sur son corps. Tout ce plaisir, c'était tout simplement incroyable ! Son odeur, mélange de musc, de cuir et de terre, ramenait à son esprit de voluptueux souvenirs.

— Mets tes jambes autour de moi, lui ordonna-t-il d'une voix grave et sensuelle. J'ai envie de te sentir contre moi.

Alors qu'elle passait les jambes autour de sa taille, il poussa un gémissement de plaisir. Un instant plus tard, il plongea la langue dans sa bouche. Elle était sous son joug, désormais, elle bougeait avec lui, elle n'avait pas envie de lutter contre le désir insensé qu'elle éprouvait pour lui.

Elle n'arrivait plus à penser à rien d'autre qu'à l'instant présent : les délicieuses sensations qu'il lui procurait et le plaisir qui ne cessait de grandir en elle. Quand il glissa les mains autour de sa taille, elle cambra de nouveau les reins.

Plongeant la main dans sa petite culotte, il se mit alors à caresser son intimité humide et brûlante. Ses gémissements se firent de plus en plus forts, et elle se mit à se balancer langoureusement contre lui.

Elle était vulnérable maintenant, il pouvait faire d'elle ce qu'il voulait. Mais elle avait confiance en lui ; elle savait qu'il la voulait autant qu'elle le voulait, lui, et que sa seule intention était de lui faire du bien. Sans détacher les lèvres des siennes, il continua de la caresser, encore et encore, jusqu'à ce qu'elle ait envie de crier son plaisir. Quand la vague de voluptueuses sensations déferla sur elle, elle ferma les yeux. Elle se sentait nouvelle, fraîche, vivante…

Rapprochant les lèvres des siennes, il lui dit alors doucement :

— Si tu savais combien de fois j'ai rêvé de te faire ça quand j'étais en Afghanistan.

Tâchant de reprendre son souffle, elle prit quelques instants pour méditer ce qu'il venait de dire. Elle aussi avait rêvé de lui. Mais elle n'avait jamais pensé qu'elle le reverrait un jour.

— Justin…

Elle ne savait pas quoi dire, mais il sembla la comprendre.

L'allongeant doucement sur le lit, il la serra fort dans ses bras. Elle voyait bien qu'il avait envie d'elle, elle voyait bien les efforts qu'il faisait pour réprimer son désir.

Prenant son visage entre ses mains, il murmura :

— C'est comme ça, entre toi et moi.

Elle plongea le regard dans le sien pour essayer d'y trouver un peu d'espoir. Il y avait entre eux des mensonges, ainsi qu'un bébé et une vieille dame qu'aucun d'entre eux ne voulait blesser.

— Je ne laisserai pas tomber Mattie… et… et je ne te laisserai pas tomber. Connor fera partie de ma vie, Kat.

Elle sentit son cœur se serrer en voyant tout l'amour qu'il y avait dans ses yeux. Elle n'avait aucun mal à comprendre cet amour. Connor était, pour elle aussi, ce qu'il y avait de plus important au monde.

— Si je me montre prudent, voire méfiant, poursuivit-il, c'est parce que je ne veux pas prendre le moindre risque concernant Connor.

Elle prit quelques secondes pour réfléchir à ce qu'il venait de dire.

— Je comprends et, curieusement, je me sens plutôt soulagée que tu te montres protecteur vis-à-vis de lui. Il mérite…

— Le meilleur de toi et de moi.

Ses yeux, captivants, étaient empreints d'émotions fortes et profondes.

— Oui, murmura-t-elle, en sentant contre elle son sexe durci.

Avec Connor qui dormait dans la chambre d'à côté, prendre le temps de se redécouvrir, de faire l'amour, n'était pas envisageable. Et de toute façon, elle n'était pas prête pour cela. Sur le plan purement physique, elle en avait très envie, mais elle redoutait toutes les implications et les complications qui pourraient résulter de cet acte.

— Ça va aller ? lui demanda-t-elle.

Tout en tournant son regard vers le plafond, il sourit.

— J'ai appris beaucoup de choses sur la maîtrise de soi dans les Marines. On nous faisait régulièrement passer des épreuves pour tester notre volonté. Le fait d'être allongé avec toi, sur ce lit, sans perdre la boule… je crois que ça nous place au niveau 5.

— J'imagine que c'est difficile, dit-elle sans pouvoir s'empêcher de sourire.

— Très.

— Combien y a-t-il de niveaux ?

— Cinq. Tu es un niveau 5 ; ça, il n'y a aucun doute, murmura-t-il comme une caresse tout en enroulant une mèche de ses cheveux entre ses doigts.

Sur ces mots, il se leva du lit et poussa un long soupir.

— Il faut que je sorte d'ici. Pourquoi est-ce que tu n'irais pas voir le bébé ? Ma famille va vouloir vous dire bonsoir à tous les deux, et ensuite je vous raccompagnerai à la maison.

Elle ouvrit la bouche pour le contredire. Elle n'avait pas besoin de chaperon. Mais Justin secoua fermement la tête pour lui faire comprendre que ses intentions n'étaient pas négociables.

Ravalant sa protestation, elle hocha la tête.

Il y a des batailles qu'il ne vaut mieux pas disputer.

Le lendemain matin, Kat se réveilla plus tôt que d'habitude et alla voir Connor, qui dormait toujours paisiblement dans son petit lit. Puis elle entra dans la chambre de Mattie qui, assise dans son lit, était occupée à lire la Bible.

— Bonjour, Kat.

— Comment allez-vous ce matin ?

Levant les yeux de ses lunettes demi-lunes, la vieille dame lui fit un sourire radieux, avant de lui servir la réponse qu'elle lui adressait tous les matins depuis deux mois :

— Très bien… J'ai l'impression d'être une autre femme.

— Tant mieux. Qu'est-ce qui vous ferait plaisir pour le petit déjeuner ?

— Eh bien, répondit-elle d'un air dépité, vu que je n'ai plus le droit de manger d'œufs au bacon, je crois que je vais me rabattre sur des céréales. Je n'ai jamais vu une éleveuse de porc qui n'avait pas le droit de manger du porc, ajouta-t-elle en faisant une petite grimace.

— Vous n'avez plus d'élevage, dit Kat en souriant. Et les médecins pensent que les céréales sont bien meilleures pour votre santé.

— Je sais bien. Mais c'est mon Ralph qui doit se retourner dans sa tombe.

Kat se prit à rire. Mattie n'avait pas perdu son humour et son franc-parler.

— C'est moi qui vais préparer ça, poursuivit Mattie. Je me sens d'humeur à faire la cuisine, aujourd'hui. Et puis, je parie que tu as plein de choses à faire. Allez, va vaquer à tes occupations. Je t'appellerai si j'ai besoin d'aide.

— D'accord. Merci, tatie Mattie. Je suis en train de travailler sur un costume de cérémonie pour petit garçon.

— Je suis sûr que ce sera ravissant, dit la vieille dame en refermant sa bible.

Après s'être levée avec peine, elle attrapa un peignoir en éponge, qu'elle enfila lentement.

— J'ai du nouveau, lui dit Kat sur le pas de la porte.

— Des réponses positives ? s'enquit la vieille dame.

Elle recevait, presque toutes les semaines, une ou deux lettres de refus de la part de grandes enseignes de vêtements, à qui sa collection ne plaisait visiblement pas. Ce rejet avait tendance à lui casser le moral. Mais, au fond d'elle, elle croyait en ses capacités et savait qu'elle finirait par réussir, comme le prouvait d'ailleurs le succès des ventes sur le site internet de Babylicious.

— Non. Mais Justin Slade m'a proposé du travail. Il veut me payer pour restaurer et redécorer votre maison.

— Ah oui ?

— Il m'a dit qu'il faudrait de toute façon qu'il paye quelqu'un et qu'il lui semblait que ce serait plus facile pour vous si c'était moi. Et il me semble aussi que ce serait mieux pour vous si nous pouvions travailler ensemble. Faire de cette maison une somptueuse demeure. Qu'est-ce que vous en pensez, tatie Mattie ? Avez-vous envie que je le fasse ?

— Bien sûr… Naturellement. Personne ne me connaît mieux que toi, et personne ne connaît cette maison mieux que toi. Tu es la personne idéale pour ce travail.

Mattie s'interrompit et prit un air sérieux.

— Mais c'est beaucoup te demander, non ? Tu es déjà très occupée.

— Pas vraiment, non, répondit-elle en haussant les épaules. Je continue de dessiner des vêtements et j'en vends quelques-uns par-ci par-là, mais ça ne me prend que quelques heures par soirée. Ce travail, nous pourrions le faire ensemble pendant la journée, en nous adaptant aux horaires de Connor.

— Si ça ne te gêne pas, alors j'en serais absolument ravie, dit la vieille dame.

Ce fut à ce moment-là qu'un grand vacarme se fit entendre à l'extérieur. Inquiète, Kat se leva pour regarder par la fenêtre.

— Mais qu'est-ce que c'est que ça ?

— Ah, c'est le bulldozer, dit Mattie en la rejoignant. Les papiers ne sont pas encore prêts, mais j'ai donné mon feu vert à Justin pour commencer les travaux. Il est pressé de faire les choses avant que l'hiver ne s'installe. C'est un homme bien, ce Justin.

— Les Slade nous ont également invités, Connor et moi, au mariage de Logan Slade. C'est très gentil de leur part, mais je n'ai pas envie d'y aller.

— Mais je parie que Justin a envie que tu y ailles. C'est lui qui t'a fait la proposition, je me trompe ?

— Non, c'est la fiancée de Logan, Sophia, qui me l'a demandé.

Mattie se mit à la dévisager en étrécissant les yeux.

— Tu n'as pas envie d'y aller, ou tu n'as pas envie de me laisser seule ?

Kat concentra son regard sur le bulldozer jaune canari qui était en train de passer devant la maison, suivi de près par deux pelleteuses.

— Les deux. Il faudrait que je passe une nuit à l'hôtel.

— Bien, résumons : tu es invitée à une somptueuse réception, à laquelle tu seras accompagnée par un homme beau et riche et après laquelle tu seras logée dans un luxueux hôtel. Tu n'as pas d'autre choix que d'accepter. Tu ne vas tout de même pas arrêter de vivre pour moi !

— Ce n'est pas ça, tatie Mattie, dit-elle en se tournant vers la vieille dame pour la regarder de nouveau dans les yeux. Vous ne m'empêchez pas de faire quoi que ce soit.

— Tu sais que Maisey, la sœur de Ralph, devait passer me voir. Dis-moi la date, et je lui demanderai de venir ce jour-là.

— C'est samedi prochain. Il est trop tard pour s'arranger.

— Pourquoi ? Il nous reste encore quasiment une semaine. Et puis on ne peut pas dire que Maisey soit débordée. Elle est veuve, comme moi. Je suis certaine qu'elle viendra. Allez, vas-y. Accepte cette invitation. Tu as bien besoin d'une petite pause.

Le bulldozer disparut dans le lointain. Justin agissait rapidement quand il avait envie de quelque chose. La façon dont il gérait son projet de refuge équestre en était une nouvelle preuve. Il fallait qu'elle se tienne sur ses gardes.

Avec cette invitation, il l'avait mise au pied du mur. Il voulait que Connor soit présent. Et il savait que Connor ne pouvait pas venir sans elle.

Si même Mattie refusait de lui procurer une excuse, elle n'avait pas le choix. Il faudrait qu'elle aille au mariage de Sophia et de Logan. Face à cette prise de conscience, elle se mit à frissonner. Depuis qu'elle avait découvert les mensonges de Justin, elle savait pertinemment qu'elle ne pouvait se fier qu'à elle-même. Mais, désormais, Justin lui demandait de lui faire confiance, à lui et à sa famille, pour garder ce lourd secret…

Perdue, elle essaya de trouver un peu de réconfort dans les yeux bleus de Mattie.

— Très bien. Si vous pouvez appeler Maisey…

— Alors tu y vas ?

— J'y vais, répondit-elle en soupirant.

— Je suis contente pour toi, dit la vieille dame en lui prenant doucement la main. Amuse-toi bien.

Mais la générosité de Mattie ne fit que renforcer ses remords. Elle ne voulait plus qu'on lui mente, elle ne voulait plus mentir.

- 6 -

Il s'avéra que le mariage avait été organisé dans un hôtel de la chaîne Golden Hotel.

Quand Justin le lui avait annoncé sur le chemin de Reno, elle avait cru que son cœur allait s'arrêter. Afin de se racheter de toutes les souffrances qu'il lui avait occasionnées par le passé, Logan avait voulu ce qu'il y avait de mieux pour Sophia. Et les Golden Hotels étaient mondialement réputés pour leur service irréprochable, la luxueuse décoration de leurs chambres et l'excellence de leur cuisine. Des franchises avaient été implantées dans toutes les grandes villes d'Amérique, de New York à Los Angeles. Kat savait tout cela par cœur.

Ravalant sa salive avec peine, elle lutta de toutes ses forces pour s'empêcher de trembler.

— Viens, mon petit bonhomme, dit Justin en débouclant la ceinture de Connor pour le prendre dans ses bras.

Le petit se mit à regarder son père de ses grands yeux curieux. Elle ne put s'empêcher de sourire.

A la réception, l'enregistrement fut rapide. Justin avait réservé des suites adjacentes auxquelles on accédait par un ascenseur privé.

— Après toi, lui dit-il quand les portes s'ouvrirent.

Elle fit quelques pas à l'intérieur. Et s'immobilisa.

— C'est… C'est magnifique.

Elle connaissait le décorateur, Armando Guerrero. Ils avaient déjeuné plusieurs fois ensemble à New York. C'était un homme qui avait vraiment l'œil pour saisir l'âme d'une région. Et si l'hôtel de Reno disposait de tous les somptueux aménagements de la chaîne Golden, on pouvait noter de subtiles nuances qui mettaient en avant le côté « Ouest sauvage ». De très belles statues modernes représentant des cow-boys stylisés à dos de cheval et de jolies gravures évoquant l'histoire du Nevada conféraient à la pièce un charme tout particulier.

Elle jeta un coup d'œil à Justin. Il passait en revue la suite d'un air satisfait. Mais il semblait beaucoup plus intéressé par le petit garçon qu'il portait dans les bras. Cela étant, au bout de quelques instants, Connor se mit à s'agiter en tendant ses petits bras vers elle.

— Il veut sa maman, dit-il en le lui passant d'un air dépité.

Tout en s'accrochant à son cou, Connor se tourna vers Justin et fit sa mauvaise tête : esquissant une petite moue, il se mit à le dévisager en étrécissant les yeux. Justin lui rendit sa grimace, et elle se prit à rire.

— Ecoute, gamin, dit-il au bébé. Tu ne le sais pas encore, mais je suis ton meilleur ami.

L'air apeuré, Connor se serra plus fort contre elle. Justin sembla attristé. Elle comprenait qu'il soit impatient de recevoir l'affection de son fils. Mais elle lui avait déjà expliqué qu'il allait falloir un peu de temps pour qu'il s'habitue à lui.

Sans faire de commentaire, elle se dirigea donc vers la baie vitrée qui surplombait la ville de Reno.

— Ton bagage et les affaires de Connor ne devraient pas tarder à arriver, lui dit Justin.

— Parfait.

— Tu crois qu'il va faire la sieste ?

Elle tourna le regard vers les portes vitrées qui donnaient sur l'immense chambre.

— Peut-être. Je vais lui donner un biberon et voir si je peux le coucher.

— D'accord. Si tu as besoin de quoi que ce soit, je suis dans la suite adjacente. Tu n'as qu'à frapper à la porte. Je vais prendre une douche et descendre pour aider un peu aux préparatifs. Mais je serai de retour dans deux heures pour venir vous chercher.

Elle déposa un baiser sur la tête de Connor et acquiesça.

Le regard fixé sur eux, Justin se mit à sourire d'un air attendri, avant de les rejoindre pour caresser doucement la joue de Connor.

— C'est vraiment extraordinaire, tu ne trouves pas ? murmura-t-il.

Et elle comprit tout de suite ce qu'il entendait par là. Il lui suffisait de jeter un coup d'œil aux grands yeux sombres de son bébé pour se prendre à croire aux miracles.

— Si, murmura-t-elle.

— Je suis ravi qu'il soit là aujourd'hui, dit-il d'un air ému.

Plus elle l'observait, plus elle sentait son cœur fondre. Il avait l'air tellement touché, tellement heureux qu'elle aurait presque pu en oublier l'embarras que lui causait sa présence à ce mariage. Mais il ne fallait pas qu'elle se laisse aller. Il y avait trop de choses en jeu. Et elle avait trop à perdre. Au cours de sa vie, elle avait été la cible de nombreux actes de malveillance et elle avait connu beaucoup d'hommes puissants. Elle savait que Justin pouvait faire de son existence un véritable enfer, s'il le voulait. Elle s'était sentie contrainte de coopérer et d'assister à ce mariage, mais elle n'était pas naïve au point de penser qu'il avait de l'affection pour elle. Il essayait simplement de rattraper le temps perdu avec Connor. Et il la jugeait personnellement responsable de tout ce qu'il avait manqué.

Bien qu'il ne fût pour sa part pas exempt de tout reproche. Mais elle n'avait pas envie de revenir là-dessus.

— Nous serons prêts à l'heure.

Elle mit plus de temps qu'elle ne l'avait pensé à se préparer et à préparer Connor. A mesure que l'heure approchait, elle se sentait de plus en plus nerveuse. En plus de tous les problèmes qui risquaient de se présenter, elle craignait que son petit garçon ne s'agite, bien qu'il eût fait une sieste d'une demi-heure.

— On y va, je suis presque prête, dit-elle à Connor en terminant de se maquiller les cils.

Il la suivait des yeux, attentif. Avec son costume bleu marine et son nœud papillon miniature, son petit garçon allait assister au premier mariage de sa vie !

Cinq minutes plus tôt que prévu, elle entendit un très léger coup résonner contre la porte. Manifestement, Justin apprenait vite : elle était certaine qu'il s'était délibérément montré discret pour ne pas réveiller le bébé au cas où il dormirait.

— C'est ton papa, dit-elle à Connor en se levant pour aller ouvrir.

Vêtu d'un beau costume anthracite et d'une chemise noire, il la regarda de haut en bas d'un air satisfait et admiratif. Un peu embarrassée, elle sentit ses joues rougir.

— Tu es en avance.

Sans attendre d'y avoir été convié, il entra dans la suite.

— Mais tu es prête. Je ne vois pas comment tu pourrais être plus belle.

Le rose lui monta de nouveau aux joues. Prenant une profonde inspiration, elle referma la porte. Quand elle se retourna, elle remarqua que son regard était fixé sur elle.

— Tu es très beau, toi aussi.

— Ce n'est pas tous les jours que je marie mon frère.

La lueur d'admiration qu'elle lisait dans ses yeux lui prouvait qu'il appréciait sa robe. Chose qui ne manqua pas de lui procurer une certaine fierté. C'était elle-même qui l'avait conçue et confectionnée à ses mesures. Couleur prune, recouverte de dentelle, elle était ornée d'ourlets festonnés et d'un décolleté rond tout simple devant, et en V dans le dos. De longues boucles d'oreilles en strass et des sandales à talons hauts venaient compléter cet ensemble à la fois élégant et sexy.

Fort heureusement, Connor se mit soudain à babiller, et Justin tourna son regard vers lui.

— Qu'est-ce qu'il est mignon ! s'exclama-t-il. Où est-ce que tu lui as trouvé ce costume ? On dirait…

— Un petit prince ?

— C'est exactement ce que j'allais dire. C'est toi qui as fait ce costume ?

— Tout à fait, répondit-elle en hochant la tête. Il fait partie de ma ligne de vêtements pour enfants.

— Tu as beaucoup de talent, murmura-t-il d'un air impressionné.

— Merci, répondit-elle, ravie.

Elle sentait maintenant l'appréhension monter en elle, et elle se mit carrément à paniquer dès le moment où ils entrèrent dans l'ascenseur, dont les portes ne tardèrent pas à s'ouvrir sur le jardin privé où devait avoir lieu la cérémonie.

Fascinée par le spectacle qui s'offrait à elle, elle ouvrit grand les yeux. Formant une barrière naturelle autour du jardin, des arbres et des buissons avaient été décorés de petites lanternes. Au milieu de la pelouse, des pas japonais menaient à l'autel, au-dessus duquel s'élevait une arche entièrement recouverte d'œillets. Un peu partout, sur des tables de bois, des bougies brûlaient dans de grands chandeliers d'argent. Il y avait déjà beaucoup de personnes occupées à bavarder. Vraiment beaucoup.

— Combien y a-t-il d'invités ? demanda-t-elle en posant une main sur le bras de Justin.

— Qu'est-ce que ça peut faire ?

— Deux cents ? proposa-t-elle.

Il haussa les épaules.

— Plus que ça ?

— Deux cent cinquante environ. Tu es stressée ?

— Oui, mais seulement parce qu'il va me falloir mentir. Les gens vont nous regarder, tous les trois, et ils vont croire…

— Quoi ? La vérité ?

Elle prit quelques instants pour réfléchir à la question.

— Toute la vérité ? Non, c'est impossible. Personne ne pourrait deviner ça. C'est trop… bizarre.

— Si cela ne tenait qu'à moi, s'il n'y avait pas Mattie, j'irais crier sur tous les toits que Connor est mon fils.

Le ton possessif qu'il avait employé ne lui semblait pas de bon augure.

— Tu as promis, lui rappela-t-elle.

— Je sais, et je tiendrai ma promesse, répondit-il sur un ton rassurant. Ne t'inquiète pas. Et souviens-toi : on s'en tient à notre histoire, qui est d'ailleurs parfaitement plausible.

Elle n'avait de toute façon pas d'autre choix. Deux minutes plus tard, elle crut que la crédibilité du mensonge allait tout de suite être mise à l'épreuve quand un colosse s'approcha d'eux pour venir les saluer. Après avoir serré la main de Justin, il tourna son regard vers elle. Un peu angoissée, elle fit de son mieux pour se maîtriser.

— Katherine, je te présente Robbie Dunphy. C'est le shérif du comté de Douglas.

— Ah, dit-elle en souriant. Alors si j'ai bien compris, il va falloir que je me tienne à carreau.

— Ravie de vous rencontrer, mademoiselle, dit-il en baissant son chapeau pour lui serrer la main. Et qui est cet adorable petit bonhomme ?

— Mon fils, Connor, répondit-elle. C'est son tout premier mariage.

— Il a l'air bien sage.

— Hmm, fit-elle en esquissant un sourire taquin. Attendez tout de même la fin de la cérémonie pour me dire ça.

— Je suis sûr que ça va bien se passer.

S'ensuivit un silence gêné. Mais juste au moment où le shérif s'apprêtait apparemment à lui poser une nouvelle question,

Justin détourna son attention en orientant la conversation vers des questions politiques. Comme Connor s'était mis à s'agiter un peu dans ses bras, elle se concentra sur lui et n'entendit que des bribes de conversation.

Peu de temps après, un groupe d'hommes s'approcha d'eux, et Justin la présenta tout naturellement comme une amie de la famille Slade. Elle commençait à se détendre quand, soudain, un vieux monsieur, arborant une moustache et un air bienveillant, posa la main sur l'épaule de Justin.

— La date de la parade a été fixée, lui dit-il. Ce sera dans trois semaines, exactement.

Justin eut l'air de vouloir disparaître dans un petit trou de souris, mais il se contenta de sourire en hochant la tête. Le cercle autour d'eux ne cessait de s'agrandir, et, soudain, elle sentit quelqu'un lui toucher l'épaule. Tournant la tête, elle constata avec un certain soulagement qu'il s'agissait d'Audrey. La fiancée de Luke la regarda dans les yeux et lui dit gentiment :

— Il y a une petite mare avec des poissons juste derrière l'autel. Tu ne crois pas que Connor serait content de voir ça ?

Sans hésiter une seule seconde, elle s'accrocha à la perche que l'on venait de lui tendre.

— Je suis sûre que Connor adorerait voir les poissons.

Une petite lueur de fierté s'alluma dans les yeux d'Audrey. « Mission accomplie, sauvetage réussi », semblait-elle lui dire silencieusement.

— C'est bien ce que je me disais. Suis-moi.

Glissant son bras sous celui d'Audrey, elle s'exécuta.

— Merci, chuchota-t-elle quand elles se furent un peu éloignées. Je te dois une fière chandelle. Tu es magnifique, soit dit en passant.

— Tu trouves ? Il me semble que j'ai choisi ma robe un peu trop tôt, et je me sens un peu boudinée dedans.

— C'était toujours l'impression que j'avais quand j'étais enceinte, moi aussi, répondit-elle en riant. Mais objectivement, je trouve que la taille Empire va très bien aux petits ventres ronds. Et j'adore la couleur lavande et le décolleté, aussi. Ce n'est pas parce qu'on est enceinte qu'on n'a pas le droit d'être sexy, hein ?

— C'est vrai.

Elle commençait à se sentir un peu mieux. Mais au moment où elles arrivèrent à la mare, elle commit une erreur. Tournant instinctivement la tête, elle surprit Justin, le regard rivé sur elle, ses grands yeux sombres pleins de déception.

Et en le voyant ainsi, elle sentit son cœur se serrer.

Elle aurait aimé qu'il puisse se joindre à eux.

Elle se sentait coupable de l'avoir abandonné.

Ce qui prouvait qu'il comptait bien plus à ses yeux qu'elle ne l'aurait souhaité.

Dans sa robe de mariée bustier en satin ivoire dont la traîne retombait sur le sol en longues cascades, Sophia était tout simplement époustouflante quand elle s'approcha de l'autel au bras de Logan, dont le visage rayonnait de bonheur. Derrière eux, tenant à la main le panier qui contenait les alliances, le petit Edward Branford, qui vivait au Sunset Ranch avec sa maman Connie, la cuisinière en chef. Et enfin, Justin et Luke. Audrey se tenait debout devant l'autel, à côté de Sophia, et Kat la trouvait magnifique, comme un bouton de fleur prêt à éclore.

Tenant Connor sur les genoux, elle s'était assise au deuxième rang, à l'opposé de l'allée, au cas où Connor se serait mis à crier ou à s'agiter. Mais fort heureusement, son fils semblait complètement fasciné par le spectacle qui se déroulait devant lui.

Elle sentit des larmes lui emplir les yeux quand Logan prononça ses vœux. L'adoration manifeste que lui inspirait sa future épouse la touchait au plus profond de son cœur. Elle ne connaissait pas beaucoup de personnes qui s'aimaient autant que Logan et Sophia. Ni que Luke et Audrey, d'ailleurs, qui l'avaient invitée à leur mariage, le mois suivant. Encore une fois, elle n'avait pas osé dire non. D'autant moins qu'Audrey s'était montrée vraiment gentille et compréhensive avec elle.

La famille Slade était une famille soudée, dont les membres étaient dévoués les uns envers les autres. Or, elle n'avait pas l'habitude d'être ainsi entourée. Jamais sa mère et elle n'avaient connu de dîners ou de fêtes de famille. Elles avaient passé leur temps à fuir son père et la violence dont il faisait preuve envers elles.

Elle se souvenait tellement bien des fois où son père la frappait ! Il lui arrivait encore, parfois, de rêver d'avoir su se rebeller contre lui. Si seulement il était mort non pas deux ans, mais vingt ans plus tôt, sa mère et elle n'auraient pas autant souffert.

Alors qu'elle resongeait à tout cela, Connor passa les bras autour de son cou et posa la tête sur son épaule.

— Je t'aime, mon chéri, lui chuchota-t-elle à l'oreille, tout en se mettant à le bercer lentement.

Le petit, aussitôt, la serra plus fort contre elle, et elle sentit son cœur fondre. Jamais une seule seconde elle n'avait regretté sa grossesse. Son bébé était tout pour elle. Et, même si elle s'était parfois trompée, elle n'avait jamais pensé à rien d'autre qu'à son bonheur.

Au moment où elle relevait les yeux, elle sentit le regard de Justin sur elle. Comment devait-elle réagir face à lui ? Il émanait de lui une sorte de magnétisme, quelque chose qu'elle avait du mal à expliquer. Elle avait l'impression qu'il était bien plus qu'un héros de guerre, une idole que tout le monde voulait toucher, un garçon disposé à faire le bonheur de Mattie Applegate. Car son regard paraissait parfois trouble, tourmenté. Peut-être était-il encore hanté par les horreurs qu'il avait vues en Afghanistan ? Mais son instinct lui disait qu'il y avait autre chose.

C'était un homme décidé, qui risquait fort de lui compliquer la vie.

Et il voulait Connor.

Tâchant de faire taire la panique qui recommençait à la gagner, elle se concentra sur Logan et Sophia, qui ne tardèrent pas à échanger leurs « oui ». La cérémonie se termina sur un tonnerre d'applaudissements et, rayonnant de joie, les jeunes mariés remontèrent l'allée main dans la main.

Les larmes aux yeux, elle ne put s'empêcher de se remémorer, encore une fois, les tristes moments de son enfance où, blottie dans les bras de sa mère en haillons, elle se consolait en rêvant de faire un jour un mariage princier, à l'image de Cendrillon.

Tâchant de chasser ces mauvais souvenirs de son esprit, elle encouragea Connor à applaudir lui aussi. Suivant ses indications, il écarta les paumes et se mit à les frapper régulièrement l'une contre l'autre.

— Bravo, mon chéri.

A la fois émue et fière, elle le regarda pendant un long moment. Et quand elle releva les yeux, elle s'aperçut que Justin, qui observait Connor, brillait d'une fierté toute paternelle. Un sentiment qui n'aurait échappé à personne. Mais, fort heureusement, les invités étaient tous en train de se lever et personne ne prêtait attention à eux.

— On entre dans la salle ? proposa Justin en lui tendant la main.

Projetant sur le jardin de douces nuances rouge orangé, le soleil était en train de se coucher à l'horizon. Tout était désormais calme et paisible. Elle aurait pu rester toute la soirée ici à regarder les lueurs des chandelles vaciller.

— Oui, allons-y.

Il y avait deux choses dont Justin était certain : il avait la chance de danser avec la plus belle femme de toute l'assemblée, et il allait faire l'amour avec elle ce soir.

— Ne t'inquiète pas : il est bien, avec Audrey, chuchota-t-il à l'oreille de Kat.

Elle semblait anxieuse depuis qu'il l'avait conduite jusqu'à la piste de danse : elle n'arrêtait pas de jeter des coups d'œil par-dessus son épaule pour essayer de voir son petit garçon.

— Je sais. C'est juste que je suis…

— Parano ?

— Prudente, corrigea-t-elle en fronçant les sourcils.

Comme son frère avait déjà dansé avec elle, il s'était dit qu'il pouvait sans doute l'inviter à son tour sans éveiller de soupçons. Entre-temps, il l'avait regardée danser avec quelques autres hommes, et il avait eu du mal à le supporter. Il avait pensé que le bébé aurait tendance à éloigner des éventuels prétendants. Mais bébé ou pas, Kat était sexy. Exceptionnelle. Et elle avait un corps devant lequel aucun homme ne pouvait se montrer indifférent.

Fou de désir, il la serra un peu plus fort dans ses bras. Il lui était extrêmement difficile de maintenir une distance convenable entre lui et elle ; il n'avait envie que d'une chose : sentir sa peau chaude et douce contre la sienne, faire glisser les mains le long de ses bras et s'approcher de ses beaux cheveux platine pour sentir son parfum. Mais, malheureusement, il lui fallait se retenir. Justin Slade et Katherine Grady n'étaient censés être rien de plus que des amis.

Et la situation commençait vraiment à l'agacer. Il détestait les mensonges. Les mises en scène. Et il regrettait amèrement de ne pas pouvoir avouer publiquement que Connor était son fils.

— Je suis certaine qu'Audrey s'occupe bien de lui, Justin, mais tu sais, pendant très longtemps, ça n'a été que lui et moi… Alors j'imagine que je suis un peu… un peu trop protectrice.

Il jugea préférable de ne pas relever. C'était une très bonne mère. Une qualité qui lui plaisait beaucoup chez elle. Mais, ce soir, il ne voulait ni explications ni disputes. C'était autre chose dont il avait envie.

— Tu t'amuses bien ?

Elle lui répondit par un petit ronronnement, qui suscita une nouvelle vague de désir en lui.

— Ça faisait longtemps que je n'avais pas dansé.

— Et je te trouve très douée. Il faut une bonne dose de talent pour se débrouiller de mes deux pieds gauches.

— Tu n'es pas un si mauvais danseur que ça, dit-elle en le regardant d'un air attendri.

Instinctivement, il la serra un peu plus fort contre sa poitrine.

— Ce n'est pas facile.

Relevant brusquement la tête, elle prit un air vexé.

— Quoi, de danser avec moi ?

Il se pencha vers elle et murmura :

— De ne pas pouvoir te serrer dans mes bras comme j'aurais envie de le faire.

Son corps se mit à trembler, et il fut ravi de constater qu'il n'était pas le seul à se sentir tendu.

— Ah, se contenta-t-elle de répondre.

— Tu sens tellement bon, murmura-t-il.

— Merci.

N'y tenant plus, il fit doucement glisser sa main le long de son dos, et ses doigts finirent par se poser sur le triangle de peau qui était exposé par son décolleté. Elle était douce et brûlante. De ses beaux yeux verts, elle se mit à l'observer d'un air interrogateur. Il lui répondit silencieusement en soutenant son regard. Un peu plus tard dans la soirée, il aurait ce qu'il voulait.

— Il faut que j'y aille, dit-elle doucement quand la musique s'arrêta.

Hochant la tête, il la libéra à contrecœur de son étreinte.

Il n'avait jamais été très bon acteur. Si l'un ou l'autre des invités était en train de l'observer, il pourrait certainement deviner ses intentions rien qu'à sa façon de la regarder. Mais, en ce moment précis, c'était le cadet de ses soucis.

Il la regarda s'éloigner gracieusement pour se diriger vers la table où était assise Audrey. Dès qu'il vit sa mère, le petit lui tendit les bras et s'accrocha fermement à son cou. Tournant la tête, Kat chercha son regard, et la lueur sensuelle qu'il vit s'allumer dans ses yeux suffit à lui dire tout ce qu'il voulait savoir.

Une émotion qu'il n'avait jamais ressentie jusqu'alors vint se loger dans sa poitrine.

Impatient, il regarda sa montre. Il n'avait pas encore fait son discours. Logan méritait une belle réception. Lui et sa femme avaient tous deux attendu son retour pour organiser leur mariage. Il n'avait aucune intention de les laisser tomber. Mais dès que la cérémonie serait terminée, il se hâterait de reconduire sa famille dans sa chambre d'hôtel.

- 7 -

Debout devant le berceau, ils regardaient leur fils dormir. Kat sentait le souffle chaud de Justin sur son cou, et elle était aux anges. Elle avait toujours rêvé de fonder une famille. Petite, elle s'était accrochée à ce rêve quand la vie l'avait malmenée. Quand elle n'avait rien d'autre que l'amour de sa mère et aucun endroit où aller.

Si seulement les circonstances qui les avaient réunis, elle et Justin, avaient été moins compliquées…

La réception avait été merveilleuse, et elle était ravie de ne pas avoir été mise sur la sellette. Fort heureusement, personne ne lui avait posé de questions trop indiscrètes, et elle n'avait donc pas eu à mentir.

— Je veux être là quand le bébé se réveillera, lui dit Justin, coupant court à ses pensées.

Sa requête lui parut raisonnable. Il n'avait jamais vu le sourire de Connor au réveil.

— O.K., je viendrai frapper à ta chambre quand il…

Sans lui laisser le temps de terminer, il lui prit la main et l'attira vers la porte. Quoique étonnée par son geste soudain, elle se laissa faire. Et une fois dans le séjour, il la plaqua contre un mur. Pas brutalement, mais pas tendrement non plus. Elle sentit les battements de son cœur s'accélérer. Les délices de l'anticipation.

— J'entendais par là que je voulais être au lit avec toi quand le bébé se réveillera.

— Ah. Euh… ai-je le choix ?

De sa main libre, il retira sa cravate et entreprit de

déboutonner sa chemise. Il tenait fermement ses poignets dans son autre main, au-dessus de sa tête, contre le mur. Un frisson d'excitation lui parcourut le corps quand il approcha les lèvres des siennes.

— Bien sûr que tu as le choix, ma douce, murmura-t-il.

Mais aussitôt, il joignit ses lèvres aux siennes, et la fougue et la passion qu'il mit dans son baiser suffirent à démentir ses propos.

Cambrant instinctivement le dos, elle pressa son corps contre le sien. Tout en continuant de l'embrasser, il poussait de petits grognements impatients. Elle était impatiente, elle aussi. Elle avait envie de le toucher, de lui arracher ses vêtements.

Il dut lire dans ses pensées car, aussitôt, il retira sa chemise en se tordant un peu sur le côté pour pouvoir maintenir ses poignets au-dessus de sa tête. A le regarder, elle sentit tout son corps s'enflammer. Ivre de désir, elle cambra encore les hanches pour se serrer plus fort contre lui. Au même moment, il plongea la langue dans sa bouche. Pressés contre son corps brûlant, ses tétons durcis de désir lui faisaient mal, et ses jambes commençaient à chanceler.

Il était musclé, bâti comme un homme qui se devait de se montrer fort, non par vanité mais pour combattre et survivre. Elle avait envie de le toucher, de sentir les contours de ses muscles sous les paumes de ses mains, de passer la langue sur son ventre.

— Du calme, ma douce, du calme, dit-il d'une voix basse et sensuelle. Ne précipitons pas les choses.

Mais elle avait envie de lui. Elle avait envie de se lier à lui. Il était parfait, sans doute trop bien pour elle, ce qui ne le rendait que plus désirable à ses yeux. Elle était née dans la misère. Il avait été élevé dans l'optique de faire de lui un héros. Ils n'avaient rien en commun. Mais quand ils faisaient l'amour, tout semblait les réunir.

Seule avec lui, elle se sentait bien, nul besoin de se soucier des apparences. Elle pouvait se laisser entièrement aller au plaisir qu'il lui apportait, au plaisir qu'elle voulait lui apporter. Et elle avait envie de le sentir en elle. Elle avait envie de cette extase que l'on ne peut connaître que lorsqu'on place une confiance absolue en l'autre.

— Caresse-moi, mon cœur. Caresse-moi.

Le son de la plainte qui s'échappa de sa bouche était si désespéré qu'elle se surprit elle-même.

Il écarta ses lèvres des siennes, et elle poussa un petit gémissement de regret.

— Comme ça ? lui demanda-t-il en prenant l'un de ses seins dans sa main.

A travers le tissu de sa robe, elle pouvait sentir la chaleur de sa paume, et quand il se mit à la caresser, des décharges de plaisir lui traversèrent le corps. Ses tétons étaient de plus en plus durs, de plus en plus douloureux.

— Oh oui. Oui.

Il la tenait toujours contre le mur, et elle se sentait frustrée de ne pas pouvoir le caresser en retour. Chaque fois qu'elle essayait de se libérer, il resserrait son étreinte autour de ses poignets.

Mais de sa main libre, il faisait déjà des merveilles, des merveilles qui devinrent plus délicieuses encore lorsqu'il se mit à lui caresser le bout des seins. Une sensation de chaleur intense ne tarda pas à se répandre dans son ventre. Dans son sexe. La tension était désormais telle qu'elle n'avait plus conscience que d'une chose : le plaisir qui était en train d'exploser en elle.

Glissant sa main sous sa robe, il se mit alors à caresser son sexe brûlant de désir.

Il ne lui en fallut pas plus pour atteindre l'extase.

Quelques instants plus tard, tout ne fut plus que chaleur et plaisir. De petits gémissements de volupté s'échappèrent de ses lèvres.

C'était complètement fou. Il ne lui avait fallu que quelques secondes pour lui faire atteindre l'un des plus beaux orgasmes de sa vie. Et ce, sans même la déshabiller.

Merci, Justin Slade.

Elle redescendit sur terre en ouvrant lentement les yeux.

— Etonnant, murmura Justin d'un air émerveillé.

A un moment ou à un autre, il avait libéré ses poignets, et elle était désormais libre de le toucher, mais avant qu'elle n'ait eu le temps de poser les mains sur sa poitrine, comme elle avait tant envie de le faire, il la souleva du sol et se mit à marcher.

Ce fut à ce moment-là qu'elle eut le bon sens de se souvenir de Connor.

— Le bébé, dit-elle.

— On va laisser les portes ouvertes. On l'entendra s'il a besoin de nous et on ira le voir plus tard.

Pour la première fois depuis qu'elle l'avait retrouvé, elle ne se sentit pas gênée par ce « on ».

— D'accord, murmura-t-elle en laissant sa tête retomber contre son épaule.

La chambre était plongée dans la pénombre. Quand il eut desserré son étreinte, elle glissa le long de son corps et vacilla un peu sur ses talons hauts au moment où elle retomba sur ses pieds. Il fit un pas en arrière pour mieux la regarder. Ni tenant plus, elle posa les mains sur sa poitrine hâlée et musclée.

Il trembla un peu quand elle lui effleura la peau de ses doigts, et une fière lueur possessive s'alluma dans ses yeux. Les mains à plat sur ses pectoraux, elle continua de le caresser. Avec une expression de pur bonheur, il ferma les yeux. Elle laissa alors ses mains courir librement sur son corps, caresser chacun de ses muscles., Elle était excitée d'entendre ses soupirs de satisfaction, de voir à quel point il avait envie d'elle dans l'érection qu'il pressait contre elle et qu'elle sentait durcir de seconde en seconde.

Se redressant un peu, elle fit doucement passer la langue

sur ses lèvres. Il l'embrassa avec ardeur et passion, jusqu'à ce qu'elle soit complètement à bout de souffle. Et soudain, une idée coquine lui vint à l'esprit, idée qu'elle lui murmura tout doucement contre ses lèvres si tentantes, sans la moindre hésitation :

— J'ai envie de te toucher, Justin. Mais pour l'instant, toi, tu n'auras pas le droit de me toucher en retour.

Etrécissant les yeux, il la regarda d'un air intrigué.

— Tu veux me torturer, c'est ça ?

Songeant à toutes les raisons pour lesquelles elle pourrait vouloir le torturer, elle se mit à glousser. Malgré tout, ce n'était pas ce qu'elle avait derrière la tête pour le moment. Ce soir, tout ne devait être que plaisir et satisfaction.

— Alors, comme ça, dit-elle en inclinant la tête sur le côté, tu considérerais comme une torture que je te touche ?

Une lueur chargée de désir s'alluma dans ses yeux. Parfait. Il était prêt à accepter tout ce qu'elle lui demanderait.

L'attirant plus près de lui, il l'embrassa de nouveau avant de répondre :

— Bien sûr que oui, si je ne peux pas te toucher moi aussi.

— Tu m'as déjà beaucoup caressée. J'ai envie de te rendre la pareille.

— C'est une offre que je ne peux pas refuser, répondit-il en fronçant les sourcils.

— Sûr ?

Il n'hésita pas une seule seconde.

— Torture-moi, Kat, dit-il doucement.

Triomphante, elle lui adressa un grand sourire avant de lui tourner le dos.

— D'accord, alors… est-ce que tu pourrais descendre la fermeture de ma robe ?

Il se rapprocha d'elle, et elle sentit son souffle chaud sur ses épaules. De ses lèvres, il effleura son cou, et de délicieux frissons lui parcoururent le corps.

— Tu triches, dit-elle en gloussant.

— On n'a pas encore commencé.

Après avoir lentement descendu la fermeture Eclair, il laissa ses doigts s'attarder sur sa chute de reins.

— Tricheur, murmura-t-elle d'un air faussement offusqué.

— Mais les tricheurs ne gagnent jamais, murmura-t-il en faisant sensuellement glisser sa main vers ses fesses.

Une vague de chaleur déferla sur son corps.

— Je vais te le faire payer très cher, dit-elle dans un souffle.

— Mais j'espère bien.

Un petit cri de volupté s'échappa de sa gorge, et elle se tourna vivement vers lui. Il la dévorait des yeux. Jamais elle n'avait eu à faire face à un désir aussi puissant.

— Allonge-toi sur le lit.

— Qu'est-ce que tu vas faire ?

— Me déshabiller devant toi.

— A tes ordres.

Il s'exécuta, et un instant plus tard, il était allongé en travers du grand lit, à l'attendre. Les souvenirs de leur seul et unique week-end d'amour lui revinrent brutalement à la mémoire, la submergeant dans leur volupté, et elle sut que ce qu'ils allaient faire ce soir serait tout aussi bon. Tout aussi délicieux.

Après avoir baissé les manches de sa robe, elle tortilla les hanches et le tissu violet ne tarda pas à tomber sur le sol. Elle passa ensuite au soutien-gorge et à la culotte, mais alors qu'elle se hâtait de les retirer, elle se sentit tout à coup moins audacieuse qu'elle ne l'avait été une minute plus tôt, quand elle avait proposé ce jeu. Pour mieux évaluer la situation, elle jeta à Justin un rapide coup d'œil. L'air à la fois fasciné et émerveillé, il lui adressa un hochement de tête encourageant.

Comme elle avait envie de lui !

Il n'était plus possible de faire marche arrière, désormais. Nue dans la pénombre, à peine éclairée par un rai de lumière qui filtrait à travers la fenêtre, elle s'approcha de lui.

Roulant sur le côté, Justin regarda Kat s'approcher de lui. S'il n'avait pas été si excité, il se serait sans doute amusé de la timidité soudaine qu'il voyait dans ses yeux, dans ses gestes. Elle était la perfection absolue. Une poitrine pulpeuse, une taille de guêpe et des hanches rondes. Ses cheveux étaient de la couleur des meilleures glaces à la vanille, et ses lèvres aussi appétissantes que des pêches mûres.

Quand elle s'agenouilla sur le lit, il se mit sur le dos et croisa les mains derrière la tête. Elle avait envie de jouer. Et c'était parfait : il était très disposé à se laisser faire.

— Ferme les yeux, ordonna-t-elle.

— Ce n'était pas ce qui était convenu. J'ai envie de te regarder.

— Mais avec ce que j'ai à l'esprit… je suis sûre que tu apprécieras d'autant plus.

Il ferma les yeux. Et aussitôt, il sentit le matelas s'affaisser un peu. Il sentit sa présence. Et il se trouva complètement enivré par son aura, et son parfum sensuel. Pendant une minute ou deux, elle ne dit rien, ne fit rien. Et il était sur le point de protester quand elle s'approcha de lui. Ses doux cheveux caressèrent son visage. Et elle joignit ses lèvres aux siennes.

Ce baiser réveilla ses instincts.

Et il comprit qu'il lui serait difficile, extrêmement difficile, de garder les mains à l'écart de son corps.

De ses doigts fins et délicats, elle lui effleura la peau, doucement, légèrement, et lorsqu'elle écarta ses lèvres des siennes, ce fut pour déposer des dizaines de petits baisers sur sa gorge. Puis elle passa au lobe de son oreille, qu'elle titilla de ses dents, tout en faisant sensuellement glisser les mains le long de son torse.

Enfin, elle arriva à sa ceinture, dont elle défit la boucle, avant d'ouvrir sa braguette.

Ce qui vint ensuite lui donna une envie folle de la toucher, de glisser une main dans ses cheveux, de l'attirer à lui, mais il fit tout son possible pour ne pas céder à la tentation, pour garder les mains derrière la tête.

Elle était délicieusement douée. Sa bouche, sa langue étaient en train de le rendre fou. Ivre de plaisir, il se concentra sur toutes ces divines sensations, jusqu'à celles que lui procuraient ses cheveux en effleurant son ventre, ou la peau douce de ses joues caressant ses cuisses. Le plaisir ne cessait de monter en lui, et bientôt il se demanda s'il ne ferait pas mieux de se rendre, de crier grâce, de lui demander d'arrêter. Mais il n'avait pas envie que ce jeu se termine. C'était trop bon, trop excitant.

Il adorait sa sensualité. Il adorait son côté désinhibé. Chacune de ses caresses, chacun de ses baisers étaient une source de plaisir intense. Rien d'étonnant à ce qu'il n'ait jamais pu oublier la nuit qu'ils avaient passée ensemble à New York. Si le souvenir de son visage avait commencé à s'estomper quand il était reparti en Afghanistan, sa façon de faire l'amour était restée gravée dans sa mémoire. Et lui avait tenu chaud au cours de bien des nuits glaciales.

Ses soupirs et ses gémissements emplissaient le silence de la chambre. Tout son être la réclamait, lui réclamait de défaire les liens imaginaires qui emprisonnaient ses mains. Il était à bout. Il n'avait plus qu'une envie : la prendre. Maintenant.

Il lutta de toutes ses forces pour se maîtriser. Mais il n'y parvint pas. La seule chose à laquelle il pouvait penser était le préservatif qui se trouvait dans la poche de son pantalon.

— Dans ma poche. Va le chercher, réussit-il à dire, en ouvrant les yeux.

Elle n'hésita pas une seule seconde. Elle dut sentir qu'il était à cran. Les yeux désormais grand ouverts, il la regarda prendre le sachet et l'ouvrir. Et quand elle lui eut enfilé le préservatif, elle se hissa au-dessus de lui et écarta les cuisses. Et à la voir comme ça, si belle, si séduisante, il se sentit soudain complètement bouleversé. Il ne s'agissait pas simplement d'une nuit de délices. C'était… C'était bien plus que cela.

Elle commença à bouger lentement et sensuellement. Et il bougea en rythme avec elle, se cambrant pour s'enfoncer plus profondément, pour relâcher la tension qui s'était accumulée en lui.

Peu à peu, ses mouvements se firent plus rapides, jusqu'à devenir presque frénétiques. Et soudain, elle murmura :

— Touche-moi, Justin. Tu peux le faire, maintenant… S'il te plaît, j'ai besoin que tu me touches.

Il n'eut pas besoin de se faire prier davantage. Posant les mains sur ses hanches, il les guida tous deux vers l'extase. Et ils jouirent ensemble, corps, cœurs et souffles mêlés.

Les yeux mi-clos, le souffle court, Kat était désormais blottie contre lui. Instinctivement, il passa la main sur son corps, se délectant des douces et divines sensations que sa peau lui procurait toujours.

— Tu crois que je devrais retourner voir le bébé ? lui demanda-t-elle.

— On y est allés il y a deux minutes, et il dormait comme un bienheureux.

— O.K. Hmm, c'est bien, ça.

— Quoi, que je te touche ? J'essaie de rattraper le temps perdu.

— Oui, ça aussi, dit-elle en se serrant un peu plus fort contre lui. Mais je voulais dire que c'est bien d'avoir quelqu'un d'autre à qui se fier concernant Connor. Et je n'aurais jamais pensé que je dirais ça un jour.

— Tu pourras toujours compter sur moi.

— Je n'en doute pas.

— Tu m'as fait vivre un véritable enfer, tu sais ? murmura-t-il en faisant glisser sa main sur sa taille, avant de la pincer un peu.

— Ah oui ?

— Si tu savais comme tu m'excites depuis que je t'ai retrouvée chez Mattie. Tu étais tellement belle, ce jour-là, penchée au-dessus de ton coffre, à essayer de prendre ta roue de secours.

— Ça devait être un drôle de spectacle, dit-elle en riant.

— Des spectacles comme ça, on n'a pas souvent l'occasion d'en voir quand on est dans l'armée.

— Mais tu n'y es plus, maintenant.

— Oui, et des fois, ça me fait un peu bizarre. Mais en règle générale, je trouve ça plutôt bien.

— Pourquoi ça te fait bizarre ?

Il n'avait pas vraiment envie de parler des sentiments que lui avait procurés son retour à la maison. De l'image que les gens se faisaient de lui, du comportement qu'ils attendaient de lui pour la seule et unique raison qu'il avait été dans l'armée. Mais comme elle lui avait posé cette question en toute innocence, il se sentit tout de même obligé de répondre.

— Le combat change l'existence d'un homme. On prend conscience de la brièveté de la vie et on finit par comprendre ce qui est vraiment important. On tisse des liens avec des personnes vers qui on ne serait jamais allé en temps ordinaire, et ces personnes deviennent essentielles. Notre vie est contenue dans un petit espace cylindrique. Nos centres d'intérêt, notre mission et nos compagnons d'armes font partie de ce cylindre. Je ne sais pas si tu comprends ce que je veux dire.

— Si, je crois. Et quand tu perds quelqu'un, le cylindre devient plus petit encore.

— Exactement. Oui, c'est comme ça que ça marche.

— Tu sais, Justin, j'aimerais beaucoup que tu me parles de Brett. Pas forcément maintenant, si tu n'en as pas envie. Mais plus tard.

A ces mots, il sentit tous les muscles de son corps se

crisper. Ses pensées se firent plus sombres, et il la serra plus fort contre lui.

— Qu'est-ce que tu voudrais savoir ?

— Tu étais très ami avec lui ? lui demanda-t-elle en lui caressant doucement la joue.

— Oui, très. Nous étions aussi amis que peuvent l'être deux soldats.

— Tatie Mattie ne tarit pas d'éloges sur lui. Est-ce que c'était vraiment un garçon bien ?

De nouveau, il se tendit. Comment la conversation avait-elle pu prendre un tel tour ? Il avait une femme magnifique dans son lit, et il avait très envie de répéter la performance qu'ils venaient d'accomplir ensemble. Pourquoi était-il en train de saboter ce moment en parlant de sa vie à l'armée ? C'était étrange, mais en même temps… Il lui semblait tout naturel de parler avec elle, et peut-être avait-il besoin de se libérer l'esprit ?

— Ce n'était pas un saint, finit-il par répondre. On aurait même parfois dit qu'il était vraiment diabolique. Mais c'était un garçon honnête, qui avait beaucoup d'humour. Il émanait de lui une sorte de charisme innocent et… et il aurait fait n'importe quoi pour les personnes qui comptaient pour lui.

— Tu n'as pas fait ton deuil, n'est-ce pas ?

Pris de court par cette question, il la regarda dans les yeux.

— Je ne suis pas sûr de savoir comment faire.

— Parler de lui pourrait peut-être t'aider.

— Mais je ne suis pas sûr d'avoir envie d'être aidé. Je crois même que j'ai envie de souffrir.

— Tu penses vraiment ce que tu dis ?

Il prit une profonde inspiration.

— Oui, je crois. Je suis responsable de la mort de Brett. Et je ne me le pardonnerai jamais.

Elle le regarda d'un air compatissant et se mit à lui caresser le visage avec tendresse. Il ne le méritait pas. Et pourtant, le réconfort que son geste lui apporta le bouleversa, et il en eut presque les larmes aux yeux.

— Tu as besoin d'épancher ton cœur, Justin. Tu as besoin d'en parler à quelqu'un.

Touché par ses paroles, il lui embrassa la paume de la main.

— Je n'ai pas envie de parler de ça.

— Si, tu en as envie, dit-elle gentiment. Et j'ai envie de t'écouter.

Pour mieux combattre les émotions qui se bousculaient en lui, il garda le silence quelques instants. Et soudain, plongeant son regard dans le sien, il sut. Il sut qu'elle comprendrait. Que de cette magnifique bouche ne sortiraient que des mots de réconfort. Elle était en train de lui offrir une échappatoire, un moyen de soulager sa conscience. Elle avait percé les murs défensifs qu'il avait bâtis autour de lui. Peut-être avait-elle raison, après tout ? Peut-être avait-il envie de parler de cela avec elle ? Ce qui était sûr, en tout cas, c'était qu'il avait toute son attention.

Après avoir poussé un profond soupir, il se mit à parler lentement :

— Je crois que j'étais encore sous le choc de la mission Quaisar, au nord de l'Afghanistan.

— C'est là que tu as sauvé cinq hommes d'une embuscade, c'est ça ?

— Oui. Mais j'ai juste fait mon travail, comme on me l'avait appris. J'ai réussi, et personne n'est mort ce jour-là. Alors les éloges se sont mis à pleuvoir de partout, et ça m'a fait plaisir. Vraiment. Mais je n'aimais pas l'étiquette de héros. C'est d'ailleurs quelque chose que j'ai toujours du mal à accepter. Les vrais soldats ne se considèrent pas comme des héros ; ils ne pensent qu'à rester en vie et à aider leurs compagnons d'armes à faire de même. Ce n'est pas une question de gloire mais de survie.

— Mais tu devais tout de même te sentir fier d'avoir sauvé autant de personnes.

— Oui, naturellement. Et si c'était à refaire, je ne changerais rien de ce que j'ai fait ce jour-là. Mais ce qui est arrivé à Brett… ça s'est passé quelques mois plus tard. Je pensais avoir tout prévu et j'étais un peu trop sûr de moi, ce qui est toujours un peu dangereux quand on est là-bas. Bref, on m'a demandé d'aller fouiller une école abandonnée dans un village afghan. Un informateur nous avait dit qu'elle servait de cachette à des munitions et à des explosifs.

« Brett venait de se remettre d'une pneumonie. Il était resté alité pendant deux semaines et il avait hâte de remettre ses bottes de combat. Il s'ennuyait comme pas permis à l'infirmerie, et il avait envie de repartir en mission. J'ai refusé de le prendre, je lui ai dit que c'était trop tôt. Mais il a insisté et insisté. Il a joué la carte de l'amitié, et j'ai fini par craquer. C'est-à-dire par l'autoriser à venir avec nous.

« Arrivé au village, j'ai détaché huit hommes du convoi, et nous nous sommes rendus jusqu'au bâtiment en question. Nous avions un démineur avec nous ; il était censé déclencher les explosifs s'il s'avérait qu'ils étaient bien là. Nous avons pris toutes les précautions habituelles et nous sommes entrés prudemment. Il y avait beaucoup de vent ce jour-là, et le vent charriait du sable, et nous en étions couverts. Brett s'est mis à tousser, très fort. Et j'ai compris qu'il ne s'était pas pleinement remis de sa maladie. Furieux contre moi-même, je lui ai ordonné de retourner au convoi pour sa propre sécurité. Il n'était pas en état d'accomplir cette mission. Mais juste au moment où il a passé le seuil de l'école pour obéir à mes ordres, des coups de feu se sont mis à éclater.

« J'ai tout de suite compris qu'il s'agissait d'une embuscade. Les trois gardes armés que j'avais placés autour du périmètre ont contre-attaqué puis sont entrés à reculons dans l'école pour nous couvrir. Mais Brett n'est jamais revenu. Il a été paralysé par une quinte de toux et n'a pas pu esquiver les balles. Nous avons appelé des renforts, et nos troupes ont chassé les ennemis. Mais il était trop tard pour mon ami.

Ses lèvres s'étant mises à trembler, il se prit la tête entre les mains. Il se souvenait encore parfaitement des derniers mots qu'il avait dits à Brett.

— La dernière chose que je lui ai dite, c'est de nous débarrasser le plancher et de retourner illico au convoi.

« Je n'ai rien pu faire pour le sauver. Quand j'ai pu le prendre dans mes bras, il était couvert de sang, et il vivait ses derniers instants. J'ai commis deux erreurs ce jour-là : l'autoriser à venir en mission avec nous, et le laisser sortir seul dans cet état-là. Tout est ma faute. Si tu savais comme je m'en veux.

S'agenouillant à côté de lui, elle se mit à lui masser doucement le front.

— Non, Justin. Non, dit-elle d'un ton ferme. Ce n'est pas ta faute s'il a été tué.

— Tu ne peux pas me dire ça. C'est ma faute, si. Rien de tout cela ne serait arrivé si j'avais réfléchi un peu.

— Si tu lui as dit de partir, c'était pour son propre bien. Tu ne pouvais pas savoir qu'il y aurait une embus…

— Les embuscades font partie de la vie quotidienne là-bas. Pour la sécurité de tout le monde, il fallait que mes hommes soient à cent pour cent de leur forme. Or, ce jour-là, Brett ne l'était pas. Et mon manque de jugement lui a coûté la vie.

— Tu as fait ce que tu pensais être le mieux.

— Mais peut-être que j'étais un peu trop sûr de moi, à cause de tous ces éloges qui pleuvaient sur moi. Peut-être que je ne me suis pas montré assez prudent avec mes hommes.

— Tu cherches à te punir pour quelque chose qui ne dépendait pas de ta volonté. Peut-être était-ce la faute de Brett, après tout ? Est-ce que tu as déjà pensé à ça ? Tu ne t'es jamais dit que Brett n'aurait peut-être pas dû tant insister ? Que c'est peut-être lui qui a commis une erreur de jugement ?

Furieux, il se retourna vers elle. Il était hors de question qu'elle accuse Brett de quoi que ce soit.

— Tu ne sais pas de quoi tu parles, Kat.

— Si, je sais de quoi je parle. Et je sais qu'endosser la responsabilité de choses sur lesquelles on n'a aucun moyen de contrôle ne sert à rien. La culpabilité que tu ressens ne te ramènera jamais Brett, elle ne te sera d'aucune utilité. Tout comme elle ne m'a jamais été d'aucune utilité.

— Qu'est-ce que tu entends par là ? lui demanda-t-il, intrigué.

— Ecoute, j'ai eu une enfance horrible. Aussi horrible que ce qu'on peut imaginer. Mon père était très violent. Au début, il ne s'en prenait qu'à ma mère. Mais au bout d'un moment, il a commencé à s'attaquer à moi. C'était un ivrogne, et il me disait des choses affreuses. J'ai beaucoup souffert, j'ai toujours été très peu sûre de moi. Et comment aurais-je pu l'être, quand mon propre père me répétait tous les jours que j'étais stupide ? Qu'il regrettait que je sois née ? Qu'il se demandait pourquoi je n'avais pas de cerveau ? Quand j'allais me coucher le soir, je pleurais toutes les larmes de mon corps. Parce que je pensais que tout était ma faute. Je me disais que si j'avais été un peu moins bête, si j'avais rebouché la bouteille de lait, si j'avais repassé tous mes vêtements ou obtenu une bonne note à tous mes devoirs, mon père m'aurait aimée beaucoup plus. Chaque fois qu'il levait la main sur ma mère parce qu'elle avait essayé de prendre ma défense, je m'en voulais à moi-même. Je m'en voulais tout le temps.

Il regarda la femme nue qui se trouvait dans son lit, et il vit au-delà de son magnifique corps. Il vit son âme. Il vit qui elle était vraiment.

— Ça a dû être très difficile, dit-il lui en prenant tendrement le visage entre les mains.

— Je ne te dis pas ça pour que tu t'apitoies sur mon sort, murmura-t-elle. J'essaie simplement de t'aider. La culpabilité est un sentiment malsain. Il faut que tu acceptes ce qui est arrivé à Brett.

— Et toi, as-tu fini par accepter, pour ton père ?

— Oui. Au bout d'un certain temps, ma mère et moi

sommes parties. Il avait interdiction formelle de nous approcher, mais ça ne l'a pas beaucoup impressionné ; et du coup, nous étions sans cesse obligées de le fuir, de passer d'un foyer à un autre. Nous n'avions jamais d'argent, mais nous nous avions, toutes les deux. Ma mère était… une femme géniale. Elle a fait tout ce qu'elle a pu pour me rendre la vie moins difficile et, jusqu'à ce jour, je crois que je n'ai jamais rencontré une femme mieux qu'elle. Mais je vois mon père tel qu'il est, désormais. Je n'éprouve plus de culpabilité à son égard.

— Ce n'est pas pareil avec Brett, murmura-t-il. Et à un moment où à un autre, il faudra bien que j'explique à Mattie ma part de responsabilité dans sa mort.

Ce fut à ce moment-là de la conversation que de petits babillements attirèrent leur attention.

— C'est Connor, dit-elle en se levant d'un bond.

Rapidement, elle enfila sa chemise qui, beaucoup trop large pour elle, retomba autour de ses épaules comme une cape. Il la regarda la boutonner, ému et complètement fasciné par sa beauté. Puis, se tirant brusquement de sa torpeur, il enfila son pantalon et tendit un bras vers elle. Tout sourire, elle glissa sa main dans la sienne.

— Allons voir notre fils, dit-il.

Et ils partirent ensemble retrouver leur petit garçon.

— Ton papa ne va pas tarder à arriver, chuchota-t-elle à l'oreille de Connor en passant l'immense porte de l'hôtel.

Après lui avoir adressé un sourire, le petit se mit à jouer avec le collier d'argent qu'elle avait au cou. Parfait. Sa fascination pour tout ce qui brillait allait certainement le tenir occupé le temps que Justin fasse ses adieux à sa famille. Plus par habitude que par nécessité, elle se mit à le bercer doucement sous le fronton du porche de l'hôtel.

Et soudain, elle aperçut une limousine noire un peu plus

loin dans la rue. Après avoir ralenti, le véhicule se gara à quelques mètres d'elle. Le chauffeur sortit et ouvrit la portière arrière.

— Oh non, fit-elle, le regard rivé sur le jeune homme blond qui venait d'émerger des profondeurs de la voiture.

Mais il était déjà trop tard pour fuir. Michael Golden l'avait vue. Et quand son regard croisa le sien, elle resserra son étreinte autour de Connor.

A peine quatre mois plus tôt, elle vivait dans un immense appartement new-yorkais avec lui. Ils devaient se marier. Mais Kat avait fini par rompre.

Des souvenirs de sa vie avec Michael lui revinrent brusquement à l'esprit. Elle avait commencé à sortir avec lui quelques jours à peine après avoir rencontré Justin à New York. Michael s'était révélé charmant, spirituel et très attentionné. Quand elle avait découvert qu'elle était enceinte, elle avait été honnête avec lui et lui avait dit textuellement qu'elle comprendrait parfaitement s'il souhaitait mettre un terme à leur relation. Michael ne pouvait pas avoir d'enfant ; il savait donc parfaitement que le bébé n'était pas de lui. Mais comme il parlait souvent d'adopter, la nouvelle de sa grossesse n'avait pas vraiment été un choc pour lui. On aurait même dit qu'il était ravi. Il avait continué de lui faire la cour et s'était montré extrêmement doux et prévenant durant sa grossesse. Et elle avait fini par s'installer chez lui.

— Kat ? dit-il en s'approchant d'elle. C'est vraiment toi ?

Le son grave de sa voix la fit presque sursauter.

Une fois devant elle, il la regarda quelques instants en plissant les yeux, avant de tourner son regard vers le bébé.

— Oui, c'est moi, répondit-elle d'une voix tremblante. Bonjour, Michael.

Le milliardaire le plus prisé de New York lui adressa un sourire triomphant.

— Bonjour, Kat. Je ne m'attendais pas à te rencontrer à Reno. Et encore moins dans un de mes hôtels.

— J'étais à un mariage, se contenta-t-elle de répondre en guise d'explication.

Elle observa attentivement son costume de créateur. Il avait toujours eu beaucoup de goût pour s'habiller et avait toujours prêté beaucoup d'attention au milieu de la mode. D'ailleurs, elle s'était à une époque imaginée que ses liens avec ce milieu pourraient lui ouvrir quelques portes…

Elle sortit de sa rêverie pour observer Michael, qui fixait Connor d'un air attendri. Durant les quelques mois qui avaient suivi sa naissance, Michael l'avait traité comme son propre fils.

— Il est magnifique. Et il a l'air en forme.

— Oui, il l'est. On se débrouille bien, tous les deux.

— Quand tu es partie, il m'a beaucoup manqué.

Voilà qui résumait tout. Ce qui lui avait manqué, c'était de considérer Connor comme son fils. Il aurait même pu l'aimer, et c'était là tout le problème. Michael n'était pas amoureux d'elle. Elle n'était pas amoureuse de lui. Ils se servaient l'un de l'autre pour combler les vides qu'il y avait dans leurs vies. Il voulait des enfants, elle voulait une carrière. La haute société de New York la considérait comme une profiteuse, une femme qui courait après Michael pour son argent et ses relations. Ce qui n'était pas complètement faux. Elle était seule depuis la mort de sa mère et, soudain, elle était tombée sur cet homme… un homme extrêmement riche qui voulait un enfant et était en mesure de leur procurer un niveau de vie incroyable à elle-même et à son fils.

— Nous avons rompu d'un commun accord, Michael. Nous avons tous deux décidé qu'il valait mieux nous séparer.

— Ce n'est pas comme ça que les choses me sont apparues.

— Je sais…

— Je t'ai donné tout ce que j'avais, dit-il d'un air amer. Mais ça ne t'a pas suffi.

Après la naissance de Connor, elle avait commencé à le voir sous un jour différent. C'était un homme autoritaire, à qui elle devait sans arrêt rendre des comptes. Il fallait toujours qu'il sache ce qu'elle faisait, où elle était allée avec le bébé. Il remettait en cause ses moindres faits et gestes. Les murs commençaient à se refermer autour d'elle. Elle étouffait, elle ne pouvait plus le supporter.

Au bout du compte, elle avait fini par comprendre qu'il ressemblait beaucoup à son père, mais ce n'était qu'après la naissance de Connor que son vrai visage lui était apparu. Heurtée par ces horribles souvenirs, elle frissonna. Michael ne s'était pas montré violent avec elle sur le plan physique, mais elle portait encore les blessures de toutes les paroles perfides qu'il lui avait adressées. Et elle s'était juré de ne plus jamais laisser aucun homme la contrôler ni faire de sa vie un enfer de cette façon.

— C'est le passé, maintenant, Michael. Il vaut mieux laisser tout cela derrière nous.

Détachant son regard du bébé, il se mit à l'observer d'un air accusateur.

— Mais tu m'as pris Connor.

Tout en secouant la tête, elle commença à regarder autour d'elle, à la recherche d'une échappatoire.

— Il n'a jamais été à toi, Michael. Nous en avons déjà parlé. Je suis désolée que les choses n'aient pas marché entre nous.

— Ah oui, vraiment ? répondit-il d'un air surpris. Est-ce que tu as retrouvé le père biologique ?

Elle n'avait pas envie de répondre à cette question. Ce n'étaient pas ses affaires. Pendant des mois, il avait cherché à la décourager de retrouver le père de Connor, et elle n'avait pas essayé de se battre. Mais elle ne pouvait pas dire pour autant qu'elle était totalement exempte de reproches. La décision de ne pas rechercher Brett pour lui dire la vérité pouvait en partie lui être imputée. Et c'était une chose avec laquelle elle devrait vivre jusqu'au restant de ses jours.

Elle regarda nerveusement autour d'elle. Elle n'avait pas

envie que Justin apparaisse soudainement. Pas envie de se retrouver confrontée aux deux hommes en même temps.

Ce fut heureusement à ce moment qu'une jeune femme aux cheveux blond platine et aux lèvres rouges et pulpeuses sortit gracieusement de la limousine de Michael. Kat en eut le souffle coupé. On aurait presque dit un sosie d'elle… ou de Marilyn Monroe. La ressemblance était troublante. Il lui fallut quelques secondes pour la reconnaître : une starlette qui avait un bon rôle dans une série télé.

— Tu viens, Michael ? lança la jeune femme d'un air impatient.

— J'arrive, ma chérie, répondit-il.

Et là-dessus, il adressa à Kat un sourire espiègle. Comme s'il cherchait ainsi à lui dire qu'elle n'était pas irremplaçable.

— Au revoir, Kat, murmura-t-il en laissant son regard s'attarder un peu sur Connor.

Elle laissa échapper un profond soupir de soulagement. Elle l'avait échappé belle. Il était rare qu'elle ait autant de chance.

Quelques secondes plus tard, Michael et son amie disparaissaient ensemble dans le hall de l'hôtel. Ils croisèrent, juste au niveau de la porte, Justin, qui affichait un large sourire.

— Désolé de t'avoir fait attendre, lui dit-il après l'avoir tendrement embrassée sur la joue.

— Pas de problème.

L'air vaguement inquiet, il resta quelques secondes à la dévisager.

— Est-ce que tout va bien ?

— Oui, répondit-elle en s'efforçant de faire comme si de rien n'était. Merci.

— Prête ?

— Prête, répondit-elle en souriant.

Avec Justin à son côté et Connor dans ses bras, la vie lui semblait presque… parfaite. Il était hors de question qu'elle laisse Michael lui gâcher ce moment.

- 8 -

Penchée au-dessus de la commode de sa chambre, Kat déplia le courrier qu'elle avait reçu, la veille, de la chaîne de vêtements Lowery. Tout en secouant la tête, elle en relut le contenu. Désespérée, elle finit par ouvrir le tiroir de la commode pour le placer sur la pile de lettres de refus qui s'étaient accumulées au cours des quelques semaines passées.

Quand elle retourna dans la cuisine, Mattie était assise à table, occupée à donner à Connor la purée de bananes et de myrtilles qu'elle avait préparée un peu plus tôt.

— Miam miam, Connor, dit-elle en le regarder avaler goulûment. Maman aime bien, elle aussi.

Le petit sourit.

Et tout en lui caressant le sommet de la tête, elle l'embrassa tendrement sur la joue.

Les bruits du bulldozer qui démolissait les vieilles granges attirèrent soudain son attention. Elle tourna son regard vers la fenêtre.

— Ça ne devrait pas tarder à se terminer, dit Mattie. Bientôt, la vente sera conclue et ils pourront commencer à bâtir.

Après la nuit toute particulière qu'elle avait passée avec Justin deux jours plus tôt, Kat comprenait mieux sa détermination à mener son projet à bien. Il n'était pas du genre à perdre de temps. Il était habitué à agir et réagir rapidement, et elle avait le sentiment que la fondation de ce refuge l'aiderait à apaiser au moins en partie la culpabilité qu'il ressentait à l'égard de la mort de Brett.

Il l'avait laissée pénétrer son secret, l'espace de quelques minutes, et l'avait autorisée à observer sa douleur au moment où il était le plus vulnérable. Et elle aimait à penser qu'il lui avait fait confiance, au moins pour ce soir-là, en lui révélant ses plus noirs secrets.

Sur le plan sexuel, ils s'entendaient très bien. Très, très bien même. C'était un amant exceptionnel, et elle était toute disposée à se laisser aller sans retenue avec lui. Elle offrait tout autant qu'elle prenait, et ils se délectaient tous de cet état de fait. Mais même elle savait que le sexe, si bon fût-il, ne suffisait pas. Or, en ce moment, c'était tout ce qu'il y avait entre eux.

Alors qu'elle se faisait ces réflexions, Mattie avait enfourné une autre cuillère de compote dans la bouche de Connor.

— Il a bon appétit, ce matin, commenta la vieille dame.

— On dirait, oui, acquiesça-t-elle.

— Le petit déjeuner est le repas qu'il préfère. Je crois qu'il mangerait une demi-douzaine d'œufs si je le laissais faire. Et bien sûr, quelques tranches de…

— Bacon, dit-elle en même temps que la vieille dame.

Une lueur s'alluma dans les yeux de Mattie, et elles se mirent toutes deux à glousser. Malheureusement, ce moment de complicité ne fit qu'attiser la culpabilité de Kat. Elle ne put s'empêcher de songer au secret qu'elle dissimulait toujours à tante Brett. Tôt ou tard, elle le savait, il faudrait bien qu'elle lui avoue la vérité.

— Normal, pour un fils d'éleveur, non ?

— Normal, répondit Kat à contrecœur.

Quand le petit eut fini son entremets, elle le sortit de sa chaise haute et s'assit près de Mattie pour lui donner son biberon.

— Je ne me lasse jamais de ce spectacle, commenta Mattie en les regardant.

— C'est mignon, hein ? acquiesça-t-elle.

Une image de Justin à l'hôtel lui revint brutalement à la mémoire. Le moment où il avait donné le biberon au bébé, à son réveil. Tout paraissait calme, paisible et normal quand ils étaient tous les trois ensemble. Cela lui apparaissait désormais comme une évidence, mais il lui avait fallu du temps pour accepter ce sentiment. Jamais auparavant elle n'avait connu une telle stabilité.

— J'ai quelques rendez-vous pour des devis avec des artisans, aujourd'hui. Si vous voulez vous joindre à nous… Nous allons commencer par la cuisine ; il me semble que c'est ce qu'il y a de plus urgent.

— Certes, répondit Mattie en regardant les équipements vétustes et le linoléum usé. Que comptes-tu faire ?

— Eh bien, on pourrait peut-être tout retirer pour repartir de zéro.

— Je n'ai pas envie de tout changer, répondit la vieille dame en secouant la tête. Il y a… beaucoup de souvenirs dans cette cuisine. L'époque où je me mettais à la fenêtre pour regarder Brett jouer au ballon dehors. Et puis, tu vois ce petit meuble qui est là-bas ? C'est mon Ralph qui me l'a fabriqué de ses mains. Non, je n'ai vraiment pas envie de tout changer.

— Ne vous faites pas de souci. Je comprends parfaitement ce que vous ressentez. On va faire les choses petit à petit. Commencer par changer le lino et les placards, et par vous trouver des appareils électroménagers qui ne font pas sauter les plombs quand vous les allumez. Un petit coup de peinture, et ce sera terminé ; on laissera tout à la même place. Ça sera juste rénové et remis au goût du jour. Qu'est-ce que vous en dites ?

— Eh bien… si c'est toi qui t'en occupes, ma chérie, je pense que ça devrait m'aller.

Touchée par ses paroles, elle lui prit la main. Mattie n'était pas sa mère, mais c'était une femme bien, pour laquelle elle avait beaucoup d'affection.

— Je pense que vous devriez un peu vous reposer, maintenant. Le premier rendez-vous n'est pas prévu avant cet après-midi. Après, ce sera le coup de feu.

— Le coup de feu ? répéta Mattie, le visage rayonnant de joie. Je ne sais pas ce que j'ai fait pour te mériter, mais je suis ravie que tu sois là, Kat. Connor et toi, vous êtes mes seules raisons de vivre.

Mais l'inverse valait également : Connor et Mattie Applegate étaient ses seules raisons de vivre.

Deux heures plus tard, Justin se présenta sur le pas de la porte vêtu d'un pantalon noir, d'une chemise blanche aux manches retroussées et de bottes noires couvertes de boue. Surprise et un peu impressionnée, Kat n'apprécia pas particulièrement les émotions que sa présence fit immédiatement naître en elle.

— Justin ? Je ne m'attendais pas à te voir aujourd'hui, dit-elle en ouvrant la porte pour le faire entrer.

— Où sont les autres ? lui demanda-t-il en retirant son chapeau.

— Connor fait la sieste et tatie Mattie lit dans le salon. J'étais en train de ranger la…

Face au regard qu'il lui adressa, elle s'interrompit brusquement et peina pour ravaler sa salive. Un désir intense brûlait dans ses yeux.

Brusquement, il attrapa sa main, et elle se laissa faire quand il la conduisit dans la cuisine. S'adossant au mur le plus éloigné de la porte, il l'attira contre sa poitrine et passa les bras autour de sa taille pour la serrer fermement contre les muscles bandés de son corps.

— Euh…, balbutia-t-elle, je ne crois pas que ce soit une bonne idée.

Mais son corps, en se lovant docilement contre le sien, démentit aussitôt ses propos. Quant à son cœur… son cœur avait fondu au moment même où elle l'avait vu sur le seuil de la porte.

— Tu es sûr ? murmura-t-il contre ses lèvres. Cela fait deux jours que je n'arrive à penser à rien d'autre qu'à toi, Kat.

Il joignit ses lèvres aux siennes, et elle lui rendit son baiser.

— Je n'arrive à me concentrer sur rien, reprit-il en prenant son visage entre ses mains pour mieux la regarder dans les yeux. Tu m'as tellement manqué. Je suis venu ici en pensant que nous pourrions parler affaires mais, à la seconde même où mon regard s'est posé sur toi…

— Mattie pourrait arriver d'une seconde à l'autre, l'interrompit-elle.

— Je sais, dit-il d'un air désespéré.

— On ne devrait pas…

— Chut, Kat, dit-il en la réduisant au silence par un autre baiser enivrant. Ne gaspillons pas le peu de temps qui nous est imparti.

Elle ne pouvait pas lutter contre lui. Elle avait envie de lui, envie de le revoir, et ne s'en était jamais autant rendu compte avant qu'il ne passe le seuil de la maison.

Il fit glisser sa bouche sur sa gorge, et un délicieux frisson lui parcourut le corps quand il écarta le col de son chemisier pour lui effleurer la peau de ses lèvres.

Il était excité, déterminé, et tout simplement irrésistible.

— Il faut absolument que je te revoie, Kat. Que je me retrouve de nouveau seul avec toi.

Il traça un chemin de baisers le long de sa gorge, et les voluptueux frissons se firent plus intenses encore. Si elle ne se montrait pas plus prudente, ses mots doux allaient finir par la toucher. Il lui remplirait la tête de toutes sortes d'idées folles. Il lui ferait croire de nouveau en l'homme, malgré tous ses échecs, toutes ses déceptions.

— Viens me retrouver, ce soir, Kat. Viens passer la nuit avec moi.

Le baiser qu'il lui donna fut très persuasif, chargé d'un désir non dissimulé.

Comme il lui aurait été facile de s'éprendre de lui. Mais elle ne pouvait pas penser qu'à elle-même. Elle avait un fils. Et une amie qui avait besoin d'elle. Elle ne pouvait pas se laisser aller.

Il lui fallut quelques secondes pour se décider, mais elle finit par trouver la force de le repousser doucement.

— J'ai envie de ça, moi aussi, Justin, mais ça ne peut pas être que du sexe.

Il baissa les yeux vers ses pieds nus, et quand il releva la tête, leurs regards se croisèrent. Le sien était empreint d'une émouvante sincérité.

— Il ne s'agit pas simplement de sexe, Kat. Pas du tout. Mais je pense que nous savons l'un comme l'autre à quel point il serait délicat que nous nous engagions ensemble dans une relation. Néanmoins, nous avons un fils, un petit garçon que nous aimons tous les deux. Et je pense qu'il s'agit là d'un bon point de départ.

Tendrement, il lui passa une main dans les cheveux.

— Ai-je raison, ou ai-je déduit trop de choses de ce qui s'était passé entre nous l'autre soir ?

Elle ferma les yeux. Il allait falloir qu'elle se montre honnête, qu'elle se mette à nu.

— Non, tu ne t'es pas trompé, dit-elle en relevant les paupières pour mieux le regarder. Ç'a été… spécial pour moi aussi. Tu crois que c'est possible ? s'entendit-elle demander.

— Oui, je crois.

Le regard qu'il lui adressait n'était plus empreint de désir, désormais. Non, c'était autre chose qu'elle y voyait briller, quelque chose qui la toucha au plus profond de son cœur.

— Mais comment ?

Comme si la réponse était évidente, il haussa les épaules.

— On va commencer par sortir ensemble.

— Sortir ensemble ? répéta-t-elle sans chercher à dissimuler sa surprise. Mais on ne peut pas.

— Bien sûr que si. C'est dans l'ordre naturel des choses : le soldat solitaire qui revient du combat et rencontre une belle veuve dont il s'éprend.

Ce fut à ce moment de la conversation que la voix de Mattie se fit entendre depuis le séjour.

— Il y a quelqu'un, Kat ?

Sous le coup de la surprise, elle sursauta. Quant à lui, il

s'écarta doucement d'elle pour s'approcher calmement de la porte du séjour.

— C'est moi, tatie Mattie.

— Ah, bonjour, Justin, dit-elle en entrant dans la cuisine. Comment vas-tu ? Je ne m'attendais pas à te voir aujourd'hui. Est-ce que Kat t'a dit que plusieurs artisans allaient venir faire des devis cet après-midi ? Nous allons commencer à remodeler la cuisine.

— Non, elle ne m'a pas parlé de ça. En réalité, Kat et moi étions en train de discuter d'autre chose.

La vieille dame jeta un coup d'œil dans sa direction, avant de se tourner vers Justin.

— Ah oui ? Quelque chose que je devrais savoir ?

— Non ! s'écria Kat en secouant la tête.

— Si, corrigea Justin.

Elle détestait qu'il la contredise. Furieuse, elle le regarda déployer tout son charme et sa force de persuasion pour parler à Mattie.

— Oui, il me semble que vous devriez le savoir. Et j'espère que vous ne le prendrez pas trop mal.

Après s'être un peu rapproché de Kat, il passa un bras autour de sa taille. Et aussitôt, elle sentit la tension s'apaiser en elle. Pour quelque obscure raison, ce qu'il s'apprêtait à faire lui semblait juste, même si cela pouvait potentiellement tourner au désastre. Mais elle n'avait jamais été du genre lâche. Elle allait prendre le risque. Et de toute façon, à en juger par l'expression déterminée que Justin arborait, il n'était plus question de faire machine arrière.

— Kat et moi, nous sommes ensemble.

Sans répondre, Mattie se mit à les regarder fixement. Les secondes s'égrenèrent. Kat pria pour qu'elle ne se sente pas blessée. Pour qu'elle ne se sente pas menacée d'une quelconque façon.

— Eh bien, c'est une bonne nouvelle, mais vous n'avez pas besoin de ma permission. J'ai bien vu la façon dont vous

vous regardiez, tous les deux. Bien, maintenant, je crois que je vais retourner dans le séjour. Pour que vous puissiez continuer à batifoler.

— Tatie Mattie ! s'exclama Kat, gênée.

— Vous vous doutiez de quelque chose ? demanda Justin, les yeux brillants d'admiration.

— Je suis cardiaque. Pas aveugle.

Il se mit à rire, et Kat se détendit un peu.

— Ne partez pas à cause de moi, finit-il par dire. Je vous en prie, restez. J'aimerais discuter avec vous de l'avancée des travaux.

— Oui, restez discuter avec nous, insista Kat. Je vais aller voir Connor, et ensuite je préparerai le déjeuner. Je pense qu'il ne devrait pas tarder à se réveiller, maintenant.

— Eh bien, d'accord. Très bien.

Quand elle revint, quelques minutes plus tard, avec Connor dans les bras, Kat trouva Justin et Mattie en train de discuter ensemble du refuge à la table de la cuisine. Il tourna son regard vers le bébé, et elle sentit son cœur s'emballer, cette fois-ci à cause de toute la fierté et de tout l'amour qu'elle lut dans ses yeux.

— Tu pourrais t'en occuper, lui demanda-t-elle, le temps que je prépare le déjeuner ?

— Viens, mon petit bonhomme, répondit-il en tendant les bras.

Et Connor alla avec son père.

Sans émettre la moindre protestation.

Quand Justin eut refermé la porte des Applegate derrière lui, il prit la main de Kat pour la faire descendre les marches du porche.

— Alors, entre nous, c'est maintenant officiel, affirma-t-il.

Comme pour voir si quelqu'un pouvait les entendre, elle

regarda autour d'elle. Les ouvriers du chantier, cependant, étaient très loin de la maison.

— Mais tu m'as tout de même forcé la main. Comme si j'avais le temps de sortir…

— Tu le trouveras bien, dit-il en lui adressant un grand sourire.

— Je te trouve bien sûr de toi.

— Ça me rappelle un peu l'époque où nous nous sommes rencontrés. Quand tu m'as dit que tu ne sortais pas avec des militaires.

— Et tu avais réussi à me convaincre que c'était possible.

— N'est-ce pas ? lui répondit-il en s'adossant au capot de sa voiture et en croisant les bras.

Il la vit se détendre, faire une petite moue charmeuse. Avec ce jean bleu clair et ce haut ample qu'elle avait probablement conçu elle-même, elle était absolument sublime. Posant les mains à plat contre sa poitrine, elle se mit à le caresser en le regardant d'un air espiègle.

— Vous vous croyez très intelligent, hein, monsieur Slade ?

— Pas intelligent, mais… chanceux.

Lentement, elle secoua la tête.

Il se pencha vers elle et, tout contre ses lèvres pleines et sensuelles, murmura :

— Avoue que ça te plaît.

Après avoir jeté un nouveau coup d'œil autour d'elle, elle se mit à se mordiller nerveusement la lèvre inférieure.

— Je n'en suis pas si sûre…

Lui passant la main dans les cheveux, il attira son visage vers le sien. Leurs lèvres se touchèrent. Comme elle sentait bon ! Son parfum était une véritable tentation.

— Laisse-moi te convaincre, dit-il.

Et sur ce, sans se soucier de qui pouvait ou non les observer, il l'embrassa longuement et fougueusement.

Quand il s'écarta d'elle, elle semblait quasiment à bout de souffle.

— Mais pourquoi est-ce que tu es toujours aussi coquin ? lui demanda-t-elle.

Il se mit à rire.

— Je t'expliquerai quand nous serons seuls tous les deux.

— Mais nous sommes seuls tous les deux.

— Oui, mais il faudra que tu attendes un peu pour ça. Car crois-moi ou non, si je t'ai fait sortir, c'est pour une tout autre raison. Je voudrais te montrer quelque chose ; j'ai besoin de ton avis.

En faisant le tour de la propriété, il avait trouvé une petite colline qui surplombait l'ensemble des terres, et il lui avait semblé que l'endroit serait parfait pour construire un monument à la mémoire de Ralph et de Brett.

— Tu crois que Mattie pourrait surveiller Connor pendant quelques minutes ?

Elle cligna les yeux d'un air surpris.

— Le fabricant de cuisines devrait arriver d'ici une demi-heure pour le devis.

— Tu seras revenue dans dix minutes. On va prendre mon pick-up. C'est important, Kat.

— Bon, d'accord, répondit-elle en fronçant les sourcils d'un air intrigué. Je vais prévenir Mattie ; je reviens tout de suite.

— Dis-lui qu'il s'agit de notre premier rendez-vous. Je suis sûr qu'elle t'accordera plein de temps pour « batifoler ».

— N'importe quoi, dit-elle en s'éloignant gracieusement.

Il laissa son regard s'attarder sur ses hanches pleines, ses fesses parfaites. Jamais il n'avait vu une femme plus belle dans un simple jean.

Plusieurs minutes s'écoulèrent. Impatient, il ne cessait de regarder sa montre. Mais que pouvait-elle bien faire ? Peut-être était-ce simplement Connor qui réclamait son attention, ou bien… quelque chose n'allait pas. Soudain pris d'un curieux pressentiment, il remonta quatre à quatre les marches du porche et ouvrit brusquement la porte. Kat, aussitôt, accourut vers lui, l'air complètement paniqué.

— C'est Mattie, s'empressa-t-elle de dire en tournant les talons. Elle a des douleurs dans la poitrine et elle se sent faible. Je l'ai fait asseoir sur le canapé. Rentre. Je ne peux pas la laisser seule.

— Je vais appeler les secours, dit-il en lui emboîtant le pas.

Assis dans son parc, Connor tenait un jouet en forme de coccinelle. Il était en sécurité. Justin appela donc les pompiers, qui lui assurèrent qu'ils ne tarderaient pas à arriver. Et quand il eut raccroché, il alla immédiatement s'agenouiller devant la vieille dame.

— Tatie Mattie, c'est Justin, dit-il en lui prenant doucement la main. Ne vous faites surtout pas de souci : les secours ne vont pas tarder à arriver.

Ses paupières étaient closes, sa voix faible.

— Je ne sais pas… ce qui s'est passé, répondit-elle. Je me sentais bien quand je me suis réveillée. Juste un peu fatiguée.

Des gouttes de sueur commençaient à perler sur son front.

— Reposez-vous. Nous sommes avec vous.

Kat se tourna vers lui.

Et il ne put s'empêcher de lui rendre son regard inquiet.

Un instant plus tard, les secours arrivaient. Après avoir pratiqué quelques examens d'usage et avoir couvert le visage de Mattie d'un masque à oxygène, ils l'allongèrent sur une civière, qu'ils ne tardèrent pas à charger dans l'ambulance.

— Pars avec elle, dit-il à Kat en la prenant à part. Il ne faut pas qu'elle reste seule.

— Mais Connor, dit-elle en le regardant d'un air perdu.

— Je vais m'en occuper. Je connais ses habitudes, maintenant. Je vais mettre ses vêtements et ses biberons dans le sac à langer, et je te rejoindrai à l'hôpital. Il faut juste que tu me laisses tes clés de voiture pour que je puisse prendre le siège auto.

Elle ferma les yeux. Quelques secondes passèrent. Enfin, elle hocha la tête et dit :

— D'accord. Je sais que tu prendras bien soin de lui.

— Je donnerai ma vie pour lui, Kat. Ne te fais pas de souci.

Se hissant sur la pointe des pieds, elle déposa un tendre baiser sur sa joue.

— Je sais, dit-elle.

Et là-dessus, elle prit Connor dans ses bras pour l'embrasser avant de le redéposer doucement dans son parc.

— Sois sage, mon bébé.

— Vas-y, l'encouragea-t-il. Mattie a besoin de toi.

Et instinctivement, il prit le petit dans ses bras. Elle attrapa son sac, dans lequel elle plongea la main pour en sortir un trousseau de clés.

— Tiens, lui dit-elle en le lui tendant. Merci.

Après avoir déposé un dernier baiser sur la tête du petit, elle se précipita vers la porte.

— Il faut que j'y aille. Ils doivent m'attendre.

Quand elle eut disparu, Justin serra très fort Connor dans ses bras.

— Il n'y a plus que toi et moi, maintenant, mon bébé.

- 9 -

Quand le médecin demanda à Kat de quitter la pièce pour pouvoir faire passer de nouveaux examens à Mattie, la vieille dame lui adressa un sourire courageux qui lui brisa le cœur. A contrecœur, elle poussa la porte coupe-feu et quitta la pièce sur ses jambes tremblantes. Elle n'avait aucune envie de laisser Mattie seule. Elle avait eu mal, très mal en la voyant reliée à toutes ces machines.

Pauvre Mattie. Elle ne méritait pas ça.

Quelques secondes plus tard, elle se retrouva dans une salle d'attente. Passant en revue la pièce du regard, elle ne tarda pas à distinguer Connor dans la foule. Blotti contre la poitrine de Justin, le visage niché dans le creux de son cou, il semblait dormir paisiblement. Au moins, il y avait quelque chose de positif. Le regard fixé sur eux, elle ne put s'empêcher de s'extasier sur leur ressemblance. Connor était vraiment le portrait craché de son père.

Et si les choses, en fin de compte, pouvaient s'arranger ?

Il lui était difficile de se faire à cette idée.

La vie, pour elle, n'avait jamais été douce.

A cause de la folie de son père, elle avait vécu son enfance dans la violence, la misère et la peur. Sa mère était morte bien plus tôt qu'elle ne l'aurait dû, et elle avait dû se battre seule pour mener une existence décente. Sous les cheveux platine et les vêtements voyants, il y avait une femme effrayée qui cherchait à se cacher du reste du monde.

Il ne fallait surtout pas qu'elle considère Justin et Connor comme une unité, une famille. C'était idiot. Le destin n'allait pas tarder à se retourner contre elle. Comme toujours. C'était certain. Il ne fallait surtout pas qu'elle se laisser aller à rêver.

Alors qu'elle se faisait cette réflexion, Justin releva la tête et lui adressa un regard interrogateur. Plaçant un doigt sur les lèvres pour lui faire comprendre que le bruit de sa voix risquerait de réveiller Connor, elle s'approcha de lui. Aussi calmement que possible, elle s'installa sur le siège qui se trouvait à côté du sien.

La fatigue et l'angoisse l'amenèrent à fermer les yeux.

Elle avait tenu la main de Mattie tout au long du trajet en ambulance.

— Je suis avec vous, tatie Mattie, lui avait-elle dit. Ne vous inquiétez pas ; tout va bien se passer.

La vieille dame avait hoché la tête et, l'espace d'une seconde, Kat avait perçu une lueur de gratitude dans ses yeux las. Elle avait eu peur, très peur. Elle n'arrivait même pas à supporter l'idée de perdre son amie.

Quand Connor se fut réveillé, elle expliqua à Justin qu'ils étaient en train de lui faire passer une batterie d'examens pour déterminer si elle avait fait une nouvelle attaque cardiaque ou si le dosage de ses médicaments avait simplement besoin d'être modifié. Quoi qu'il en soit, les médecins avaient dit qu'elle devrait passer plusieurs jours à l'hôpital.

Et alors qu'elle expliquait tout cela, des images d'un autre hôpital lui revinrent brutalement à la mémoire. Autrefois, c'était à sa mère qu'elle avait tenu la main, c'était à sa mère qu'elle avait dit que tout finirait par s'arranger. Mais, fatiguée, usée, celle-ci avait fini par succomber à une infection bactérienne.

Des larmes se mirent à couler de ses yeux. D'un revers de main, elle tenta de les essuyer. Si seulement elle avait pu protéger sa mère. Si seulement elle avait pu la défendre contre cet homme si violent qui avait été son père.

Elle s'était juré de ne plus jamais être une victime. De ne plus jamais laisser quelqu'un faire du mal à un être qui lui était cher. Mais elle se retrouvait désormais complètement impuissante. Elle ne pouvait rien faire pour Mattie.

Désespérée, elle se mit à sangloter.

Et soudain, elle sentit une main se poser sur son bras et, sans même avoir à regarder, elle comprit qu'il s'agissait de celle de Justin. La chaleur de sa peau, s'infiltrant dans la sienne, apaisa en partie sa douleur. Lentement, tendrement, il fit glisser sa paume le long de son bras. Elle ouvrit les yeux au moment où il entrelaçait ses doigts aux siens.

Ce geste lui ayant rendu tout son courage, elle plongea son regard dans le sien.

Ce fut alors qu'elle comprit. Elle aurait beau chercher à se convaincre du contraire, rien ne pourrait changer cela.

Elle était amoureuse de Justin Slade.

Folle amoureuse de Justin Slade.

Et elle n'avait jamais rien ressenti d'aussi puissant, d'aussi merveilleux et d'aussi effrayant de toute sa vie.

— Viens avec moi au ranch, lui dit Justin dans le salon de Mattie. Connor sera content et je m'assurerai que vous avez bien tout ce dont vous avez besoin.

Kat soupira. Elle avait déjà tout ce dont elle avait besoin. Mais il ne fallait surtout pas qu'elle lui révèle les sentiments qu'elle avait pour lui. C'était pour elle quelque chose de nouveau. Et il lui fallait un peu de temps pour y réfléchir.

— J'aimerais bien, mais tu sais bien que je ne peux pas.

Il la regarda quelques instants en fronçant les sourcils.

C'était terriblement tentant. Il lui avait déjà demandé de venir dormir avec lui au ranch, la veille, et il lui semblait injuste de lui dire non une seconde fois. Aussi chercha-t-elle à s'expliquer :

— Il vaut mieux que je reste là, Justin. Toutes les affaires de Connor se trouvent ici, et je suis plus proche de l'hôpital, au cas où Mattie aurait besoin de moi. Et puis il faut que je m'occupe de la maison pour elle.

Il s'était avéré que Mattie avait fait une nouvelle attaque cardiaque. Son cœur, fort heureusement, ne présentait pas trop de séquelles, mais elle était faible et avait besoin de beaucoup de repos. Les médecins avaient dit à Kat qu'elle resterait au moins une semaine à l'hôpital.

Après avoir jeté un rapide coup d'œil à Connor, qui tapait joyeusement sur son petit piano, Justin s'approcha d'elle.

— Si je n'étais pas dégoûté des paris, je parierais que je peux te faire changer d'avis.

Déterminée, elle le regarda droit dans les yeux alors qu'il s'approchait d'elle. Mais il était bien difficile de résister au charme de ses yeux noirs et mystérieux, de ses traits réguliers et un peu durs.

Faisant glisser une main le long de sa taille, il l'attira contre lui. Et la sensation de son corps contre le sien lui parut à la fois naturelle et délicieusement troublante. Alors qu'elle se faisait cette réflexion, il joignit ses lèvres aux siennes pour l'embrasser tendrement.

— Je ne pense pas que tu devrais rester seule ce soir, lui dit-il. Je vais rester avec toi. Je dormirai sur le canapé.

La veille au soir, lorsqu'il l'avait ramenée de l'hôpital, il s'était montré absolument adorable. Il l'avait aidée à donner à manger à Connor et à le coucher, et il était resté jusqu'à très tard dans la nuit pour la consoler et la rassurer sur l'état de santé de Mattie.

— C'est très gentil de ta part, Justin, mais tu es sûr que tu as vraiment envie de faire ça ?

— Ce canapé est bien plus confortable que beaucoup d'endroits où j'ai pu dormir. Ça ne me dérange absolument pas. J'ai envie d'être là, pour toi et pour Connor.

Elle ne pouvait pas refuser cette proposition si généreuse. D'autant moins qu'elle avait envie qu'il soit là, qu'elle avait besoin qu'il la soutienne.

— Merci. C'est vraiment très gentil de ta part.

Une fois qu'ils eurent donné à manger à Connor, ils lui firent prendre son bain et le mirent en pyjama. Puis Justin passa un long moment à jouer avec lui pendant qu'elle s'occupait un peu de son site internet. Vers 21 heures, il revint le trouver avec le petit dans les bras.

— Je crois qu'il est fatigué, dit-il en embrassant tendrement le bébé sur le front.

— Je me demande bien pourquoi, répondit-elle en souriant.

Elle était surprise par la rapidité avec laquelle le père et le fils avaient réussi à tisser des liens. En quelques jours à peine, Justin et Connor étaient devenus inséparables.

— Allons le coucher, murmura-t-elle.

Justin lui passa doucement le bébé, et ils se rendirent ensemble jusqu'à sa chambre, où elle le déposa dans son lit. Après une histoire et une chanson, Connor ferma ses petits yeux et s'endormit.

— Je n'arrive toujours pas à y croire, murmura alors Justin en regardant le bébé d'un air émerveillé.

— Moi non plus, si ça peut te rassurer. C'est un vrai miracle.

— C'est vrai, répondit-il en lui prenant doucement la main pour l'éloigner du lit. Ecoute, je sais à quel point tu te fais du souci pour Mattie.

— Je suis folle d'inquiétude pour elle.

— A ce que j'ai pu en voir, c'est une femme forte. Je suis sûr qu'elle s'en remettra.

Tendrement, doucement, il se mit à lui caresser le bras. Un geste de réconfort qui ne manqua pas de faire son effet. Aussitôt, elle se sentit plus calme. Apaisée.

— Tu devrais aller te reposer pendant que Connor dort, murmura-t-il.

— Tu as raison. Je suis épuisée.

— Si tu as besoin de quoi que ce soit, je serai là.

Elle trouvait adorable qu'il ait sacrifié son lit confortable pour le vieux canapé du salon de Mattie.

A l'aide de son pouce, il lui releva doucement le menton. Et quand il baissa la tête vers elle, elle ferma les yeux pour mieux savourer le goût de la tendresse qu'il mit dans son baiser.

— Bonne nuit, Kat.

— Bonne nuit, répondit-elle.

Et quand elle rouvrit les paupières, il était parti.

Justin se réveilla dans l'obscurité. Son cœur cognait dans sa poitrine, et il sentait des gouttes de sueur couler sur son visage.

Encore une fois, il avait rêvé de la fusillade qui avait causé la mort de Brett. Les images étaient encore très nettes dans son esprit. Et il lui fallut un certain temps pour se rappeler qu'il n'était pas dans sa caserne. Qu'il n'était pas en Afghanistan. Qu'il était chez Mattie Applegate.

La voix de Kat coupa court à ses pensées :

— Justin, tout va bien ?

Elle venait d'ouvrir la porte du salon. Et la lumière de la lune, qui filtrait à travers les rideaux, éclairait son visage anxieux. Doucement, elle vint s'asseoir sur le canapé, à côté de lui.

— Désolé de t'avoir réveillée, dit-il en essayant d'adopter un ton calme et détaché. J'ai juste fait un cauchemar.

Elle se mit à lui caresser doucement le bras, et il fut surpris par le réconfort que ce geste lui apporta.

— Tu en fais souvent ? lui demanda-t-elle.

— Ça m'arrive. Mais de moins en moins.

— Je suis désolée.

— Je ne voulais pas te déranger.

— Ne t'inquiète pas pour ça, lui dit-elle avant de se pencher pour déposer un tendre baiser sur sa joue. Tu voudrais que je reste un peu avec toi ?

Ravalant sa salive avec peine, il acquiesça. Il avait vraiment besoin de réconfort. Et il ne se sentait pas la force de refuser une telle offre.

Après s'être blottie contre lui, elle passa les bras autour de ses épaules. Et il ne tarda pas à recouvrer, dans sa douce odeur florale et la chaleur de sa peau, un sentiment de sérénité.

— Je serai toujours là pour toi si tu as besoin de moi, murmura-t-elle.

Il ferma les yeux.

Et il sut.

Oui, il avait besoin d'elle.

Dans sa vie.

Pour toujours.

Pour la troisième fois en moins d'une demi-heure, Justin alla vérifier si Connor allait bien. Allongé sur le dos, ses petits poings fermés, il dormait toujours aussi paisiblement.

Kat était une fois de plus partie rendre visite à Mattie à l'hôpital, et il s'occupait du bébé pendant son absence. Le petit garçon se montrait de plus en plus affectueux avec lui : il lui faisait beaucoup de sourires et, quand il le prenait dans ses bras, il ne cherchait plus à se débattre pour réclamer aussitôt sa maman. Et puis lui-même était de plus en plus à l'aise avec les tâches paternelles. Et de plus en plus fier de son fils. L'amour qu'il ressentait pour lui était immense et inconditionnel.

Machinalement, il jeta un œil à la vieille horloge à coucou qui était accrochée au mur. Il était presque 21 heures, Kat serait de retour bientôt.

Elle lui manquait.

Ne sachant que faire, il finit par s'asseoir sur le vieux canapé de Mattie pour allumer la télévision à écran cathodique. Dans une dizaine de minutes environ, il retournerait vérifier si Connor allait bien.

Espérant vaguement tomber sur une manifestation sportive quelconque, il se mit à zapper compulsivement. Ni base-ball, ni golf, ni basket. Rien d'intéressant. Et il était sur le point d'éteindre le poste quand il tomba sur une interview de Doug Broadmeyer, l'un des joueurs de base-ball de l'équipe des Los Angeles Dodgers.

Après avoir brièvement interrogé l'athlète sur ses performances sportives, le journaliste, qui semblait pressé de passer à la partie *people*, posa cette question :

— La rumeur dit que vous êtes sur le point de vous marier avec Mia, est-ce vrai ?

Baissant les yeux vers le logo de la chaîne qui s'affichait en bas de l'écran, Justin se mit à grogner. Il aurait dû se douter qu'il ne s'agissait pas d'une émission sportive. Leisure and Luxury Lifestyles, ou LLL, était une chaîne entièrement dédiée aux célébrités.

— Et parmi les nouvelles de la jet-set, ne tarda pas à enchaîner un présentateur, le propriétaire et P.-D.G. de la chaîne Golden Hotel, Michael Golden, a été vu au bras d'une nouvelle blonde platine. Il s'agit cette fois-ci de Belinda Brubaker, plus connue pour incarner le personnage de Charity McGrath dans la série télé *Avenue M*.

Et sur l'écran divisé en deux parties égales apparurent deux photos : l'une de l'actrice en question, sorte de sosie de Marilyn Monroe, et l'autre de… Kat ?

Sous le coup de la surprise, Justin ouvrit de grands yeux. Il avait beau réfléchir, il ne voyait pas le rapport entre les deux femmes. Se penchant pour mieux observer l'écran, il regarda attentivement la photo. Oui, il n'y avait aucun doute possible : il s'agissait bien de Kat. Debout à côté de Golden, elle serrait dans ses bras Connor et souriait à l'objectif.

Mais qu'est-ce que… ?

— Cette rare photo de Golden avec son ex-fiancée, Katherine Grady, est la preuve absolue que Mike a des goûts bien spécifiques en matière de femmes, poursuivit le présentateur. Dommage que cet heureux trio ne soit jamais allé jusqu'à l'autel, bien qu'ils aient vécu toute une année ensemble. La rumeur dit que Golden a beaucoup souffert de l'échec de sa relation avec Katherine et de la dissolution de sa famille recomposée. Espérons que les choses fonctionnent mieux pour lui avec Belinda Brubaker. Nous sommes certains que tous les fans d'*Avenue M.* ne rêvent que d'un *happy end.*

Le regard fixé sur le vieux poste de télévision, Justin avait l'impression qu'une bombe venait d'exploser dans sa tête. Ne voulant surtout pas entendre le présentateur continuer de disserter sur le goût de Golden pour les blondes, il appuya de toutes ses forces sur le bouton rouge de la télécommande.

Ç'en était déjà trop. Bien trop.

Kat avait été fiancée à Michael Golden ? Pendant toute une année ?

Il avait beau avoir passé les neuf dernières années à l'étranger, il connaissait le nom de Golden. Du reste, son propre frère s'était marié dans l'un de ses hôtels. Il y en avait dans toutes les grandes villes des Etats-Unis. Même un soldat déraciné ne pouvait ignorer le pouvoir et l'influence que véhiculait ce nom.

Il avait mal, très mal. Mais il n'avait pas envie de souffrir. Il n'avait pas envie d'en vouloir à Kat pour ne pas lui avoir dit la vérité. Il n'avait pas envie de se sentir si mal pour avoir appris la nouvelle par le biais d'une émission de télévision.

En définitive, la première impression qu'il avait eue sur Kat avait été la bonne. C'était bien une fille qui cherchait à tout prix à trouver un bon parti. Quand elle avait appris qu'il était pauvre, elle lui avait tout de suite fait comprendre qu'elle ne voulait pas entretenir de relation avec lui. Une aventure d'un soir, ou d'un week-end, mais rien de plus.

Se levant d'un bond, il se mit à arpenter la pièce de long en large. Tout était beaucoup plus clair, désormais. Elle avait jeté le garçon qu'elle prenait pour un simple rancher en veillant bien à ce qu'il ignore qu'il avait engendré un bébé, et elle s'était hâtée de séduire un milliardaire. Etait-ce vraiment aussi simple que cela ? Ne pensait-elle donc qu'à l'argent ? Il semblait bien que oui. Car si ce n'était pas le cas, pourquoi lui aurait-elle caché sa relation avec Golden ? Il s'était livré à elle à cœur ouvert, lui avait confié des choses qu'il n'avait jamais révélées à personne. Avec les confessions qu'il lui avait faites au sujet de Brett, il s'était mis à nu devant elle.

Alors qu'il se faisait ces réflexions, il entendit la porte d'entrée s'ouvrir en grinçant. Précédée par son parfum de gardénia, elle ne tarda pas à entrer dans la pièce. Inspirant à pleins poumons, il resongea, l'espace d'une seconde, à la vie qu'ils avaient menée ensemble au cours des quelques jours qui venaient de s'écouler. Comment avait-il pu se montrer assez stupide pour la croire ? Son instinct lui avait pourtant dit de ne pas lui faire confiance. Mais pourquoi donc ne l'avait-il pas suivi ?

— Bonsoir, Justin, dit-elle d'une voix douce en lui adressant un beau sourire.

Fou de rage, il tâcha de se préparer au mieux à ce qui allait suivre. Cela n'allait pas être beau à voir.

— Comment ça s'est passé ? Il s'est endormi ?

— Oui, il dort, se contenta-t-il de dire.

Il n'avait pas envie de se perdre dans les détails de sa soirée avec Connor. Il voulait passer aux choses sérieuses. Directement.

— Quelque chose ne va pas ? demanda-t-elle d'un air vaguement anxieux.

— Connor va bien. Va le voir. Quand tu reviendras, il faudra qu'on parle.

— Bon, d'accord.

L'air perplexe, elle le regarda en plissant les paupières au moment où elle passa devant lui. Restant là où il se trouvait, les pieds légèrement écartés, il soutint son regard.

Au moment où elle refit son apparition dans la cuisine, il s'était un peu calmé.

— Il est tellement beau quand il dort. Je pourrais passer des heures à le regarder.

Sa voix, toujours très douce et tendre quand elle parlait de Connor, le bouleversa, au point qu'il détourna son regard d'elle.

— Qu'est-ce qu'il y a, Justin ? dit-elle en s'approchant de lui d'un air troublé. Qu'est-ce qui ne va pas ?

— Alors comme ça, tu es sortie avec Michael Golden à New York ?

Comme s'il venait de la frapper, elle eut un mouvement de recul.

— Comment est-ce que tu… ?

— Peu importe comment je l'ai su. Ce qui compte, c'est que tu ne me l'as pas dit. Est-ce que c'est vrai ? Tu as vraiment vécu avec lui pendant une année ?

— Pas une année, répondit-elle en secouant la tête.

Furieux, il leva les yeux au ciel.

— J'en déduis donc que les sources de LLL ne sont pas fiables. Pendant combien de temps est-ce que tu es restée avec lui ?

— LLL, la chaîne de télévision ? Tu veux dire que tu as entendu ça à la télé ?

Il serra les dents avant de répondre :

— Le présentateur avait l'air tout content de pouvoir diffuser une rare photo de vous trois ensemble.

— Ils ont montré une photo de Connor ? Mais comment ? Pourquoi ? Je ne comprends pas.

— C'est un type célèbre. On parle de lui dans les journaux *people*, voilà pourquoi. Et apparemment, il a un goût très prononcé pour les jolies blondes. Aucune célébrité ne peut échapper à l'œil des journalistes. Tu devrais savoir ça, si tu as vécu avec lui.

— Mais il m'avait promis de veiller à ce que l'image de Connor ne soit pas exploitée. Il m'avait promis de le protéger des médias.

— Eh bien, on dirait qu'il a changé d'avis.

Il la vit ouvrir la bouche pour répondre. Mais aucun son ne sortit de ses lèvres. Une étrange lueur se mit à briller dans ses yeux. Elle cherchait à lui cacher quelque chose. Autre chose. C'était certain.

— Y a-t-il d'autres trucs encore que tu ne m'as pas dit ?

Affichant un air vaincu, elle se laissa tomber sur le canapé.

— Je l'ai vu, l'autre jour, après le mariage de Logan.

— Comment ça, tu l'as vu ? Tu veux dire que tu lui as parlé en personne ?

Lui aussi, désormais, avait besoin de s'asseoir. La connaissait-il ne serait-ce qu'un tout petit peu ? Qui était la véritable Katherine Grady ? C'était une question à laquelle il ne pouvait malheureusement pas apporter de réponse.

Tout en marmonnant un juron, il s'assit en face d'elle, dans le fauteuil de Mattie.

Manifestement embarrassée, elle baissa les yeux.

— Je suis désolée, Justin. Ce n'était pas du tout planifié. Je suis tombée sur lui par hasard pendant que… pendant que je t'attendais dehors. Je ne m'étais pas rendu compte que je l'avais blessé à ce point. Il s'était beaucoup attaché à Connor.

— Pourquoi est-ce que tu as fait ça, Kat ? Juste pour l'argent ?

Elle secoua vigoureusement la tête, faisant danser autour d'elle ses beaux cheveux blonds.

— Non.

— C'est curieux, mais je n'arrive pas à te croire.

Une ombre de tristesse passa dans ses yeux verts.

— Ce n'est pas aussi simple que ça.

— Il n'est jamais simple de mentir.

— Je sais, balbutia-t-elle.

— Raconte-moi tout.

— Eh bien, euh… Je t'ai déjà parlé de mon enfance. De la violence de mon père et de la terreur dans laquelle ma mère et moi avons vécu. Ça a complètement bousillé nos vies. Nous n'avions jamais rien de valeur. Ma mère a gardé la même voiture pendant vingt ans. Quand elle roulait, on s'estimait chanceuses, et quand ce n'était pas le cas, on se retrouvait à la merci d'une bonne âme qui voudrait bien la réparer pour nous. Toutes ces choses que les gens prennent pour des faits accomplis, c'étaient pour nous des luxes dont nous ne pouvions pas bénéficier. Nous nous disions que nous avions de la chance quand nous avions un toit au-dessus de nos têtes. Grâce aux foyers par lesquels nous sommes passées et grâce à la générosité de nos amis, nous avions des vêtements sur le dos. Et puis maman et moi, nous nous adorions. Nous étions très proches l'une de l'autre. Nous n'avons jamais laissé la violence de notre père se mettre entre nous.

« En grandissant, j'ai fini par prendre toute la mesure du fardeau qu'il lui avait fait porter. Elle était vieille et usée avant d'atteindre l'âge de quarante ans. J'ai eu beaucoup de mal à l'admettre, mais c'était comme ça. Quand j'étais petite, je pensais qu'elle était invincible. C'était le roc auquel je m'accrochais.

« Vers l'adolescence, j'ai commencé à jouer avec des morceaux de tissus, à retoucher des vêtements qu'on nous avait donnés et qui ne nous allaient pas. Je crois pouvoir dire que j'ai un véritable don pour la couture et j'adorais le design. J'étais, d'autre part, bien déterminée à vivre de ma passion. Maman et moi sommes parties habiter à New York, et je lui ai promis que nous allions mener une vie meilleure. J'avais l'impression que c'était désormais à mon tour de prendre soin d'elle. J'ai trouvé un emploi dans un magasin de vêtements de luxe, et ensuite je me suis mise à travailler dans les coulisses des grands couturiers. J'avais du talent, mais pas de relations et pas d'argent. C'est un milieu où la compétition joue beaucoup et où il est très difficile de se faire une place. Je devais sans cesse me battre.

— Et c'est là que Golden est entré en jeu, je me trompe ? Il avait de l'argent et des relations.

— Je l'ai connu quelques jours après le week-end que nous avons passé ensemble. Si tu te rappelles bien, le soir où nous nous sommes rencontrés, j'avais une *blind date*, et le type ne s'était pas présenté.

— Oui, et c'est moi qui ai fait office de bouche-trou.

Elle poussa un profond soupir.

— Ce n'est pas comme ça que j'ai vu les choses. Michael avait dû quitter New York pour des raisons d'affaires. J'étais seule et toujours sous le choc du décès de ma mère. Et c'est à ce moment-là que je t'ai rencontré.

En dépit de la situation, elle lui adressa un sourire chaleureux, avant d'ajouter :

— Tu… Tu as été extraordinaire.

— Tellement extraordinaire que tu as couché avec Golden quelques jours à peine plus tard.

Relevant fièrement le menton, elle secoua la tête.

— Ce n'est pas comme ça que ça s'est passé. Nous avons commencé à sortir ensemble, et il s'est montré charmant. J'étais flattée. Et quand j'ai découvert que j'étais enceinte, j'ai vraiment essayé de retrouver Brett. Je lui ai écrit, mais je n'ai jamais eu de retour. J'étais avec Michael à cette époque-là, et les choses commençaient à devenir sérieuses entre nous. Mais j'ai décidé de parler du bébé à Michael dès le départ. Il ne pouvait pas avoir d'enfant ; il a donc tout de suite compris qu'il n'était pas le père. Je lui ai proposé de mettre un terme à notre relation. Je lui ai dit que je comprendrais s'il ne voulait plus me voir. Mais contrairement à ce que j'avais imaginé, il a semblé ravi d'apprendre cette novelle. Il avait très envie de fonder une famille. Les semaines se sont écoulées, et comme je n'avais aucune nouvelle de Brett, j'ai poursuivi ma relation avec Michael.

« J'avais peur, Justin. Je n'avais pas un sou de côté. Je ne voyais pas comment j'aurais pu élever mon fils seule. Et je ne voulais pas que Connor connaisse une enfance aussi triste que la mienne. Tu ne me croiras sûrement pas mais, à cette époque, c'était uniquement à lui que je pensais. Je me disais que Michael pourrait lui offrir un bon niveau de vie. Et c'est pour ça que je suis restée avec lui.

— Donc, pour son argent.

A ces mots, ses joues devinrent écarlates.

— Tu crois tout savoir, c'est ça ? Mais tu n'as aucun droit de me juger. Tu as vécu une enfance heureuse, luxueuse, tu avais tout ce dont tu avais besoin, et même plus. Tu avais une famille, de l'argent, des amis, de l'influence. Moi, je n'ai jamais rien eu de tout cela… Et à ce moment-là, ma carrière était au point mort. J'ai dû mettre de côté mes rêves… pour le bien de mon fils. Je sais bien que je n'aurais pas dû faire ça. Mais à ce moment-là, je ne voyais pas d'autre solution.

— La vérité est toujours la meilleure solution.

Des larmes se mirent à couler sur ses joues.

— C'est la vérité que je suis en train de te dire.

— Mais j'aurais préféré que ce ne soit pas la télé qui me l'apprenne en premier. J'aurais préféré que tu m'expliques tout de suite les choses quand nous nous sommes retrouvés chez Mattie. Tu as donné mon fils à un autre homme. C'est lui qui a bénéficié du temps qui m'a été volé.

— Je suis désolée pour ça. Je te demande pardon, et je t'assure que, si je pouvais revenir en arrière pour changer les choses, je le ferais. Si j'avais su qui tu étais… Mais tu m'as menti, Justin. Tu ne peux pas nier ta part de responsabilités dans cette histoire.

— Je sais, acquiesça-t-il doucement. Je ne peux pas la nier et je ne la nierai pas. Mais je trouve que tu as eu beaucoup de temps pour me parler de ton passé. Jusqu'ici, j'avais toujours pensé que tu étais seule avec le bébé, à te battre pour survivre à New York. N'est-ce pas l'impression que tu as essayé de me donner ?

— Non.

Elle le regarda intensément de ses grands yeux verts.

— Tu es un garçon bien, Justin, dit-elle d'une voix déterminée. Tu es un bon père pour Connor. Je sais que j'ai commis des erreurs. Et maintenant tu dois me détester.

Instinctivement, il se leva de son siège. Non, il ne la détestait pas. Il détestait ses mensonges. Et il était à moitié amoureux d'elle avant cette soirée.

— Je ne peux pas vraiment définir ce que je ressens pour toi en ce moment, mais ce n'est pas important. Ce qui est important, c'est d'énoncer tous les faits. Si tu avais tout ce que tu voulais avec Golden, pourquoi as-tu mis un terme à votre parfait petit arrangement ? Pourquoi es-tu venue ici ? Et ne va pas essayer de me dire que tu avais des problèmes de conscience.

Tout en s'essuyant les yeux d'un revers de main, elle prit une profonde inspiration.

— Michael a commencé à se montrer très autoritaire.

— Comment ?

Elle hocha la tête.

— Quand les choses n'allaient pas comme il voulait, il commençait à se montrer méchant. C'est un homme qui a l'habitude que l'on se plie à toutes ses exigences. Jamais personne ne lui a dit « non » de toute sa vie. A l'époque où nous sortions ensemble, je me disais que c'était l'homme le plus prévenant que j'avais jamais rencontré. Il me semblait que j'étais en train de tomber amoureuse de lui. Lui aussi avait l'impression qu'il était amoureux de moi. Mais après la naissance de Connor, quelque chose a changé. Il était complètement fou de lui. Il avait très envie d'avoir un bébé, mais les choses ont vite commencé à dégénérer entre nous. Il s'est mis à me donner des ordres. Il voulait pour Connor des choses que je n'approuvais pas. Il a essayé de prendre le contrôle total de ma vie. Et j'ai commencé à avoir l'impression que… je suffoquais. Je ne veux pas entrer dans les détails mais, au bout d'un moment, les choses en sont arrivées à de telles extrémités que je tremblais de peur chaque fois qu'il entrait dans la pièce où je me trouvais. Je me demandais toujours ce qu'il allait trouver à redire, ce qu'il allait me reprocher.

« J'avais l'impression de revivre mon passé avec mon père. Peu à peu, Michael est devenu très agressif envers moi. C'est comme ça que ça a commencé. Je ne suis pas en train de te dire qu'il me battait ; non, c'était la façon dont il me parlait qui était violente. Et j'ai compris qu'à un moment ou à un autre, Connor… Connor… Oh ! mon petit bébé, je n'avais pas le droit de lui faire vivre ça.

Fou de rage, il serra les poings. Il ne pouvait pas supporter de s'imaginer cet abruti en train de détruire Kat. Et Connor, dans tout cela ? Comment un homme digne de ce nom pouvait-il se montrer violent envers une femme et un enfant ?

— Nous nous disputions tout le temps, et je n'avais pas envie que le bébé soit témoin de cela. Au bout d'un certain temps, Michael a fini par accepter de me laisser partir. J'avais peur qu'il ne cherche à me traquer, à cause de Connor. Alors je ne lui ai pas dit où je comptais aller et je me suis estimée heureuse qu'il n'ait pas cherché à me suivre.

La colère commençait à s'apaiser doucement en lui.

— Il va me falloir un peu de temps pour digérer tout ça. Est-ce que c'est vraiment toute la vérité, Kat ?

— Oui, il fallait que je parte. Je ne pouvais pas revenir à ce type de vie.

— Tu as bien fait de quitter cette ordure.

— C'était ma seule option possible.

Pour mieux juger de sa réaction, il plongea son regard dans le sien.

— Réponds à cette question, Kat : as-tu cherché à tromper

Matilda Applegate ? T'es-tu servie d'elle pour obtenir un toit et essayer d'acquérir un meilleur niveau de vie ?

De nouveau, son visage sembla se décomposer, et, d'une voix à peine audible, elle murmura :

— Tu connais la réponse à cette question, Justin. J'aime sincèrement Mattie. Et Connor l'aime aussi. Quand je suis arrivée ici, je pensais qu'il s'agissait de la grand-tante de Connor. N'oublie pas que ce n'est qu'au moment où tu es arrivé et où tu as admis ton mensonge que j'ai compris que Brett Applegate n'était pas le père de Connor. Alors non, je t'assure que je n'ai jamais envisagé de me servir de tatie Mattie d'une quelconque façon.

Tout cela était difficile à avaler. Il y avait eu tellement de mensonges, tellement d'omissions.

— Alors, si c'est le cas, pourquoi est-ce que tu ne m'as pas parlé de ta relation avec Golden ?

— Parce que je me suis doutée que tu penserais ce que tu penses maintenant. Que tu me regarderais comme tu me regardes maintenant.

Un peu surpris, il baissa les yeux. Ses soupçons étaient justifiés. Il ne lui faisait pas confiance.

— Ne me dis pas que si je t'avais annoncé les choses directement… tu n'aurais pas pensé que je n'étais avec Michael que pour son argent. Que j'étais désespérée et que mon but n'était que d'assurer un bon niveau de vie à mon fils, et ce à n'importe quel prix.

— Peut-être que si. Mais peut-être que non. Je trouve tes explications convaincantes. Mais je constate que tu n'as pas eu suffisamment confiance en moi pour me dire la vérité. Or, j'étais en droit de savoir qu'un autre homme avait participé à l'éducation de mon fils.

— Je pensais faire les choses comme il le fallait, Justin. Ce qui se passe entre nous est nouveau, et spécial, et…

— Tu ne voulais pas gâcher cela en me disant la vérité.

— Je t'assure que j'envisageais de tout te dire… un jour.

Plongeant son regard dans le sien, il soupira.

— Embrasse Connor pour moi quand il se réveillera, dit-il en secouant doucement la tête. Il faut que j'y aille.

Sans chercher à dissimuler la terreur qui s'était de toute évidence emparée d'elle, elle se leva d'un bond.

— J'avais espéré que tu comprendrais, Justin. Je ne voulais faire de mal à personne. Et surtout pas à toi.

— En tout cas, tu m'as bien fait payer le mensonge que je t'ai dit à New York.

A ces mots, elle ferma les yeux.

— Ce n'était pas du tout comme ça que je voyais les choses.

— Ecoute, j'ai pigé, d'accord ? dit-il, embarrassé par les émotions contradictoires qui se bousculaient en lui. Je ne peux pas te dire quand je reviendrai.

Des larmes se mirent à couler sur ses joues, et il en eut le cœur brisé. Mais il fallait qu'il parte, tout de suite. Qui était-elle, au juste ? Il n'en savait plus rien.

— Bientôt, j'espère.

En guise de réponse, il haussa les épaules.

Jamais il n'abandonnerait son fils. Connor ferait toujours partie de sa vie.

Quant à Kat... eh bien c'était une autre histoire.

- 10 -

Les petits pieds potelés de Connor touchèrent le sol, et il poussa sur eux pour se balancer en arrière dans son transat. Ses sourires pansaient les plaies au cœur de Kat, et ses doux babillements résonnaient dans tout le salon.

— Il adore ça, dit-elle.

Ce nouveau transat, décoré de lions, de girafes et de singes, était un véritable succès.

— Il est très nature. Je suis persuadé qu'il sera doué pour monter à cheval, répondit Justin. En tout cas, je suis ravi qu'il l'apprécie.

— C'est très généreux de ta part.

Les yeux de Justin restèrent fixés sur Connor. Il ne la regardait plus beaucoup depuis quelques jours. Ce qui ne manquait pas de la peiner. Combien de temps encore allait-il continuer à l'ignorer ?

— Ce n'est que le début. Il faut bien que je rattrape le temps perdu.

Cette réponse ne fit rien pour apaiser ses nerfs déjà à vif. Mais, au moins, il lui parlait encore. C'était tout de même mieux que rien.

— Merci encore de le garder pendant que je vais voir Mattie.

Cela faisait cinq jours, désormais, que la vieille dame était hospitalisée.

— C'est normal : c'est mon fils. Ce n'est pas parce que les choses ne marchent plus entre nous que je vais l'abandonner.

Cette réplique lui fit l'effet d'un coup de poignard porté en plein cœur. Il avait dû être un bon soldat, avec un véritable instinct de tueur.

Alors qu'elle se faisait cette réflexion, Connor, qui continuait de se balancer, éclata d'un rire joyeux.

Les lèvres pincées de Justin se détendirent aussitôt pour former un beau sourire. Au moins, son fils semblait en mesure de faire ce qu'elle-même n'avait pas réussi à accomplir : rendre Justin heureux.

— Qu'est-ce que tu penses du nouveau carrelage ? demanda-t-elle pour essayer de briser la glace.

Le vieux linoléum avait été remplacé le matin même. Le lendemain, c'étaient les placards qui seraient changés.

— Pas mal, répondit-il en jetant un rapide coup d'œil au sol. Et puis, du moment que ça plaît à Mattie…

Ce n'était pas vraiment ce qu'on pouvait appeler un compliment. Mais à quoi s'était-elle attendue ? Visiblement, il n'était pas disposé à faire le moindre effort avec elle.

— J'espère qu'elle sera contente du résultat. La bonne nouvelle, c'est que, si tout se passe comme prévu, elle devrait être rentrée dans deux jours.

Il tourna la tête vers elle, et, touchée par l'intensité de son regard, elle sentit son cœur s'emballer.

— Deux jours ? Alors, elle va mieux ?

— J'imagine… s'ils envisagent de la faire rentrer…

— Je suis content de l'apprendre.

— Elle m'a demandé de tes nouvelles.

— Dis-lui que je pense à elle, répondit-il en détournant le regard d'elle.

— Tu devrais aller la voir. Pour discuter avec elle. Je suis sûre que ça lui ferait plaisir.

Elle savait parfaitement pourquoi il n'était pas allé lui rendre visite. Les remords que lui inspirait toujours la mort de Brett continuaient de peser lourdement sur sa vie. Et elle avait envie de le voir un jour débarrassé de ce poids.

— J'irai. Bientôt.

Elle jugea préférable de ne pas commenter. Et pourtant, il lui semblait difficile de garder ses pensées pour elle depuis quelques jours. Elle avait envie que les choses redeviennent comme avant. Non, en fait, ce n'était pas tout à fait ça. Elle avait envie de revenir en arrière, d'avoir dit la vérité à Justin dès le départ. Si seulement elle avait été moins lâche…

— C'est difficile pour moi, tu sais ? laissa-t-elle échapper.

Et dire qu'elle venait de se jurer de ne pas faire de commentaire…

Il fronça les sourcils, mais ne répondit rien. Soucieuse néanmoins de poursuivre, elle essaya de formuler le fond de sa pensée :

— Cette distance qu'il y a entre nous… C'est une torture bien pire encore que de ne pas pouvoir te toucher. Ou te laisser me toucher.

Une lueur de désir s'alluma dans ses yeux. Bien. Elle avait apparemment marqué un point. Enfin.

— Ecoute, Kat, si tu veux savoir la vérité, ça me tue, moi aussi. Ça me ronge de l'intérieur. C'est juste trop, trop de choses d'un coup. Il y a eu tellement de mensonges entre nous. Bref, pour moi aussi, c'est une véritable torture.

— Mais c'est une bonne chose, tu ne trouves pas ? Ça veut dire que nous avons encore des sentiments l'un pour l'autre.

Leurs regards se croisèrent, et elle soutint le sien pendant un long moment. Elle était en train de jouer sa dernière carte. Parviendrait-elle à obtenir un retournement de situation ?

Mais, soudain, son regard se durcit, et il se mit à secouer lentement la tête.

— Je n'ai pas envie de parler de cela pour le moment, Kat. Si tu veux aller voir Mattie aujourd'hui, tu ferais mieux d'y aller. Je m'occuperai de Connor pendant ton absence. Quand doit-il prendre son prochain biberon ?

Tous ses espoirs venaient de s'évanouir. Comment allait-elle réussir à dissimuler sa déception ? Puisant un peu de courage dans le sourire de Connor, elle réussit tout de même à lui dire, sur un ton qu'elle aurait voulu plus détaché :

— Dans une heure. Il est prêt, au frigo. Tu n'auras qu'à le sortir dix minutes avant de lui donner, comme d'habitude.

Il hocha la tête avec enthousiasme. Manifestement, il avait hâte de se débarrasser d'elle.

— Compris.

— Bon, dit-elle doucement, alors je vais y aller.

Elle se pencha vers le transat pour déposer un baiser sur la joue de Connor.

— Sois sage avec ton papa, murmura-t-elle.

Et elle laissa les rires de son bébé, qui continuait de se balancer gaiement, emplir le vide de son cœur.

La maison était silencieuse, ce matin. Justin lui manquait. Ils n'avaient vécu ensemble que très peu de temps, mais ces quelques jours avaient été pour elle magiques.

— C'est ça, l'amour, mon bébé, dit-elle à Connor, qui essayait vainement de se redresser en s'aidant des barreaux de son lit. Ça te fait croire en la magie.

Machinalement, elle enfila son peignoir en éponge rose pâle et glissa les pieds dans ses pantoufles. L'hiver n'était pas encore là, mais l'air était frais.

— Allons chercher le journal, dit-elle en enveloppant le petit dans sa couverture.

Tenant Connor dans les bras, elle sortit sur le pas de la porte pour ramasser le *Douglas County Sentinel*, le journal local. Elle entreprenait de préparer le petit déjeuner de Connor quand son téléphone portable sonna.

— Salut, Kat. C'est Audrey.

Machinalement, elle jeta un coup d'œil à l'horloge. 7 heures du matin. Un peu tôt pour prendre des nouvelles de quelqu'un.

— Bonjour, Audrey. Comment vas-tu ? Et le bébé ?

— Je vais très bien, je te remercie. Quant au bébé, il fait du yoga dans mon ventre.

— Je me rappelle bien ces espèces de vagues. C'est une sensation merveilleuse. Mais attends un peu qu'il se mette à faire du karaté.

Il y eut une petite pause avant qu'Audrey ne reprenne, sur un ton nettement moins radieux :

— Euh... Kat, il faut que je te dise quelque chose. Hier soir, un journaliste d'*Insider Buzz* a coincé Justin en ville. Apparemment, le type t'avait reconnue sur la photo qui a été diffusée dans l'émission de LLL. Bref, il voulait interroger Justin sur la relation qu'il entretient avec toi. Ce type est une vraie fouine. Il est allé fouiller dans ton passé et, d'après ce que Justin nous a dit, les questions qu'il lui a posées n'étaient pas vraiment flatteuses pour toi.

— Oh non, murmura-t-elle.

— Justin était furieux contre lui. Il lui a hurlé dessus et l'a menacé de le renvoyer à New York à coups de pied aux fesses. Bref, ce qu'il fallait que je te dise, et j'en suis désolée, c'est qu'il y a un article sur toi sur le site Web d'*Insider Buzz*, et un autre dans le *Sentinel* de ce matin.

— Le *Sentinel* ? répéta-t-elle en jetant un coup d'œil inquiet à l'exemplaire qui se trouvait sur sa table. C'est... C'est vraiment horrible ?

— Je ne dirais pas « horrible », mais ils parlent de l'altercation entre Justin et le journaliste d'*Insider Buzz* et émettent la supposition que Justin serait le véritable père de Connor. Et ils s'appuient sur des arguments crédibles : sur le fait que Justin se trouvait à New York au moment de la conception de Connor et sur les rumeurs qui disent que le bébé lui ressemble trait pour trait. Il y a aussi quelques lignes sur ta relation avec Michael Golden.

— Ecoute, Audrey... je suis désolée de ne pas vous avoir parlé de ma relation avec Michael. Cela correspond à une époque de ma vie sur laquelle je n'ai pas envie de revenir. J'ai… j'ai commis des erreurs.

— Ne t'inquiète pas, Kat. Tu n'as pas à t'expliquer devant moi. Mais à ton avis, comment ce journaliste new-yorkais a-t-il su pour toi et Justin ?

— Le mariage de Logan a eu lieu dans un Golden Hotel. Nous y étions ensemble et… le lendemain, je suis tombée par hasard sur Michael. Et nous avons eu une brève discussion.

— Vous avez reparlé de votre séparation ?

— Plus ou moins. Alors, soit le journaliste a fait lui-même ses recherches, soit c'est Michael qui lui a fourni les informations. Je n'ose même pas imaginer les horreurs qui ont été écrites.

— Le téléphone du ranch n'arrête pas de sonner. C'est Justin qui m'a demandé de t'appeler pour te prévenir.

— Eh bien, c'est gentil de sa part d'essayer de me protéger.

Des larmes se mirent à couler de ses yeux. Sa vie était devenue plus horrible encore, et désormais, par sa faute, le nom de Justin était traîné dans la boue.

— Ecoute, Kat, ici les rumeurs courent très vite.

A ces mots, elle sentit son cœur bondir dans sa poitrine.

— Mattie ?

— Si elle a des amis à Silver Springs, elle ne devrait pas tarder à l'apprendre.

— Oh non… Il faut absolument que j'aille lui parler. Je vais tout lui expliquer.

— Il me semble que ce serait une bonne idée. Bonne chance, alors, et fais un petit câlin à Connor pour moi.

Après avoir raccroché, elle se mit à contempler tristement l'exemplaire du *Sentinel* qui se trouvait sur la table, sans néanmoins trouver le courage de l'ouvrir. Mais elle n'avait pas le choix. Il fallait qu'elle sache ce qui avait été dit.

Une fois le petit confortablement installé dans son parc, elle alla donc s'asseoir sur le canapé, où elle se mit à tourner compulsivement les pages du journal, jusqu'à ce qu'elle tombe sur le titre qu'elle recherchait : « Le héros de guerre se bat encore chez lui. » Rapidement, elle parcourut l'article. C'était exactement ce qu'Audrey lui avait dit.

Aussi calmement que possible, elle se rendit ensuite dans la salle de couture, où elle alluma son ordinateur pour consulter le site de l'*Insider Buzz*.

La première chose qu'elle vit en cliquant sur l'article en question fut deux photos : sur la première, qui avait été prise à un gala de charité, elle était enceinte d'environ sept mois, son ventre, déjà bien rond, mis en valeur par une robe longue de satin vert qui lui avait valu beaucoup de compliments de la part de Michael. Sur la seconde photo, on pouvait voir Justin en uniforme des Marines.

Elle se hâta de lire l'article, qui, naturellement, ne manquait pas de la présenter comme une petite blonde écervelée qui cherchait un bon parti, tandis que Justin était simplement décrit comme un héros de guerre décoré et Golden comme la victime de l'histoire.

Quand elle se rendit compte que sa vie tout entière, moins toutes les choses qui pouvaient la présenter sous un jour positif, était exposée aux yeux du monde entier, elle eut du mal à se retenir de pleurer.

Le seul point positif, c'était que la vérité sur Connor n'avait apparemment pas encore été découverte et que le nom de Matilda Applegate n'apparaissait pas dans l'article. Mais cela ne signifiait pas pour autant que Mattie n'entendrait pas parler de cette histoire ou, pire encore, qu'elle ne lirait pas l'article elle-même. Tôt ou tard, une voisine un peu commère ou un ami bien intentionné viendrait lui dire qu'elle n'avait pas été tout à fait honnête avec elle. Elle serait mise au courant de ses fiançailles avec Michael Golden et s'interrogerait sur le rôle qu'avait joué Justin dans sa vie.

Quand elle prit conscience de tout cela, il lui fallut lutter de toutes ses forces pour retenir ses larmes. Elle ne voulait pas que Connor la voie pleurer. Il n'avait pas besoin de voir à quel point sa maman regrettait d'avoir gâché sa vie et fait du mal à toutes les personnes qui comptaient le plus à ses yeux.

Il n'y avait plus qu'une chose à faire, désormais : aller voir Mattie pour lui dire la vérité. Et prier pour que cette révélation ne pèse pas trop sur le cœur déjà fragile de la vieille dame.

Craignant d'avoir été suivi, Justin gardait un œil sur son rétroviseur. Il avait quelque chose à faire. Quelque chose qu'il aurait dû faire des mois plus tôt. Le temps était venu de dire toute la vérité. De remettre de l'ordre dans sa vie. De se débarrasser des secrets et des mensonges.

Après avoir passé les portes du cimetière Silver Haven et s'être garé près du monument aux morts, il sortit de son pick-up d'un pas décidé et se mit à arpenter les allées à la recherche de la tombe de Brett, qu'il ne tarda pas à trouver. C'était, naturellement, celle qui paraissait la plus récente, celle qui n'avait pas encore subi les ravages du temps.

Respectueusement, il retira son chapeau pour s'agenouiller devant le caveau. Et il cessa de lutter contre ses larmes. Une sensation de soulagement inattendue s'empara de lui quand elles se mirent à rouler sur ses joues. Instinctivement, il ouvrit la bouche, et les mots qu'il avait répétés tant de fois dans son esprit en sortirent librement :

— Salut, mon pote. J'ai une ou deux choses à te dire. Ça me ferait certainement très bizarre si tu avais quelque chose à me répondre, alors évite de m'interrompre, s'il te plaît. Laisse-moi te dire ce que j'ai sur le cœur. Pour commencer, tu me manques. Le monde est beaucoup moins bien sans toi, et je regrette que tu ne sois plus là. Pendant des mois, je m'en suis voulu à mort pour la décision que j'ai prise ce jour-là. Si je pouvais revenir en arrière, je t'enverrais balader bien comme il faut. Je t'interdirais de quitter l'infirmerie. Tu n'étais pas en état d'accomplir ton devoir, et j'aurais dû m'en rendre compte. Si j'avais un peu plus réfléchi, tu serais de retour dans ta ferme, maintenant, et tu serais avec ta tante Mattie. Qui est une femme géniale, soit dit en passant. J'ai appris à la connaître et je peux te dire que tu as raison : elle est vraiment adorable. Je fais de mon mieux pour la protéger. D'ailleurs, je vais aller la voir aujourd'hui, lui rendre une petite visite. Ah, et il y a encore une chose que je voulais te dire : j'ai un fils. Un adorable petit garçon nommé Connor. Je suis tellement content d'avoir perdu ce pari avec toi, tu ne t'imagines même pas…

Une puissante odeur d'alcool, de médicaments et de maladie vint emplir les narines de Kat au moment où elle s'assit sur le rebord du lit de Mattie. Les mains de la vieille dame paraissaient petites et fragiles entre les siennes. Sa peau, néanmoins, était douce comme du satin.

— Je suis désolée pour tout ça, tatie Mattie. Vraiment.

Le *Sentinel* était étalé sur le lit, grand ouvert à la page où sa vie dissolue avait été exposée aux yeux de tous. C'était en tout cas comme cela que les choses lui apparaissaient depuis qu'elle avait lu l'article à voix haute et expliqué en détail à Mattie les circonstances de la naissance de Connor.

— Je suis désolée, moi aussi.

— Tout ce qui a été écrit sur moi dans cet article est… vrai.

C'était dur, très dur. Un frisson glacial remonta le long de son dos. La santé de Mattie était en jeu. Mais elle ne pouvait pas courir le risque de laisser quelqu'un d'autre lui dire la vérité. Il fallait qu'elle l'apprenne de sa bouche.

— Je n'ai pas fait beaucoup d'efforts pour essayer de retrouver Brett, je dois vous l'avouer. Je ne voulais pas être liée d'une quelconque façon à un petit éleveur de province. Dans mon esprit, j'avais parcouru beaucoup de chemin ; je ne voulais pas revenir en arrière. Michael n'était pas au courant du pari que Brett avait fait avec Justin, c'est pour ça que cette partie-là de l'histoire ne s'est pas retrouvée dans l'article. Dieu merci. Mais cela étant, tout le reste me concernant est vrai, tatie. J'ai bien fait toutes les choses qui ont été écrites. Je voulais que Connor puisse jouir d'un bon niveau de vie, mais j'ai mal agi.

— Oh ! ma chérie, ça fait beaucoup de choses à avaler.

— Je sais, et j'en suis désolée, tatie Mattie. J'espère que vous n'êtes pas fâchée. Justin et moi avions peur de votre réaction quand vous apprendriez la vérité. Et puis j'avais peur pour votre santé…

Pour la première fois depuis que Kat était arrivée, Mattie sourit.

— Tu as cru que j'allais faire une autre crise cardiaque ?

— Oui, murmura-t-elle.

— N'aie pas peur, je ne suis pas aussi fragile que j'en ai l'air, répondit Mattie en lui serrant la main plus fort, comme pour étayer son propos.

— J'étais folle de rage et extrêmement peinée quand j'ai appris que Justin était le véritable père de Connor. Pendant presque deux années de ma vie, j'ai vécu sur un mensonge, mais, quand je l'ai découvert, je vous ai fait subir le même sort. Alors j'imagine bien la douleur que vous devez ressentir maintenant que vous savez que Connor n'est pas…

— J'adore ce petit garçon. Et rien ne pourra jamais changer ça, Kat.

— Je sais, tatie Mattie, reprit-elle d'une voix tremblante. Mais vous devez me croire : quand je suis arrivée à Silver Springs, je pensais vraiment que Brett était le père de Connor. Je n'étais pas au courant du pari qu'il avait fait avec Justin Slade.

Elle s'interrompit pour soupirer.

— C'est tellement compliqué.

— Pas tant que ça, répondit la vieille dame en lâchant sa main. Tu sais, j'ai une confession à te faire : j'ai toujours su que Connor n'était pas le fils de Brett. Enfin, je veux dire, dans ma tête. Parce que dans mon cœur, en revanche, Connor sera toujours mon petit-neveu.

Décontenancée, Kat se mit à la dévisager en ouvrant de grands yeux. Que venait-elle de dire ? Elle n'était pas sûre d'avoir bien compris.

— Qu'est-ce que vous entendez par là ?

— Mon Brett était bâti comme son oncle, large et costaud. Il avait les cheveux blond vénitien et des taches de rousseur sur le nez. Ses yeux étaient encore plus bleus que les miens. Connor ne lui ressemble pas du tout ; j'avais donc quelques soupçons. Ensuite, en relisant les lettres qu'il m'avait envoyées, je suis tombé sur une où il parlait de ce fameux pari et de cet échange d'identités. Il expliquait en détail avoir passé un très bon moment à New York : être allé au théâtre et avoir dîné dans des restaurants gastronomiques. Mais pas une ligne sur une femme, ce qui m'a semblé extrêmement curieux. Et enfin, le jour où Justin est venu chez moi pour se présenter, quand je l'ai vu à côté de Connor, j'ai trouvé que la ressemblance était frappante. Ce garçon est le portrait craché de son père.

Sous le coup de la surprise, Kat ouvrit la bouche mais ne parvint pas tout de suite à parler. Elle ne s'était pas du tout attendue à cela.

— Mais pourquoi ne m'avez-vous rien dit ? finit-elle par demander.

— J'ai pensé que, si mes soupçons étaient justifiés, vous attendriez le bon moment pour m'en parler.

— Mais vous m'avez invitée à séjourner chez vous. A vivre sous votre toit, alors que vous n'étiez pas sûre que je vous dise la vérité.

Un sourire radieux se dessina sur son visage.

— Ma chérie, il m'a suffi de jeter un seul regard sur toi et le petit ange que tu tenais dans les bras quand tu t'es présentée sur le pas de ma porte pour comprendre que vous aviez besoin d'aide. J'ai vécu sur terre suffisamment longtemps pour reconnaître le désespoir quand je le vois. J'ai compris que tu avais besoin de moi, voilà tout.

Là-dessus, Mattie s'adossa aux oreillers qui se trouvaient derrière elle. Aussitôt, Kat se leva pour les réajuster.

— Voilà, tu vois ? Tu es tout le temps en train de m'aider. Tu es venue dans ma vie et tu l'as rendue plus belle.

— Mais je vous ai menti.

— Pour me protéger.

— Je ne suis pas quelqu'un de bien.

Mattie leva les yeux au plafond.

— Ah, mon Ralph, est-ce que tu entends ça ? Tu as vu comme elle a été gentille avec moi. Tu l'as vue m'aider à faire la cuisine et le ménage. Tu l'as vue s'assurer que je prenais bien mes médicaments. Tu l'as vue travailler dur pour gagner sa vie. Et puis s'il y a une maman plus formidable qu'elle dans le monde, je t'assure que je ne l'ai jamais rencontrée…

Doucement, Mattie abaissa de nouveau les yeux vers elle.

— Non seulement j'adore Connor, poursuivit-elle, mais je t'adore aussi, Kat. Je te considère comme ma propre fille.

Complètement submergée par la joie et le soulagement, Kat passa les bras autour du dos frêle de la tante de Brett, qu'elle serra très fort contre elle.

— Mais je vous adore aussi, tatie Mattie.

Les secondes passèrent, et Kat remercia le ciel pour la chance qu'elle avait eue de trouver sur son chemin Mattie Applegate.

— Je suis tellement contente que tout soit désormais clair entre nous, lui chuchota-t-elle à l'oreille. Mais je veux que vous sachiez que Connor restera toujours votre petit-neveu. Vous aurez toujours votre place avec nous. Vous faites partie de notre famille.

— Et tu m'en vois absolument ravie. Ne te fais pas de souci : ce n'est pas aujourd'hui que je ferai une nouvelle crise cardiaque.

— Promis ? demanda Kat en la serrant un peu plus fort contre elle.

— Promis.

Adossé au chambranle de la porte, Justin écoutait Kat parler à Mattie. Il avait entendu chacun des mots qu'elle avait prononcés. Il ne voulait pas se montrer indiscret, mais il ne voulait pas non plus interrompre la conversation. Aussi attendit-il discrètement le moment opportun pour écarter les rideaux qui entouraient le lit de la vieille dame et s'approcher de son chevet.

— Coucou.

Ses yeux se posèrent d'abord sur Mattie, qui lui rendit son sourire.

— Coucou.

— J'espère que je ne vous dérange pas ? lui demanda-t-il.

— Pas du tout. Nous étions juste en train de bavarder.

Il ne put se retenir de sourire. Mattie paraissait plus heureuse que jamais. Elle devait se sentir mieux, désormais. Elle connaissait la vérité et ne paraissait pas le moins du monde gênée. Ce qui en disait long sur le personnage.

— C'est une bonne chose de bavarder.

Il laissa dériver son regard vers Kat, qui se mit à le dévisager d'un air paisible. Les lèvres légèrement écartées, elle fit doucement glisser une main dans ses cheveux. Et à la regarder, il sentit une étrange sensation de bien-être s'emparer de lui. Et là, il sut.

Les battements de son cœur s'apaisèrent.

Il s'était trompé sur elle. Et s'il en était arrivé à une telle conclusion, c'est parce que son ego avait été blessé. Mais en réalité, Kat avait eu une vie difficile, et malgré les erreurs qu'elle avait commises, elle avait toujours fait ce qu'elle avait jugé être le mieux pour son fils. Il fallait au moins qu'il lui reconnaisse ce mérite. En tout cas ce qu'il venait d'entendre lui prouvait que c'était une fille bien. Il se moquait de ce qu'elle avait pu faire dans son passé. C'était une combattante, motivée par son instinct de survie.

Ce fut la voix de Mattie qui mit un terme à sa réflexion :

— Viens te joindre à nous, Justin.

A ces mots, Kat bondit sur ses pieds.

— En fait, il faudrait que je rentre à la maison. Je ne voudrais pas abuser de la générosité d'Audrey, qui m'a gentiment proposé de garder Connor. Et du reste, je lui ai promis que je ne m'attarderais pas.

Après avoir hissé son sac à main sur son épaule, elle se pencha pour embrasser Mattie sur la joue.

— Je crois que Justin et vous avez beaucoup de choses à vous dire. Je reviendrai demain.

Tout en avançant vers la porte, elle lui jeta un coup d'œil en biais.

— Kat, je crois que nous aussi avons des choses à nous dire, fit Justin.

Evitant soigneusement de rencontrer son regard, elle resta les yeux fixés sur le sol.

— Je n'ai pas de mot pour te dire à quel point je regrette tout ça, balbutia-t-elle avant de passer gracieusement la porte de la chambre.

Après avoir réfléchi quelques secondes, il finit par se décider à la suivre pour essayer de la retenir mais, quand il arriva sur le pas de la porte, elle avait déjà disparu. Tout en poussant un soupir de déception, il retourna vers Mattie et vint s'asseoir en face d'elle.

— Vous savez tout concernant Connor, désormais ?

— Kat m'a en effet tout expliqué, dit-elle en pointant du doigt le journal. J'imagine que ce n'est pas facile pour toi non plus.

— Ne vous inquiétez pas pour moi. Ce qui m'importe, en ce moment, c'est ce que vous, vous ressentez. Vous savez, Kat et moi ne voulions surtout pas vous faire de peine.

— Je sais. Kat me l'a fait clairement comprendre. Et je ne reprocherai à aucun d'entre vous de m'avoir caché la vérité. Vous avez tous les deux essayé de me protéger.

— C'était plutôt une idée de Kat, dit-il dans un souci de se montrer parfaitement honnête avec elle. Pour ma part, j'avais très envie d'aller annoncer à tout le monde que Connor était mon fils. C'est Kat qui a insisté.

— Tout cela n'a aucune importance, Justin. Ce petit garçon, je l'aime comme si c'était le mien. Et je l'aimerai toujours. Kat m'a promis que je pourrais continuer de jouer un rôle dans sa vie. Et c'est tout ce qui compte pour moi.

— Je suis parfaitement d'accord avec Kat. A mes yeux, vous serez toujours la grand-tante de Connor.

— Merci. C'est très important pour moi, tu sais ?

Touché par ces paroles, il ravala sa salive avec peine. Il était temps de révéler au grand jour une autre vérité. Il était temps pour lui de se libérer du lourd fardeau qu'il avait porté. Prenant son courage à deux mains, il se força donc à prononcer ces mots :

— Il y a une dernière vérité, tatie Mattie, que vous devez connaître. C'est au sujet de Brett et de la façon dont il a perdu la vie ce jour-là. Je suis désolé de vous dire ça, mais je crois bien que tout est ma faute.

— Oh ! mon chéri. Ça m'étonnerait beaucoup.

Bien déterminé à lui faire changer d'avis, il s'efforça de suivre le fil de sa pensée. Et il lui expliqua en détail les événements qui avaient abouti à la mort de Brett. Le tout en lui tenant la main pour mieux libérer son âme. Sans chercher à retenir ses larmes.

— C'était un garçon bien et un bon soldat. Peut-être même un trop bon soldat. Il était pressé de retourner au combat. Il était heureux d'être dans les Marines, conclut-il.

— C'est vrai, commenta-t-elle en pleurant à chaudes larmes.

— Je regrette. Si vous saviez comme je regrette. J'imagine tout le mal que ça doit vous faire…

— Ne t'inquiète pas pour moi, mon garçon, dit-elle en se redressant pour se rapprocher de lui.

Tendrement, elle passa alors ses doigts fins et noueux sur son visage. Un geste de réconfort qui eut pour effet d'apaiser un peu son esprit torturé.

— Ne te sens pas responsable. Brett était un garçon têtu. Quand il avait quelque chose dans la tête, il ne l'avait pas autre part. Il t'a dit qu'il se sentait prêt. C'est lui qui a pris cette décision. Lui, et pas toi, Justin.

— Mais quand nous sommes arrivés à l'école, c'est moi qui lui ai ordonné de partir. Et c'est à ce moment-là qu'il s'est fait tirer dessus.

— Tu as compris qu'il était toujours malade. Si tu lui as dit ça, c'était pour sa propre sécurité.

La chaleur et l'humanité qui brillaient dans ses yeux en étaient la preuve ultime : elle lui avait pardonné.

— Tu as agi en ami et en excellent professionnel. Ce garçon me manque horriblement, Justin, mais je n'ai pas envie de te voir dévoré par les regrets. Si Brett n'était pas apte à accomplir cette tâche, il en allait de ton devoir de le renvoyer. Tu ne pouvais pas savoir ce qui allait lui arriver.

— Je, euh… Je ne sais pas quoi vous dire. J'avais tellement peur de vous expliquer cela. Je pensais que vous alliez me détester.

Un sourire bienveillant se dessina sur ses lèvres.

— Et comment pourrais-je détester le père biologique de Connor ?

Bouleversé, il baissa les yeux vers le sol.

— Vous êtes une femme extraordinaire, Matilda Applegate.

— Dommage que je sois trop vieille pour toi, hein ?

Il fut lui-même étonné par le petit rire qui s'échappa de ses lèvres. Comme il se sentait soulagé !

— Mais si tu recherches une fille bien, je crois que ma coloc pourrait faire l'affaire.

Il chercha son regard avisé.

— Elle me plaît bien, dit-il.

— Non, tu es amoureux d'elle, affirma-t-elle.

Complètement médusé, il la regarda en clignant les yeux.

— Elle s'en veut beaucoup pour les problèmes qu'elle a provoqués, poursuivit la Mattie. Mais je suis persuadé qu'un garçon bien comme toi pourrait régler cette histoire en prononçant simplement trois petits mots magiques.

— Qu'est-ce que vous voulez dire par là ? murmura-t-il en secouant la tête.

Sans répondre, elle prit sa main dans la sienne et la serra avec une force qui ne manqua pas de l'étonner.

— Si tu as encore des doutes sur les intentions ou la personnalité de Kat, dit-elle alors en le regardant droit dans les yeux, interroge-la sur Lowery.

— Je ne comprends pas ce que vous voulez dire, murmura-t-il, déconcerté.

— Mais ce n'est pas à moi de t'expliquer, dit-elle en libérant sa main. Va la voir demain matin et interroge-la. Tu ne le regretteras pas.

— Très bien. C'est promis : je le ferai.

— Parfait. Maintenant, si tu veux bien m'excuser, je crois qu'un peu de sommeil ne me ferait pas de mal.

Après avoir réajusté les couvertures autour d'elle, il l'embrassa tendrement sur la joue. Comment allait-il pouvoir la remercier de sa générosité ? Non seulement elle l'avait aidé à se débarrasser de ses remords concernant la mort de Brett, mais elle avait aussi apporté son aide à Kat et à son fils, au moment où ils en avaient le plus besoin.

Sous ses apparences fragiles, Matilda Applegate était une véritable bénédiction pour lui et les siens.

Justin quitta le site de construction du refuge équestre pour se diriger vers la partie est de la propriété. Une petite promenade lui ferait du bien. Il avait des choses à dire à Kat. Il voulait que tout soit absolument clair entre eux.

Baissant un peu le rebord de son chapeau pour se protéger des rayons du soleil levant, il regarda sa montre. 7 h 30. Etait-ce trop tôt pour se présenter ? Il avait l'impression d'être redevenu un adolescent, à la fois pressé et anxieux de retrouver sa petite amie de lycée.

Devant lui, au loin, il pouvait déjà apercevoir la ferme. Un mouvement, sous le porche, attira son attention. S'arrêtant brutalement, il étrécit les yeux pour mieux voir. Une femme aux cheveux bruns venait d'entrer dans la maison avec Connor. Qui était-elle ? Il ne lui semblait pas la connaître. Etait-ce une autre personne du passé de Kat dont elle ne lui avait jamais parlé ?

Quoi qu'il en soit, son instinct lui disait que quelque chose n'allait pas.

Il était bien trop tôt pour une visite de courtoisie.

Accélérant le pas, il continua de se diriger vers la maison. Et enfin, le cœur battant à tout rompre, il entra sans frapper.

— Kat ? Connor ? appela-t-il.

— Nous sommes là, répondit Kat d'une voix aussi douce et sensuelle que le jour où il l'avait rencontrée.

Le soulagement, intense, ne tarda pas à remplacer la peur. Mais il se rendit tout de même avec empressement dans la chambre de Kat, d'où avait émané le son de sa voix.

Il ouvrit la porte et, sous le coup de la surprise, s'immobilisa. La jeune femme qui se trouvait devant lui n'était pas la séductrice aux cheveux ondulés blond platine et aux lèvres laquées de rose. C'était une beauté naturelle dépourvue de maquillage, aux yeux verts et aux cheveux bruns et lisses.

Quelques secondes passèrent sans qu'il ne puisse détacher son regard d'elle.

— Kat ? finit-il par dire.

Ses lèvres tremblèrent un peu quand elle lui répondit :

— Me voilà telle que je suis réellement.

— Ah, d'accord, dit-il en hochant lentement la tête de haut en bas.

— Je suis une imposture, Justin.

Il n'en revenait pas. Elle avait l'air tellement différente. Elle était tout aussi belle, mais… on aurait dit que ce n'était pas la même femme.

— Non, pas du tout, finit-il par répondre.

Sans rien dire, elle tourna son regard vers Connor et lui tendit son biberon.

Instinctivement, il s'approcha du lit pour lui caresser un peu la tête pendant qu'il tétait. Chaque fois qu'il le voyait, il se sentait complètement submergé par l'émotion. Il n'y avait rien de plus précieux au monde que son fils. Que son fils… et que Kat. Kat, la brune ou la blonde, peu importe. Connor et elle étaient sa famille.

— Bien sûr que si, protesta-t-elle. Personne n'ignore le goût de Michael Golden pour les femmes aux cheveux blond platine. Il a toujours fantasmé sur Marilyn Monroe. Ma *blind date* avait été fixée un mois à l'avance. Alors je me suis concocté ce look. Je me suis transformée en quelqu'un d'autre, juste pour attirer l'attention d'un homme riche et célèbre.

Il se moquait complètement de tout ça. Les choses ne lui avaient jamais paru plus claires qu'en ce moment précis.

— Et alors ?

— Et alors ? Tu n'as pas peur que je ne sois là que pour l'argent ? Tu n'as pas… ?

— Non.

— Non ? répéta-t-elle en ouvrant grand les yeux.

— Non.

— Mais… pourquoi ?

— Parce que je te connais, répondit-il en souriant.

— Tu ne sais pas qui je suis réellement.

— Je sais que tu es une combattante. Je sais que tu tiens sincèrement à Mattie. Je sais que tu t'es fait du souci pour elle, que tu as pris soin d'elle, que tu l'as toujours protégée, même quand tu avais tout intérêt à dire au monde entier que Connor était un Slade. Je sais que tu ferais n'importe quoi pour ton fils. Et je t'admire pour ça.

Comme si elle avait du mal à respirer, elle porta la main à sa gorge.

— Tu m'admires ?

— Parfaitement, répondit-il en lui prenant la main pour l'attirer près de lui.

Quand son corps fut contre le sien, il passa les mains autour de sa taille et les fit glisser vers le bas, lui tirant un petit cri de surprise.

— Tu me plais beaucoup en brune, ma douce. Tu es encore plus ravissante.

— Mais je ne suis plus aussi voyante.

— Je préfère.

Une lueur de joie s'installa dans son regard et un petit rire s'échappa de ses lèvres.

Instinctivement, il déposa un baiser sur ses cheveux.

— Mattie connaît toute la vérité, désormais.

Elle s'écarta un peu de lui.

— Tu lui as parlé de Brett ?

— Oui. Hier. Et c'est l'une des choses les plus difficiles que j'aie eu à faire dans ma vie. Mais je suis en paix avec moi-même, maintenant. Grâce à toi.

— A moi ?

— Tu m'as aidé à un moment où j'étais vraiment très mal, Kat. Tu étais exactement ce dont j'avais besoin. Tes encouragements m'ont guidé dans la bonne direction. Tu n'as pas cherché à me juger, même quand je t'ai fait clairement comprendre que je te soupçonnais du pire.

— Je suis ravie d'avoir pu t'apporter mon aide, murmura-t-elle. Vraiment ravie.

Touché, il reprit sa main dans la sienne pour déposer sur sa paume un tendre baiser.

— J'ai une confession à te faire.

— Je t'écoute.

— A cause de tout ce que tu m'avais dit sur Michael Golden, j'ai fini par avoir des doutes. Et notamment par le soupçonner d'avoir lui-même révélé des informations au journaliste d'*Insider Buzz*. Il y avait quelque chose chez ce type qui me paraissait louche. Il était venu depuis New York rien que pour écrire un article sur toi et moi ? Et ensuite, il était délibérément venu me provoquer ? Je trouvais ça extrêmement bizarre. J'étais persuadé qu'il s'agissait d'un coup monté. Et du coup, j'ai demandé à Logan de m'aider un peu à fouiller dans le passé de ce Golden. Et il se trouve qu'il a découvert des choses sur lui qui ne devraient pas vraiment le faire passer pour un type bien aux yeux du public. Disons simplement qu'il y a quelques autres femmes de son passé qui disent avoir été harcelées et même violentées…

— C'est vrai ? En fait, j'imagine que ça ne devrait pas vraiment me surprendre. Michael est très doué pour cacher son vrai visage. Et ça ne fait que très peu de temps qu'il est devenu la cible des paparazzis. A l'époque où nous étions ensemble, il m'avait promis de veiller à ce que Connor et moi soyons protégés des médias.

— Mais il ne fait plus partie de ta vie, maintenant. Et je peux t'assurer qu'il ne cherchera plus à t'importuner.

— Comment le sais-tu ?

— Pour un homme public, avoir mauvaise presse est la pire chose qui puisse arriver. Or, il n'est pas le seul à pouvoir creuser dans le passé des gens, et je le lui ai clairement fait comprendre…

— La morale de l'histoire, j'imagine, c'est qu'il ne faut jamais se mettre en travers du chemin d'un Slade.

— Bien vu.

— Moi compris ?

— Non, pas toi. Toi, je suis ravi que tu te sois trouvée sur mon chemin, répondit-il en prenant son visage entre ses mains pour rapprocher ses lèvres des siennes.

Sa délicieuse odeur florale, comme toujours, ne manqua pas de titiller ses sens. Joignant ses lèvres aux siennes, il mit tout ce qu'il avait dans le baiser qu'il lui donna : son cœur, son esprit, son âme. Et il aurait pu passer des heures à l'embrasser, mais il fallait qu'il se rappelle qu'il n'en avait pas encore fini avec les vérités. A contrecœur, il s'écarta donc un peu d'elle pour lui dire :

— Parle-moi de Lowery.

L'air étonné, elle ouvrit grand ses beaux yeux verts.

— Comment est-ce que tu sais ça ? balbutia-t-elle.

— Je ne sais pas grand-chose. Je te demande juste de m'en parler.

— C'est Mattie qui t'en a parlé ? dit-elle d'un air anxieux.

— Mais je ne lui en voudrais pas, si j'étais toi. Hier, elle a dû passer une bonne heure à me vanter tes mérites. Ce qui était parfaitement inutile, soit dit en passant. Je suis déjà fou amoureux de toi. Je ne pense pas que je pourrais t'aimer plus que je ne t'aime déjà.

— Justin, dit-elle en lui passant doucement la main dans les cheveux. Tu m'aimes vraiment ?

Incapable de résister à la tentation, il l'embrassa de nouveau.

— De tout mon cœur.

Le regard empreint de tendresse, elle lui caressa doucement la joue.

— Je t'aime, moi aussi.

Ravi, il l'attrapa par la taille et la souleva sans effort du sol pour la faire tourner sur elle-même. Son rire ne tarda pas à emplir la pièce, et il se joignit à elle, fou de joie de pouvoir partager son bonheur. Mais quand il la reposa sur le sol, il s'aperçut que des larmes coulaient sur son visage.

— Pourquoi est-ce que tu pleures, ma douce ?

— Parce que je t'aime, Justin, et que je n'avais jamais

pensé que tu m'aimerais un jour toi aussi. C'est très important à mes yeux que tu m'aies dit ça avant de savoir pour Lowery.

— Tu n'auras jamais à douter de mon amour, répondit-il en prenant sa main dans la sienne, mais je meurs d'envie de connaître cette histoire de Lowery.

— Attends une seconde, dit-elle en se dégageant de son étreinte pour aller ouvrir un tiroir, dont elle sortit un petit tas de lettres. Ça doit faire deux semaines que je garde ce secret. C'était avant même que Mattie ne tombe malade. Alors que je pensais qu'il n'y avait aucun espoir entre nous.

Elle extirpa une lettre de la petite pile qu'elle tenait entre ses mains.

— Tu sais à quel point j'ai envie de réussir. Je t'ai déjà parlé de mes vêtements et de mes rêves. Eh bien, il faut que tu saches que mes collections ont été rejetées par toutes les grandes marques d'habillement.

Elle s'interrompit quelques instants pour agiter l'enveloppe devant lui.

— Sauf une : Lowery, qui est disposée à m'acheter ma ligne de vêtements pour bébé. C'est une offre très alléchante. Ils m'ont proposé bien plus d'argent que ce que j'ai gagné en deux années de dur labeur. Bien plus d'argent que je ne l'aurais jamais imaginé. La garantie de l'indépendance financière.

— Tu as réalisé ton rêve, Kat, dit-il en se rapprochant d'elle pour la serrer contre lui. C'est génial. Je te félicite.

— Non, ce n'est plus mon rêve, Justin. J'étais persuadée que ça l'était, que j'avais besoin de sécurité pour l'avenir de Connor, mais… je n'ai pas pu me résoudre à accepter cette offre.

— Pourquoi ?

— Parce que ça aurait voulu dire quitter Silver Springs. Vous quitter, toi et Mattie. Et je ne pouvais pas faire ça. Je ne pouvais pas me résoudre à quitter les gens que j'aime. Je suis heureuse, ici, Justin. J'ai enfin trouvé ma place. J'ai changé mon apparence mais, au fond de moi, je n'ai jamais vraiment changé. Tout ce que j'ai toujours voulu, c'est un foyer heureux, une famille aimante et un travail convenable. Avec Babylicious, j'ai déjà fait un grand pas en avant. Je suis sûre que je peux me développer à partir de ça. Je pensais que l'argent me rendrait heureuse à cause de l'enfance que j'avais vécue, mais tout ce que j'ai toujours voulu, c'est une existence simple et paisible.

Il plongea son regard dans le sien.

— J'espère que je fais partie de cette existence simple et paisible.

— Bien sûr que oui, répondit-elle en lui adressant un sourire rayonnant.

— Alors, laisse-moi me présenter comme il se doit, dit-il en entrelaçant ses doigts aux siens. Justin Slade, héros de guerre milliardaire, qui t'aime plus que de raison.

Portant sa main à ses lèvres, il embrassa chacun de ses doigts.

— Ravie de vous rencontrer, Justin, murmura-t-elle d'une voix à peine audible. Je suis Katherine Grady, battante et survivante qui a enfin découvert son véritable moi.

Il n'avait pas besoin d'autres arguments pour réfléchir davantage. Il aimait Kat et Connor et il avait envie de vivre avec eux pour le restant de ses jours.

Ainsi, là, dans la chambre de Kat, juste à côté du petit lit où se trouvait encore son fils, il posa un genou à terre. Les babillements de son bébé étaient une douce musique à ses oreilles. Et quand il releva son visage vers Kat, il vit de l'amour briller dans ses yeux. Et il comprit qu'il ne se trompait pas. Ils avaient dû surmonter beaucoup d'obstacles sur le chemin qui les avait réunis mais, maintenant qu'ils étaient ensemble, il était bien déterminé à faire tout ce qu'il fallait pour la garder.

— Belle Katherine, voulez-vous m'épouser ? Voulez-vous devenir ma femme ? Devenir ma famille, avec Connor ?

— Oui, Justin. Oui. Mais nous sommes déjà une famille.

Heureux, il se redressa pour l'embrasser tendrement et laissa ses lèvres s'attarder sur les siennes pendant un très long moment.

— J'ai hâte de rendre la nouvelle officielle, dit-il en plongeant de nouveau son regard dans le sien. Le plus vite sera le mieux. Que dirais-tu d'un double mariage ? Luke et Audrey n'ont pas l'air contre. Je leur en ai déjà touché un mot, et Audrey a paru très enthousiasmée par cette idée.

— C'est vrai ? demanda-t-elle, l'air à la fois étonnée et émue. Tu en as parlé à ton frère et à Audrey ?

— Oui, hier soir.

— Mais le mariage doit avoir lieu tout prochainement.

Un peu embarrassé, il ravala sa salive avec peine. Etait-il allé un peu trop vite pour elle ?

— C'est trop tôt ?

Tout en le serrant plus fort contre elle, elle laissa sa tête retomber dans le creux de son cou.

— Pas du tout. Je suis une fille simple, comme je viens de te le dire. Je n'ai pas besoin d'un mariage en grande pompe. Juste de toi et de Connor.

Ce fut à ce moment-là que le petit se mit à babiller.

— Il est d'accord, commenta-t-il en souriant.

— Il est très intelligent.

— Il tient ça de sa mère.

— Si tu le dis.

Après avoir tendrement pris le bébé dans ses bras, elle pressa les lèvres sur sa joue, et il se chargea lui-même d'embrasser l'autre, avant de serrer contre lui les deux personnes qu'il aimait le plus au monde.

— Câlin de famille, commenta-t-elle en riant.

Connor sourit, et Justin sentit son cœur fondre.

— Je ne crois pas que je pourrais être plus heureux, murmura-t-il.

Et quand il s'écarta un peu d'eux, le petit tendit ses deux bras vers lui et les agita pour attirer son attention.

— Oh ! regarde. Il veut son papa.

Il le prit doucement des bras de Kat, et Connor vint se nicher contre sa poitrine.

Le visage de Kat, dont le regard était fixé sur eux, était empreint d'une tendresse infinie.

— Ça me paraît tellement naturel. Moi non plus, je ne crois pas que je pourrais être plus heureuse.

Il sourit.

Tous les secrets avaient été révélés.

Et tous les trois étaient à leur place.

Ils formaient enfin une famille.

Épilogue

Les rayons du soleil, qui se reflétaient sur le diamant, faisaient étinceler la bague de fiançailles de Kat, éclairant son visage presque autant que celui de l'homme qui se trouvait devant elle sur les marches du bâtiment administratif du comté de Douglas. Vêtu d'un costume noir et d'une cravate et décoré de sa médaille d'honneur, Justin saluait les centaines de personnes qui étaient venues lui rendre hommage à l'occasion de la parade. Les cinq soldats qu'il avait sauvés se tenaient derrière lui, comme une illustration vivante de sa bravoure. Mattie, qui tenait Connor dans ses bras, était assise à côté de Kat, au premier rang. A leur droite, Luke et Audrey ; à leur gauche, Logan et Sophia.

— Merci, merci, fit Justin d'une voix pleine de gratitude. Merci à tous de vous être déplacés aujourd'hui. Je suis un peu intimidé par votre hommage. Votre générosité et votre soutien signifient beaucoup à mes yeux. Je vous avoue que je n'ai jamais rêvé d'un tel rassemblement, et certainement pas quand je commandais mon unité en Afghanistan, mais j'apprécie beaucoup ce que vous avez fait pour moi aujourd'hui.

Là-dessus, il adressa un bref hochement de tête à Kat, qui, à ce signal, reprit Connor dans ses bras pour venir se poster sur les marches à côté de lui. A peine arrivé devant l'estrade, le bébé, vêtu de son petit costume bleu, se mit à ouvrir et à fermer la main pour saluer les spectateurs. Des sourires attendris se dessinèrent sur les visages de toutes les personnes présentes dans la foule.

— Et avant de m'en aller, poursuivit Justin dans le micro,

je voudrais vous présenter une femme très spéciale. Une femme qui a complètement changé ma vie et qui, demain à cette heure-ci, deviendra mon épouse. Katherine Grady.

Posant la main sur sa hanche, il l'attira à lui et elle sourit à la foule. Elle n'avait aucune envie d'être le centre de l'attention, c'était à Justin de briller, mais il avait insisté pour qu'elle soit à son côté. Il voulait absolument étouffer les rumeurs et les mensonges qui étaient nés de tous les articles parus dans la presse à scandale. Il voulait prendre un nouveau départ en commençant par montrer au monde entier qu'il était avec elle à cent pour cent. Et il voulait présenter sa famille.

— Et ce petit bout de chou, qui sait déjà très bien saluer, est notre fils : Connor Brett Slade.

Ces propos furent accueillis par une salve d'applaudissements.

Un grand sourire aux lèvres, il attendit que le calme soit revenu. Elle ne pouvait détacher son regard de lui. Comme elle l'aimait ! Elle n'arrivait pas à croire que, le lendemain même, elle allait devenir Mme Justin Slade.

Alors qu'elle songeait à tout cela, Justin avait repris :

— Si nous avons choisi Brett comme second prénom à notre fils, c'est parce que cela signifie quelque chose de vraiment très important pour nous tous, dit-il en tournant le regard vers Mattie. Brett Applegate était l'un de mes amis, un excellent marine et un homme extraordinaire. Brett est mort au combat en Afghanistan. Or, je voudrais que vous sachiez que, afin d'honorer sa mémoire, celle de son oncle Ralph, qui a également servi dans l'armée, et celle de tous les hommes et les femmes qui ont défendu notre pays, je suis en train de développer un projet qui me tient particulièrement à cœur et qui devrait se concrétiser au printemps prochain. Sur les terres de la famille de Brett, à Silver Springs, un refuge équestre destiné aux vétérans ne devrait pas tarder à voir le jour. Les militaires prendront soin des chevaux, et inversement. La construction des locaux a déjà commencé grâce à la coopération et au soutien de la tante de Brett, Matilda Applegate. J'espère que le refuge accomplira de grandes œuvres et j'espère également que vous serez tous présents à son inauguration.

Après avoir conclu son discours, il prit Kat par la main pour la conduire derrière le bâtiment. Et une fois qu'ils furent à l'écart de la foule, il la poussa contre le mur de brique.

— Merci de t'être tenue à mon côté, murmura-t-il tout contre sa bouche.

— Je serai toujours avec toi.

— Tu es magnifique, dit-il en souriant.

Instinctivement, elle passa la main dans ses beaux cheveux sombres et épais.

— Toi aussi.

— J'ai hâte de me retrouver seul avec toi ce soir.

— Le problème… c'est que je ne serai pas seule ce soir.

Il prit un air surpris.

— Ah bon ?

— Non. Sophia a organisé pour Audrey et moi une petite soirée, pour notre enterrement de vie de jeunes filles.

— Et moi, alors ? Qu'est-ce que je vais faire ?

— Eh bien, toi, Connor, Luke et Logan, vous pourriez vous faire une soirée entre garçons ?

— Tu veux dire que je vais faire du baby-sitting ?

— Je pensais que tu aimais ça, dit-elle d'un air taquin.

— J'adore ça, répondit-il en souriant, mais tu vas me manquer.

— Toi aussi, tu vas me manquer, dit-elle en commençant à masser doucement les muscles fermes de sa poitrine. Mais, demain soir, je trouverai bien un moyen de me faire pardonner.

— Tu pourrais développer un peu… ?

— Hum… Je crois que je vais laisser cela à ton imagination.

Une étincelle de désir s'alluma dans ses yeux.

— Je t'aime, Kat.

Elle n'avait jamais imaginé qu'elle pourrait un jour être

aussi heureuse. Le bonheur irradiait en elle. Elle ne pourrait jamais oublier son passé mais, désormais, elle avait l'assurance d'un bel avenir devant elle, sans détours ni embûches sur son chemin.

Elle n'avait plus qu'à se laisser porter par le vent.

— Je t'aime aussi, Justin, répondit-elle en souriant.

Il prit sa main dans la sienne, pour la mener vers une vie aussi brillante et belle qu'un coucher de soleil dans le Nevada.

CHARLENE SANDS

Tant de souvenirs à Sunset Ranch

Traduction française de
MARIEKE MERAND-SURTEL

PASSIONS

HARLEQUIN

Titre original :
REDEEMING THE CEO COWBOY

Ce roman a déjà été publié en 2015.

- 1 -

Dès que Susanna Hart vit le 4x4 Cadillac chromé débouler depuis l'angle de la rue, son cœur fit un bond. Elle savait que ce jour viendrait. Casey Thomas était de retour.

Elle agrippa la petite main d'Ally, la fille de sa cousine, et regarda le ballon rose rouler, puis s'arrêter sur la pelouse, devant la maison d'enfance de Casey. Pourquoi le ciel ne la gratifiait-il pas de la chance et du bon timing, comme certaines autres femmes ? Elle jeta un coup d'œil à sa porte d'entrée, distante d'une dizaine de mètres. Trop tard pour un repli rapide. Le rugissement du moteur s'atténua. Il approchait. Des brins d'herbe drue piquaient ses orteils nus, plantés sur la pelouse tels ceux d'une statue inamovible sous le soleil de l'après-midi. Sous l'effet de la transpiration, elle essuya sa main libre sur son jean.

— Oh non, marmonna-t-elle.

Le regard inquiet d'Ally s'éleva aussitôt vers le sien. Susanna lui décocha un faible sourire, ramassa le ballon et le tendit à la fillette, âgée de deux ans et demi.

— Tiens, Muffin.

L'inquiétude disparut sur le visage d'Ally, qui pouffa.

— Je suis pas un muffin.

Elle serra son ballon contre elle et ajouta :

— J'ai *fait* des muffins, tantine.

— Ah oui, c'est vrai, répliqua Susanna en se frappant le front. J'avais oublié. Tu es mon aide la plus précieuse.

Le sourire d'Ally s'élargit. Pauvre petite. Depuis que l'enfant était venue vivre chez elle, un mois plus tôt, Susanna s'était efforcée de la mettre à l'aise et de lui faire comprendre qu'elle était désirée et aimée. Ally avait suffisamment de problèmes sans devoir s'alarmer en plus de la brusque panique qui saisissait sa tante Susie.

Même si Susanna n'avait pas immédiatement reconnu le beau blond qui avait brisé son cœur, Casey Thomas, au volant du 4x4 noir étincelant, elle aurait deviné que c'était lui. Les voitures tape-à-l'œil comme la sienne n'étaient pas à leur place sur Meadow Drive, dans la banlieue de Reno. Lui non plus, désormais.

Mais, tandis qu'il s'engageait dans l'allée de sa maison d'enfance, impossible de se tromper, c'était bien l'homme avec qui elle avait fait l'amour pour la première fois près de dix ans auparavant.

Susanna restait vissée au sol, s'inventant des sentiments d'indifférence qu'elle était loin d'éprouver. Elle avait croisé Casey à plusieurs reprises durant les dix dernières années. Cette fois non plus, ignorer le trouble dans lequel il la mettait ne devrait pas s'avérer trop difficile. Il leur suffisait de prétendre que l'épisode en question n'avait jamais eu lieu, comme ils l'avaient fait quand il était venu présenter ses condoléances à l'enterrement de son père. Comme ils l'avaient fait quand Casey s'était cassé le dos en faisant du rodéo, et que Susanna, étant la meilleure amie de sa sœur Audrey, l'avait accompagnée pour lui rendre visite à l'hôpital. Comme ils l'avaient fait quand ils étaient tombés l'un sur l'autre au Sunset Ranch après la naissance de la ravissante petite fille d'Audrey, Ava Kasey Slade.

La portière du conducteur s'ouvrit, et un corniaud de la taille d'un beagle bondit par-dessus les genoux de Casey pour atterrir dans l'allée. Ally agita les bras, tout excitée.

— Toutou !

Le chiot se précipita vers elle, agitant sa queue comme un fou.

— Mustang ! tonna la voix de Casey.

Susanna souleva Ally dans ses bras. C'était moins l'enthousiasme du chiot que le ton de Casey qui insinua un sentiment de menace dans son esprit.

— Pardon, reprit Casey, baissant la voix. En fait, il est plutôt inoffensif. Mais bien trop chahuteur.

Il s'extirpa du 4x4, avec des mouvements plus posés que lorsqu'il était jeune. Alors qu'il déployait son mètre quatre-vingt-huit, elle vit sa mâchoire se crisper. Dans le temps, il réservait cette expression à sa sœur Audrey quand elle avait fait quelque chose de mal. Susanna se demanda ce qui l'amenait sur son visage aujourd'hui. Etait-il contrarié par le chien ? Ou bien était-ce une douleur due à son ancienne blessure qui lui faisait froncer les sourcils ?

— Je ne voulais pas qu'il effraye la petite. Viens ici, le chien.

La queue glissée entre les cuisses, l'animal trottina en direction de Casey.

C'était drôle. Le chiot et lui avaient deux choses en commun : le poil blond, luxuriant et hirsute, et des yeux malicieux. Casey s'avança à grands pas jusqu'à la limite entre l'herbe et l'allée, comme si elle constituait une barrière.

— Bonjour, Susanna.

Ses orteils s'enfoncèrent davantage dans l'herbe piquante. Visiblement, l'ancienne vie de Casey en tant que champion de rodéo était à présent révolue. Vêtu d'une chemise couleur rouille et d'un pantalon beige, il était toujours d'une beauté rude, sinon un peu plus raffinée. Le soleil éclaboussait son visage bronzé et son sourire charmeur.

— Salut.

Il inclina la tête sur le côté.

— Je suppose qu'on va de nouveau être voisins.

Temporairement. Lors de sa discussion avec Audrey, elle n'avait pas très bien compris quand Casey arriverait, seulement qu'il resterait un mois, peut-être deux. Pour affaires. La nouvelle l'avait effondrée, mais elle ne pouvait dire à sa meilleure amie à quel point se retrouver de nouveau voisine avec son célèbre et sublime frère la bouleversait.

— Il semblerait, répliqua-t-elle.

Il hocha la tête. Son regard direct allait bien plus loin que les mots. Des mots qu'elle ne voulait pas entendre. Des mots qu'il valait mieux ne pas dire.

— Euh, voici Ally. Elle vit avec moi maintenant.

Elle pressa Ally contre son cœur et embrassa le haut de son crâne. De fines mèches de cheveux blonds chatouillèrent ses lèvres.

— Dis bonjour à Casey, Ally.

Les yeux de l'enfant passèrent du chiot à son propriétaire.

— Bonjour.

Casey franchit la barrière d'herbe, et, avec un grand sourire, vint serrer la main d'Ally.

— Salut, Ally. Ravi de te rencontrer.

Ally revint à Mustang.

— J'aime bien ton toutou.

Mustang se dressa sur ses pattes de derrière et piétina le pantalon coûteux de son maître en émettant des petits gémissements plaintifs.

— Je crois qu'il t'aime bien aussi.

— Je peux le caresser ?

— Ça dépend de…

Casey se tourna d'un air interrogateur vers Susanna.

— Tante Susie, confirma-t-elle. Et oui, tu peux.

En fait, elle n'était pas réellement la tante d'Ally, mais l'heure n'était pas aux explications.

Casey souleva le chiot dans ses bras, et Ally tendit précautionneusement la main pour lui caresser la tête.

— Il est doux.

— Il l'est, dit Casey.

Une senteur musquée et citronnée emplit les narines de Susanna. Cela lui rappela la dernière fois qu'ils avaient été aussi proches. Chez les Thomas, sur le canapé, ses bras à lui, forts et assurés autour d'elle tandis qu'elle pleurait toutes les larmes de son corps. Les images revenaient, aussi claires que si elles dataient d'hier. Dix ans plus tard, Casey faisait toujours battre la chamade à son cœur.

Si seulement il ne revenait pas vivre juste à côté de chez elle. Si seulement il n'était pas le frère d'Audrey. Si seulement ses affaires ne le ramenaient pas à Reno… Au diable les « si seulement ». Casey Thomas était ici pour un court laps de temps et elle devrait faire avec, exactement comme elle avait fait avec tout le reste dans sa vie. A sa manière.

— La rue n'a pas changé, reprit-il en balayant les alentours du regard.

— Pas vraiment, dans son ensemble.

Elle habitait un quartier de classe très moyenne, aux maisons soigneusement entretenues, mais auxquelles manquaient les rénovations sophistiquées que pouvaient permettre des revenus supérieurs.

— Mme Martinez n'est plus là. Elle est partie en maison de retraite. Peter Albertson s'est marié juste après la fac, mais ses parents vivent encore ici.

— Ah oui ? Je passerai saluer Randy et Linda.

Susanne sourit.

— Ils seront ravis. Je crois que Peter leur manque beaucoup.

Casey se tourna vers sa propre maison. Personne ne l'habitait depuis qu'Audrey avait déménagé, un an auparavant. Susanna gardait un œil dessus et vérifiait que le jardinier venait tondre la pelouse deux fois par mois.

— Tu as toujours un double des clés ? demanda-t-il.

Susanna battit des cils. La question la décontenançait.

— Oui. Tu veux que je te le rende ?

Il dut noter sa réaction un tantinet agressive, car il afficha un petit sourire.

— Non, m'dame. Juste te l'emprunter.

Il déposa le chiot sur l'herbe, poursuivant :

— J'ai quitté mon appartement de Tahoe ce matin sans

prendre ma clé. Je m'en suis rendu compte il y a seulement vingt minutes.

Oups. Qu'elle avait été stupide ! Elle avait aboyé comme si elle était le cerbère de la propriété.

— Oh ! bien sûr. Je vais aller te la chercher. Viens, Ally.

La petite fille plaqua les mains sur la poitrine de Susanna et se propulsa de tout son poids en direction du chien, doigt pointé sur lui.

— Mustang. Toutou.

— Allons-y, on revient tout de suite, ma puce.

— Laisse Ally ici, je la surveillerai, proposa Casey.

Il s'accroupit pour gratter les oreilles du chiot, avant de lever vers elle un regard bleu rassurant.

— Si ça te va ? ajouta-t-il.

Non, ça ne lui allait pas. Non qu'elle ne puisse confier Ally à Casey. Il avait élevé Audrey très jeune, et connaissait la musique. Au contraire, il avait même plutôt surprotégé sa petite sœur. Il ne s'agissait pas de ça. Elle ne voulait pas faire trop ami-ami avec son nouvel ex-voisin. Et elle ne voulait en aucun cas qu'Ally devienne trop proche de lui non plus.

La petite fille posa les mains sur les joues de Susie et la regarda droit dans les yeux.

— 'te plaaait, tantine.

La gamine savait comment s'y prendre pour l'émouvoir ; sa supplique s'immisça jusqu'à son cœur. Elle ne pouvait pas refuser à l'enfant une petite dose de bonheur sous prétexte de fierté. Ally n'avait que deux ans et demi et avait déjà subi assez de malheurs.

Avec un signe de tête à l'attention de Casey, elle remit Ally par terre.

— D'accord. Tu obéis à ce que Casey dit, ma puce, et tu ne t'éloignes pas.

Le chiot se rua aussitôt aux pieds de l'enfant, sa queue tournoyant comme un moulin un jour de grand vent.

Tous deux devenaient vite copains.

Ce n'était pas bien.

Avec un soupir, Susanna gagna le porche de sa maison, grimpa les marches, puis tourna la tête. Ally riait aux éclats devant le chiot ébouriffé qui se roulait dans l'herbe. Casey leva les yeux, et leurs regards se croisèrent. Une seconde s'écoula, une autre. L'avoir ici, si proche... impossible. Elle ne voulait pas qu'il l'observe. Elle fit la moue et chassa l'emprise momentanée qu'il exerçait sur elle. Poussant la porte-moustiquaire, elle pénétra à l'intérieur.

A l'abri.

Casey s'adossa au 4x4, les bras croisés sur sa poitrine, un œil sur Ally. Le chien, épuisé par ses roulades, s'était écroulé dans l'herbe, et la petite fille, assise à côté de lui, babillait à n'en plus finir. Casey ignorait qu'un enfant de deux ans puisse parler autant, mais en tout cas Mustang écoutait la blondinette, oreilles dressées et langue pendante, comme s'il comprenait chaque mot qu'elle disait. Casey en savait un peu au sujet d'Ally grâce à Audrey. Essentiellement qu'elle avait perdu sa maman, Rhonda Lee, toxicomane. Rhonda Lee et Susanna étaient cousines germaines. Comme le père de l'enfant brillait par son absence, Susanna avait été la seule option de secours, et elle avait décidé d'élever la petite fille.

La porte-moustiquaire de Susanna claqua, et il la vit revenir. Elle marchait vers lui, le dos droit comme un I, les épaules raides, son joli menton levé bien haut. Elle ne l'avait pas oublié. Cela, au moins, ne faisait aucun doute.

Dix ans, cela semblait une éternité, mais Casey non plus n'avait pas oublié la nuit où ils avaient fait l'amour. Il avait été le premier homme de Susanna. Et il était parfaitement conscient que cela créait toujours une certaine tension entre eux, ce qui ne manquerait pas de rendre son retour et sa mission d'autant plus difficiles. D'une manière ou d'une autre, il lui fallait regagner la confiance de Susanna s'il voulait l'aider. Il devait tellement à la famille Hart. Sans Eleanor et George Hart, il n'aurait jamais été capable d'élever Audrey seul. Durant des années, ils avaient été sa seconde famille quand Casey se trouvait sur les routes avec le rodéo.

Si des raisons professionnelles valables ne l'avaient pas amené à Reno en vue d'établir les nouveaux bureaux de Sentinel Construction et de superviser les étapes finales d'un restaurant branché sur River Walk, Audrey ne se serait pas jetée sur l'idée qu'il s'installe dans la maison de leur enfance afin d'aider secrètement Susanna à retomber sur ses pieds.

— Elle est toute seule, Case. A s'efforcer de faire prospérer son entreprise, Sweet Susie's, et d'élever la fille de sa cousine, avait plaidé Audrey. Tu sais ce que c'est.

Oui, il le savait. Lui aussi s'était débattu comme il pouvait après la mort de leurs parents, et il avait dû grandir vite pour élever sa sœur, bien plus jeune que lui. Voilà pourquoi il s'était laissé forcer la main par Audrey. Le problème, dans ce plan, c'est que Susanna lui adressait à peine la parole.

Il l'observa. Elle regardait d'un air sceptique le chien qui se faisait dorloter par Ally à l'ombre d'un peuplier de Virginie. Il soupira. De toute évidence, la présence du chiot ne l'enchantait pas non plus.

Encore une idée d'Audrey. Non que Casey se soit fait prier pour sauver l'animal d'une usine à chiots, mais il n'avait pas prévu d'emmener Mustang avec lui. Il aurait pu le laisser à Audrey au Sunset Ranch, mais cette dernière avait insisté, disant que sa compagnie lui serait utile. Sa fine psychologue de sœur pensait que le chien contribuerait à briser la glace. A en juger par l'expression de Susie, un pic risquait de ne pas être superflu non plus.

— Voilà, dit Susie, balançant un porte-clés en forme de cupcake où était inscrit SweetSusies.com en lettres bleu lavande.

Il ouvrit sa main et elle y laissa tomber la clé, mais, comme il refermait sa paume dessus, leurs doigts se frôlèrent. Les yeux de Susie s'élargirent, clignèrent une fois ou deux. Le toucher la rendait nerveuse. Cela inquiéta sérieusement Casey. Pourquoi réagissait-elle ainsi ?

— Je ne mords pas, Suse.

— Plus personne ne m'appelle comme ça.

Autrement dit, elle ne voulait pas qu'il lui donne ce surnom intime. Depuis toujours, il avait entendu Audrey désigner Susanna de cette manière.

— Je tâcherai de m'en souvenir.

Il empocha la clé, et reprit :

— Tu as démarré une entreprise. Tu as toujours été une sacrée bonne cuisinière. Ça marche bien ?

Elle posa les yeux sur Ally. L'enfant observait avec ravissement le chiot qui se reposait à ses côtés. Revenant à Casey, elle répondit :

— Ça marche… pas trop mal. J'adore ce que je fais et… et c'est tout ce qui compte.

Ce fut le ton de défi avec lequel elle dit « tout ce qui compte » et la façon dont elle détourna le regard ensuite qui le toucha. D'après Audrey, elle se débattait avec les multiples changements dans sa vie, mais Susanna était bien trop fière pour demander de l'aide.

— Je te comprends, répliqua-t-il, submergé par l'émotion. C'est toujours important d'aimer ce qu'on fait.

Elle mordilla nerveusement sa lèvre inférieure. Il l'avait toujours trouvée jolie, d'une beauté saine, naturelle. S'il avait été un autre homme, et dans d'autres circonstances, il aurait été aux anges de découvrir que Susanna allait être sa voisine occasionnelle. Dommage que la situation fût plus compliquée que ça.

— Oh ! excuse-moi… Je n'aurais pas dû dire… bafouilla-t-elle, de plus en plus embarrassée.

— Pas de problème.

Elle n'arrivait pas à dissimuler sa compassion, même sous couvert de défi. Mais il ne voulait la pitié de personne.

Le rêve de toute sa vie avait été brisé par une chute intempestive d'un cheval semi-sauvage, mais il s'en était remis. En tant que cavalier de rodéo, il connaissait les risques du métier. Grâce à des investissements sûrs réalisés à l'apogée de sa gloire de champion, il était devenu le PDG de Sentinel Construction et assez riche pour s'acheter lui-même un ou deux ranchs de rodéo.

— Ma carrière de rodéo est derrière moi. Je le vis bien.

Elle déglutit, hocha la tête.

— Bon, je devrais vraiment rentrer avec Ally. C'est bientôt l'heure du dîner.

— Et moi, je ferais bien de décharger mes bagages.

Il fixa du regard la porte de sa maison. Une dizaine de souvenirs inattendus affluèrent dans son esprit. Il avait élevé Audrey ici. Cela n'avait pas été facile de tenir le rôle du père et de la mère envers une sœur de huit ans sa cadette. La responsabilité avait pesé lourd sur ses épaules. Audrey dirait qu'il avait été dur et tyrannique, et de fait, le plus souvent, il avait craint d'avoir été trop sévère. Mais les Hart avaient toujours été là pour elle, lui prodiguant des conseils et un second toit au-dessus de la tête. Raison de plus pour qu'il mène à bien cette affaire avec Susanna.

— Ça fait des années que je ne vis plus ici, lâcha-t-il avec un soupir, exprimant ses pensées à haute voix.

— C'est étrange, cette maison vide depuis le départ d'Audrey.

— Oui. Qui sait ce que je vais trouver à l'intérieur.

— A part un peu de poussière, tu ne seras pas déçu. Audrey la maintient en bon état.

— Je parie qu'elle te manque, dit-il en l'étudiant de nouveau.

Susanna jeta un coup d'œil nostalgique à la maison.

— En effet, mais… elle est heureuse, et jeune maman maintenant.

— Il semble que tu joues à la maman aussi, désormais.

Une lueur de tendresse brilla dans les yeux de Susanna tandis qu'elle continuait de contempler la maison.

— Je fais de mon mieux avec Ally. C'est vraiment un amour d'enfant. Bon, comme je l'ai dit, je ferais bien d'y aller.

— D'accord. Merci pour la clé. A la prochaine.

— Salut.

Elle tourna les talons. Avec sa longue chevelure auburn retenue en queue-de-cheval, elle faisait moins que ses vingt-huit ans. Mais son jean moulant et sa blouse ajustée annonçaient « FEMME » en lettres capitales.

Il restait avec son problème sur les bras. Susanna avait évité de le regarder droit dans les yeux, exception faite d'une seconde ou deux durant leur laborieuse conversation, à laquelle elle était impatiente de mettre fin, il l'avait bien senti.

Formidable.

S'avançant vers l'arrière du 4x4, il pressa la télécommande, attendit l'ouverture du coffre et se pencha pour prendre ses bagages. Agrippant les poignées de ses valises à deux mains, il les hissa d'un coup sec.

— Mustang !

A l'appel de son nom, le chiot releva la tête et aperçut Ally et Susanna qui grimpaient les marches du porche. Il sauta sur ses quatre pattes, se secoua puis trottina vers la maison de Susanna.

— Non, ordonna Casey.

L'animal s'arrêta et baissa la tête.

— Tu ne peux pas aller là-bas.

On n'y est pas bienvenus.

Pas encore.

Lorsque le réveil sonna le lendemain matin, Susanna ouvrit un œil. 4 heures. Elle poussa un long soupir, extirpa un bras de sous l'oreiller pour éteindre le son désagréable avant qu'il ne réveille Ally, endormie dans sa chambre à deux portes de la sienne. Elle s'étira en bâillant. Se lever à cette heure indue faisait désormais partie de sa routine. Etre debout avant le jour s'avérait nécessaire. Une pleine matinée de confection de gâteaux l'attendait, et elle devait démarrer plus tôt que d'ordinaire pour compenser le temps qu'elle passait avec Ally le matin.

Elle s'assit, se frotta les yeux, énumérant dans sa tête la liste des choses à faire. Outre les commandes habituelles de commerçants locaux, qu'elle livrerait elle-même, elle devait préparer des colis de muffins à expédier à quelques clients dans la région.

Rejetant ses draps, elle quitta le lit et sortit sur la pointe des pieds dans le couloir. Le parquet craqua sous son poids, et elle fit la grimace. Au début, lorsque Ally était arrivée, il y avait eu bien trop de nuits au cours desquelles des cauchemars la tiraient de son sommeil. Susanna pria pour qu'elle dorme profondément encore quelques heures. Elle passa la tête par la porte de la chambre et sourit. Des boucles blondes encadraient le visage de la petite fille. Elle n'en revenait pas d'éprouver autant d'amour pour l'enfant, ni à quel point la voir paisible et heureuse emplissait son cœur de joie.

— Promets-moi que si jamais il m'arrive quelque chose tu la prendras avec toi et que tu l'élèveras correctement, répétait sa cousine. Cette gosse mérite une meilleure vie.

Susanna avait promis, et Rhonda Lee avait essayé de décrocher de la cocaïne. Mais, malgré deux cures de désintoxication, elle n'avait jamais atteint son vingt-neuvième anniversaire. Avec un père aux abonnés absents et tous les autres membres de la famille trop âgés pour se charger d'une jeune enfant, Susanna était l'unique espoir d'Ally, et sa cousine le savait.

Jamais il n'avait été question que quelqu'un d'autre recueille Ally ; l'affection de Susanna pour la petite fille et Rhonda Lee l'avait aussitôt poussée à accepter cette responsabilité. L'adorable Ally avait besoin de quelqu'un qui lui donne de l'amour inconditionnel et de la stabilité. La bataille perdue de Rhonda Lee contre ses démons avait pesé terriblement lourd sur l'enfant, qui avait droit à mieux. Et elle avait fermement l'intention d'offrir une bonne vie à Ally.

Elle quitta la chambre et entra dans la cuisine. Elle emplit la cafetière, et la riche odeur de la mouture la revigora. Puis elle alluma le four en position de préchauffage.

— Ne me fais pas faux bond, marmonna-t-elle à l'attention de l'appareil datant de la fin des années soixante-dix.

Elle sortit tous les récipients, moules, ustensiles et ingrédients dont elle avait besoin et se mit au travail. Tout était parfaitement minuté — après avoir mixé la pâte et enfourné deux douzaines de muffins au chocolat, elle prit un quart d'heure pour se doucher, s'habiller et se sécher les cheveux.

De retour dans la cuisine, elle enfila son tablier Sweet Susie's et le noua derrière son dos. Elle était pile dans les temps. Le minuteur sonna, elle sortit la première série de muffins qu'elle mit à refroidir sur des grilles. Sa prochaine création mêlait canneberges et fromage. Le petit gâteau n'était pas trop sucré, et très prisé dans trois salons de thé locaux qu'elle livrait. Une fois qu'elle les eut mis au four, elle plongea un doigt dans le bol du mixer.

— Miam…

Aux alentours de 6 h 30, elle avait cuit douze douzaines de pâtisseries. Cupcakes et muffins refroidissaient sur le comptoir et sur toutes les tables de la maison. Récipients et ustensiles emplissaient l'évier, et le sol en lino était maculé d'éclaboussures de pâte. Elle les enjamba avec précaution. Le ménage attendrait qu'elle ait terminé ses livraisons. Elle sirota son café, puis commença à placer les gâteaux dans une boîte Sweet Susie's.

Des aboiements retentirent dans la rue paisible. Elle reconnut leur provenance, et s'approcha de la fenêtre. Mustang et son maître passaient en courant de concert. Avec ses courtes pattes pataudes, le chiot faisait de son mieux pour suivre la longue foulée déterminée de Casey. Mais il n'était pas à la hauteur. Sa laisse était étirée à l'extrême, et Casey finit par ralentir et marcher, laissant l'animal reprendre son souffle.

Elle reprit le sien aussi. Casey était vêtu d'un maillot sans manches et d'un short de jogging. Doré et musclé tel un athlète professionnel, un vrai régal pour les yeux, aurait dit son amie Mindy. Ses cheveux blond foncé ramenés en arrière, sa peau brillante de sueur, il récupérait en longeant le trottoir d'un pas assuré.

Elle resta immobile, sidérée. Casey Thomas. Quoi de nouveau sous le soleil ?

Lorsqu'il atteignit le porche de sa maison, elle s'apprêta à reprendre son travail. Mais il s'arrêta, braqua la tête en direction de sa fenêtre de cuisine. Des yeux bleus transparents se fixèrent sur elle. Le rouge lui monta aux joues. Elle n'avait ni le courage ni le bons sens de se détourner ! Il sourit, la salua de la main, lançant un « bonjour » muet. Son sourire eut un drôle d'effet sur elle. Des frissons la parcoururent, tandis qu'elle s'efforçait de prendre un air des plus naturels et d'agiter les doigts à son attention.

Puis elle recula d'un pas. Que lui arrivait-il ? Elle avait une entreprise à faire tourner. Elle ne pouvait pas se permettre de perdre son temps à convoiter Casey, lui moins que n'importe qui d'autre. De perdre le sommeil pour un homme !

Après avoir mis la touche finale à ses gâteaux, elle entra dans la chambre d'Ally. La fillette venait de se réveiller.

— Bonjour, Muffin, murmura Susie. Il est l'heure de se lever. On a des livraisons à faire.

Elle se pencha pour l'embrasser sur le front et caressa ses boucles blondes.

Ally balaya la chambre du regard et, durant ces quelques secondes, Susanna vit une peur étrange s'allumer dans ses yeux, avant qu'elle ne réalise où elle se trouvait. Un jour, elle se réveillerait sans avoir à se souvenir que sa mère était morte, et que sa vie ne serait plus jamais la même. Susanna priait pour que ce jour arrive bientôt. Ally était assez jeune pour s'acclimater à un nouvel environnement. Susanna avait rencontré un psychologue avant de recueillir la petite fille, et appris qu'une routine et de la stabilité étaient les clés pour qu'elle accepte la situation. Mais, pour que la petite puisse mettre derrière elle les expériences traumatisantes, elle devait se sentir en sécurité.

— Prête à t'habiller ? Je t'ai gardé deux cupcakes à la vanille. Il me reste aussi des tonnes de glaçage. Tu veux qu'on en mette dessus ?

Les yeux d'Ally s'écarquillèrent de plaisir. Elle sourit.

— Du glaçage à quoi ?

— Tu as le choix entre pépites de cerise et marshmallow au chocolat.

— Marshmallow au chocolat !

— Va pour marshmallow au chocolat.

Susanna hissa Ally hors du lit. La fillette s'extirpa en se tortillant de sa chemise de nuit, puis Susanna l'aida à enfiler un T-shirt Sweet Susie's, suivi d'un jean et de chaussettes. Ally glissa toute seule ses pieds dans des tennis roses à Velcro.

— Grande fille. On a presque fini. On va te laver la figure et les mains et te coiffer. Ensuite, on prendra le petit déjeuner et on fera du glaçage.

La gamine courut à la salle de bains et, sa toilette faite, toutes deux se rendirent dans la cuisine.

Peu après le petit déjeuner, un léger coup frappé à la porte d'entrée perturba le comptage de Susanna pour la dernière boîte. Elle jeta un coup d'œil par la fenêtre et plissa le nez.

— Casey, grommela-t-elle.

Zut. Elle était obligée d'aller ouvrir. Il la savait chez elle. Elle laissait les rideaux grands ouverts afin que la lumière matinale pénètre dans la cuisine, où n'importe qui pouvait la voir s'activer.

Essuyant ses mains sur son tablier, resserrant sa queue-de-cheval, elle se dirigea vers l'entrée.

— Je vais répondre, ma puce, dit-elle à Ally, occupée à lécher ses doigts enduits de glaçage au chocolat. Pas trop, maintenant. Juste une bouchée de cupcake.

Ses compétences maternelles restaient à parfaire, mais au moins l'enfant avait terminé toutes ses céréales avant d'obtenir sa gâterie.

Susanna inspira à fond, puis ouvrit la porte. Elle se retrouva en face à face avec Casey.

— Bonjour, dit-il, le regard instantanément rivé sur les lettres inscrites sur son tablier.

« Sweet Susie's… gâteaux gourmands et plus ».

— Salut.

Rasé de près, les cheveux peignés en arrière, les yeux du bleu azur le plus intense qu'elle ait jamais vu, vêtu d'un costume Armani beige sublime… Waouh, il était loin du cow-boy de rodéo un peu sauvage avec qui elle avait grandi. Il pointa le doigt.

— C'est quoi, le plus ?

— Le plus ? Ah, sur le tablier. Je fais de la pâtisserie et toutes sortes de desserts, en fait.

— Ouverte à toutes les options ?

— Euh, oui, j'imagine. C'est du bon sens commercial.

— Mais ta spécialité, c'est muffins et cupcakes ?

— Exact.

— Je sens l'odeur de tes cuissons depuis chez moi. Et ça sent incroyablement bon, Susanna, ajouta-t-il en humant les arômes sucrés qui embaumaient toute la maison.

— Merci. Je… euh, tu veux goûter un muffin ou deux ?

Si seulement sa mère ne lui avait pas inculqué les bonnes manières. La veille, elle s'était sentie un peu nulle en le voyant rentrer avec un sac de hamburgers à emporter. Même pas les meilleurs de la ville. Parce qu'il était le frère d'Audrey, et pour cette seule raison, elle aurait dû lui offrir de quoi dîner lors du premier soir de son retour. Elle consulta sa montre. Elle était dans les temps.

— Je dois bientôt charger ma voiture pour faire mes livraisons, mais tu es le bienvenu.

Dis non, Casey. Dis que des affaires urgentes t'attendent et que tu dois y aller.

— Avec plaisir.

Zut.

Il poussa la porte moustiquaire tandis qu'elle pivotait sur ses talons.

— La cuisine est un vrai bazar. Je nettoierai après mes livraisons.

Alors qu'ils entraient dans la cuisine, Ally s'avança vers Casey en l'étudiant avec curiosité.

Il se pencha pour se mettre à sa hauteur.

— Salut, Ally. Hé, j'aime bien ton T-shirt. Tu aides tatie Susie à faire des gâteaux ?

La petite acquiesça.

— J'ai glacé deux cupcakes.

— Génial. Et ton nez aussi ? ajouta-t-il, désignant son nez constellé de minuscules projections.

— Non, répondit-elle en gloussant.

— Pas exprès, en tout cas, renchérit Susie.

Ally frotta son nez, puis demanda :

— Il est où, Mustang ?

— Oh ! chez moi. Il va bien, il fait une sieste.

— Bien méritée, dit Susanna. Tu l'as épuisé à la course.

Casey se redressa.

— A propos. C'est une des raisons pour lesquelles je suis passé.

Elle esquiva son regard et se détourna pour prendre une assiette dans un placard. *Occupe-toi les mains, ma fille, et continue de faire comme si rien ne s'était passé entre vous.*

— Oui ?

— Je fais du jogging presque tous les matins. Je n'ai pas

pensé que le chien ferait autant de raffut dans le voisinage. Il n'a pas réveillé Ally, j'espère ?

— Non, je ne crois pas. Elle a dormi un bon moment après que je… t'ai vu par la fenêtre.

Il poussa un soupir de soulagement.

— Ouf, ça me rassure.

Elle déposa un exemplaire de tous les muffins qu'elle avait confectionnés sur une assiette et la lui tendit.

— Tu veux un petit café avec ?

— Non, merci.

Il s'installa sur une chaise face à l'évier en désordre et au carrelage ébréché du comptoir. Cette cuisine, tout comme le reste de la maison, n'avait rien à voir avec le luxe auquel Casey était désormais accoutumé. D'après Audrey, il avait investi des années auparavant dans une entreprise de construction, dont il avait pris la direction, le propriétaire une fois à la retraite.

— Je ne veux pas te retarder. Je vais juste goûter à un de ces gâteaux.

Il s'empara du muffin au fromage et aux canneberges, mordit dedans puis ferma les yeux.

— Délicieux, vraiment.

— Merci.

Elle mit un cupcake au citron fourré à la framboise dans une boîte, qu'elle referma avec du ruban adhésif. Inutile de lui signaler qu'il perdait le bénéfice en calories brûlées pendant son jogging. Les hommes ne se préoccupaient guère de ce genre de choses, et elle ne voulait pas paraître narquoise.

Il prit un autre muffin.

— Mmm. Comment s'appelle celui-là ?

— Ça, c'est ma Douceur insolente pomme-caramel.

Lorsqu'elle l'avait expérimenté, elle l'avait façonné en forme de petite tarte. Douceur insolente était devenue un best-seller. Sa petite entreprise avait besoin de proposer des produits un peu différents pour survivre. La concurrence était féroce, et Susie apprenait les ficelles du métier en inventant des compositions nouvelles.

— C'est exquis.

— Merci, répéta-t-elle.

Quoi de plus gênant que d'avoir ainsi Casey dans sa cuisine, en train de déguster tranquillement ses pâtisseries ? Heureusement qu'elle devait bientôt partir, et que ce moment en sa compagnie serait écourté.

— Donc tu livres tous les jours ?

— Sauf le dimanche. Je fournis les cafés et salons de thé du coin, et quelques bureaux. Je… je réponds à tout ce qui se présente. Fêtes, anniversaires, réunions, tout ce que je peux.

— Ça ne doit pas être facile de réussir à tout faire.

Un petit rire lui échappa.

— Il suffit de regarder cette pièce pour voir à quel point je me débrouille bien.

L'expression de Casey s'adoucit. Il ne prit pas la peine d'observer le bazar éparpillé dans la cuisine.

Aïe, elle n'avait pas voulu dire ça. Personne ne savait qu'elle exploitait chaque seconde de chaque minute de ses journées sans réussir à avoir le temps de tout faire. Elle n'était pas du genre à se plaindre. Et en aucun cas elle ne voulait de sa compassion. Simplement, il la rendait terriblement nerveuse. Sans lui laisser l'occasion d'apporter une réponse polie de rigueur, elle demanda :

— Tu voulais autre chose ? Quand tu es arrivé, j'avais l'impression que tu…

— A quelle heure se couche Ally ?

Pourquoi cette question ? Il s'inquiétait des aboiements intempestifs de Mustang ? Il ne pouvait s'agir que de cela, n'est-ce pas ? Le sang afflua dans ses veines.

— Vers 20 heures. Pourquoi ?

— J'aimerais te parler ce soir, quand elle sera au lit.

Non. Non, non et non. Elle baissa les yeux sur une tache de crème qui étoilait le sol.

— En général, je téléphone à maman, après qu'Ally est couchée.

— C'est important, insista-t-il.

Elle n'avait aucune envie de se retrouver seule avec lui, surtout le soir, sans Ally en guide de bouclier. Elle devait se lever tôt. Elle avait mal à la tête. Une amie devait passer. Une demi-douzaine d'excuses bidons et pitoyables traversa son esprit.

En fin de compte, elle releva les yeux et croisa son regard. Des prunelles bleues la transpercèrent d'une manière qui lui coupa le souffle, et la sincérité enjôleuse de Casey fit mouche. Seigneur. Comment s'extirper de là sans passer pour une menteuse ? Hormis appeler sa mère, elle n'avait aucun projet ce soir. Comme d'habitude.

Elle soupira.

— D'accord.

Il hocha la tête, se leva et désigna les boîtes.

— Ça va où ?

— Dans ma fourgonnette.

— Je vais t'aider à les charger.

— Non, ce n'est pas peine… Tu n'as pas rendez-vous quelque part ?

Vêtu comme il l'était, il avait sûrement un million de choses plus importantes à faire que de remplir son coffre de cupcakes et de muffins.

Il haussa les épaules puis s'empara avec précaution d'une boîte.

— C'est mon affaire. Ta fourgonnette est dans le garage ?

— Euh, oui, merci.

Sans attendre, il se dirigea vers la sortie.

Flanquée d'Ally, elle lui emboîta le pas munie d'une autre boîte. Le garage sentait le renfermé et retenait toute la chaleur estivale. Il y faisait sombre, mais elle bascula la porte. La lumière du jour entra à flots, la faisant cligner des yeux. Elle ouvrit le hayon de la fourgonnette.

Il jeta un coup d'œil à l'intérieur.

— Belle installation. Tu l'as acheté comme ça ?

— Non. Il a été aménagé pour moi.

Silence. Il avança :

— Par ton petit ami ?

Elle fit la moue. Comme si elle avait le temps d'avoir un petit ami. Ça faisait partie du passé.

— Ma mère, déclara-t-elle.

Elle posa sa boîte sur une des étagères métalliques, et il fit de même. Son coude effleura la pointe de son sein, juste à la jonction du tablier Sweet Susie's et de sa blouse. Soudain incapable de respirer, elle poursuivit cependant, tentant d'ignorer le frisson brûlant qui la traversait.

— Maman m'a offert la fourgonnette le jour de *son* mariage. Elle avait fait aménager l'arrière avec des étagères pour mes boîtes à gâteaux, et ensuite elle a demandé à un designer de peindre mon logo sur les côtés.

Le véhicule n'était pas tout neuf mais il était en assez bon état pour l'usage qui lui était destiné. Sa mère avait dépensé une fortune pour le logo, puis, le jour de son remariage avec Chip Huffman, un homme qui l'aimait à la folie, elle avait emmené Susanna dehors afin de lui montrer la fourgonnette. « Accepter ça est le plus beau cadeau de mariage que tu puisses me faire. Je pense que ton papa serait d'accord avec moi », avait-elle dit à sa fille.

Impossible de refuser pareil plaisir à sa maman. Cette dernière l'avait vue entasser péniblement ses boîtes à gâteaux dans le coffre et sur le siège arrière de sa vieille voiture défoncée pour livrer ses clients. Souvent, Susanna zigzaguait entre les nids-de-poule et roulait aussi lentement que sa voisine de quatre-vingt-cinq ans afin que ses pâtisseries arrivent à bon port en un seul morceau. Eleanor Hart avait économisé sur sa propre réception de mariage pour pouvoir surprendre sa fille avec ce cadeau. Susanna avait pleuré d'émotion et de reconnaissance durant cinq bonnes minutes.

— Ta maman est une femme exceptionnelle, dit Casey avec un grand sourire.

Voilà au moins un point sur lequel ils étaient d'accord. Sa mère s'était occupée de son papa pendant des années, prétendant n'avoir pas également payé le tribut de sa santé déclinante. Mais Susanna savait combien la maladie de son mari lui avait coûté. Plusieurs années plus tôt, elle avait rencontré Chip Huffman, producteur de pêches en Géorgie, par le biais d'un ami commun, et en était tombée amoureuse. Susanna avait encouragé leur relation — sa maman méritait un peu de bonheur après tant d'adversités. A présent, elle vivait là-bas, et s'apprêtait à fêter le troisième anniversaire de ses noces.

— Elle l'est, oui. Merci.

Ensuite, ils terminèrent de charger le reste des boîtes dans la fourgonnette, Casey refusant de la laisser se débrouiller seule. Il attendit que Susie ait sanglé Ally dans son siège auto, et ait elle-même bouclé sa ceinture. Tandis qu'elle sortait du garage en reculant, il la salua de la main.

— A ce soir, hein ?

Dire que, l'espace d'un instant, elle avait oublié.

Ses doigts agrippèrent le volant et elle soupira en empruntant la rue.

Une chose était sûre. Casey Thomas ne venait pas ce soir pour parler du chien.

- 2 -

— Bonjour, Susie et Ally ! lança Miranda Fillmore d'une voix sonore.

La gérante de The Coffee Connection, âgée d'une cinquantaine d'années, les accueillit avec son sourire chaleureux habituel.

Ally la salua de la main depuis son siège auto.

— Coucou !

— Bonjour, Miranda, répliqua Susanna en sortant prestement de la fourgonnette.

Ce matin, elle devait faire cinq livraisons, toutes avant 8 heures, aussi avait-elle appris à travailler vite.

Miranda dissimulait quelque chose dans son dos. Elle s'approcha de Susanna et, en prenant soin de se tenir à l'écart de la ligne de mire d'Ally, elle brandit un cahier de coloriage ainsi qu'une boîte de crayons de couleur.

— Je peux lui donner ça ? chuchota-t-elle.

Trois princesses de contes de fées, arborant tiares et robes à froufrous roses, illustraient la couverture du cahier.

— Oh ! bien sûr. Elle adore tout ce qui tourne autour des princesses.

Elle apprécia que Miranda lui demande la permission d'offrir son présent. Débutante en matière de maternité, elle devait prendre chaque jour pour l'enfant des décisions dont elle n'avait pas l'habitude. La plupart semblaient relever du simple bon sens, néanmoins, elle s'était abondamment renseignée sur internet ou dans des livres sur les pratiques relatives à l'éducation des enfants. Elle ne voulait surtout pas se tromper ou faire quelque chose de mal concernant Ally.

— Je le pensais bien, dit Miranda. Quelle petite fille n'en voudrait pas ? Je voulais embellir sa journée.

— Propager de la joie est toujours bon.

Miranda s'avança pour ouvrir la portière d'Ally.

— Tiens, ma chérie. C'est pour toi. J'espère que tu aimes le coloriage.

Les yeux de la fillette s'illuminèrent tandis qu'elle prenait le cadeau inattendu.

— Princesses ! s'exclama-t-elle, pressant le cahier sur son cœur avant d'examiner l'étui de crayons gras lavables. *Merci, Miranda.*

L'âme de Susanna vibra de tendresse. Depuis qu'Ally était venue vivre avec elle, ses clients étaient extrêmement accommodants, lui accordant un petit délai supplémentaire pour ses livraisons et l'aidant à décharger ses boîtes. Tous paraissaient comprendre la difficulté d'être une mère célibataire qui travaille, et se montraient très gentils et attentionnés envers sa petite protégée.

— Qu'est-ce qu'on dit, Ally ?

— Merci !

— C'est adorable de ta part, Miranda, assura Susanna.

— Tout le plaisir est pour moi. Mais ce qui est adorable, ce sont ces douceurs. Qu'est-ce que tu m'apportes aujourd'hui ?

Miranda s'empara de la boîte marquée au nom de The Coffee Connection.

— L'assortiment habituel de deux douzaines de muffins et le cupcake du jour, au beurre de cacahouète et glaçage ganache au chocolat, répondit Susanna.

— Miam. Ceux-là seront servis au déjeuner. Tu m'en as mis une douzaine aussi, j'espère ?

— Evidemment. Bon, j'y vais. Merci encore d'avoir pensé à Ally. Elle va colorier tout l'après-midi, j'en suis sûre.

— De rien. A bientôt.

Elle démarra. Après avoir terminé le reste de ses livraisons, elle reprit la direction de la maison. Peu lui importait de se lever et partir tôt, mais elle n'aimait pas interrompre le sommeil d'Ally chaque matin. Quand elle aurait ouvert sa boutique Sweet Susie's, ses pérégrinations à travers la ville dans la fourgonnette prendraient fin. Durant quelques instants, elle se permit de rêvasser aux murs peints en bleu lavande et blanc, aux vitrines emplies de monceaux de pâtisseries. Il y aurait des petites tables et des chaises, surmontées d'un grand tableau avec les cupcakes du jour inscrits à la craie. Elle aurait deux employées et un livreur. Tout le monde porterait du bleu lavande.

Allez, continue de rêver, Susie…

Elle soupira.

Ally irait au jardin d'enfants dans deux ans, et elle disposerait de plus de temps pour établir son entreprise. Si elle tenait jusque-là…

Quelques minutes plus tard, elle entrait la fourgonnette dans le garage. Ally s'était endormie. Elle la porta à l'intérieur. Une fois dans la chambre de l'enfant, elle l'allongea sur son lit. La petite enfonça le visage au creux de son oreiller, et elle quitta la pièce sur la pointe des pieds.

Elle gagna la cuisine, et rinça tous les ustensiles mis à tremper. Son lave-vaisselle tombait en panne de temps à autre, mais aujourd'hui elle se sentait optimiste. Elle le chargea, le mit en route. « Fais ton miracle », dit-elle en entreprenant de nettoyer les plans de travail, feignant de ne pas remarquer la peinture écaillée sur les murs et le sol rayé. La maison avait vraiment besoin de rénovation, mais elle se satisferait parfaitement d'un double four à chaleur tournante flambant neuf qui lui permettrait de cuire d'un coup quatre douzaines de n'importe quels gâteaux.

Ensuite, après avoir vérifié qu'Ally dormait bien, elle s'installa à la table de la cuisine avec son ordinateur portable.

Lorsque son téléphone sonna et qu'elle vit qui l'appelait, elle sourit et décrocha.

— Tu me sauves !

— De la vaisselle ou de la comptabilité ? demanda son amie Mindy.

— La compta.

— Oh ! tu me remercieras plus tard. Comment va Ally ?

— Bien. Elle fait une petite sieste.

— Embrasse-la pour moi quand elle se réveillera.

— Je n'y manquerai pas.

— Alors, je réclame un scoop. Il est venu ?

— Qui ça ?

— Tu sais bien de qui je parle. Mon béguin du collège. Casey. Il est vraiment de retour en ville ?

Elle fit la grimace. Elle avait presque oublié la fascination de Mindy pour Casey Thomas durant leur adolescence. Mindy et elle étaient bonnes copines à l'époque, mais pas aussi proches qu'elle l'était d'Audrey. Leur amitié s'était développée une fois venu l'âge adulte.

— Oui, depuis hier. Comment tu l'as appris si vite ?

— Je suis tombée sur Lana Robards au marché ce matin. Elle disait avoir vu Casey faire du jogging dans le quartier. D'après lui, ajouta Mindy en riant, il était assez sexy pour donner envie de se remettre à la course à pied.

— Elle vient à peine de divorcer, protesta Susanna.

Un pincement douloureux la transperça. Pourquoi la réflexion de Lana Robards la contrariait-elle autant ?

— Pas « à peine ». Ça fait un an. Et elle doit se sentir seule les semaines où elle n'a pas ses enfants.

Darlene et Darryl, jumeaux âgés de quatre ans, vivaient en alternance une semaine sur deux chez chacun de leurs parents. Comment s'adaptaient-ils à une situation aussi compliquée ?

— Mais je m'égare, reprit Mindy. Bon, dis-moi tes impressions. Est-ce qu'il est toujours sublime ?

— Tu oublies Ted, ton fidèle, merveilleux petit mari, ou que tu es enceinte de six mois ?

— Allez, Susie, donne-moi de quoi pimenter ma vie plan-plan. Je suis une maîtresse d'école primaire atteinte du syndrome des vacances d'été. Mes élèves et mon travail me manquent. Quant à Ted, il m'étouffe à force de gentillesse.

— Tu adores ça. Je ne suis pas dupe.

— Alors, murmura Mindy. Est-ce que Casey est toujours aussi canon ?

Elle leva les yeux au ciel.

— Oui, d'accord. Casey est toujours très séduisant. Un peu plus costaud qu'avant, moins mince que du temps où il matait des chevaux.

Mindy se serait littéralement liquéfiée d'extase si elle l'avait vu dans son costume Armani.

— Mmm. Ça doit bien lui aller d'être costaud. Tu lui as parlé ?

— Un peu.

Cette conversation devenait pesante…

— Et pourquoi est-il là ? Combien de temps va-t-il habiter à côté de chez toi ?

— Tout ce que je sais, c'est qu'il est venu pour affaires. Combien de temps il va rester, je n'en ai aucune idée.

Mais il passe ici ce soir après qu'Ally sera couchée. Elle ferma les yeux et se frotta la tempe gauche. Elle avait encore des heures pour y penser.

— Mais pas définitivement ?

— Non.

Audrey lui avait assuré que ce n'était que temporaire… et plus ce serait temporaire, mieux ce serait.

— Oh ! Susie, tu me laisses sur ma faim, là. Tu ne m'as rien dit de croustillant.

— Je tâcherai de m'en souvenir à l'avenir.

— Hé, j'ai failli oublier la vraie raison de mon appel. Une de mes collègues organise un anniversaire pour les seize ans de sa fille. Je lui ai parlé de Sweet Susie's et de tes desserts fabuleux. Elle va t'appeler plus tard dans la journée pour que tu lui prépares une *chocolate party*.

— Ah, super, merci. Voilà qui semble sympa. Et du travail en plus n'est pas de refus.

— Je t'en prie. Oh ! Suse… ce ne serait pas une mauvaise idée que tu invites Casey à dîner un de ces soirs. Il est célibataire, toi aussi. Qui sait ?

— Non, non, n'y songe même pas, Mindy. Inutile de jouer encore les entremetteuses. La dernière fois, ça a été un désastre, et au bout de trois quarts d'heure j'ai dû lui montrer la porte.

— Ce n'était pas ma faute. Je ne savais pas que le type en question était un…

— Je vais te dire quoi. Un obsédé sexuel aux mains baladeuses.

— Je me suis excusée mille fois. De plus, ce serait complètement différent avec Casey. Tu le connais.

Trop. Il lui avait déjà brisé le cœur dix ans plus tôt. Elle n'avait aucune envie de réitérer l'expérience.

— Ça ne m'intéresse pas.

Mindy poussa un soupir théâtral.

— La plupart des femmes célibataires s'exciteraient à l'idée de passer une soirée avec un gars aussi sexy que Casey, mais ma copine s'excite à l'idée d'un four neuf.

Mindy avait parfaitement raison. Et les choses en resteraient là.

Casey pensait qu'après avoir dompté des chevaux sauvages la moitié de sa vie il serait rompu aux confrontations. Mais l'idée de discuter avec Susanna des péchés du passé lui laissait un avant-goût amer dans la bouche. Coucher avec l'amie vulnérable de sa petite sœur n'avait pas été un des moments dont il était le plus fier. La culpabilité pesait encore lourdement sur lui. Ils n'en avaient jamais parlé. Susanna préférait sans doute oublier que cela avait eu lieu. Comment lui en vouloir ? Ce soir-là, Susie était venue chez lui en quête d'Audrey et de réconfort. Elle était ravagée par l'annonce de la maladie de son père, par l'échéance proche de sa mort. Mais, au lieu de son amie, elle était tombée sur Casey, qui avait pris sa virginité. Ce soir, il allait devoir redresser les torts. Cela ne faisait aucun doute dans son esprit.

— Il faut le faire, dit-il tout haut, brisant le silence de la chambre.

Le chiot, affalé sur le sol, releva la tête. Il battit de la queue puis se mit sur ses pattes pour s'étirer. Ses yeux noisette fixèrent son maître.

— Hé, j'aurais aimé t'emmener, mais j'ai peur de tes aboiements intempestifs.

La tête de Mustang s'inclina sur le côté.

— Epargne-moi ce regard pathétique. Tu restes ici.

L'animal baissa la tête, tourna plusieurs fois en rond avant de se recoucher au pied du lit.

Casey sourit. Audrey avait eu raison sur un point : Mustang était un bon compagnon. Le chiot l'avait accueilli avec effusion quand il était rentré tout à l'heure. Après une longue journée de réunions, Mustang constituait une vision accueillante. Jouer avec lui une demi-heure dans le jardin lui changeait les idées, l'aidait à ne plus penser au travail, ni à son dernier rendez-vous du jour… avec Susanna.

Il rentra sa chemise à carreaux bleus dans un jean élimé puis boucla sa ceinture. Un coup d'œil au miroir lui rappela qu'il avait besoin de se faire couper les cheveux, mais pas trop. Il aimait les porter longs. Un petit côté rebelle datant de son époque rodéo. Il restait encore des traces de l'ancien Casey en lui, et il ne voulait à aucun prix perdre cette part de lui-même.

Il consulta sa montre. 20 h 30.

— Bon, c'est parti. Sois sage, le chien.

A mi-chemin de la porte d'entrée, il s'arrêta, se rendit dans la cuisine. Ouvrant le réfrigérateur, il en considéra le contenu : carrément déprimant. Faire des provisions devenait urgent. Il empoigna deux bières fraîches. C'était mieux que rien.

Il ne savait pas si Susanna aimait la bière. En fait, il ne savait pas grand-chose d'elle. Du moins, d'elle adulte. Armé des deux cannettes tel un gage de paix, il quitta la maison et franchit la courte distance qui le séparait de sa voisine. Il frappa doucement à la porte moustiquaire et attendit.

Elle mit une minute à venir. Plantée derrière l'écran grillagé, elle fixa un point quelque part entre son cou et ses épaules.

— Salut. Est-ce qu'Ally dort ? chuchota-t-il.

— Oui. Je viens de lui lire une histoire, et elle s'est éteinte comme une bougie.

Il sourit à l'image qui surgit dans son esprit : Susie assise sur le lit près de la fillette, blottie contre elle, dans une bulle de tendresse. Il désigna le porche.

— Il fait doux. Tu veux qu'on s'installe sur les marches ?

Le regard de Susanna pivota vers l'entrée, et elle tendit l'oreille.

— D'accord. Si je laisse la porte ouverte, j'entendrai Ally, au cas où elle se réveille.

Puis elle sortit. Il attendit qu'elle prenne place. Bien entendu, elle se percha au bout le plus extrême de la marche supérieure. Comprenant le message, il s'assit à l'opposé. Un bon mètre les séparait. Elle adopta une position rigide. Les bras croisés sur sa poitrine, elle riva son attention sur le ciel, le croissant de lune, le grand peuplier sur le trottoir. Partout, sauf sur lui. Il lui tendit une bière.

— Tu en veux une ?

— Euh, oui. Merci.

Leurs doigts se frôlèrent lorsque la bouteille passa d'une main à l'autre. A cet instant, il croisa son regard, et elle le détourna aussitôt vers le sol.

— Comment était ta journée ? demanda-t-il.

— Chargée, mais bonne.

— Tu as réussi à faire toutes tes livraisons ?

— Oui. Ensuite un peu de comptabilité et, cet après-midi, quelques nouvelles fournées de gâteaux.

— Pour qui ?

— J'ai aussi des commandes en ligne. Je les expédie dans trois autres comtés de la région. Pour le moment, il ne s'agit que d'une poignée de clients, mais j'ai bon espoir que…

Elle s'interrompit, haussa les épaules, éluda :

— Bref, peu importe.

— Tu as bon espoir que ça se développe ? avança-t-il.

Son travail la passionnait, à l'évidence. Sa nervosité ou la colère qu'elle avait à son encontre ne parvenaient pas à dissimuler son excitation quand elle en parlait.

— D'ouvrir ma propre boutique un jour, répondit-elle avant de boire une gorgée de bière.

Il hocha la tête, but à son tour.

— Je me souviens que tu aimais cuisiner. Tu aidais toujours ta mère, mais comment t'est venue l'idée d'en faire ton métier ?

— A vrai dire, ça s'est fait tout seul. Quand la maladie de papa a empiré, j'ai arrêté la fac et je suis rentrée pour aider maman à s'occuper de lui. Je la voyais s'épuiser de jour en jour. Papa avait de bons et de mauvais moments. C'est typique de la sclérose en plaques. Chaque journée est une nouvelle expérience. Les bons jours, on faisait tout ce qu'il avait envie de faire, jouer aux dames, regarder des films, voire une petite promenade à l'occasion. Les mauvais jours, quand il n'était capable que de rester au lit, je m'occupais dans la cuisine, j'inventais des recettes de cupcakes. Lorsqu'on avait de la visite, je proposais mes créations. Tout le monde semblait les adorer, et les gens ont commencé à me demander de leur préparer des goûters d'anniversaire ou d'autres occasions un peu spéciales. Après la mort de papa, je… je…, excuse-moi…

Ses yeux s'embuèrent, et elle ne termina pas sa phrase.

Une larme coula sur sa joue. Bon sang, quel besoin avait-il de l'interroger de la sorte ? Grâce à Audrey, il connaissait déjà une bonne partie de son histoire. Mais était-ce si mal d'essayer de l'inciter à lui parler ? Ou même juste à le regarder franchement ? Un désir de protection s'insinua en lui. Il lutta pour se retenir de la prendre dans ses bras afin de lui apporter le réconfort dont elle avait besoin.

Afin de chasser sa tristesse.

Il savait le chagrin que l'on ressent à la perte d'un parent. Lorsqu'il était encore adolescent, une tempête meurtrière avait emporté son père et sa mère en même temps. La douleur ne disparaissait jamais tout à fait. Elle restait là, et parfois un souvenir fortuit la faisait resurgir et le terrassait.

— Ça va ? demanda-t-il.

Elle se redressa, rassembla ses esprits, essuyant du dos de la main les sillons humides sur ses joues.

— Ça va aller. Je… je pleure rarement. C'est juste que… par moments, ça revient en force, et je craque un peu.

— Je connais ce sentiment.

— Je le sais, répliqua-t-elle avec un petit soupir.

Continue de la faire parler.

— Audrey m'a dit qu'après la mort de George tu as continué à vivre ici pour aider ta mère.

Elle posa les coudes sur ses genoux et son visage entre ses mains, regardant droit devant elle.

— En effet. Maman était effondrée. Elle avait besoin de moi, alors je suis restée, mais il fallait bien que je gagne ma vie. On s'en sortait à peine financièrement. Voilà comment est née Sweet Susie's.

— Tu as mis ta vie de côté pour tes parents.

Elle haussa les épaules.

— Je l'ai voulu. Pour moi, la question ne se posait pas.

Tout à coup, elle avait cessé d'être la jeune copine de sa sœur. Sa loyauté et son dévouement envers sa famille étaient admirables… et rares. Alors même qu'elle avait l'opportunité de se mettre à son compte, elle avait recueilli Ally parce que l'enfant n'avait nulle part ailleurs où aller, ainsi que l'avait expliqué Audrey.

Et puis elle le troublait. Susanna Hart était devenue une ravissante et formidable jeune femme, à tous points de vue…

Il étudia son profil. Un menton délicat, des pommettes hautes, une peau veloutée. De longues mèches de cheveux fins échappées de sa queue-de-cheval encadraient son visage. Leur couleur lui rappelait celle des feuilles d'automne, dorée par endroits, rousse par d'autres, un mélange de nuances naturelles fascinantes.

Son regard descendit sur ses épaules rondes exposées par le débardeur de coton qu'elle portait, puis plus bas, là où l'encolure plongeait dans une douce vallée entre ses seins, étonnamment pleins pour sa silhouette menue. Histoire de se faire encore plus de mal, il jeta un coup d'œil à ses jambes. Evidemment, elle était en short. Ce n'était pas sa faute si c'était l'été et… si elle avait de longues et sublimes jambes bronzées. Il fit de son mieux pour ne pas les contempler.

Dix ans plus tôt, ces jambes s'enroulaient autour de lui. Leurs corps s'harmonisaient à la perfection, et lui faire l'amour n'avait pas été embarrassant. Non, l'embarras était venu juste après, quand il avait réalisé ce qu'il avait fait.

Hum. Inutile de revenir là-dessus. Inutile de semer la zizanie dans sa tête.

Il prit une nouvelle gorgée de bière et détourna les yeux, les fixant sur le même arbre agaçant qu'elle ne lâchait pas du regard depuis qu'elle était sortie de la maison.

Aucun des deux ne prononça le moindre mot.

Il sirota sa bière et somma ses hormones de mâle de trente-trois ans de se tenir tranquilles. Il ne devait pas oublier ce pour quoi il était venu. Sa mission était claire. D'abord, il lui fallait briser la glace et regagner l'amitié de Susanna. Il ne voyait pas moyen de faire autrement.

Il posa sa bouteille, se tourna vers elle.

— On devrait probablement en parler, Susanna.

Elle ferma les yeux, ne faisant aucun effort pour masquer son désarroi. Lorsqu'elle les rouvrit, cet arbre de malheur focalisait toujours son attention.

— Je ne pense pas que ce soit nécessaire.

— Moi, si.

— Pourquoi ? Ça appartient au passé.

— Parce que nous sommes de nouveau voisins et que tu ne m'as pas regardé dans les yeux depuis mon arrivée. Du moins, pas plus d'une seconde, et uniquement quand tu n'avais pas le choix.

Elle serra les lèvres, pivota brusquement le buste et força ses yeux à croiser les siens.

— Là, je te regarde.

— C'est un bon début, répliqua-t-il.

— Un début ? répéta Susanna.

Elle avait le cœur qui battait à tout rompre, les oreilles bourdonnantes. Il n'avait pas la moindre idée de ce qu'il lui avait fait ce soir-là. Ni de ce qu'il lui en coûtait de regarder en face l'homme qu'elle avait si longtemps désiré. Cette fameuse nuit, il ne lui avait pas pris sa virginité. Elle la lui avait offerte, sans un mot, mais avec toutes les émotions qu'elle cachait intérieurement. Elle avait voulu qu'il soit son premier amant. Elle avait eu besoin de son réconfort et de son corps, et n'avait pas éprouvé une once de culpabilité.

Mais elle n'avait pas imaginé qu'il la réprimande aussi durement juste après. Elle n'avait pas imaginé que la douleur persiste durant tant d'années.

— On était amis, autrefois, dit-il.

A son grand étonnement, elle réussit à garder un visage posé, malgré son scepticisme.

— Tu veux qu'on le redevienne ?

Un long moment s'écoula avant qu'il n'acquiesce.

— Oui.

Pourquoi avait-il hésité ? Cet entretien était son idée. Est-ce qu'il lui laissait le temps de bien comprendre son propos ? Ou s'agissait-il d'autre chose ?

— C'est parce que Audrey et moi sommes amies ?

Il réfléchit un instant.

— En partie. Mais c'est surtout parce que tu t'es sauvée en courant ce soir-là et on… Je me suis toujours senti mal à propos de la façon dont les choses se sont passées entre nous. Quand tu es venue en quête d'Audrey, j'ai vu à quel point tu étais bouleversée. Tout ce que je voulais, c'était te réconforter en son absence. Je voulais t'aider. Jamais je n'ai pensé que ça nous amènerait à… à…

— Compris, Casey. Tu as couché avec moi par pitié.

— Bon sang, Suse. Je n'ai pas dit ça !

Son regard s'assombrit, mais elle ne recula pas devant sa colère. Il voulait cette discussion, il allait l'avoir.

— Tu as cru que tu avais profité de moi ? Tu te sens terriblement coupable, n'est-ce pas ?

— Eh bien, oui, c'est vrai. Je t'ai appelé ce soir-là pour m'excuser. Pour être sûr que tu allais bien.

Susanna inspira à fond.

— Je n'allais pas bien.

— Oh ! je sais, répliqua Casey en se frottant les tempes.

— Non, tu ne sais pas. Tu ne sais pas du tout, Casey.

— Je sais que je t'ai blessée… je t'ai parlé durement, après. J'étais furieux contre moi-même, et tout ce que je t'ai dit ce soir-là est sorti de travers.

— Là, tu as parfaitement raison.

— J'aurais dû réfléchir, faire montre d'un peu de bon sens. Je veux dire, toi et moi… on n'était que…

— Que quoi ? lâcha-t-elle, la gorge serrée. On n'a jamais été vraiment amis. J'étais la meilleure copine de ta petite sœur, et pour l'essentiel tu me supportais, voilà tout.

— Faux. Je t'aimais bien. Les dernières années, on passait du temps ensemble, toi, moi et Audrey.

— Tu traitais ta sœur comme un bébé, et tu me considérais de la même manière.

— Je sais que j'étais dur avec Audrey. J'ai essayé de l'élever correctement, mais qu'est-ce que je connaissais à l'éducation, moi ? D'une fille, qui plus est. Elle était tellement plus jeune que moi, et j'avais le sentiment de devoir la protéger, même si parfois je la tyrannisais.

— J'avais dix-huit ans quand on a été ensemble, Casey. Je n'étais plus une enfant. Je n'avais pas besoin de ta protection. Je savais ce que je voulais.

— Ce n'est pas moi que tu voulais. Tu es venue pour Audrey. Elle t'aurait consolée à propos de ton papa. Elle aurait trouvé les bonnes paroles. Ce que j'ai fait était mal. On ne peut pas revenir en arrière, mais depuis j'ai toujours regretté ce qui s'est passé.

Un coup de poignard. Dans le cœur. Elle lutta pour ne pas s'effondrer. Sa gorge se noua, tandis que les paroles de Casey résonnaient à ses oreilles.

Il regrettait de l'avoir allongée sur le canapé, de l'avoir réconfortée avec des baisers qui adoucissaient la plaie béante de sa peine ? Il regrettait ses murmures qui lui avaient procuré de la joie, et enfin il regrettait d'avoir uni leurs corps… avec tant de douceur, de délicatesse, de perfection qu'elle en avait oublié son chagrin ? Faire l'amour avec lui avait été un moment merveilleux, magique, indélébile de sa vie. Elle s'était amourachée de son voisin à l'âge de quinze ans et depuis avait rêvé de se trouver entre ses bras, de sentir ses lèvres sur elle et de lui offrir son corps.

De toute évidence, pour Casey, tout cela avait été une gigantesque erreur.

Des images remontant à dix ans envahirent sa mémoire.

Elle se rappela le bruit de faïence fracassée qui avait empli ses oreilles ce soir-là. Elle s'était précipitée dans la cuisine.

Un mug gisait en mille morceaux sur le sol. Heureusement, il n'avait pas déversé de café bouillant comme la dernière fois que son père l'avait maladroitement laissé tomber. George Hart se tenait au milieu du chaos, et son regard égaré avait fait mouche. Depuis quelque temps, il n'était plus lui-même. Sa mère ne le quittait pas des yeux, et il acquiesça lentement. Puis sa mère demanda à Susie de s'asseoir. Il y avait quelque chose qu'elle devait savoir, quelque chose d'important.

— Papa est malade depuis deux ans, ma chérie, mais on trouvait que ce n'était pas la peine de t'inquiéter. On voulait t'épargner. Mais à présent il est temps de t'apprendre la vérité.

L'univers de Susanna s'était écroulé. Aujourd'hui, elle comprenait leurs raisons de se taire, mais à l'époque l'annonce de la mort imminente de son père l'avait dévastée, tout comme le mensonge de ses parents. Leur trahison l'avait profondément blessée, et elle leur en voulait. Elle en voulait au monde entier. Furieuse, elle avait quitté la maison sur-le-champ, mais une fois dehors avait éclaté en sanglots.

— Tu n'as pas à regretter, Case. Ni à culpabiliser.

Une grimace peinée tordit sa bouche et obscurcit ses yeux.

— Plus facile à dire qu'à faire, Susanna.

— Ce sera plus facile si je te dis la vérité. Ce soir-là, je savais qu'Audrey n'était pas là. Elle travaillait bénévolement au cabinet vétérinaire, où ils avaient besoin d'elle jusqu'à minuit. Je ne suis pas venue chez vous pour Audrey. Je savais qu'elle n'y serait pas, Casey.

Il se redressa, battant des cils.

— Qu'est-ce que tu veux dire ?

Elle hésita, soudain prise de doute. Mais, au point où elle en était, autant qu'il sache la vérité. Elle releva le menton.

— Ce que je veux dire, c'est que je savais que tu serais seul. C'est pour toi que je suis venue. Tu as simplement supposé que je cherchais Audrey.

Il commença à hocher la tête, comme pour s'imprégner

de ses révélations. Bon, c'était lui qui avait mis le sujet sur le tapis, non ? Et voilà que la vérité le contrariait ?

Le silence se prolongea, puis Casey soupira.

— Donc tu vois, reprit-elle enfin, tu n'as pas profité de moi. Je suis venue chercher ton réconfort.

— N'essaye pas de me rassurer à ce sujet, Susanna. Mon réconfort a nettement dérapé.

— Je ne le vois pas ainsi, murmura-t-elle.

Il poussa un nouveau soupir.

— J'ai juste empiré les choses. Tu es partie en pleurant. Et depuis tout est bizarre entre nous.

— C'était une nuit pleine d'émotions pour moi.

Elle était folle de lui et, dès qu'il l'avait touchée, elle avait été prête à plus. Elle le désirait — lui, le ténébreux cavalier de rodéo, le fruit défendu — depuis des années. Un simple béguin d'adolescente, peut-être, mais à l'époque elle croyait que c'était de l'amour, et il l'avait rendue merveilleusement heureuse, ce soir-là. Durant cette brève parenthèse dans le temps, elle avait oublié la maladie de son père et l'effroi qui s'était insinué en elle.

— Je suis désolé, Susanna, dit Casey d'une voix rauque. Je n'avais pas l'intention de te faire souffrir.

Elle le regarda. Il l'avait humiliée, rejetée. Le ressentiment de cette douleur cuisante avait couvé en elle des années durant, empoisonnant son existence. Peut-être trop longtemps. Est-ce qu'elle faisait de Casey le bouc émissaire de son véritable chagrin ? Est-ce que c'était l'idée de perdre son père, et non le comportement de Casey, qui l'avait dévastée en réalité ? Etait-il temps de dédouaner Casey ? Peut-être avait-il raison de la confronter et de les obliger à parler franchement. En outre, il disait vrai. Ils allaient de nouveau être voisins. Comment empêcher Ally de voir l'adorable chiot qui vivait juste à côté ? Toute la journée, la petite fille avait réclamé Mustang.

Certes, chaque fois qu'elle regardait Casey, elle avait

le souffle coupé, mais elle pouvait le contrôler, non ? Il n'était pas si irrésistible que ça. Cette discussion apaisait les tensions. Accepter que ce qui est fait est fait rendrait la vie tellement moins compliquée, vu que Casey était le frère de sa meilleure amie.

— D'accord. J'accepte tes excuses. Ce qui s'est passé entre nous remonte à longtemps. Je l'ai presque oublié.

Elle mentait, bien sûr. Mais c'était pour voir la réaction de Casey. Réaction qui ne se fit pas attendre : visiblement soulagé, il sourit.

— C'est ce que j'espérais.

Elle éprouva un pincement au cœur. Son enthousiasme n'était pas facile à encaisser. Elle chérirait à jamais la première fois qu'elle avait fait l'amour à un homme… un homme qu'elle aurait fort bien pu aimer. Ces souvenirs ne la quitteraient jamais.

— On peut repartir de zéro, alors ? demanda-t-il.

— Je pense que oui.

Mais elle aurait préféré qu'il ne revienne jamais en ville.

- 3 -

Susanna enfourna deux douzaines de muffins au chocolat, enclencha la minuterie puis lissa son tablier à deux mains. Plus qu'une fournée, et elle aurait terminé pour ce matin. Par la fenêtre de la cuisine, elle regarda la rue saturée de soleil. La météo annonçait une journée de canicule. D'ailleurs, sa nuque était déjà moite de chaleur.

Elle aperçut une grande silhouette qui remontait la rue en courant. Au lieu de reculer hors de vue, elle s'obligea à observer Casey dans son jogging quotidien. Ses foulées étaient longues, efficaces et fluides. Elle soupira. Pourquoi se punissait-elle ainsi en cherchant à le voir ?

Alors qu'il approchait de la maison, elle s'écarta de la fenêtre. Bien. Il avait fini. A présent, il allait rentrer chez lui et la laisser poursuivre sa journée.

Puis elle entendit des bruits de pas dans son allée, aussitôt suivis d'un léger coup frappé à sa porte. Ça ne pouvait être que Casey. Il n'y avait personne d'autre dans la rue. Manifestement, repartir de zéro commençait dès l'aube pour lui.

— Va au diable, Casey, grommela-t-elle.

La veille, ils s'étaient quittés « bons amis ». Qu'est-ce qu'il voulait maintenant ?

Elle ouvrit la porte. Il se tenait sur le seuil, les poings sur les hanches, sa poitrine se soulevant et s'abaissant en rythme, vêtu d'un short noir et d'un T-shirt. Un bandeau retenait ses cheveux, son visage luisait de transpiration. Il lui fit signe d'attendre qu'il reprenne son souffle. Le chien restait invisible.

Quelques secondes passèrent. Il emplissait l'encadrement de sa porte et elle le dévorait des yeux. Comment s'en empêcher ? Il était sublime, épaules larges, muscles saillants. Son pouls s'emballa. Elle pariait que son cœur battait plus vite que le sien, alors que son seul exercice de la matinée avait consisté à sortir des muffins du four.

— Salut, dit-il enfin.

— Bonjour. Où est Mustang ?

— Je me suis dit que je n'allais pas l'emmener avec moi aujourd'hui. J'avais besoin d'un jogging rapide. Mais parfois je suis obligé de courir moins vite.

Elle hocha la tête. Elle comprenait. Son dos n'était plus le même depuis sa blessure.

— Ally dort ?

— Oui. Je vais la lever dans un petit moment.

Elle sentit son regard sur elle, échevelée par ses heures de travail. Elle n'avait pas encore eu le temps de se recoiffer.

— Je t'aurais bien invité à entrer, mais…

— Pas de problème. J'ai eu une idée et je voulais juste t'en faire part. Est-ce que par hasard tu pourrais faire quelques-uns de ces délicieux muffins pour mon équipe ?

— Ton équipe ?

— Oui. J'ai discuté avec le chef de chantier hier. Les gars travaillent jour et nuit pour terminer dans les temps. Tes muffins les dérideraient un peu.

— On parle de quelle quantité ?

— Trois douzaines par jour serait parfait.

— Par jour ?

Elle effectua un bref calcul mental. Cet apport d'argent ne serait pas de refus.

— Oui, jusqu'à l'ouverture du restaurant. Ça se trouve sur River Walk. Tu pourrais terminer ta tournée de livraison par là. Peu importe l'heure.

— Ah, euh… Oui. Avec plaisir.

— On commence demain ?

Elle se donna à peine le temps de réfléchir.

— Oui, je devrais pouvoir me débrouiller.

— Génial. Je te donnerai toutes les infos plus tard. Faut que je prenne une douche d'urgence.

— D'accord.

Instantanément, elle l'imagina en train de se déshabiller, puis de se savonner de la tête aux pieds. Seigneur, quelle mouche la piquait ? Une minute plus tôt, elle le maudissait d'atterrir sur le seuil de sa porte, et voilà qu'elle rêvait de le rejoindre sous la douche…

Il tourna les talons et dévala les marches du porche. Son pouls finit par retrouver une fréquence normale et elle referma la porte. Certes, elle lui était reconnaissante du travail qu'il lui offrait, mais cela signifiait de nouveau une certaine proximité dans leurs relations.

— Tante Susie ?

Elle pivota pour découvrir Ally dans l'entrée, en train de sucer son pouce, vêtue de sa chemise de nuit à fleurs roses, les yeux bouffis de sommeil, ses boucles soyeuses tout emmêlées.

— Salut, Muffin.

L'enfant pouffa doucement.

— Je suis pas un muffin.

— Zut, j'avais encore oublié. Tu t'es levée toute seule ce matin. Bravo, quelle grande fille.

Radieuse, Ally bomba le torse.

— Tu es prête pour le petit déjeuner ?

Le regard de la fillette balaya le salon. Chaque matin, quand elle se réveillait, elle paraissait confuse. Parfois, Susanna pensait qu'elle se rappelait sa mère. A d'autres moments, elle semblait bien s'adapter. Elle ne forçait pas l'enfant, elle lui laissait tout l'espace dont elle avait besoin.

— D'accord.

— Super. On va manger des flocons d'avoine avec des

fruits, et après tu m'aideras à mettre des muffins dans le four. Ça te ferait plaisir ?

Aussitôt, Ally se rua vers elle, les bras tendus. Susanna grava l'image dans sa mémoire. Elle attrapa la fillette et la fit tournoyer en l'air. Ally éclata de rire, révélant ses minuscules dents étincelantes. Susanna était folle de ce sourire adorable.

Rien au monde ne surpassait pareil sentiment. Gagner un jour la confiance — et l'amour — d'Ally était tout ce qu'elle demandait. Si elle n'était pas sa mère biologique, elle se sentait maman en cet instant même, et cette impression grandissait chaque jour. Elle effleura des lèvres la joue rose et veloutée de la petite fille avant de la reposer au sol.

— Bien, ma puce, il est l'heure de commencer notre journée ensemble.

— Bonjour, Austin, dit Casey en descendant de son 4x4.

Il ôta ses lunettes de soleil et tendit la main à son mentor.

— C'est bon de te voir, ajouta-t-il.

Austin Brown, grand et costaud, empoigna la main de Casey. Il étreignit Casey avec une affection bourrue et lui tapa à plusieurs reprises dans le dos. Puis l'ancien propriétaire de Sentinel Construction s'écarta pour le toiser.

— Il était temps que tu reviennes à Sentinel Ranch. Elizabeth te réclame à cor et à cri.

— J'ai hâte de la revoir.

— Eh bien, entrons sans tarder. Il fait une chaleur d'enfer aujourd'hui. Elizabeth nous a préparé un bon déjeuner.

Casey embrassa du regard les deux cents hectares nichés au cœur de Crystal Canyon, à la périphérie de Carson City. Austin avait bâti sa gigantesque maison douze ans auparavant ; elle faisait l'envie des propriétaires terriens locaux, y compris Casey. Chef-d'œuvre de pierres, briques et rondins, elle figurait en bonne place dans plusieurs revues d'architecture. Une publicité qui avait fait des merveilles pour Sentinel Construction.

— Comment va ton dos ? demanda Austin tandis qu'ils s'approchaient de la maison.

— Plutôt bien, la plupart du temps.

— Content de l'entendre. Je n'imagine rien de pire que d'être projeté à trois mètres en l'air par un cheval sauvage et de retomber à plat dos. Quand je pense à ce que tu as enduré, mon garçon…

— Ma vie a changé, c'est certain. Grâce à toi, surtout.

Austin Brown était un homme redoutable, du moins Casey l'avait cru autrefois, quand celui-ci l'avait embauché pendant la morte-saison du rodéo, pour travailler sur un chantier. Casey sortait tout juste de l'adolescence et avait un besoin urgent de gagner sa vie afin de pouvoir élever Audrey. Il avait énormément appris en matière de construction durant cette période. Austin n'aimait pas les feignants, et Casey avait prouvé être un travailleur en or. Lorsqu'il avait connu le succès comme champion de rodéo et fait fortune grâce à des contrats de pub, il avait investi dans Sentinel Construction et, au fil des ans, partagé les bénéfices. Environ dix-huit mois plus tôt, Austin avait pris sa retraite, et Casey, sauté sur l'occasion de lui racheter l'entreprise à une seule condition : qu'il reste son expert et conseiller.

— Tu es le fils qu'il n'a jamais eu, lui avait dit un jour Elizabeth. Il n'aurait laissé Sentinel entre les mains de personne d'autre.

N'ayant plus ses parents, Casey avait été ému aux larmes par ces paroles, et aujourd'hui Austin et lui étaient aussi proches qu'on peut l'être sans lien de sang.

— Et toi, Austin ? Toujours ces crises d'arthrose ?

— Bah, je n'ai pas à me plaindre. Sauf que j'ai pris quelques kilos depuis ma retraite. Elizabeth m'a mis au régime. Un truc New Age. Elle prétend qu'il s'agit plus d'un mode de vie que de diète.

Casey considéra le gros ventre de son ami et éclata de rire. Austin au régime ? Il aimerait voir ça. Le bonhomme adorait manger. Seul son amour pour Elizabeth, son épouse depuis plus de cinquante ans, pouvait l'inciter à respecter de nouvelles règles d'alimentation.

Il enleva son chapeau en entrant dans la maison. L'intérieur aux murs en pierre naturelle et bois était tel qu'il s'en souvenait. Il en émanait une atmosphère chaleureuse et aimante, en partie en raison du léger désordre qui y régnait. La couverture à moitié tricotée d'Elizabeth gisait sur le canapé du salon, près de ses pelotes de laine entassées dans un panier. Des exemplaires ouverts de *Cowboys and Indians* traînaient sur les fauteuils et la table basse de verre. Miss Caroline, la chatte blanche et noire, s'étalait de tout son long sur le rebord de la fenêtre, comme si la place lui appartenait. Missy, telle qu'on l'appelait, allait sur ses onze ans et était la prunelle des yeux de ses maîtres. Sans Missy, Casey serait venu avec Mustang.

Il huma des senteurs de sauce épicée, d'ail et d'oignons en provenance de la cuisine.

— Quelque chose sent divinement bon, là-dedans.

— Le déjeuner qui nous attend.

La gouvernante surgit de la cuisine.

— Bonjour, monsieur Thomas. Je vous débarrasse de votre chapeau ?

— Volontiers, merci. Comment ça va, Bessie ?

Elle sourit.

— Très bien. Mme Brown m'interdit de toucher à quoi que ce soit en cuisine. Elle est en train de vous faire un de vos plats préférés.

— Je te l'avais dit, renchérit Austin. Allez, viens.

Penchée en avant, Elizabeth sortait un plat du four. Elle était impeccablement habillée d'un pantalon beige et d'un chemisier crème. Malgré la chaleur de la cuisine, pas une mèche de ses cheveux gris ne dépassait de sa coiffure.

Dès qu'elle l'aperçut, elle jeta ses maniques et tendit les bras vers lui.

— Casey, quel bonheur de te voir.

Il serra le petit bout de femme entre ses bras. Le cœur gonflé de tendresse, il ferma les yeux. Puis s'éclaircit la gorge et recula pour croiser son beau regard ambré.

— Pareil pour moi. Tu es toujours aussi jolie, Elizabeth.

— Et toi, toujours aussi charmeur.

Non, il ne l'était pas. La plupart du temps, il se montrait brusque et bourru sur les bords. Mais le compliment lui fit plaisir.

— J'espère que tu as apporté ton appétit, reprit Elizabeth. Je t'ai fait du porc effiloché, de la salade de chou au beurre de cacahouètes et des oignons frits.

Casey jeta un coup d'œil au plat fumant.

— J'ai une faim de loup.

Elizabeth n'accorda à Austin que la moitié de la portion qu'elle avait servie à Casey, et pas le petit pain.

Ignorant son mari qui grommelait dans sa barbe, elle lança avec un grand sourire :

— Bon, les garçons, on peut s'asseoir !

Une heure plus tard, après un exquis repas et de tout aussi plaisants échanges avec les Brown, Casey se retrouva installé dans un vaste fauteuil en face d'Austin, dans le bureau de ce dernier, armé d'un verre de vieux whisky. Avec sa cheminée lambrissée, son mobilier usé mais confortable, la pièce était parmi celles que Casey aimait le plus dans la maison. Des étagères emplies de centaines de livres recouvraient deux murs entiers. Austin passait probablement un temps infini à les lire. Les stores aux fenêtres filtraient la lumière du soleil mais permettaient néanmoins une vue époustouflante de Crystal Canyon.

— Alors, tu penses agrandir l'entreprise ? demanda Austin en le considérant avec attention.

Le vieil homme avait travaillé comme un forçat pour

monter la société à partir de rien, et possédait un sens aigu des affaires.

— Oui. Je cherche des nouveaux bureaux autour de Reno. On est trop à l'étroit à Tahoe, et prêts à ouvrir une succursale. Mais tu sais bien que je ne prendrais pas cette décision avant d'en parler avec toi.

— A la bonne heure.

Plongé dans ses réflexions, Austin se tapota le menton.

— Souviens-toi que Nartoli a failli couler quand il s'est étendu trop vite. C'est pour ça que j'ai toujours essayé de prendre mon temps pour faire grossir la boîte.

Casey trempa les lèvres dans son verre.

— Je prendrai mon temps aussi. Mais je crois que c'est le bon moment.

— Tu as assez de contrats dans la région pour assurer l'ouverture d'un département à Reno ?

— On est sans cesse sollicités, et on a soumis des propositions sur plusieurs grands projets. Depuis la levée du moratoire sur les immeubles commerciaux, la région est en pleine expansion.

— Malin de ta part de vouloir te positionner en première ligne. En fait, tu es assez jeune pour le faire. Moi, le temps que ces idées atteignent mon cerveau, je cherchais à prendre ma retraite. Dis-moi, Casey, poursuivit Austin en s'enfonçant dans son fauteuil, tu as une petite amie ? Des envies de te caser ?

Il fronça les sourcils. Il ne s'attendait pas à cette question. Une image de Susie en train d'enfourner ses excellents muffins surgit dans son esprit. Mais pourquoi diable pensait-il à elle ?

— Pas pour le moment.

Ni jamais. Mais cela, il le gardait pour lui, afin d'éviter les tentatives de ses amis et de sa famille pour le faire changer d'avis. Il avait grandi à toute vitesse, élevant seul Audrey et connaissant un succès éclatant grâce au rodéo. Lorsque Audrey n'était pas dans les parages, il menait une vie de bâton de chaise. Il y avait toujours une femme pas trop loin pour lui tenir compagnie. Incroyable comme une chute de cheval avait changé la donne. Il avait découvert qui étaient ses véritables amis. Brusquement, le champion de rodéo était un homme brisé, qui subissait des mois de rééducation, privé d'avenir et d'espoir de fonder une famille. Il avait affronté la réalité et s'était réinventé. Une phase longue, ardue, mais il avait retrouvé son équilibre.

— La raison pour laquelle je te demande ça, poursuivit Austin sans le quitter des yeux, c'est que, durant toutes ces années occupées à bâtir l'entreprise, je travaillais seize heures par jour. Ce qui a lourdement pesé sur ma relation avec Elizabeth — il se frotta la nuque en soupirant. Je n'ai jamais parlé de ça à personne, mais elle a failli me quitter. Elle m'a posé un ultimatum. C'était elle ou mon boulot. J'ai choisi elle, bien sûr, et j'ai commencé à déléguer des responsabilités à mon équipe. Il se trouve que, quand on s'est décidés à faire des enfants, il était trop tard.

Austin termina son whisky et Casey en fit autant, gardant le silence.

— Je ne me le pardonnerai jamais, conclut-il.

Casey hocha la tête. Il comprenait mieux que son ami ne le savait l'impossibilité d'avoir une famille. Mais il tenait néanmoins à dire quelque chose : il avait toujours admiré l'amour et la dévotion que se portaient les Brown, et il leur était très reconnaissant de faire partie de leur cercle intime.

— Elizabeth et toi vous êtes construit une jolie vie.

— C'est vrai. Et elle adore travailler à la MJC. Dès qu'elle peut, elle amène les gosses au ranch. C'est une vie bien remplie, mais peut-être différente de celle qu'elle avait imaginée pour nous. Mon propos, c'est qu'il y a l'entreprise, et il y a la famille. La famille prime sur tout. Ou elle le devrait.

Audrey, son mari Luke et leur bébé Ava constituaient la seule famille qu'il aurait jamais. C'était un fait établi. Pas la peine de se leurrer.

— Tout à fait d'accord. Je te suis à cent pour-cent.

— Bien. Je pense que tes instincts sont justes. Vas-y, cherche des nouveaux locaux. Et tiens-moi au courant.

— Promis. Merci, Austin.

— Et surtout on se voit à la fin du mois. Elizabeth et moi serons présents tous les deux. Ne nous déçois pas, hein ?

Ah, oui. Il avait presque oublié le gala Think Pink Strong. Il allait être distingué pour son travail caritatif.

— J'y serai.

— C'est bien, mon garçon. On attend ça avec impatience, ajouta Austin avec un clin d'œil.

Peu après, Casey prit congé d'Elizabeth en l'embrassant sur la joue et serra la main d'Austin. Il démarra, l'esprit libéré de toute indécision concernant son séjour à Reno. Il allait consulter ses avocats et mettre en place cette expansion de l'entreprise dans les prochaines semaines.

Restait Susie. Ce terrain-là s'avérait plus instable. L'autre soir, il lui avait un peu forcé la main, l'obligeant à parler de choses qu'elle ne voulait pas évoquer. Il avait fait de son mieux pour expliquer son point de vue, et, à présent que tout avait été dit, ils reprenaient le fil d'une amitié un peu tendue mais qu'ils allaient faire de leur mieux pour réparer.

Même si le souvenir de ses doigts doux se mêlait à des sensations confuses qui n'avaient rien à voir avec l'amitié.

— Elle est adorable, dit Casey à Susanna.

Assis dans des transats sur la terrasse derrière sa maison, ils regardaient Mustang courir en rond autour d'Ally. Le chiot haletait et s'amusait comme un fou. La fillette riait à en perdre haleine.

Il remerciait le ciel d'avoir mis le chien dehors. Ally avait aussitôt repéré Mustang à travers la barrière en fer forgé qui séparait les jardins des Thomas et des Hart.

— Merci. C'est une enfant délicieuse.

— Ce qu'elle a vécu est dur. C'est bien, ce que tu fais, Susanna.

Elle détacha les yeux d'Ally, très occupée à caresser le poil soyeux du chien, pour les poser sur lui. Net progrès. Au moins, maintenant, elle le regardait, elle créait un contact visuel entre eux. Et quel contact ! L'impact de son regard l'ébranla au point que, la tête soudain à l'envers, il fixa les paillettes vert tendre de ses iris.

— Je l'espère.

— Elle paraît heureuse, répliqua-t-il, revenant à la réalité.

— En cet instant, elle l'est. Grâce à la présence du chien. Certains jours, je ne sais pas bien comment elle va. J'aime l'avoir avec moi, mais quel intérêt pour elle d'être tirée du lit chaque matin pour m'accompagner dans mes livraisons ?

— Tu fais tout ce qu'il faut. Ne sois pas trop dure avec toi-même à ce propos.

— Je sais… tu as raison. Merci. Parfois, j'ai besoin qu'on me le rappelle.

Une sonnerie retentit à l'intérieur de la maison.

— Oh ! ça doit être le four. Tu… tu veux rester manger un peu de pain de viande à la dinde ?

— Tu m'invites à dîner ?

Elle lui adressa un sourire franc.

— Eh bien, oui, j'imagine. Mais, si tu es occupé, pas de problème.

Une invitation pour le moins… inattendue. Peu importe. Hors de question qu'il la refuse, même après les deux sandwichs au porc effiloché d'Elizabeth et tout ce qui les accompagnait au déjeuner. Il se débrouillerait pour caser quelques bouchées dans son estomac archirassasié afin de gagner une place à la table de Susanna.

— Je ne suis pas occupé et je goûterais volontiers ce truc.

Elle se renfrogna.

— Tu n'as jamais mangé de pain de viande à la dinde ?

Il secoua la tête en souriant. Même s'il n'avait pas été au

bord de l'indigestion, l'idée de la dinde sous forme de pain de viande lui aurait semblé bizarre.

— Non, j'avoue.

— On s'y fait, surtout avec du ketchup. J'essaye de nouvelles recettes pour préparer à Ally des repas plus sains.

— C'est sûrement très bon.

Bon ou pas, il devrait néanmoins se forcer.

— C'est l'heure de dîner, ma puce, lança-t-elle.

Ally cessa de gratter le ventre du chiot et releva la tête.

— Le toutou peut venir aussi ?

— Je peux le mettre dans mon jardin et fermer la barrière, proposa Casey.

— Non, c'est aussi bien comme ça. Elle jouera avec lui le temps que je prépare la table. Oui, d'accord, ma chérie, cria-t-elle à l'attention de la fillette.

— Youpi ! s'exclama Ally, un sourire radieux aux lèvres. Allez, Mustang, viens.

L'animal trottina derrière l'enfant, et tous suivirent Susanna à l'intérieur de la maison.

Quelques secondes plus tard, Susanna éteignit le minuteur, enfila des maniques et sortit le pain de viande du four. Une étrange mixture à la dinde à moitié cuite vacillait dans le plat.

— Oh non ! Pas maintenant !

Ses épaules s'affaissèrent, ses yeux s'emplirent de larmes. Elle balança ses maniques et referma le four d'un geste sec. L'appareil venait de rendre l'âme.

Voilà qui tombait on ne peut plus mal. Paupières closes, elle pria le dieu électroménager pour que la réparation soit aisée. Elle avait un tas de commandes à honorer le lendemain matin. Sans compter ses nouveaux clients sur le chantier de Casey.

— Un problème ? demanda-t-il.

— Le pain de viande n'a pas cuit. Mon four a dû lâcher

en cours de route. C'est déjà arrivé. La dernière fois, j'ai fait remplacer des fusibles. Mais d'après le réparateur il était à bout de souffle.

— Je peux jeter un œil ?

— Bien sûr, répondit-elle en s'écartant.

Il avait des mains magiques. Peut-être était-il capable de ressusciter un four…

Il examina l'appareil, tripota les boutons, les mécanismes internes, tandis qu'elle surveillait Ally jouant avec le chien sous la table de la cuisine. Enfin, il revint vers elle.

— La mauvaise nouvelle, c'est que je ne sais pas le réparer. La bonne, c'est que je connais quelqu'un qui saura.

Aussitôt, il sortit son portable et composa un numéro.

— Tu appelles qui ?

— Notre chef électricien. Il travaille sur le restaurant. Si j'arrive à le joindre, il viendra tout de suite.

Il consulta sa montre, et elle vit qu'il était 19 heures passées. Elle perçut une sonnerie, deux, cinq.

— Pas de réponse. S'il est encore sur le chantier, il n'entend probablement pas le téléphone. J'essaye un autre numéro.

Pendant ce temps, elle appela son propre réparateur, mais ne parvint pas à le joindre non plus, ni ceux que lui proposait l'appli Pages jaunes de son Smartphone.

Quelle poisse. Son esprit s'emballa. Jamais elle n'avait manqué une livraison. Ni pendant la maladie de son père, ni après le remariage de sa mère, ni depuis l'arrivée d'Ally. Elle s'était toujours débrouillée pour assurer ses commandes.

— Je peux t'avoir quelqu'un ici demain à la première heure, annonça enfin Casey.

— Ce n'est pas la peine. Je suis sûre de trouver un réparateur dans la matinée. C'est juste que… je ne vais pas pouvoir effectuer mes livraisons. Et ton équipe n'aura pas ses muffins demain.

Elle s'en voulait à présent de ne pas avoir investi dans un simple four électrique plus tôt, au lieu d'économiser pour acheter un appareil à convection digital doté de tout le tralala dernier cri.

L'aboiement du chiot la tira de ses pensées, suivi du gloussement d'Ally. Susanna sourit. Au diable le four, il y avait des choses bien plus importantes, comme l'image charmante qu'elle avait sous les yeux : l'enfant assise en tailleur sur le sol, le chien debout sur ses pattes arrière, celles de devant posées sur les épaules de la fillette, en train de lui lécher le menton.

— Mustang, couché !

La voix de Casey était plus douce qu'à l'ordinaire quand il grondait l'animal. Il se tourna vers elle.

— C'est son meilleur ami, on dirait.

— On peut le voir comme ça, acquiesça-t-elle, amusée.

Le regard de Casey s'illumina. Il lui adressa un sourire flamboyant, et elle retint son souffle. Seigneur…

— J'ai une solution pour ce soir, reprit-il. Mets ton pain de viande au frigo jusqu'à demain. Je vous emmène dîner.

- 4 -

Susanna était installée dans un box en face de Casey, et Ally, juchée sur un rehausseur entre eux. De petites lampes de verre taillé baignaient d'une lumière douce la table surmontée d'un vase de roses fraîches. Durant le trajet, Casey avait assuré que Michael's Steakhouse accueillait sans problème les enfants et qu'Ally y serait à sa place.

En regardant autour d'elle, Susanna remarqua en effet la présence d'autres marmots qui se tenaient parfaitement dans le restaurant plutôt chic.

Elle n'en revenait toujours pas de se trouver là, en train de dîner en compagnie de Casey. Elle avait accepté sans discuter sa proposition. Et passé tout le trajet en voiture à se demander pourquoi. Vu l'expression de Casey quand elle avait dit oui, lui aussi était le premier surpris. Pourquoi diable n'avait-elle pas refusé tout net son invitation ? Elle aurait pu confectionner des sandwichs au beurre de cacahouète et basta.

La raison s'imposa à elle alors qu'ils arrivaient au restaurant. Elle était épuisée, mentalement et physiquement. Ses nuits étaient longues, ses journées, encore plus. Elle jonglait avec son travail et son rôle de mère. Chaque jour apportait une nouvelle expérience dans l'éducation d'Ally. Elle tentait sans cesse d'anticiper afin de ne pas se tromper. Que savait-elle de la maternité ?

Ce soir, quand le four était tombé en panne et que Casey avait pris la situation en main, elle s'était sentie aussi soulagée que reconnaissante, ses bonnes résolutions fondant comme neige au soleil. Ses compétences en matière de prise de décisions avaient manifestement besoin de vacances. Elle avait cédé de guerre lasse, et parce que la pensée de se faire servir un délicieux repas était presque aussi séduisante que le magnifique Casey Thomas.

Par-dessus son verre de limonade, elle le regarda planter sa fourchette dans sa salade César.

— Avoue que tu étais content d'échapper au pain de viande, dit-elle.

Les lèvres de Casey esquissèrent un sourire embarrassé.

— Non, je ne l'avoue pas.

— Mais c'est vrai.

Comment l'en blâmer ? Les cavaliers de rodéo, élevés au bœuf, ne mangeaient pas d'ersatz de pain de viande.

— Je n'ai fait aucune allusion de ce type, Suse.

Cette fois, elle ne se braqua pas devant l'utilisation de son surnom.

— Je devrais t'inviter demain soir à manger de la viande réchauffée, pour la peine.

Il éclata de rire.

— C'est une invitation en bonne et due forme ?

Oups. Ça lui avait échappé.

— Euh, oui, bien sûr.

Elle détourna les yeux vers Ally, qui se régalait du hamburger spécial menu enfant.

— A condition que j'aie un four en état de fonctionner d'ici là.

— Tu l'auras. Je retirerai momentanément l'électricien de son poste s'il le faut.

— Tu as envie de mon pain de dinde à ce point ?

L'expression de Casey s'adoucit, mais il ne répondit pas. Seigneur, elle ne voulait pas de sa charité. Elle soupira.

— Vraiment, tu n'as pas besoin de faire ça. J'ai laissé des messages à trois réparateurs.

— Et pour demain matin ?

Elle joua avec les morceaux de poulet dans son assiette.

— Je ne vois guère de solution.

— Pourquoi ? J'ai un four. La dernière fois que j'ai vérifié, il marchait très bien. Tu peux cuire chez moi.

Ce n'était pas une mauvaise idée. Mais, après un instant de réflexion, elle secoua la tête.

— Je ne peux pas imposer ça à Ally. Il faudrait que je la tire de son sommeil à 4 heures du matin. Elle commence tout juste à mieux dormir. Je me sens déjà coupable de la réveiller pour la traîner en ville avec moi chaque jour.

— Et si tu n'avais pas à la lever plus tôt ?

— Comment ça ?

— Vous pouvez dormir chez moi cette nuit.

— Quoi ?

Il se pencha en avant, croisant ses bras musclés sur la table. Une bouffée d'eau de toilette flotta vers ses narines et ses sens s'éveillèrent. Il avait beau ne rien sous-entendre de sexuel, son imagination s'envola aussitôt. Non, non, non, criait-elle dans sa tête.

— Il y a deux chambres inoccupées à la maison, poursuivit-il. Celle de mes parents et celle d'Audrey. Tu peux en prendre une, ou les deux, et tu n'auras pas à réveiller Ally avant l'aube. Tu pourras faire tes pâtisseries et tes livraisons comme n'importe quel jour.

Elle le regarda avec incrédulité, puis murmura :

— Tu n'es pas sérieux ?

— Pourquoi pas ?

Il était stupide ou quoi ? Elle refusait de dormir sous son toit. A quelques mètres de lui. Elle ne fermerait pas l'œil de la nuit. Elle continua de le fixer sévèrement.

Quand il comprit, il se rejeta en arrière, sourcils froncés.

— Ah, d'accord, je vois. C'est facile à arranger. On n'a qu'à échanger nos maisons pour la nuit. Je dormirai chez toi. Ou à l'hôtel.

— Jamais je ne te mettrai à la porte de chez toi, Casey. Franchement, ton offre est très généreuse, mais…

— Il n'y a pas de mais, Susie. Tu as besoin d'un four, j'en ai un. Tu as besoin d'un lit, je…

Il s'interrompit, et elle sentit le rouge lui monter aux joues. Il sourit.

— Tu comprends ce que je veux dire, termina-t-il.

Pourquoi se donnait-il autant de mal pour elle ? Par culpabilité, par pitié, ou s'agissait-il d'autre chose ? Il n'était pas aussi arrangeant, autrefois. Que cachait-il ?

— Pourquoi tu fais ça pour moi ? demanda-t-elle, soupçonneuse.

Il hésita un quart de seconde.

— Simple bon voisinage, Susanna. J'ai appris à trouver des solutions. Il le fallait bien, dans l'intérêt d'Audrey. Or, ton problème est facile à résoudre.

A présent, elle avait honte de douter de ses motivations.

— Bon. Mais tout ce dont j'ai besoin se trouve chez moi.

— Alors on va tout emballer rapidement et l'apporter chez moi. Ça nous prendra dix minutes.

Nous ?

Elle regarda sa montre. 8 h 15. S'ils faisaient vite, elle pourrait coucher Ally à une heure décente dans la maison des Thomas et demain elle ne perdrait pas une journée de travail.

Encore fallait-il présenter les choses à Ally avec tact. Le psychologue avait recommandé d'éviter tous gros changements dans sa vie. Même si celui-ci n'en était pas vraiment un, elle préférait rester prudente. Surtout, que sa petite protégée ne régresse pas, par pitié ! Afin d'aborder le sujet avec délicatesse, elle s'adressa à l'enfant d'une voix très douce.

— Ma puce, ça te dirait de dormir chez Casey, juste cette nuit ? Toi et moi, on partagerait un grand lit. Ce serait amusant. Et demain tu m'aideras à faire des muffins dans le four de Casey.

Ally tourna un regard interrogateur vers Casey.

— Mustang voudra sûrement dormir dans ta chambre aussi, ajouta-t-il en souriant.

Les yeux de la fillette s'arrondirent, et elle bondit de joie.

— On peut, tantine ? On peut ?

Pourquoi n'avait-elle pas pensé à dire cela ? Un point pour Casey Thomas. Elle le remercia d'un signe de tête.

— Oh ! oui, il me semble.

Quelques minutes plus tard, il paya l'addition et se glissa hors du box. Il lui tendit la main pour l'aider, et elle la prit avec désinvolture, comme si un frisson électrique ne courait pas le long de son bras, comme si son cœur ne battait pas la chamade. En fait, elle préférait quand elle le détestait et le bannissait de son esprit. Et voilà que, maintenant qu'il était de retour, elle s'emballait.

Une fois debout, elle se surprit à dévorer des yeux son séduisant visage. Elle déglutit discrètement.

Puis Casey proposa à Ally de la porter sur ses épaules. La petite fille lâcha un petit rire timide et chercha le regard de Susanna. Elle s'interrogea brièvement. Mais, de toute évidence, Casey estimait son dos capable de supporter le poids d'une enfant de deux ans et demi.

— Vas-y, ma puce, ça va être drôle.

Il se retourna et s'agenouilla.

— Allez, grimpe.

Avec son aide, Ally parvint à s'installer sur ses larges épaules. Il était clair qu'elle n'avait jamais tenté l'expérience auparavant. Ses yeux brillaient, mais contenaient aussi une pointe d'anxiété. Casey agrippa fermement ses petites jambes pour la sécuriser et se leva lentement.

— C'est bon ? On y va.

Ally rit, tout excitée.

Susanna leur emboîta le pas, remarquant au passage les sourires attendris des clients, tandis que tous trois se dirigeaient vers la sortie du restaurant. Ils devaient donner l'apparence d'une heureuse petite famille, et pendant une minute faire semblant d'en être une s'avérait très, très plaisant.

Bon sang, d'où lui venait pareille idée ?

Rassembler le matériel et les ingrédients nécessaires à sa tâche du lendemain fut aisé. Casey se chargea des ustensiles lourds et le transfert d'une maison à l'autre s'effectua sans heurt. Mettre Ally au lit s'avéra encore plus facile car Casey Thomas, le nouveau héros de la petite fille, étala le coussin de Mustang sur le sol de la chambre de ses parents. Le chiot avait sauté sur le lit dès que Susanna eut lové l'enfant entre les draps frais. Tous deux étaient désormais inséparables.

— Mustang peut rester un quart d'heure avec toi, dit-elle.

Un grand sourire éclaira le visage d'Ally, qui acquiesça.

— Mais quand je reviendrai ce sera l'heure de dormir. Et il devra aller sur son propre lit. D'accord, ma puce ?

— D'accord, fit la fillette tout en caressant le chien, aux anges l'un comme l'autre.

Susanna se rendit dans la cuisine. Casey, adossé au plan de travail, buvait une bière, aussi sexy que lorsqu'il était plus jeune, et elle, amoureuse de lui.

— Tu en veux une ? proposa-t-il.

Oh oui, mais ce n'était pas une bonne idée de mélanger Casey et alcool.

— Non, il ne vaut mieux pas, répondit-elle.

Il prit une longue gorgée et elle la regarda descendre le long de sa gorge. Si seulement il ne l'attirait pas tant, ce nouveau voisinage ne serait pas si ardu à vivre… Elle détourna son attention sur le carton posé près de lui.

— Je ferais bien d'organiser tout mon bazar. La matinée commence tôt pour moi. J'espère que je ne dérangerai pas ton sommeil.

Il la parcourut des yeux d'une manière qui la fit fondre. Une seconde s'écoula, puis une autre. A quoi pouvait-il bien penser ?

— J'ai un sommeil de plomb.

— Merci encore. Pour le dîner et pour me laisser utiliser ton four.

Il haussa les épaules, posa sa bière sur le plan de travail.

— Pas de problème.

Comme il ne bougeait pas pour lui laisser la place, elle dut se rapprocher et commença à sortir son matériel du carton. Son eau de toilette vint lui chatouiller les narines, menaçant de perturber toute pensée rationnelle si elle n'y prenait pas garde. Les nerfs à vif, elle poursuivit :

— Je vais mettre le beurre et les œufs au frigo avant qu'ils ne s'abîment.

— Laisse-moi t'aider.

Il plongea la main dans le carton en même temps qu'elle. Leurs mains se frôlèrent, et l'espace d'un instant elle savoura le contact de sa paume un peu calleuse — sans doute après des années à dompter des chevaux sauvages — et aussi chaude que la braise. Des fourmillements brûlants remontèrent le long de son dos.

— Ce n'est pas la peine.

Les doigts de Casey touchèrent de nouveau sa main alors qu'il sortait la boîte d'œufs.

— Ça ira plus vite si je le fais, répliqua-t-il en souriant.

Il souriait beaucoup ces derniers temps. Elle fixa sa bouche, aux lèvres pleines, cernées d'une barbe naissante au blond pâle. *Un régal pour les yeux.* C'étaient les mots de Mindy, pas les siens.

Elle ne voulait pas de son aide. C'était un brise-fer, et elle ne voulait pas être brisée une fois de plus. Mais elle aurait l'air d'une ingrate si elle discutait. Alors qu'elle squattait sa maison et sa cuisine.

— Bon, merci.

— Pas de quoi, murmura-t-il.

Elle s'empara des plaquettes de beurre et se dirigea vers le réfrigérateur. L'air froid lui souffla au visage quand elle l'ouvrit. Après un coup d'œil à l'intérieur, elle soupira. Hormis un pot de moutarde, un carton de lait entamé et quelques bières, l'appareil était vide.

— Dire que tu refuses mon pain de viande à la dinde !

— Je sais, c'est plutôt pathétique, admit-il en riant. Je n'ai pas eu le temps de faire des courses. Et je n'ai rien refusé du tout. J'ai même accepté ton invitation à dîner demain soir.

— Tu fais tes courses toi-même ?

— Je me lave le dos tout seul aussi.

Elle se le représenta nu sous la douche et jura en silence. Décidément, elle ne tournait pas rond.

— Tu sais bien ce que je veux dire, marmonna-t-elle.

— Bon, j'avoue que, chez moi, la femme de ménage fait les courses et prépare mes repas.

— Alors tu dois tout réapprendre ? Je ne comprends pas pourquoi tu n'es pas allé t'installer dans un hôtel près de River Walk. Ça aurait été plus simple, j'imagine.

Il croisa les bras par-dessus la porte ouverte du réfrigérateur. Il se trouvait à quelques centimètres d'elle, et ne la quittait pas des yeux. La température glaciale du frigo ne parvenait pas à refroidir la sienne.

— Parfois, c'est agréable de revenir chez soi.

Sauf que ça n'était plus « chez lui » depuis des années.

— Je suppose, oui.

Elle s'écarta et entreprit de vider le reste du carton. Casey referma enfin la porte du réfrigérateur. Puis il revint s'appuyer au plan de travail. Elle sentait son regard sur elle, qui suivait tous ses mouvements. Pourquoi restait-il là ? songea-t-elle, les nerfs en pelote.

— Ne me laisse pas t'empêcher de faire quoi que tu aies prévu ce soir, dit-elle.

— Ce n'est pas le cas, répondit-il d'une voix plus grave.

Doux Jésus. La fièvre monta dans sa gorge. Elle avala une goulée d'air et lui jeta un regard perçant, les poings sur les hanches.

— Casey ?

Il haussa les sourcils, tel un petit garçon innocent.

— Quoi ?

Elle battit des cils, mais ne dit rien. Lui tournant le dos, elle continua de sortir ses ustensiles de pâtisserie.

— Tu es toujours furieuse contre moi, hein ?

— Non.

L'écho de ses pas qui s'approchaient la tendit comme un arc.

— Alors tu me détestes.

Cette conversation prenait un mauvais chemin…

— Je… je t'aime bien, Casey.

La chaleur de ses mains pénétra ses épaules. Il exerça assez de pression pour la faire pivoter vers lui. Mais, une fois face à lui, elle fixa résolument le col de sa chemise.

— Prouve-le, murmura-t-il.

Si seulement elle pouvait lui résister. Mais, quand ses mains glissèrent jusqu'à sa taille, elle se rapprocha. Encore un peu, et sa poitrine effleura son torse. Elle leva les yeux, vit sa bouche si sexy toute proche de la sienne, sentit son souffle sur ses joues, la senteur subtile de son eau de toilette. Il pencha la tête, et son cœur s'emballa.

— Je vais t'embrasser, Susanna, dit-il contre ses lèvres.

Il était pareil à une douce brise qui la caressait un jour brûlant d'été… agréable, bienvenu, impossible à refuser.

Il l'attira à lui. Elle retint son souffle et ferma les yeux. Puis une exquise chaleur toucha ses lèvres, sa bouche à lui, un doux mélange de puissance et de désir. Elle gémit faiblement, son visage s'empourpra. C'était à la fois terriblement embarrassant et absolument merveilleux. Les souvenirs affluèrent dans son esprit. Elle se rappela ses baisers. Et la force qu'il semblait dégager. Sa barbe naissante râpa sa joue, et quelque chose d'irrépressible remonta à la surface. Elle devait l'embrasser aussi. Donner autant qu'elle recevait.

Elle pressa ses lèvres sur les siennes et il laissa échapper un son rauque, qui résonna dans ses oreilles, dans sa poitrine. Il resserra son étreinte et la plaqua contre lui. D'instinct, elle noua les bras autour de son cou. Se laissa aller contre lui, s'appuya sur son corps solide. Des moments volés passèrent à mesure que le baiser s'approfondissait. Il existait mille raisons pour lesquelles ce baiser était une erreur. Pour lesquelles elle avait tort d'être dans ses bras, mais il y avait aussi une très bonne raison pour laquelle elle le devait.

Il fallait qu'elle sache.

Maintenant, elle savait.

Elle avait espéré être déçue. Espéré être définitivement débarrassée de sa fascination pour Casey Thomas. Elle avait espéré que le goût et la sensation de lui n'étaient pas aussi excitants et grisants que dans son souvenir.

Mais c'était paradisiaque, tout comme elle s'en rappelait.

Elle s'abandonna. Tant pis pour ses espérances.

Maintenant, il avait les mains dans ses cheveux, et sa langue sondait sa bouche. Elle se laissa faire, et il plongea entre ses lèvres, l'anéantissant davantage encore par de délicieux effleurements. Son cœur battait vite, plus vite. Elle prit plaisir à sentir son érection contre elle.

Sans prévenir, il s'écarta. Elle croisa son regard. Sa chaleur, le contact de sa bouche lui manquaient déjà. Le désir assombrissait ses yeux, et elle s'en délecta.

— Je ne veux pas te faire souffrir de nouveau, Susanna.

— Alors ne le fais pas, murmura-t-elle.

Comment renoncer à ce moment ? Elle aurait voulu qu'il dure éternellement.

Il fronça les sourcils, secoua la tête. Un instant, elle crut que c'était terminé, jusqu'à ce que la joue râpeuse de Casey frotte de nouveau la sienne et que sa bouche s'empare de ses lèvres, l'emportant dans un autre baiser.

A l'intérieur de son corps, chacun de ses nerfs vibrait au diapason. Elle l'embrassa en retour, tandis que des émotions depuis longtemps enfouies tout au fond d'elle se déchaînaient, resurgissaient. Elle ne savait pas ce qui lui arrivait. Elle ne faisait montre d'aucune résistance contre Casey. Sa volonté était anéantie. Certes, elle avait rêvé qu'il l'embrasse de nouveau, mais la réalité dépassait son imagination, bien plus excitante, et totalement affolante.

Il s'écarta encore, et cette fois elle lut dans ses yeux que c'était irrévocable.

— Bon sang, dit-il à mi-voix. Qu'est-ce qui me prend ?

Son front heurta doucement le sien, et il soupira.

— Je ne sais pas, répondit-elle sur le même ton, le cœur battant à tout rompre.

Oui, qu'est-ce qui le prenait ? Est-ce qu'elle était pour lui juste la fille d'à côté, disponible pour une aventure ? Ou bien s'agissait-il de plus que ça ?

— Il y a au moins une chose que je sais. Tu es douce au goût, Sweet Susie.

Il lui adressa un sourire ravageur puis tourna les talons en lui souhaitant bonne nuit par-dessus son épaule.

Casey éteignit la sonnerie de réveil et s'assit au bord du lit, les pieds sur le tapis, clignant des yeux à la lumière matinale qui envahissait sa chambre. Il était tôt, aux alentours de 6 heures, et Mustang, qui le tirait d'ordinaire du sommeil, était invisible.

Une agréable odeur de vanille flottait dans la maison et lui rappela qu'une femme était en train de cuire des gâteaux dans sa cuisine. Amusant de constater combien il en était venu à associer ces parfums sucrés avec Susanna. Leur baiser de la veille lui revint à la mémoire. Il poussa un juron. Pourquoi avait-il fait cela ? Il se frotta la nuque. Une petite voix dans sa tête lui souffla que c'était parce qu'elle était jolie et sexy, et parce qu'il ne supportait pas l'idée qu'elle ne l'apprécie pas et ne veuille pas de lui dans les parages. Plus elle avait tenté de se débarrasser de lui, plus il s'était entêté.

Sur une échelle de un à dix, ce baiser atteignait onze. Un baiser presque parfait, qui avait mis tous ses sens en éveil.

Hier soir, il aurait mieux fait de quitter la cuisine au lieu d'agir comme un imbécile et de créer des problèmes.

Il aurait pu tout gâcher, alors qu'il commençait tout juste à progresser avec Susanna.

Vingt minutes plus tard, douché, rasé et habillé, il traversa le vestibule et s'arrêta à la porte de la cuisine. Le ravissant derrière de Susie — impeccablement moulé dans un jean serré — en train de s'activer devant le plan de travail attira son attention. Un tablier bleu lavande au logo Sweet Susie's était noué sur sa nuque et au creux de ses reins. *Ne fais pas l'idiot, Casey.* Il s'obligea à détourner le regard de ses fesses et considéra les muffins et les cupcakes qui refroidissaient sur le plan de travail carrelé. Des odeurs délicieuses, appétissantes, emplissaient la pièce.

— Bonjour, dit-il.

— Bonjour.

Elle ne leva pas les yeux de sa tâche. A l'aide d'une poche à douille, elle déposait des volutes de glaçage sur chaque cupcake, formant de délicats monticules crémeux. C'était une forme d'art, et elle était l'artiste. En quelques secondes, elle réussit à décorer le reste de gâteaux. Immobile, Casey la regarda travailler.

— Vanille ?

— Non, fromage à la crème. Goûte. Prends tout ce que tu veux.

C'est ce qu'il avait fait la veille au soir, y prenant bien trop de plaisir.

Il choisit un muffin sans glaçage et mordit dedans.

— Mmm, délicieux. Laisse-moi deviner. Banane et… ?

— Courgette. On ne croirait pas que ça fonctionne ensemble mais en fait le mélange texture-saveur est génial.

Il engloutit le muffin en trois bouchées.

— Je vais faire du café. Tu en veux une tasse ?

— Volontiers.

Qu'est-ce qu'elle avait ? Imperturbable, sans la moindre

allusion à la veille. Il s'attendait à une sorte de malaise, à des récriminations, une forme de réprimande quelconque. Il avait déjà préparé sa défense, mais manifestement n'avait pas à se soucier de ça.

Elle entreprit de préparer une nouvelle pâte, mesurant avec soin chaque ingrédient. Captivé, il ne perdait pas le moindre de ses gestes. C'était certain, son travail lui prendrait moitié moins de temps si elle disposait d'un équipement correct dans une boutique à elle. Elle pourrait développer son entreprise plus efficacement. Elle avait juste besoin des bons outils. Une dizaine d'idées sur la manière de l'aider affluèrent dans sa tête, mais ce n'était pas le moment d'aborder le sujet.

Il mit le café en route. Une des rares tâches ménagères dans ses cordes. La machine grogna et crachota et en quelques instants, l'arôme du java, mêlé aux parfums de la pâtisserie, emplit la cuisine d'une riche odeur.

Il prit deux mugs dans le placard.

— Tu as bien dormi ? demanda-t-il.

— Oui.

— Et Ally ?

— Elle était tout excitée d'avoir le chiot avec nous dans la chambre. Elle s'est écroulée juste après… que je me suis couchée.

Elle posa le bol sur la base du mixeur, qu'elle mit en route. Les ingrédients — du chocolat, cette fois — formèrent en tournant une épaisse mixture qui collait aux lames de l'appareil.

Il emplit les mugs et en poussa un vers elle. Comme elle ne paraissait pas avoir le temps de s'asseoir en sa compagnie, il ne le lui proposa pas.

— Merci. J'ai apporté des céréales pour Ally. Si tu en veux, n'hésite pas.

— Plus tard, peut-être. J'attends l'électricien pour examiner ton four.

— Tu as déjà réussi à le joindre ?

— Oui. Il y a dix minutes.

Elle éteignit le mixeur et croisa enfin son regard.

— Merci beaucoup, Casey.

Quelle femme étrange. Il s'attendait à lire du reproche ou du regret dans ses yeux, mais elle se limitait à travailler, concentrée, méthodique. Complètement… ailleurs. Peut-être qu'elle avait apprécié ce baiser autant que lui, ou bien peut-être qu'elle voulait oublier qu'il avait eu lieu. Aucune des deux options ne l'enchantait plus que ça.

— Tu penses qu'il passera à quelle heure ? demanda-t-elle en versant la pâte dans les moules.

— Dans une demi-heure. Ça ira pour toi ?

Elle réfléchit un instant, balayant le plan de travail du regard, faisant des calculs.

— Je vais me débrouiller. Il faut que ce four soit réparé.

Elle souleva son mug de café et souffla dessus, les lèvres joliment arrondies. Il imagina ces mêmes lèvres et leur haleine brûlante sur sa peau.

Saisissant sa tasse, il but une gorgée hâtive, qu'il recracha aussitôt, la langue en feu.

Le regard amusé de Susanna n'arrangea guère sa douleur.

— Je t'aurais cru bien placé pour savoir que le café était très chaud, déclara-t-elle, moqueuse.

— Je ne faisais pas attention.

Trop occupé qu'il était à l'observer, elle. Susanna s'avérait bien différente, bien plus excitante qu'il ne s'y attendait. En outre, le souvenir du baiser le hantait désormais.

— Tu veux un verre d'eau ?

Ce qu'il voulait dépassait le plan farfelu d'Audrey. Noble idée que celle d'aider Susanna à montrer son entreprise et à trouver ses marques pour élever Ally. Certes, il ne demandait que ça, mais les choses devenaient un peu compliquées et cela n'augurait rien de bon. La dernière chose qu'il souhaitait, c'était la faire de nouveau souffrir.

— Non, je survivrai.

Elle retourna à ses gâteaux. Enfilant deux maniques, elle

se pencha pour les enfourner. Aussitôt, ses yeux se posèrent sur son fessier. Il fallait qu'il arrête ça.

— Tu ne vas pas courir ce matin ? demanda-t-elle.

— Non, pas aujourd'hui.

— Mais tu ne cours pas tous les jours ? J'espère que ma présence chez toi ne perturbe pas ta vie.

Si. Elle n'avait pas idée à quel point…

— J'ai fait une promesse à quelqu'un.

— Qui ?

— Ally. Tu ne te souviens pas ? En rentrant hier soir, elle m'a demandé si elle pouvait emmener Mustang se promener avec moi ce matin. Et tu lui as donné la permission.

— Oh ! je suis désolée !

— Pas la peine. Je ne suis pas d'humeur à courir.

— C'est ton…

Dos cassé. Son dos lui faisait mal tous les jours, mais il avait appris à vivre avec.

— Ma langue. Elle me fait un mal de chien.

Susanna relâcha les épaules dès que Casey eut quitté la cuisine. Elle méritait un Oscar pour sa performance à feindre que tout allait pour le mieux dans le meilleur des mondes. Il semblait s'attendre à une bagarre, ou au moins des reproches. Comme elle n'avait pas fulminé de manière hystérique sur ces baisers enivrants de la veille, il s'était vite apaisé. Quand il s'était brûlé la langue, elle avait retrouvé le Casey rogue et bourru de son enfance. Il s'était montré relativement dur en élevant Audrey. Ce nouvel homme généreux et serviable constituait un mystère pour elle. Peut-être que sa blessure l'avait changé. L'accident avait bouleversé sa vie, le privant d'une carrière qu'il adorait.

La raison pour laquelle il l'avait embrassée restait aussi un mystère. Elle avait passé une bonne partie de la nuit à tenter de comprendre, sans y parvenir. Sans doute un simple coup de tête de sa part, une soudaine envie. Mais, Seigneur, quel baiser ! Après, son corps en avait vibré des heures durant. Il figurait tout en haut de sa liste des meilleures choses dans la vie, avec le chocolat, le champagne et la première place à un concours de cupcakes.

Bon, cesse d'y penser.

Dix minutes plus tard, ses pâtisseries emballées, elle alla réveiller Ally. Elle la trouva installée sur le coussin du chien, que tous deux partageaient à parts égales. Quand ils la virent arriver, deux paires d'yeux s'illuminèrent, une queue battit le sol et une petite main s'agita, manière pour chacun de la saluer. Le visage d'Ally rayonnait de bonheur.

— Bonjour, Muffin.

— Tantine, Mustang est monté sur le lit pour me réveiller.

— Pile à l'heure, bravo. Il faut vite s'habiller maintenant. Un ami de Casey va venir réparer notre four.

Après lui avoir donné son petit déjeuner, elle sortit la dernière fournée de muffins, les mit à refroidir puis partit en quête de Casey. Il était devant la maison, et parlait à un homme qu'elle supposa être l'électricien.

Elle s'approcha, portant Ally dans les bras.

Casey fit les présentations.

— Susanna, voici Theo. C'est le meilleur dans son secteur, il sait réparer à peu près tout.

— Enchanté, m'dame, déclara l'homme avec l'accent traînant caractéristique du Sud.

Le teint tanné, les cheveux grisonnants, il devait avoir la cinquantaine.

— Merci d'être venu si vite, répliqua-t-elle.

Même si le pauvre n'avait sans doute pas eu le choix, vu que Casey était son patron.

— Pas de problème. Je vais voir ce que je peux faire.

— Pendant ce temps, je vais emmener Ally et Mustang en balade, annonça Casey. Ça te va ?

— Parfait.

Non, tout sauf parfait. La gamine était déjà raide dingue du chien. Etait-ce vraiment la peine d'en rajouter ?

— Ma puce, dit-elle à la fillette, tu obéis à Casey et tu ne lâches pas sa main. S'il est d'accord, tu pourras tenir un peu la laisse de Mustang. D'accord ?

— Oui, oui, fit Ally en hochant vigoureusement la tête.

— Casey, je peux te demander de ne pas aller trop loin ? Si tout se passe bien, j'espère partir en livraison très vite.

— Bien sûr. On sera de retour dans un quart d'heure.

Il se rapprocha d'elles et s'adressa à Ally.

— Tu veux m'aider à mettre la laisse de Mustang ?

Ally sauta presque des bras de Susie dans les siens. Elle s'agrippa à son cou, son visage radieux dépassant de ses larges épaules. En les regardant s'éloigner, Susanna éprouva un pincement au cœur. La petite allait s'attacher à Casey.

Quant à elle… elle n'allait certainement pas tomber amoureuse.

Susanna traversa le centre-ville de Reno et trouva sans peine le chantier de Zane's sur First Street près du fleuve. Elle se gara et étudia le bâtiment. En bois clair et ardoise, avec de grandes baies vitrées donnant sur Truckee River, son architecture lui parut fabuleuse. La construction semblait presque achevée, mais elle repéra une bonne dizaine d'ouvriers qui entraient et sortaient du restaurant. Casey avait précisé qu'ils terminaient l'intérieur.

— Voilà, Muffin. Notre dernier arrêt pour aujourd'hui.

Elle soupira. Si elle était contente du travail supplémentaire, la fatigue la rattrapait et elle avait hâte de finir sa journée.

Au moins son four était-il réparé. Selon Theo, il ne tiendrait pas longtemps, mais pour le moment il fonctionnait. Elle avait été si reconnaissante qu'elle lui avait donné une douzaine de muffins pour sa famille, en plus d'un chèque. Chèque qu'il avait refusé, disant que la note était déjà réglée

— elle allait devoir en discuter avec Casey —, mais il avait bien volontiers accepté les muffins.

Elle descendit de la fourgonnette, ouvrit la portière arrière pour sortir Ally de son siège auto. Le bruit du courant tumultueux du fleuve emplit ses oreilles. Elle venait rarement à River Walk, son travail la conduisait surtout dans les quartiers commerçants et de bureaux d'une autre partie de la ville. Cependant, entendre son cours effréné la fit sourire, lui rappela des après-midi d'été à faire de la bouée nautique et à se baigner dans ses eaux glaciales, quand elle était enfant.

C'était le bon temps. Avant que River Walk ne soit entièrement construit avec ses boutiques, restaurants et galeries, Audrey et elle venaient jouer au ballon au bord de la rivière. Son regard revint sur Ally. Elle voulait le même type d'éducation pour sa petite protégée. Elle ne voulait la priver de rien.

Les bras chargés de deux boîtes de gâteaux, elle se dirigea avec Ally vers le restaurant. Toutes deux portaient des T-shirts bleu lavande Sweet Susie's.

— Reste bien près de moi, Ally, surtout.

La petite obéit au point de se cogner à plusieurs reprises contre ses jambes. Elles se frayèrent prudemment un chemin entre les ouvriers et les engins. Susanna repéra Casey devant les doubles portes du restaurant. Il lui tournait le dos et parlait à quelqu'un qu'elle ne voyait pas. Son cœur s'accéléra aussitôt. Comme chaque fois qu'elle apercevait sa grande carrure et sa longue tignasse blonde. Pourquoi fallait-il qu'elle se mette dans tous ses états ? Il n'avait pas dit qu'il serait là, mais après tout elle ne savait rien de la façon dont il occupait ses journées. Superviser l'achèvement du restaurant était une des raisons de sa venue à Reno, n'est-ce pas ?

Elle ralentit le pas alors que Casey se tournait sur le

côté. Son attention se porta sur l'homme près de lui, et elle laissa échapper un petit hoquet de surprise.

— Je n'y crois pas ! murmura-t-elle.

— Tantine, il y a Casey !

— Oui ma puce, c'est Casey.

Avec Zane Williams, en chair et en os. Seigneur, elle était une fan absolue de la star de musique country.

Casey s'approcha d'elle d'un pas nonchalant.

— Salut. Je vois que tu y es arrivée.

La gorge sèche, elle hocha la tête.

Il la débarrassa instantanément des boîtes de gâteaux.

— Voici Zane. Zane, je te présente Susanna, ma voisine.

Le musicien ôta son fameux chapeau de cow-boy.

— Ravi, Susanna.

Zane Williams lui avait parlé ! Penser devint soudain très difficile.

— B… bonjour…

Casey posa ensuite une main sur le crâne d'Ally, dont il caressa les cheveux.

— Et cette mignonne petite, c'est Ally. Elle aide tante Susie pour ses pâtisseries.

Zane se pencha pour serrer la main de l'enfant.

— Heureux de te rencontrer. Tu aimes faire des gâteaux ?

— Oui, j'aide tantine tous les jours.

— Bravo.

Puis Zane riva son envoûtant regard brun sur Susanna.

— J'ai entendu dire que vos muffins sont sacrément bons.

— Euh, oui. Enfin, j'espère qu'ils plairont à l'équipe.

— L'équipe ? Hé, je meurs d'envie d'en goûter un moi-même. D'après Casey, ce sont les meilleurs du monde.

— Bon, allons-y, en ce cas, dit Casey. Je pense que Zane aura le droit de choisir en premier, pas vrai, Susie ?

Elle lui décocha un coup d'œil. Il la dévisageait d'un air narquois. Oui, les célébrités l'impressionnaient, et alors ?

— Bien sûr.

— Suivez-moi, enchaîna Zane. La salle principale est terminée. On les mangera là, si le bruit ne vous gêne pas.

Elle trouvait la situation totalement irréelle. Désormais, elle aurait quelque chose à raconter à ses petits-enfants. Le jour où rencontrer son idole lui avait fait perdre sa langue.

Impressionnée, elle prit la main d'Ally et ils entrèrent dans le restaurant. Elle fut aussitôt captivée par la qualité du travail et l'attention accordée aux détails. Une chute d'eau décorait un angle de la salle, figurant Truckee River. Quand l'eau coulerait, ce serait magnifique. Les murs en teck et aux tonalités de terre réchauffaient le style moderne. Les boxes recouverts de cuir clair étaient assez fermés pour permettre une conversation intime à l'écart des autres convives.

Des ouvriers allaient et venaient. Des voix et des coups de marteau résonnaient à ses oreilles.

— On a une équipe qui travaille dans la cuisine et une salle de réception derrière, expliqua Casey. Ensuite, il ne reste plus qu'à installer le matériel électroménager, recouvrir le patio extérieur et l'endroit sera prêt.

Zane leur désigna un box.

— Asseyez-vous.

Casey posa les boîtes de gâteaux et aida Ally à se hisser sur la banquette, puis prit place à côté de Susie.

— Je n'aurais jamais cru faire de la restauration, poursuivit Zane en s'installant à son tour, mais bon, je me diversifie, pas vrai ? Et puis Casey chapeaute tout. Si quelque chose tourne mal, je sais quel derrière botter.

Un sourire étira ses lèvres. Aussi naturel que possible, il donnait le sentiment d'être exactement l'homme charmant qu'elle avait vu lors de cérémonies de prix en musique country. Quelques années auparavant, elle avait même réussi à assister à un de ses concerts, à South Lake Tahoe.

— J'aimerais voir ça, dit Casey. Tu ne m'as jamais mis une déculottée, pas une seule fois, depuis le temps.

Elle retrouva enfin sa voix.

— Vous vous connaissez… je veux dire en dehors de ce projet, tous les deux ?

— Oh ! oui, répondit Zane. On a grimpé les échelons ensemble, en quelque sorte.

— Avant que ce gars ait les chevilles qui enflent, continua Casey, il jouait pendant des rodéos. Je devais me coltiner ses chansons quand on était sur la route. C'était quoi ? Il y a quatorze ans, maintenant ?

— Quelque chose comme ça. J'étais chanceux à l'époque.

— Je ne te le fais pas dire. Regarde-toi aujourd'hui, sur le point d'ouvrir un restau de cuisine western-asiatique.

— Le monde n'avait pas besoin d'un énième lieu où manger des côtelettes grillées au barbecue.

Il éclata de rire et Casey renchérit en opinant du chef.

— Eh bien, j'espère que tu sais ce que tu fais. Je détesterais voir cet endroit se casser la figure.

Le sourire quitta le visage de Zane, qui baissa les yeux.

— J'ai connu bien pire, mon vieux.

— Je sais, Zane, je sais.

Un silence de pierre se fit soudain entre eux. Tout le monde en Amérique connaissait le drame de Zane Williams. Deux ans plus tôt, sa femme et son enfant à naître avaient péri dans un incendie pendant qu'il se produisait à Londres. Assommé de chagrin, il avait quitté les feux de la rampe, annulé sa tournée européenne pour rentrer et faire son deuil. Mais l'année précédente il avait recommencé les concerts, pour la plus grande joie de ses fans. Il était à présent encore plus populaire que jamais.

Casey ouvrit la boîte de gâteaux et la poussa vers lui.

— Prends-en un. Tu te sentiras mieux.

Seul un très bon ami pouvait se permettre de rompre un pareil instant d'émotion. Susanna écarquilla les yeux et elle retint son souffle.

Zane fixa Casey, puis décocha un clin d'œil à Susie.

— Un enjôleur, hein ?

— Vous aviez remarqué ? répliqua-t-elle souriant.

Il lui sourit en retour, et son cœur d'inconditionnelle de musique country fondit. Echanger des sourires avec Zane Williams ? Elle n'en revenait pas.

Il choisit un muffin café-cannelle. Mordit dedans.

— Oh ! mais c'est vraiment bon, ça !

— Merci. Je suis contente que vous aimiez.

— Vous avez une boutique dans le coin ?

— Pas encore. Un jour, j'espère. Pour le moment, je gère mon entreprise depuis chez moi.

Elle enregistra dans sa mémoire l'image de Zane Williams engloutissant son muffin. Doux Jésus…

— Sweet Susie's ? demanda-t-il en montrant son T-shirt.

— C'est moi.

— J'aime bien le logo. Vous aurez votre boutique. Continuez à travailler dessus. Dis-moi, Casey, tu as invité Susie à la soirée d'inauguration ?

— Non, pas encore.

— Vous devez venir, Susie, j'y tiens. Vous êtes mon invitée. J'adorerais avoir votre opinion sur le restaurant quand il sera ouvert.

— Vraiment ? Je serai ravie de venir.

— Heureux de l'entendre. Casey, si on a fini, je ferais mieux d'y aller. Vous trois, restez et amusez-vous bien.

Il se leva, remit son chapeau et regarda la boîte de gâteaux.

— Je crois que je vais en prendre un autre, si vous permettez. Content de t'avoir connue, Ally. Susie, on se revoit à la fête.

Tandis qu'il se décidait pour un muffin aux deux chocolats, Ally lui dit au revoir.

— Moi aussi, j'étais enchantée de vous rencontrer, assura Susanna, avec le sentiment d'être une groupie comblée.

Toujours au pays des rêves, elle regarda Zane s'éloigner.

— Tu mérites une gifle pour ne pas m'avoir prévenue qu'il serait ici, murmura-t-elle à Casey.

— Apparemment, ça n'avait pas d'importance. Tu l'as totalement séduit, répondit-il d'une voix rauque.

— Ah bon ? Mais je n'ai pas du tout essayé de…

— Oui, c'est bien le problème avec toi. Tu n'as même pas à essayer.

- 5 -

— Alors, comme ça, mon frère vient dîner chez toi ? dit Audrey d'un ton détaché au téléphone.

Pelotonnée sur le canapé en tenue décontractée, Susanna profitait d'un moment de calme pendant la sieste d'Ally. Elle fronça le nez. Quand bien même elle adorait Audrey, elle n'avait aucune envie de lui parler de Casey.

— Oui. On va voir s'il aime mon pain de viande à la dinde. C'est une sorte de défi… bref, peu importe. Je lui dois bien plus qu'un pain de viande.

— Ah bon ? Comment ça ?

— En fait, il m'a été d'une grande aide ces derniers temps.

Susanna lui raconta l'histoire du four et de l'offre faite par Casey de fournir son équipe en muffins jusqu'à la fin des travaux au restaurant.

— En plus, il m'a présentée à Zane Williams aujourd'hui. Audrey, j'en suis encore baba. Je ne savais pas du tout que Casey le connaissait.

— Ma foi, il construit son restaurant. Evidemment, qu'il le connaît.

— Mais ils sont visiblement comme cul et chemise.

— Oui, leur amitié remonte à longtemps. Bon, comment va Ally ?

— Plutôt bien. De mieux en mieux chaque jour, je trouve. Je vais lui organiser un goûter d'anniversaire le week-end prochain. Je serais ravie que vous veniez, toi et Luke.

— C'est une idée formidable, mais nous ne pourrons pas

être là, nous avons prévu un dîner de bienfaisance au ranch. Sinon, tu sais qu'on serait venus, bien évidemment.

— Je comprends. Je n'en ai pas parlé à grand-monde. L'idée ne m'est venue que l'autre jour. Je veux qu'elle se sente chez elle ici.

— Tu fais un boulot sensationnel avec cette petite fille. Je n'échangerais la maternité pour rien au monde, mais ce n'est pas facile tous les jours.

— Merci, mais tu as plus d'expérience que moi en la matière.

Audrey éclata de rire.

— Oui, cinq mois. Et je n'ai pas l'impression de m'en sortir à merveille. Hier, la puce m'a réveillée en pleine nuit, et j'étais tellement groggy qu'après l'avoir changée je lui ai mis son pyjama à l'envers.

Susanna sourit. Une vague de nostalgie la submergea.

— Ça me manque que tu ne vives plus à côté.

— A moi aussi. Salue Casey ce soir de ma part, tu veux bien ?

— Compte sur moi, Audrey. Embrasse Luke. Bisous.

— Bisous, ma chérie.

Susanna raccrocha, et des souvenirs doux-amers emplirent son esprit. Son enfance sur Meadow Drive, ses parents, ses amis. Ses pensées dérivèrent vers Casey, et elle se souvint combien elle l'avait toujours admiré. Dès qu'il entrait dans une pièce, elle retenait son souffle en priant pour que personne ne s'en aperçoive. Elle était folle de lui. Ne pouvait en parler à qui que ce soit, mais il était toujours dans sa tête. Dernièrement, elle ne pouvait penser à autre chose qu'à leur nuit ensemble. Difficile de ne pas se perdre dans ce souvenir…

Au beau milieu de la nuit, elle se rendit chez Casey, incapable de contrôler ses pleurs, bouleversée après avoir appris la vérité sur la maladie de son père. Elle avait besoin de réconfort, besoin de chasser la douleur qui griffait ses entrailles.

Elle ne pouvait affronter seule cette terrible angoisse.

Il lui parla avec gentillesse et patience, un ton inhabituel chez lui. Les jambes flageolantes, elle s'accrochait à lui tandis qu'ils entraient dans le salon.

Il s'assit en premier et l'attira sur le canapé. Elle s'effondra à côté de lui, presque sur lui, les vieux coussins cédant sous leurs poids conjugués. Mais elle ne supportait pas l'idée de rompre le contact physique.

Il frotta distraitement son bras nu.

— Je t'aiderai comme je le pourrai.

Ses caresses allumèrent un lent incendie qui consuma momentanément sa douleur. Elle leva la tête, son regard rencontra ses magnifiques yeux bleus. Elle toucha sa joue piquante, puis se pencha pour poser les lèvres sur les siennes.

Trop vite, il s'écarta.

— Suse, qu'est-ce que tu fais ?

— Je t'en prie, ne me refuse pas ça, murmura-t-elle sur sa bouche. Tu m'as offert de m'aider. C'est ça dont j'ai besoin ce soir.

Quand il commença à protester, elle répondit par des petits coups de langue le long de ses dents.

— Continue à m'embrasser, supplia-t-elle.

— Tu es sûre ?

Elle glissa une main hardie sous son T-shirt et caressa son ventre plat.

— Oui.

Il étouffa un juron et enserra sa taille de ses doigts tout en plongeant la langue plus profondément dans sa bouche.

Son baiser ne fit qu'accroître son désir.

Son baiser lui dit qu'il ne jouait pas.

Son baiser la débarrassa du moindre doute dans son esprit.

Il s'allongea sur le canapé, l'attira sur lui.

— C'est complètement fou, chuchota-t-il à son oreille.

Elle ôta son chemisier.

— Fou et merveilleux.

Son regard se posa sur ses seins recouverts de dentelle blanche, et elle sentit leurs pointes se durcir davantage. Une pensée étrange la traversa — elle se demanda si elle serait à la hauteur des femmes qu'il avait connues avant elle.

Enfin, ses yeux croisèrent les siens.

— Tu es jolie, Susie.

— Je croyais que tu ne m'avais jamais remarquée.

— Bon sang, si. Je t'ai remarquée. Mais tu es l'amie de ma sœur...

Elle l'interrompit d'un doigt sur ses lèvres.

— Chut. Tais-toi. Ne pense à rien d'autre que cet instant.

Une lueur d'incertitude s'immisça dans ses yeux, mais ensuite, comme s'il avait pris sa décision, il roula sur lui-même de manière à ce qu'elle se retrouve sous lui. Elle s'abandonna sous son poids, savoura la sensation du beau corps musclé. Il se redressa et, en un clin d'œil, la déshabilla. Elle était presque nue, hormis son slip.

— Apparemment, je ne pense plus du tout, murmura-t-il.

Il effleura ses seins de sa bouche, une succession de légers baisers. Elle ignorait qu'un tel plaisir puisse exister ! Elle cambra le dos pour mieux s'offrir à lui, et il descendit plus bas, sans cesser de planter des baisers brûlants sur ses seins, son ventre, jusqu'à atteindre l'endroit le plus tendre, le plus sensible d'elle, et il l'embrassa là aussi. Des torrents de plaisir se propagèrent aussitôt à travers tout son corps. Reprenant ses lèvres, il continua de l'embrasser tandis que ses doigts trouvaient le cœur secret de sa féminité et le pressaient doucement. Elle explosa en mille éclats chatoyants. C'était divin, cette nouvelle et incroyable sensation de délivrance absolue. Cette jouissance.

Il mit un préservatif et avec mille précautions, une douceur infinie, il se glissa en elle. Elle réprima un gémissement de douleur. C'était la première fois, pour elle. Et elle était infiniment heureuse qu'il soit son premier amant. Elle le regarda au-dessus d'elle : ses yeux assombris de désir, son beau visage résolu, il se donnait à elle avec sincérité, elle le sentait. Des larmes de bonheur commencèrent à couler sur ses joues. Au-delà de l'immense plaisir procuré par l'union de leurs corps, elle avait trouvé la consolation dont elle avait besoin pour aller au bout de cette nuit.

— Oh ! Casey, murmura-t-elle tandis que le souvenir s'estompait.

Elle conserverait toujours au fond du cœur le secret de cette nuit, mais il n'y avait pas moyen de revenir en arrière. Maintenant, elle devait affronter le présent. Une amitié quelque peu incertaine reprenait entre eux, et il venait dîner ce soir.

C'était ça, sa nouvelle réalité.

Une heure plus tard, lorsque Ally se réveilla de sa sieste, elle aida Susanna à honorer trois commandes en ligne en lui passant précautionneusement les muffins à emballer dans les boîtes. Susie se montrait patiente avec l'enfant, persuadée que cette dernière était heureuse de l'assister. Ce temps de travail à deux créait un lien particulier entre elles.

— Merci de ton aide, ma puce.

Ally pouffa, radieuse.

— Cette fois, j'en ai pas laissé tomber.

— Non, pas un seul, renchérit Susie en lui caressant les cheveux.

Ensuite, elle alla poster les paquets. En rentrant, au moment d'engager la fourgonnette dans son allée, elle aperçut Casey sur son seuil, en pleine discussion avec la belle Lana Robards. Visiblement, ils étaient très amis. Les jumeaux, Darlene et Darryl, jouaient avec Mustang sur la pelouse devant la maison.

Lana rejeta la tête en arrière et éclata de rire, sa main posée sur le bras de Casey, comme s'ils partageaient une bonne plaisanterie.

Susie agrippa le volant et serra les dents. Elle rentra la fourgonnette dans le garage, puis resta à l'intérieur du véhicule, en proie à des émotions contradictoires. Elle aurait dû être soulagée que Casey entretienne d'autres relations de voisinage. Elle ne voulait pas de lui ici, au fond. Qu'est-ce que ça pouvait bien lui faire que Lana bavarde avec lui ? Il pouvait parler et sortir avec qui bon lui semblait. Elle s'en moquait.

Peut-être allait-il annuler leur dîner de ce soir.

Cela ne lui poserait pas de problème. Bien au contraire.

— Tantine ? On sort ?

La petite voix d'Ally l'interrompit dans ses pensées.

Seigneur, cela faisait au moins une minute qu'elles étaient enfermées dans cette fourgonnette.

— Oui, on sort. Attends, j'arrive tout de suite.

Elle libéra l'enfant, claqua la portière et se retrouva nez à nez avec Casey.

— Oh ! fit-elle en sursautant.

Ayant repéré Mustang, Ally se précipita vers lui.

— Salut, lança Casey. Je t'ai fait peur ?

Elle regarda par-dessus son épaule. Pas de Lana en vue.

— Non. J'ai juste la tête un peu farcie.

— Journée chargée ?

Ma foi, plutôt. Si l'on considérait qu'elle s'était réveillée chez lui, avait cuit une tonne de gâteaux, fait ses livraisons, rencontré une star de la musique country et lutté contre le choc de voir Casey papoter avec sa voisine divorcée.

— On peut dire ça, oui.

Il sourit d'un air narquois.

— Es-tu en train d'essayer de revenir sur ta proposition de me faire goûter ton pain de viande à la dinde ?

— Non, ce n'est pas ce que j'ai dit.

— Si tu en as assez de cuisiner, je peux nous commander de quoi dîner.

Nous ?

— Hors de question. Tu ne t'en tireras pas comme ça.

Le repas sera prêt en dix minutes. C'est Lena Robards à qui tu parlais à l'instant ?

Question idiote. Evidemment, que c'était Lana. Qui d'autre dans le quartier avait des jumeaux de quatre ans ?

— Oui. Elle m'a vu sur le porche et elle est venue se présenter. Elle s'occupe d'immobilier et m'a laissé sa carte.

— Sympa.

Elle détourna le regard. La prochaine étape de Lana serait probablement de se remettre au jogging. Qu'est-ce qui le prenait, bon sang ? Lana et son mari s'étaient installés au bout de la rue quelques années plus tôt et avaient divorcé peu après. Lana avait gardé la maison, tandis que son mari déménageait dans un autre quartier. Au fil du temps, Susanna et Lana avaient développé une relation cordiale. Elever seule des jumeaux n'était pas facile, pas plus que se soumettre aux contraintes de la garde alternée.

Casey enfouit les mains dans les poches de son pantalon.

— Ses gosses sont mignons, déclara-t-il.

— Darlene et Darryl sont parfois pénibles mais adorables. Ils viennent au goûter d'anniversaire d'Ally samedi. J'espère qu'ils deviendront amis.

— Goûter d'anniversaire ? Tu organises une fête ?

Le ton de Casey avait changé. Il la fixa avec attention.

— Euh, oui. Je ne t'en ai pas parlé parce que… enfin, quel intérêt pour toi de venir fêter les trois ans d'une gamine ?

Cet homme fréquentait des gens haut placés, des hommes d'affaires et des stars de la musique country.

Les yeux de Casey se posèrent sur la petite fille qui caressait le chiot et riait aux éclats.

— Si la gamine en question est Ally, je ferai une exception, répliqua-t-il avec un sourire désarmant.

Sourire qui lui coupa une fois de plus le souffle. Pourquoi avait-il toujours le pouvoir de lui faire un tel effet ? Et pourquoi n'était-il pas occupé le samedi ? Les femmes ne se rendaient pas compte qu'il était à tomber ?

Si, Lana Robard le savait.

Toi aussi, Susie. Pauvre andouille.

— Oh ! si tu veux passer, n'hésite pas.

— Compte sur moi.

Après le dîner, Casey alla chercher le reste du matériel que Susie avait laissé chez lui le matin et posa le tout sur la table de la cuisine.

— Ally est couchée ? demanda-t-il.

— Elle s'est endormie dès que j'ai éteint la lumière.

— Tant mieux.

Il la regarda s'essuyer les mains sur un torchon. Elle venait de faire la vaisselle, après avoir donné son bain à Ally puis l'avoir mise au lit. Les journées de Susie étaient longues, et il éprouvait un pincement au cœur à la voir travailler si dur pour monter petit à petit une entreprise qui aurait plus de chances de réussir si elle possédait sa propre boutique.

Le plafonnier de la cuisine l'auréolait d'une douce lumière. Elle était jolie, et avait beaucoup à offrir à un homme. D'après Audrey, elle n'avait pas de petit ami, et si cela le rendait perplexe il en éprouvait également une sorte de soulagement. Ses pensées revinrent au baiser de la veille.

Il avait envie de l'embrasser de nouveau. De chasser la fatigue dans ses yeux et enflammer son corps, comme le soir précédent. Il évitait délibérément de repenser à la nuit où il lui avait fait l'amour, essayant d'oublier son erreur et le mal qu'il lui avait causé. Mais en l'observant à présent, ses cheveux auburn en désordre sur ses épaules et ses yeux verts concentrés sur l'organisation des ustensiles nécessaires à sa tâche de demain, il ne pouvait s'empêcher de se rappeler.

Elle était alors jeune et sans expérience, mais à la manière dont elle avait répondu à ses caresses, le corps fluide et offert, il n'aurait jamais deviné qu'elle était vierge. Pas avant d'en avoir la preuve et qu'elle l'admette de vive voix.

Pourtant, malgré cela, il se souvenait aussi de l'exquise sensation d'être en elle, de la douceur de sa peau, de la saveur de ses lèvres. Il la regardait s'activer dans la cuisine et tout lui revenait à la mémoire.

Elle sortit une bouteille de vin d'un des cartons qu'il avait apportés.

— Qu'est-ce que c'est ?

— Cadeau. Au cas où tu aimerais souffler un peu et prendre un verre avec moi ce soir.

Elle lut l'étiquette.

— Mmm, il a l'air sublime, mais 4 heures du matin, ça arrive vraiment très vite.

— C'est le signal de mon départ ?

Elle croisa son regard et battit des cils, les joues en feu.

— Non, ce n'est pas ça. A vrai dire, j'adorerais boire un verre de vin… avec toi.

Il s'avança pour lui prendre la bouteille des mains.

— Tu as un tire-bouchon ?

— Je dois en avoir un quelque part.

Elle farfouilla dans plusieurs tiroirs, dénicha l'objet en question, puis sortit deux verres à pied.

Après les avoir remplis, Casey demanda :

— On se met où ?

— Dehors, sur la terrasse ? Il fait bon.

— Je te suis.

Un verre dans chaque main, il lui emboîta le pas, les yeux se baladant depuis ses épaules le long de son dos, jusqu'à ses fesses si parfaitement rondes. Décidément, ça devenait une idée fixe. Comme le souvenir de leurs deux corps unis.

Elle s'assit à l'extrémité d'une banquette aux coussins usés et fanés. La banquette faisait face au jardin. La nuit était tiède, le ciel, orné d'un croissant de lune. Il lui tendit un verre et s'installa à l'autre bout du siège. Seuls quelques dizaines de centimètres les séparaient, mais cela laissait assez d'espace entre eux pour empêcher ses mains et son corps de trop réagir à sa proximité.

— Merci, fit-elle, avant de boire une gorgée de vin. Mmm, délicieux.

— Je pensais bien qu'il te plairait.

Elle laissa aller sa tête en arrière et soupira, yeux fermés.

— J'ai voulu payer l'électricien ce matin, mais il a dit que c'était fait. Je tiens à te rembourser.

— Pas la peine. C'était sur son temps de travail pour Sentinel. Il est payé quel que soit l'endroit où il intervient, sur le chantier ou ailleurs. Aucune importance, donc. En plus, tu l'as payé en muffins Sweet Susie's, ai-je appris.

— Mon four fonctionne de nouveau. Alors, pour moi, c'est important.

— Content que le problème ait été résolu.

— Grâce à toi. Je n'ai raté aucune livraison aujourd'hui.

— Tu m'as remboursé en m'invitant à dîner.

Elle se tourna vers lui.

— A ce propos, tu as mangé deux parts de pain de viande.

— Oui, et j'ai eu du mal à les avaler.

Il sourit dans son verre tandis que Susanna restait bouche bée, avant que son joli rire n'emplisse le silence autour d'eux. Il rit à son tour et s'adossa à la banquette, les jambes étirées devant lui. Cela faisait longtemps qu'il n'avait pas autant apprécié la compagnie d'une femme.

— Ce vin était une bonne idée, déclara-t-elle. Je n'ai guère le temps de me détendre ces jours-ci.

Elle but une nouvelle gorgée et il contempla les mouvements de sa gorge délicate pendant qu'elle avalait.

— Pourquoi, je me le demande.

Elle le fusilla du regard.

— Je tiens très bien le coup. Ce n'est pas si mal.

— C'est important pour toi, de tenir le coup. Tu es plus indépendante que dans mon souvenir.

— Tu m'as connue gamine. Je suis devenue adulte depuis.

— J'avais remarqué.

Elle dut sentir son regard brûlant sur elle, car ses joues s'empourprèrent et elle garda un instant le silence. Puis elle vida son verre d'une gorgée et demanda :

— Tu as remarqué quoi, au juste ?

Il jura sous cape. Ces yeux verts le rendaient fou. Elle était si jolie sous le clair de lune. Pourquoi diable avait-il exprimé tout haut ses pensées ?

— Il vaut mieux que tu ne le saches pas, Suse.

— Si, je le veux.

Elle posa son verre, attendant qu'il la resserve.

Il leva la bouteille, lui jeta un coup d'œil et versa un doigt de vin dans le verre.

— Tu me considères toujours comme une gamine ? lança-t-elle devant cette ration parcimonieuse.

Si seulement il parvenait encore à la considérer comme telle, mais l'honnêteté l'obligeait à l'évidence : elle était une femme à présent, et il luttait pour s'obliger à l'oublier. Mais c'était la réalité. Plus il passait de temps avec elle, plus la tentation le tenaillait. Vivre à côté de chez elle et la voir tous les jours n'arrangeaient rien à l'affaire.

— Eh bien, Casey ?

— Susanna, tu es de toute évidence devenue une très belle femme. Indépendante, intelligente et généreuse.

Son expression s'adoucit, et une lueur s'alluma dans ses yeux magnifiques. Elle se rapprocha un peu. Bon sang, ses propos étaient en train de lui attirer des ennuis. Il avait assez d'expérience avec les femmes pour savoir ce que signifiait ce regard. Il poursuivit néanmoins.

— Mais tu travailles trop dur. Tu mérites de mener ta propre vie. Tu donnes, tu donnes, et ne prends rien en retour. Ta fierté entêtée interdit à quiconque de t'aider réellement.

Elle fronça les sourcils, fit la moue.

— Je suis fière et têtue ? Merci de cet avis fraternel dont je n'ai nul besoin.

Avis fraternel ? Voilà qui l'éperonna.

— Bon, tu as besoin de quoi, alors ?

Plusieurs secondes s'écoulèrent pendant qu'elle le toisait. Puis elle soupira, et il vit ses seins se soulever sous son T-shirt moulant. Une vague de chaleur se répandit dans son bas-ventre et il se tut, s'intimant de garder le calme.

Elle continua de le fixer dans les yeux, le défiant de céder du terrain. Ce qu'il ne ferait pas, bien entendu. Il était un compétiteur, du moins l'était-il avant d'avoir le dos cassé. Les vieilles habitudes perduraient longtemps.

— Ce dont j'ai besoin pour commencer, c'est un autre verre de vin, répondit-elle enfin en brandissant son verre sous son nez, ce qui mit fin à leur duel de regards.

Casey pinça les lèvres. La chose prenait un mauvais tour. Il la resservit une fois de plus.

— Tiens, dit-il d'un ton désinvolte. Tu sais, c'est toi qui m'as demandé mon opinion.

— Et tu m'as dit qu'il valait mieux que je ne l'entende pas. C'est un moyen infaillible pour que j'insiste. Je pense que tu savais ça.

— Peut-être…

Il remplit son propre verre et but une grosse gorgée, maudissant sa sœur pour sa brillante idée, et se maudissant lui-même pour l'avoir acceptée. Comment aider une femme qui refusait votre aide ?

Elle hocha la tête puis sirota son vin, comme si cela lui était nécessaire pour poursuivre cette discussion.

— Et peut-être que je n'attendais pas de toi une leçon de morale, poursuivit-elle.

— Qu'est-ce que tu attendais ?

— Je ne sais pas, murmura-t-elle. Non, ça n'est pas tout à fait vrai.

Elle soupira, se cala dans l'angle de la banquette.

— Pourquoi m'as-tu embrassée, hier ? reprit-elle. Par simple curiosité ?

Avec un soupir, il lorgna le fond de son verre.

— En partie.

— Tu ne supportes pas de ne pas plaire aux femmes ?

— Si je ne te plaisais pas quand on s'est embrassés, rétorqua-t-il, j'aimerais bien être là quand je te plairai.

— Au moins, tu ne m'as pas dit que c'était une erreur.

Il évita de commenter ce point.

— Peu importe, conclut-elle en commençant à se lever.

Casey la retint par le poignet.

— Je ne supportais pas de ne pas te plaire, corrigea-t-il.

Debout au-dessus de lui, elle le regarda dans les yeux. Révéler la vérité était compliqué. La toucher, trop simple…

— Parce que je suis l'amie d'Audrey et que tu voulais…

— Non, bon sang. Non, ce n'est pas ça.

— Parce que tu voulais mon pardon total ? Je t'ai dit que je m'en suis remise.

Il secoua la tête.

— Ce n'est pas ça non plus.

Que pouvait-il dire ? Qu'il était en mission pour l'aider à lancer son entreprise ? Pour rendre sa vie plus facile durant la brève période où il serait son voisin ? Ça risquait de mal passer. Mais les raisons pour lesquelles il la touchait, voulait son pardon, commençaient à se brouiller dans sa tête. En réalité, il voulait davantage de sa part à tous points de vue, et là, il avançait en terrain dangereux.

— Quoi, alors ? demanda-t-elle d'une voix douce, qui apaisa la tension de l'air.

— Peut-être que ton opinion sur moi compte.

La main toujours sur son poignet, il l'attira plus près et se leva à son tour. Leurs jambes se frôlèrent, leurs regards se nouèrent. Les grillons crissaient, et le son des branches agitées par la brise exaltait la nuit silencieuse.

— Casey ?

Une mèche folle tomba sur ses yeux. Ses cheveux faisaient toujours ça, et la rendaient irrésistiblement sexy. Il remit la mèche en place. Ses doigts s'attardèrent sur la peau la plus veloutée qu'il ait jamais touchée. Ce serait si facile de l'embrasser de nouveau.

— Peut-être que j'ai envie de te plaire pour des raisons totalement égoïstes.

Elle inclina la tête sur le côté, et concentra son regard sur sa bouche. Son expression avide le bouleversa.

— Mais ça veut dire que… tu vas m'embrasser encore, Casey ?

Les mots fusèrent, à la fois doux et saugrenus, de ses lèvres. Comment lui résister ? Il approcha sa bouche et effleura ses lèvres, lui laissant le temps de réfléchir, lui laissant une chance de reculer. Elle répondit d'un petit gémissement dont le suave écho résonna en lui avec la force d'un marteau-piqueur. Il referma les bras autour d'elle et approfondit son baiser, écrasant sa bouche sur la sienne. Son élan le stupéfia, tout comme la façon dont elle s'enroula contre son corps fit revenir à la surface des souvenirs défendus du soir où il lui avait fait l'amour. Elle était offerte, passionnée et… pas pour lui.

Il se rappela la raison de sa présence à Reno. Cela lui coûta un effort considérable, mais il mit fin au baiser. Cependant, son désir était tel qu'il ne parvint pas à se séparer complètement d'elle. Il la garda entre ses bras, nichant sa tête sous son menton. Il huma sa senteur vanillée, qui le fit sourire. C'était une femme douce, jusque dans le parfum. Et il ne jouait pas avec le cœur d'une femme, comme il craignait d'être en train de le faire avec le sien, mais pourtant il continua d'avancer. Plus tôt il la mettrait sur les rails financièrement, mieux ce serait. Il pourrait quitter Reno la conscience tranquille.

— Tu ferais quelque chose pour moi ? murmura-t-il à son oreille.

— Oui, répondit-elle sans hésiter. Quoi ?

Il recula juste assez pour croiser son regard sans rompre leur enlacement.

— Tu m'accompagneras demain ? Il y a quelque chose que je voudrais te montrer.

Les beaux yeux verts s'arrondirent et un sourire illumina ses lèvres.

— Où ça ?

Il déglutit.

— Aller voir un local.

Elle se raidit, le fixa avec attention. Le sourire disparut.

— Un local pour tes nouveaux bureaux ?

— Non. Autre chose.

— Quoi, alors ?

— Je te montrerai demain. Je te le demande comme un service.

Elle s'écarta pour poser son verre sur la table basse. Du coin de l'œil, il la vit froncer les sourcils.

— Tu refuses de me le dire maintenant ?

— Fais-moi confiance. Cela ne te prendra qu'une heure.

Elle jeta un regard furtif à sa bouche, puis leva les yeux vers les siens. Visiblement, elle pesait le pour et le contre. Enfin, elle répondit :

— D'accord, je te dois plus qu'un service.

Il n'avait plus l'esprit aussi alerte qu'avant.

— Tu ne me dois rien, Suse.

- 6 -

En regardant par la vitre du 4x4 de Casey, Susanna respira l'odeur de cuir et de chrome du véhicule flambant neuf. Elle avait toujours trouvé cette odeur rassurante mais, si plaisante qu'elle fût, ses autres sens lui disaient qu'elle n'aurait pas dû accepter l'invitation de Casey. Elle avait failli se ridiculiser vis-à-vis de lui la veille au soir, le suppliant presque de l'embrasser. Sûrement l'agréable dîner plus les deux verres de vin qui lui avaient monté à la tête. D'ailleurs, pourquoi avait-il apporté du vin ? A croire qu'il savait qu'elle raffolait du cabernet, qu'elle mourait d'envie d'un verre depuis des jours mais détestait boire seule.

— Ça te fait bizarre de ne pas avoir Ally avec toi ? demanda-t-il en suivant l'autoroute menant au quartier de River Walk.

— Un peu. Je ne l'ai encore jamais laissée.

Oui, car en outre elle n'avait pas son petit chaperon pour l'empêcher de faire une nouvelle bêtise avec Casey. Il semblait que, chaque fois qu'elle se trouvait seule avec lui, elle agissait de manière stupide.

— Mindy est ravie de la garder, poursuivit-elle. Et Ally l'aime vraiment beaucoup, donc tout ira bien.

Il se gara sur une place de parking dans une rue résidentielle, très proche de River Walk.

— Nous y sommes.

Ils descendirent de voiture. Si elle était curieuse de savoir en quoi consistait ce service, elle renâclait à passer plus de temps que nécessaire avec Casey. Elle était folle de lui, ou folle tout court. Et plus elle se trouvait avec lui, pire cela devenait.

— Où, précisément ?

Il posa une main au creux de ses reins. Le contact envoya une spirale de chaleur qui grimpa en flèche le long de son dos ; elle raidit les épaules. Réaction instinctive. Comme pour chasser l'exquise sensation.

— Tu verras.

Pourquoi se montrait-il si mystérieux ? Elle ne savait pas le moins du monde ce qu'il préparait. Ils remontèrent la rue puis tournèrent sur une avenue animée. Alors il lui prit la main, entrelaçant leurs doigts, et ils dépassèrent quelques boutiques élégantes et branchées — livres anciens, vêtements craquants pour enfants — avant de s'arrêter devant un bâtiment. Il se tourna face à la devanture, et elle en fit autant. La vitrine vide lui renvoya leur reflet.

Waouh. On aurait dit un vrai couple, main dans la main, comme s'ils étaient amoureux. Elle sentit ses lèvres trembler, son cœur fondre. Si seulement c'était la réalité. Mais ce ne serait jamais le cas. Elle ne pouvait se fier au fait qu'il l'ait embrassée à deux reprises. Pour lui, cela ne signifiait sans doute pas grand-chose. C'était un homme qui vivait désormais dans la cour des grands. Et elle devait penser à Ally. L'enfant avait besoin de stabilité dans son existence.

— Voilà, c'est ici.

— Qu'est-ce qui est ici ? demanda-t-elle, décontenancée.

— Sweet Susie's.

— Je ne comprends pas.

— L'endroit est parfait. Un emplacement idéal pour ouvrir ta boutique. Je suis tombé dessus en cherchant des locaux pour mes bureaux. D'après l'agent immobilier, c'est inoccupé depuis un moment, tu devrais pouvoir négocier un bon prix.

— Ah… je…

Ses rêves prirent leur envol. Elle s'imagina travaillant là, en compagnie de quelques employés de confiance. Des fours performants, du matériel permettant d'honorer de grosses commandes dans le laboratoire à l'arrière. Elle imagina des tables de bistrot alignées contre le mur face aux présentoirs des pâtisseries. Les murs seraient bleu lavande et blancs, la spécialité du jour, notée à la craie sur un tableau pour les clients de passage. Durant un moment, juste un moment, elle vit tout cela, le rêve de sa vie.

A en croire la lueur dans les yeux de Casey, il le voyait aussi. Pourquoi devinait-il aussi aisément ses chimères ? Il savait pourtant combien c'était douloureux de les concevoir sans être en mesure de les réaliser.

— Casey, j'apprécie la démarche, mais je ne peux pas.

— Pourquoi non ?

— Je ne suis pas prête.

— Tu es une des travailleuses les plus acharnées que je connaisse. Tu peux le faire.

Elle secoua la tête.

— Non. Je ne peux pas me permettre d'ouvrir une boutique tant que je n'ai pas rassemblé tous mes petits.

— Ce qui veut dire ?

— Notamment, prouver la rentabilité de mon entreprise afin d'obtenir un petit crédit pour démarrer. On me l'a déjà refusé trois fois. Apparemment, je ne suis pas un bon risque.

— Je peux parler à mon banquier et voir s'il est plus conciliant.

— Non, Casey. Pas question de te laisser faire ça. J'apprécie, réellement, mais je mets de l'argent de côté, ça prendra un peu de temps mais un jour j'aurai ma boutique.

Il la fixa quelques instants, parut sur le point de dire quelque chose, puis se ravisa. Il hocha la tête sans un mot. Elle s'efforça de sourire, puis retira sa main de la sienne tandis qu'ils regagnaient la voiture en silence.

La tête renversée sur le dossier de son siège, les jambes étirées, chevilles croisées, Casey parlait dans son portable.

— Audrey, je ne suis pas de taille.

— De taille pour quoi ? Chut, Ava, chut…

En arrière-fond lui parvinrent les gazouillis de sa nièce.

— Ce que j'essaye de faire pour Susie. Elle ne marche pas, sœurette.

— Tu t'y prends peut-être mal pour lui vendre la chose.

— Je n'ai jamais prétendu être représentant de commerce.

— Casey, avec ton charme, tu te mettrais un couvent entier dans la poche si tu le voulais.

Peut-être que l'ancien Casey l'aurait pu, quand il était arrogant et imbu de lui-même. Mais le sale coup qui lui était arrivé l'avait fait mûrir, et depuis sa blessure il voyait la vie autrement. Il ne jouait plus avec les femmes pour obtenir ce qu'il voulait, quand bien même la cause était juste. Si Audrey avait vu l'étincelle dans les yeux de Susie pendant qu'elle regardait cette boutique et l'imaginait comme l'endroit rêvé, elle aurait compris qu'il avait fait plus de mal que de bien aujourd'hui. Tenter Susanna avec son vœu le plus cher, puis voir l'étincelle s'éteindre dans ses yeux lorsqu'elle s'était rendu compte qu'elle ne pouvait se le permettre, cela les avait anéantis tous les deux. Bourrelé de remords en rentrant chez lui, il avait pris le téléphone pour appeler sa sœur.

— Chut, mon bébé, murmura celle-ci à Ava, puis elle revint à la conversation. Je la câline mais elle se débat.

— C'est exactement ce qui se passe avec Susanna.

— Tu la câlines ?

C'était l'inverse. Elle l'attirait considérablement, et être témoin de sa désillusion cet après-midi avait failli le faire craquer. Il avait eu envie de la bercer entre ses bras, de lui dire qu'il lui donnerait tout ce qu'elle voulait. Ressentir pareil trouble l'épouvantait presque et il s'était tu, de peur de proférer des paroles qu'il regretterait plus tard.

— Tu sais très bien ce que je veux dire, Audrey. Elle se

débat contre moi. Je m'impose, en quelque sorte. Et je ne suis pas certain qu'elle apprécie cette intrusion.

— N'importe quoi. Elle t'a toujours beaucoup aimé. Je sais qu'elle est contente que tu sois là.

Il en doutait fort. A en juger par ses échanges avec sa sœur, celle-ci ignorait tout du secret entre Susanna et lui. Audrey aurait mis le sujet sur le tapis, le fustigeant au passage, et ne l'aurait sûrement pas envoyé sur cette mission si elle savait la vérité. Lui non plus n'en avait jamais parlé à personne. C'est ce qui rendait la situation si délicate. Maintenant qu'il était là, il persévérerait, pour le bien de Susie et d'Ally, mais il tenait à ce que sa sœur sache combien c'était difficile. Qu'elle souffre un peu avec lui.

— Elle ne me facilite pas les choses, objecta-t-il.

— Je n'ai jamais prétendu que ce serait facile. Susie est obstinée et orgueilleuse. Elle économise tant qu'elle peut, mais les enfants coûtent de l'argent, tout comme gérer sa propre entreprise. Elle fait les deux, et peine à joindre les deux bouts. Elle a abandonné ses études pour ses parents et maintenant elle a peur de prendre des risques parce qu'elle élève Ally.

— Comment le sais-tu ?

— On a eu une longue discussion juste après l'arrivée d'Ally. Une des rares occasions où elle a baissé la garde et évoqué des points particuliers. Elle s'est confiée à moi, donc n'en parle pas, mais elle tient à peine le coup financièrement. Et elle a très peur.

Pauvre Susie. Mais il n'allait pas laisser Audrey se tirer d'affaire aussi aisément, il avait besoin de son aide.

— Tu devrais venir me donner un coup de main. Samedi, c'est l'anniversaire d'Ally.

— J'irais si je le pouvais. Mais les Slades organisent un dîner de charité au ranch ce jour-là. Je dois y participer. Pourquoi tu n'amènes pas Susie et Ally ici un week-end ?

La pensée l'avait traversé. Il pourrait les déposer au ranch et sortir de sa tête le beau visage et le corps affolant de Susie pendant quelques jours.

— Elle travaille six jours sur sept. C'est rude pour elle.

Les vagissements de sa nièce s'intensifièrent, comme à propos.

— Attends, je crois qu'Ava a faim. Donne-moi un instant.

Maintenant, une image plus tendre s'imposa à lui, celle de sa petite sœur nichant son bébé au creux de son bras pour la nourrir. Son cœur fondit, sa gorge se serra.

— Embrasse-la de ma part. Et dis-lui qu'oncle Casey l'aime.

— C'est gentil. Je n'y manquerai pas. Bon, revenons à Susie. Tu as fait une chose bien, Casey. Tu lui as confié du travail supplémentaire. Tu l'as amenée à l'idée d'ouvrir sa propre boutique. C'est déjà un début. Et j'ai cru comprendre que Mustang rend Ally folle de joie.

— Bien vu sur ce coup-là, sœurette. Bravo.

— D'accord, je ne prétendrais pas que je ne savais pas ce que je faisais. Un petit toutou craquant te met un pied dans la place.

— J'espère pouvoir y mettre les deux sans me prendre la porte dans la figure, grommela-t-il.

Audrey pouffa doucement.

— J'ai foi en toi. Comment va le boulot ?

— Tout se passe dans les temps. J'ai trouvé deux locaux susceptibles de convenir pour nos bureaux de Reno. Il s'agit à présent d'en choisir un et lancer la machine. Le restaurant ouvre bientôt. J'irai à l'inauguration, ensuite, j'espère rentrer.

— Parfait. Eh bien, je dois te remercier pour tout ce que tu essayes de faire pour Susie. Tu sais, tu ne regretteras pas de l'avoir aidée. Frérot, je sais que ce n'est pas facile, mais je suis sûre que tu as des atouts dans ta manche.

— Au moins encore un. Et cette fois je ne vois pas comment Susie pourrait refuser.

— Dis-moi !

— Non. Tu le découvriras bien assez tôt.

— Casey !

— Salut, petite sœur, éluda-t-il en souriant, avant de couper le téléphone.

— Max, ne touche pas aux cupcakes, mon chéri. Ce n'est pas encore l'heure.

La maman de Maxwell Caruso écarta le petit garçon de la table avant qu'il ne détruise la présentation des gâteaux disposés en forme de A pour « Ally ». Max avait six ans et vivait juste au coin de la rue avec ses parents, Jackie et Ryan.

— On va les goûter dans très peu de temps, assura Susie. Viens dire bonjour à Ally. Tout le monde est dans le jardin. Il y a des garçons qui jouent au football. Je parie que tu as envie de te joindre à eux.

— Ça a l'air super, mon cœur, dit Jackie en entraînant son fils à la suite de Susie hors de la salle à manger.

Des ballons multicolores suspendus à l'auvent de la terrasse se balançaient dans la brise, et en masquaient quelque peu le bois abîmé.

Ally, tout sourire, se précipita vers Max.

— Salut. Je suis une princesse.

Susie était satisfaite de ce qu'elle avait confectionné avec la robe à ruchés rose dénichée en solde, une tiare de panoplie et deux mètres de tulle. Ally était belle comme le jour, et la petite princesse lui volait son cœur dès qu'elle la regardait.

Max se tortilla, les yeux rivés sur ses baskets.

— Salut.

— C'est l'anniversaire d'Ally, Max. Qu'est-ce que tu lui dis ? lança sa mère.

Toujours fasciné par ses chaussures, il grommela :

— Bon anniversaire.

Puis son regard glissa vers la pelouse où Casey lançait une balle en mousse à Darryl Robards. Il semblait tout à fait dans son élément, un sourire étincelant aux lèvres. Susie s'était résignée au fait que Casey les considérait, Ally et elle, comme des amies. Sinon, pourquoi serait-il venu à la fête de la fillette ?

— C'est Casey Thomas ? demanda Jackie. Wouah, le champion de rodéo est de retour. Il a l'air en pleine forme ! Les années ne l'ont pas abîmé, hein ?

Comment la contredire ? Impossible de nier que le grand blond en jean et polo noir soulignant son corps parfait et ses bras musclés était très beau. Et bien trop séduisant.

— Il est revenu temporairement, pour son travail.

Max courut rejoindre les garçons et Darlene Robards prit la main d'Ally. Les deux petites filles coururent jouer.

— On m'a dit qu'il réussissait très bien. Il est PDG, non ? Un as des affaires ?

— Quelque chose comme ça, oui.

— Fiancé, ou marié ?

— Non… enfin, d'après Audrey.

Les lèvres de Jackie s'étirèrent en un sourire entendu.

— Alors ?

Susie secoua vigoureusement la tête.

— Oh non. Non. On est juste voisins.

— Tu es sûre ?

— Certaine.

Le sourire de Jackie s'estompa.

— Ah, mince. Pourtant, en général, je suis une bonne marieuse.

— Crois-moi, insista Susie, les nerfs à fleur de peau.

Elle ne voulait à aucun prix que ses voisins se fassent des idées ou supposent quoi que ce soit. Elle avait déjà assez de mal à gérer ses propres émotions concernant Casey, inutile que ses amies en rajoutent.

— C'est bien la dernière chose dont j'ai besoin, soupira-t-elle avant de regarder sa montre. Bon, je pense qu'il est temps d'organiser quelques jeux.

Une heure plus tard, Susie rassembla tout le monde autour de la table dans la salle à manger pour chanter *Joyeux anniversaire* à Ally. Quand celle-ci eut soufflé ses trois bougies, les enfants se mirent en rang, Ally en tête, pour être servis en cupcakes et punch aux fruits.

Susanna sentait pleinement la présence de Casey au fond de la pièce, appuyé contre le mur. Elle commit l'erreur de croiser son regard. Il haussa un sourcil, l'air goguenard. La main qui tenait le cupcake spécial pour Ally trembla, et elle faillit le laisser tomber. Maudit soit-il. Il lui avait annoncé qu'il avait un cadeau pour la fillette mais qu'il l'apporterait après la fête. Et la curiosité la taraudait depuis.

— Tiens, princesse Ally. Le premier est pour toi.

— Celui que j'ai fait toute seule ?

— Oui, ma puce. Celui-là-même. Regarde, tu vois la jolie couronne de princesse dessus ?

Les yeux d'Ally étincelèrent quand Susie lui donna le cupcake. La joie sur le visage de sa fille fit vibrer son cœur de fierté.

Sa fille.

C'était la première fois que Susanna pensait à elle en ces termes. Une sensation de tendresse infinie tourbillonna dans son ventre. Jamais elle ne s'était attendue à nourrir un amour aussi profond, mais maintenant qu'elle avait Ally elle n'échangerait sa vie avec personne. C'était elle et Ally contre le monde entier.

Elle distribua les cupcakes à chaque enfant, puis servit les adultes. Elle se réjouissait que la poignée de clients qu'elle avait invités soient venus, ainsi que les voisins proches de sa famille depuis des années. Elle voulait que tout le monde connaisse sa petite protégée. Il était important que l'enfant s'intègre et se fasse des amis.

Ensuite, ses invités se dispersèrent et elle s'apprêta à les rejoindre dehors lorsque Darryl Robards pointa de nouveau la tête près de la table.

— Je peux en avoir un autre ? Un avec l'épée en argent dessus, cette fois ?

Les épées de prince et les couronnes de princesse, réalisés en glaçage industriel, étaient totalement comestibles, mais assez sucrés pour gaver une armée de bambins.

— Je suppose que oui, si ta maman est d'accord.

Susie chercha Lana des yeux, et la trouva aussitôt. Elle était assise sur le canapé du salon, à côté de Casey, tous deux visiblement très à l'aise. Lana rejeta d'un geste gracieux sa longue chevelure brune par-dessus son épaule tout en buvant les paroles de Casey. Comme s'il était l'homme le plus important au monde. L'estomac de Susie se serra. Un flot d'émotions irrationnelles la submergea tandis qu'elle les observait, absorbés dans leur conversation. Lana savait s'y prendre avec les hommes, elle disait les bons mots et retenait aisément leur attention.

Mindy la poussa du coude.

— Ma chérie, tu as oublié de servir le punch. Laisse-moi t'aider.

— Ah, euh, merci.

— Darryl, va donc demander à ta mère si tu peux avoir un autre cupcake, poursuivit Mindy.

— D'accord ! répondit le garçon, qui fila sur-le-champ.

— Ça devrait interrompre leur petit duo, chuchota Mindy à l'oreille de Susie en remplissant les verres.

— Ça ne me regarde pas, marmonna-t-elle.

— Ben voyons. Tu es verte, mon chou.

Elle secoua la tête, mais il était inutile de nier ce qu'elle ressentait. Elle détestait l'idée que Lana flirte avec Casey.

— Je n'y peux rien, de toute façon.

Mindy termina de disposer les verres sur un plateau.

— Qui dit ça ?

— Moi.

De fait, elle n'avait pas le choix. Après avoir secrètement aimé et détesté Casey, Susanna savait que cette route ne menait qu'à la destruction, malgré les sentiments mitigés qu'elle éprouvait pour lui.

— J'ai Ally à présent. C'est elle qui compte le plus.

— Et c'est bien normal. Mais tu mérites un peu de plaisir, toi aussi. Tu donnes, tu donnes, depuis toujours.

— Funeste faiblesse, soupira Susie.

— Alors pourquoi ne pas prendre un peu de bon temps ? Personne ne le mérite plus que toi.

— J'y penserai, Mindy.

Le problème, c'est qu'elle pensait déjà beaucoup trop à Casey. Certains jours, elle se levait à l'aube avec joie, fébrile à l'idée d'apercevoir par la fenêtre de la cuisine Casey Thomas passer en tenue de jogging devant sa maison.

Elle prit le plateau et sortit sur la terrasse.

— C'est l'heure du punch, claironna-t-elle.

Espérant que Lana saisisse le message. La fête se passait dehors… avec les enfants.

Ally se plaqua contre les jambes de Casey sur le seuil de son garage, et cette manifestation d'affection inattendue le poussa à s'agenouiller pour la serrer dans ses bras.

— Ça veut dire que tu aimes ton cadeau ?

La fillette hocha aussitôt vigoureusement la tête. La traîne de tulle attachée à sa tiare lâcha et tomba par terre, mais elle ne le remarqua pas. Sautillant d'excitation, elle pointa du doigt ce que Casey venait de lui offrir.

— Regarde, tantine, regarde !

— Je vois, Muffin.

Susie considéra le double four étincelant ceint d'un gigantesque ruban rose bonbon. Son cœur se mit à battre très vite. L'appareil présentait toutes les fonctions de pointe existantes. Dans un moment d'égarement, elle s'imagina devant avec Ally, en train de confectionner de la pâtisserie avec elle. Puis la réalité reprit le dessus. Elle ne pouvait pas accepter ça.

— C'est… très généreux de la part de Casey.

Elle lui jeta un regard sévère, mais il garda les yeux sur Ally. Est-ce qu'il refusait délibérément son contact visuel ?

Oui, de toute évidence.

Furieuse, elle chercha comment protester sans blesser Ally. Qu'est-ce qui l'avait pris, d'offrir un four pour son anniversaire ? Il aurait dû la consulter au préalable. Jamais elle ne lui aurait permis d'acheter un cadeau aussi cher. Mais comment refuser le four, maintenant qu'Ally l'avait vu ?

Casey la coinçait.

— Si tante Susie est d'accord, dit-il à la fillette, je vais installer le nouveau four chez vous ce soir. Comme ça, tu pourras l'aider à cuire des gâteaux demain.

— C'est moi qui ai mis du glaçage sur les cupcakes de mon anniversaire.

— Je sais, Ally. Ils étaient délicieux. Tu es la meilleure aide pâtissière du monde. Et maintenant vous avez un four qui marchera tout le temps.

Il sourit à Ally, la serra encore dans ses bras avant de se relever. Il croisa enfin le regard de Susanna.

— Alors, c'est d'accord ?

— Oui, tantine ?

Que pouvait-elle dire ? Comment décevoir Ally le jour de son anniversaire ? Indécise, elle étudia longuement Casey. Nulle trace d'autosatisfaction dans son expression. Au contraire, elle perçut une lueur d'espoir dans ses yeux.

Le même espoir qui illuminait le visage d'Ally.

Susanna relâcha les épaules. Non par défaite ou résignation. Bizarrement, elle sentit une certaine libération en se permettant d'accepter ce présent.

— Oui, c'est d'accord, Casey. Merci.

Il acquiesça.

— Mais j'aimerais te parler de ça plus tard.

— Je m'en doutais, répliqua-t-il avec un sourire. Hé, Ally, j'ai encore un cadeau pour toi.

Les joues de la fillette rosirent.

— J'espère que ce n'est pas un chiot, grommela Susanna.

Si Ally parut ne pas entendre, il sourit de plus belle.

— Ne t'inquiète pas.

Il ouvrit le coffre de son 4x4, révélant un immense carton enveloppé de couleurs pastel. Il le sortit du véhicule.

— Ce serait mieux de le déballer à la maison, dit-il. C'est trop lourd pour vous.

Dieu merci, ce n'était pas un chien. Mais quelle nouvelle surprise réservait-il encore dans sa manche ?

Quelques minutes plus tard, Casey et Susanna, assis sur le canapé, observaient Ally agenouillée par terre, en train de déchirer le joli papier nacré. Les yeux de l'enfant s'écarquillèrent en découvrant les images sur l'emballage.

— Oh ! tantine, regarde ! Un château de princesse !

— Je le vois. Il est magnifique. Et on dirait qu'il y a aussi une poupée de conte de fées là-dedans.

Susanna s'accroupit à ses côtés pour l'aider à ouvrir le carton. Il contenait une maison de neuf pièces, entièrement meublée, avec un grand escalier au milieu, et une panoplie de robes pour la poupée aux boucles rousses.

— Remercie beaucoup Casey de ce cadeau, Ally.

— Merci, cria la fillette, trop captivée par cette merveille pour adresser ne serait-ce qu'un regard à Casey.

— De rien, Ally. Je suis content que ça te plaise. Joyeux anniversaire. Bon, poursuivit-il en se levant. Je ferais bien d'y aller. Je vais appeler mon installateur et…

— Attends une seconde, Casey, ordonna Susanna en se redressant également. Il me reste des muffins pour toi dans la cuisine. Ally, tu restes un moment avec tes nouveaux jouets pendant que je parle à Casey ?

— Oui !

Susie pénétra dans la cuisine, l'œil sur son vieux four, qui lui avait tant servi au fil des ans avant de commencer à la lâcher. Elle tempéra la frustration de son impuissance face à cette situation — le montant de ses économies pour un four neuf ne grimpait pas vite car il y avait toujours des imprévus. Urgents. Et coûteux. Soupirant, elle se rappela que Casey lui ôtait une belle épine du pied. Si elle acceptait son cadeau.

Lorsqu'elle se retourna, il était adossé au plan de travail, bras croisés sur la poitrine.

— Je suis prêt pour prendre mes muffins.

— Tu parles ! Ecoute, Casey, tout ça m'est difficile. Je sais que ton cadeau part d'une bonne intention, mais tu as une idée de ce que je ressens, à ne pas être capable de subvenir aux besoins d'Ally comme je le voudrais ?

Il hocha la tête et s'approcha. Elle le dévisagea, touchée par la sincérité de son regard.

— Tu subviens parfaitement aux besoins d'Ally, ma douce.

— Non. J'arrive à peine à…

— Ally est heureuse. C'est une véritable prouesse, après ce qu'elle a vécu. Et c'est grâce à toi.

— Réellement ? C'est le plus important pour moi.

Les larmes lui montaient presque aux yeux. Elle avait besoin d'entendre ces paroles rassurantes.

— Réellement, répéta-t-il avec gentillesse.

— Le four est un présent généreux, mais je ne peux pas nier que ma fierté en prend un coup.

Il entrelaça leurs mains, son pouce jouant sur sa peau et provoquant des frissons le long de son bras.

— Oublie ta fierté, Suse. C'est la mienne qui devrait souffrir. Tes parents ont logé, nourri, entouré et veillé sur Audrey plus souvent qu'à leur tour. Sans compter les fois où ils m'ont apporté à manger quand je me trouvais à la maison. La famille Thomas est responsable d'une bonne partie de l'usure de ce vieux four.

— Mes parents n'ont agi que par pure bonté, Casey.

— Alors laisse-moi faire pareil aujourd'hui.

Elle comprenait maintenant son point de vue, prenait la mesure de sa fierté à lui. Elle se mordit la lèvre, et le regard de Casey flamboya. Il lui effleura la bouche d'un geste doux.

— Oh ! Casey. Je ne sais pas comment te remercier.

Il l'attira à lui, et elle s'abandonna entre ses bras, la pointe de ses seins écrasée contre son torse musclé. Un brasier palpita au creux de ses cuisses.

— J'ai bien une idée, moi…

Son souffle caressa sa joue et soudain la belle bouche de Casey s'empara de la sienne. La saveur de sa langue combinée à son parfum viril la chamboula. Elle se trouvait prise dans un maelström d'émotions, qui lui tournait la tête.

Instinctivement, elle glissa des doigts avides dans ses longs cheveux blonds. Il la fit reculer jusqu'au mur, où il la plaqua de tout son corps.

Le baiser s'approfondit. La pulsation entre ses cuisses s'accéléra. Ses seins se tendirent, presque douloureux. Sensations folles. Insensées.

Puis, brutalement, il la lâcha pour rouler sur le côté, dos contre le mur également. Il reprit sa main, comme si ce contact lui était nécessaire. Sans la regarder, il murmura :

— Je ne troquais pas un four contre du sexe, j'espère que tu le sais.

Elle n'en doutait pas une seconde. Il se montrait d'une excessive prudence envers elle, ce qui rendait tout cela encore plus stupéfiant. Et il n'avait absolument pas besoin de troquer quoi que ce soit contre du sexe, à en croire la manière dont les femmes célibataires flirtaient avec lui au goûter d'anniversaire tout à l'heure.

— Je le sais, Casey.

— J'ai été pris par…

— Le moment ?

— Par toi, rectifia-t-il d'une voix rauque.

Elle ferma les yeux. Son cœur battait la chamade. Il savait l'électriser. Savait quels mots prononcer pour faire taire la petite voix en elle qui criait « danger ». Il avait ce don, mais se dupait-elle en le croyant ?

Ally était dans la pièce voisine, elle en percevait la présence. Mais malgré cela, quoi qu'il soit en train de se passer entre Casey et elle, elle ne voulait pas que ça s'arrête. Qu'avait dit Mindy un peu plus tôt ? Elle méritait un peu de bon temps dans sa vie. Oserait-elle en prendre le risque ? Tournant la tête, elle contempla son profil.

— Casey ?

— Je me disais que je pourrais passer ce soir, une fois Ally couchée. Avec une bouteille de vin.

— Je ne t'éconduirai pas, souffla-t-elle.

Il tressaillit, comme s'il s'était attendu à un refus. Il la considéra longuement. Elle lut plus de questions que de réponses dans son regard. Puis, sans un mot, il quitta la cuisine et la maison. Elle le suivit des yeux, le sang battant à ses oreilles.

- 7 -

— Voilà, l'histoire est finie, chuchota Susanna en refermant le livre de contes.

Ally avait lutté contre le sommeil, mais perdu la bataille. Ses paupières se fermèrent, et Susie remonta la couverture sous son menton avant de l'embrasser sur le front.

— Bonne nuit, ma puce. Tu as eu une longue journée.

La petite fille poussa un petit soupir de contentement puis sombra dans les bras de Morphée.

Susanna sourit, alluma la veilleuse et quitta la chambre sur la pointe des pieds, laissant la porte entrouverte.

Dès qu'elle fut dans le couloir, ses nerfs s'électrisèrent.

Est-ce que Casey viendrait réellement ce soir ?

Elle se rendit dans sa propre chambre, s'effondra sur le lit et prit son portable pour passer un bref coup de fil à sa mère. Elle voulait bien sûr lui raconter la fête d'anniversaire d'Ally, mais avait surtout besoin d'entendre sa voix apaisante, ne serait-ce qu'une minute ou deux.

— Je suis navrée de ne pas avoir pu être là, aujourd'hui, assura sa mère dès qu'elle décrocha.

— Ne t'inquiète pas. Elle a adoré la poupée que tu lui as envoyée.

— Tant mieux. Tout s'est bien passé, alors ?

— Sincèrement, je crois qu'Ally s'est bien amusée.

— Oh ! c'est merveilleux, ma chérie.

Susie raconta rapidement le déroulement de l'après-midi, puis dit bonsoir et raccrocha.

Tournant la tête, elle aperçut son reflet dans le miroir.

Elle fit la grimace. La femme qui lui rendait son regard était fatiguée, échevelée, et son maquillage coulait.

Elle baissa les yeux sur son chemisier. Quatre taches, dont deux au moins de chocolat. Seigneur, elle s'était promenée comme ça toute la journée ?

Bondissant sur ses pieds, elle se déshabilla et fonça sous la douche. Le jet tiède délassa son corps. Une fois lavée des pieds à la tête, elle s'enduit de lait parfumé à la vanille, puis choisit une tenue plutôt neutre — jean noir et T-shirt blanc.

Fin prête, elle gagna la cuisine, et la vue du four étincelant à la place du vieil appareil de sa mère la surprit. Une surprise bien agréable, force était de l'admettre. Le four ajoutait une touche moderne à l'espace de travail. Elle était impatiente de l'essayer. Ainsi que Casey l'avait promis, l'installateur était venu le brancher peu après la fête.

L'horloge digitale lui indiqua qu'il était 21 heures passées. Un mélange de crainte et de soulagement l'envahit. Et s'il venait ? Et s'il ne venait pas ?

Un bourdonnement soudain sur le comptoir carrelé la fit sursauter. Son portable. Elle regarda l'écran. Un texto de Casey.

« Trop tard pour passer ? » lut-elle.

Le soulagement qu'elle éprouva la prit au dépourvu. Comment aurait-elle réagi s'il lui avait fait faux bond ? Chancelante, elle inspira à fond afin de calmer ses nerfs à vif.

Par bonheur, le lendemain était un dimanche, donc un jour de repos. Elle comptait en profiter pour expérimenter le four, mais en dehors de cela elle n'avait aucune excuse à lui présenter, hormis que c'était une idée insensée.

Elle tapa sa réponse :

« Tu as du vin ? »

« Cabernet sept ans d'âge », envoya-t-il en retour.

« Je t'attends », tapa-t-elle avec des doigts tremblants, avant de presser la touche « envoi ».

Trop tard pour reculer. Elle n'avait jamais agi sous le coup d'une impulsion dans toute sa vie d'adulte. La dernière fois, c'était à dix-huit ans, et c'était avec Casey. L'histoire se répétait donc ?

Deux minutes plus tard, elle entendit un léger coup frappé à la porte coulissante, à l'arrière de la maison. Casey était discrètement passé par leurs jardins. Fidèle à sa parole, il se tenait sur le seuil sombre avec une bouteille dans une main et deux verres dans l'autre, qui brillaient sous le clair de lune.

— Salut, chuchota-t-elle. Entre.

Il s'exécuta, attendit qu'elle ait refermé la baie vitrée. Quand elle se retourna, il la dominait de toute sa taille dans l'obscurité.

Choisissant de ne pas allumer de lampes, elle ouvrit les rideaux, et la lumière laiteuse de la lune baigna la pièce.

— Tu veux t'asseoir ?

Elle s'installa la première sur le canapé, tandis que lui-même reprenait la place qu'il occupait l'après-midi, quand il discutait avec Lana. Il posa la bouteille et les verres sur la table basse.

— Ally dort ? demanda-t-il.

— Comme une souche. Elle a eu une rude journée.

— Toi aussi. Tu n'es pas épuisée ?

Si, mais pas au point de se priver d'un moment en sa compagnie. Elle soupira.

— Un peu, avoua-t-elle. Le vin me fera du bien.

— Je l'ai débouché chez moi. Il a eu le temps de décanter.

Il emplit les verres et lui en tendit un.

— Merci.

— Un toast à l'anniversaire d'Ally ? suggéra-t-il.

— Bien sûr. Tant qu'on en porte un à ta générosité aussi. Le four a été installé après le dîner. Je n'arrive toujours pas à y croire. Tu as dû jouer du piston pour faire venir un installateur un samedi soir.

— Mais ça valait le coup.

— Ally était tout excitée par tes cadeaux.

Elle aussi, d'ailleurs. Le nouveau four signifiait pour elle stabilité et tranquillité d'esprit. Elle grillait de l'essayer.

— A Ally et à toi ! reprit-elle à mi-voix.

Il fit tinter son verre contre le sien, puis but une gorgée. Elle l'imita.

— Délicieux, admit-elle, étudiant la robe rubis du vin.

— Il vient de la cave d'un ami.

— Un ami précieux, dit-elle, savourant une nouvelle gorgée aux accents de bois et de baies.

— Très précieux. Sa femme et lui sont des gens formidables. C'était le patron de Sentinel avant que je rachète. Il m'a tout appris du métier. Austin et moi nous connaissons depuis l'époque où je débutais, tout jeune.

— Tu l'as rencontré au rodéo ?

— Pas exactement. C'était par hasard, après un show à Carson City. J'étais hyperpressé de rentrer ce soir-là, quand j'ai vu une Cadillac en panne sur l'autoroute. Je voyais bien que le conducteur ne connaissait rien aux voitures, rien qu'à sa façon d'essayer d'ouvrir le capot. Ce n'était pas mon genre de passer sans m'arrêter et de le laisser planté avec sa femme sur une route déserte. Alors je lui ai donné un coup de main pour redémarrer. J'étais prêt à remonter dans mon camion pourri quand il m'a invité à dîner. Bien sûr, j'ai refusé. Audrey avait besoin de moi. J'ai expliqué au type que j'élevais comme je le pouvais, seul, ma petite sœur qui m'attendait, malade comme un chien, à la maison. Ça l'a terriblement impressionné, m'a-t-il dit plus tard. Jamais je n'oublierai son regard quand il m'a tendu sa carte, affirmant que j'avais un boulot si besoin, en morte-saison. Il me suffisait de l'appeler. Ce que j'ai fait. Le rencontrer a changé ma vie.

La voix rocailleuse de Casey s'était adoucie. Une envie soudaine de le prendre entre ses bras et de le serrer fort l'envahit. Il n'avait pas eu une vie facile.

Songeuse, elle sirota son vin en l'écoutant parler : de son passé, de ses craintes de gâcher l'existence d'Audrey, de ses incertitudes sur sa façon de bien ou mal faire avec elle. Parfois, ses règles strictes ne la rendaient que plus rebelle.

Bien qu'entichée de lui à l'époque, Susanna avait toujours pris le parti d'Audrey, mais à présent elle comprenait ses motivations et ne trouvait rien à lui redire. Enfin, presque.

Aussi incroyable que cela paraisse, il la mettait à l'aise ce soir. Le bel homme assis près d'elle, qui l'avait grisée de ses baisers plus tôt dans la journée, s'avérait également capable d'apaiser ses nerfs à bout. Il lui donnait un meilleur aperçu de qui il était en réalité. Une heure entière s'écoula, tandis qu'il la charmait de ses histoires.

Lorsqu'il se tut et qu'ils eurent fini le vin, il lui prit la main, nouant leurs doigts. Elle sentit naître au fond d'elle un désir irrésistible et son cœur s'emballa. Elle était totalement connectée à lui, et trouvait cela exquis.

Il se pencha pour l'embrasser, doucement, délicatement.

— Je crois que je n'ai jamais dit ça à personne.

— Je suis heureuse que tu me l'aies raconté.

— C'est vrai ? Et tu m'as pardonné ? demanda-t-il d'une voix rauque en fixant sa bouche.

— Oui. Je te l'ai déjà dit, Casey.

— Je ne veux pas commettre une nouvelle erreur avec toi.

— C'était il y a longtemps. On a changé tous les deux.

— Oui, en effet.

Il caressa son visage, suivit de l'index la courbe de sa joue. Ses yeux d'azur s'assombrirent et il s'empara de nouveau de sa bouche. De nouveau, elle s'abandonna au plaisir intense qu'il lui procurait. Puis il s'écarta un peu d'elle, et elle revint à la réalité. Que se passait-il ?

Elle le regarda : il fronçait les sourcils, semblait si sérieux…

— Au fait, j'ai ce truc, vendredi soir. Un dîner de rodéo auquel je dois assister. Tu veux m'accompagner comme ma cavalière ?

D'abord, le soulagement. Puis le bonheur. Sa cavalière ? Ses rêves devenaient enfin réalité. Mais est-ce que ce n'était pas des années trop tard ? Elle déglutit, rougit. Il ne la quittait pas des yeux, attendant sa réponse. Une dizaine de raisons de décliner affluèrent dans sa tête. Mais comment dire non à ce qu'elle avait toujours souhaité ?

— Il faut que je voie si Mindy peut garder Ally quelques heures, mais j'adorerais venir, oui.

Elle le vit se détendre, comme s'il avait craint qu'elle refuse.

— Super. Tenue de soirée de rigueur.

Houla. Une réception officielle ? Elle allait devoir trouver quelque chose de décent à se mettre avec un budget limité.

Le mercredi soir, Susanna souleva le couvercle d'une cocotte où mijotait un poulet chasseur. Les arômes d'ail et d'oignons emplirent la cuisine. La table était mise.

— Ally, viens ramasser tes jouets. Casey sera là d'une minute à l'autre pour le dîner.

— Mustang aussi vient ?

L'espoir dans sa voix flûtée bouleversa Susie.

— Oui, Casey amène le toutou. Il sait combien tu aimes jouer avec lui. Maintenant, va mettre tout ça dans ta chambre.

— D'accord !

Tandis qu'Ally s'exécutait avec diligence, Susanna s'approcha de l'évier pour se laver les mains. Elle ouvrit le robinet, mais il ne se passa rien.

Elle recommença, tournant le levier à gauche, à droite. Pas une goutte ne coula.

Mais un filet d'eau froide se glissa sous ses pieds nus. Elle baissa les yeux, atterrée, vers la mare qui s'étalait sur le sol, ouvrit le placard placé sous l'évier. Les tuyaux émettaient des sons inquiétants et, lorsqu'elle s'agenouilla pour mieux voir, un jet d'eau jaillit brutalement, l'aspergeant jusqu'à la taille.

— Oh ! mon Dieu !

Par réflexe, elle recula, mais il fallait bien qu'elle retourne sous l'évier et trouve une vanne quelconque pour arrêter l'inondation. Serrant les dents, elle se pencha en avant.

— Pousse-toi, Susie. Je m'en occupe.

Elle sentit une main vigoureuse l'écarter. Casey était accroupi près d'elle. Il avait enlevé sa chemise, et en quelques secondes réussit à fermer l'arrivée d'eau.

— Ça va ? demanda-t-il en se redressant.

Elle était trempée des pieds à la tête.

— Au poil.

Le regard de Casey s'attarda sur ses seins. De toute évidence, son chemisier dégoulinant d'eau ne dissimulait pas le bout dressé de ses mamelons. Une réaction au froid qu'il semblait beaucoup apprécier.

— A une voyelle près, en effet.

Elle rit, se passa les mains dans les cheveux, honteuse au possible. Il rit aussi, ce qui l'aida à trouver un peu d'humour à cette situation si embarrassante.

Puis il renifla l'air.

— Il y a quelque chose qui brûle ?

— Oh non, mon poulet !

Elle se releva à toute allure et glissa aussitôt sur le sol mouillé. Il la rattrapa juste à temps, la plaquant contre son torse nu. Seul un peu de tissu détrempé les séparait.

Il ne bougea pas.

Ni elle non plus. La sensation était paradisiaque. Plusieurs secondes s'écoulèrent ainsi. Divines.

— Susie, chuchota-t-il dans ses cheveux.

Troublée, elle frissonna. Du pouce, il leva son menton vers lui, et elle se perdit dans ses yeux bleus.

— Un baiser, dit-il d'une voix enrouée, avant de s'emparer de ses lèvres.

Ce fut plus qu'un baiser. Il la dévora, engloutit sa bouche, y plongeant la langue avec une intensité qui la laissa souffle coupé, incapable de contrôler ses sens. Il prit son visage entre ses mains et le désir la submergea. Elle était ensorcelée.

De la pièce voisine, la voix de sa petite fille se fit entendre.

— Tantine ? J'ai rangé tous mes jouets.

Ally.

Casey recula sur-le-champ et attrapa sa chemise, qu'il avait jetée sur le dossier d'une chaise.

— C'… c'est bien, ma puce, cria-t-elle, lançant à Casey un torchon pour qu'il s'essuie le visage. Casey est arrivé.

Elle pivota sur ses talons et éteignit le feu sous le poulet. Il semblait encore à peu près mangeable.

Ally entra dans la cuisine et Casey, l'air décontracté, s'avança vers elle ;

— Bonjour, Ally. Mustang est dans le jardin. On ira jouer un petit moment avec lui, d'accord ?

— D'accord, fit l'enfant, considérant le sol inondé.

— On a eu une fuite d'eau, expliqua Susanna.

La cuisine était dans un état lamentable. Tout comme elle-même. Il se passait quelque chose de spécial entre Casey et elle, et elle ne savait pas bien comment le prendre. Ni même si elle pouvait se fier à ce qu'elle ressentait.

— Susie, va donc te changer, conseilla Casey en lui décochant un regard ferme. Je surveillerai Ally en nettoyant tout ça. Je veux aussi vérifier ces canalisations.

Les joues en feu, elle croisa les bras sur son chemisier rendu transparent. Quelques instants plus tôt, ils avaient failli…

— Et toi ? répliqua-t-elle, désignant son col trempé.

— Dès que j'aurai terminé, j'irai me changer aussi. Donne-moi juste de quoi éponger le sol. Tu as des outils ?

— Ceux de mon père sont dans le garage. Je vais aller les chercher.

— Merci.

C'est elle qui devait le remercier. Pour la fuite. Pour l'avoir empêchée de tomber. Pour l'avoir embrassée comme si son monde à lui tournait autour d'elle.

Alors que tout ce qu'elle avait à lui offrir ce soir, c'était une fricassée de poulet un peu brûlée. Et un muffin.

Vendredi soir, Casey frappa à 20 heures précises à la porte de Susanna.

Comment avait-elle réussi à survivre à cette semaine ? Casey était passé presque chaque jour depuis l'anniversaire d'Ally, que ce soit pour jouer au plombier, emmener Ally promener le chiot ou partager leur repas. Impossible de lui échapper. D'ailleurs, elle n'était pas certaine d'en avoir envie. Une vraie révélation pour elle, qui avait passé les dix dernières années de sa vie partagée entre amour et haine à son égard. Si elle ne savait pas trop quoi penser désormais, son cœur, lui, disait des choses qui risquaient de la mettre dans une situation très, très embarrassante.

— Le voilà, chuchota-t-elle à Mindy.

Elle vérifia son apparence dans le miroir. Il fallait absolument qu'elle se calme. Après avoir cherché en vain la tenue parfaite dans les boutiques, elle avait opté pour la robe verte qu'elle portait au mariage de sa mère, avec son décolleté arrondi, un ruché autour de la taille et sa jupe jusqu'aux pieds. Elle se sentait dans la peau d'une princesse de conte de fées ce soir.

— Tu es sublime, assura Mindy.

— Ça fait des siècles que je ne suis pas sortie avec un homme. Je suis un peu rouillée en la matière.

Quant à sortir avec Casey Thomas, jamais elle n'aurait osé l'imaginer…

— Souviens-toi, c'est lui qui t'a invitée à l'accompagner, répliqua Mindy. La balle est dans son camp. Toi, tu as juste à profiter de la soirée. Ally dort déjà, donc tout va bien. Amuse-toi bien et ne t'inquiète pas pour nous.

Susanna la serra dans ses bras.

— Tu es une amie formidable, c'est un gros service que je te demande là. Si tu es trop fatiguée, ou si Ally a besoin de moi, appelle-moi. Tu as mon numéro de portable et…

— File ! Bonne soirée, moi, je disparais.

Mindy s'éloigna dans le couloir de sa démarche pesante de

femme enceinte, et Susanna fixa la porte d'entrée, inspirant à fond. Elle n'avait encore jamais laissé Ally aussi longtemps. Elle ne savait quoi attendre de Casey. Pourquoi avait-elle accepté cette invitation ?

S'armant de courage, elle ouvrit la porte.

Casey se tenait sur le seuil, les mains dans les poches de son smoking. Elle regarda le Stetson noir sur sa tête. Elle ne l'avait pas vu en porter depuis des années. Seigneur, comme cela lui allait bien ! Sa chevelure un peu longue en dessous lui donnait un vague air canaille. L'ensemble lui coupa le souffle.

— Waouh, fit-il en la parcourant des yeux avec un sifflement admiratif. Tu es éblouissante, Susanna.

— Merci. Tu n'es pas mal non plus.

Il considéra ensuite ses cheveux, qu'elle avait ramenés sur le côté au moyen d'une barrette en strass après en avoir bouclé les pointes.

— J'aime bien ta coiffure aussi.

Elle sourit. Mais où étaient passées ses bonnes manières ?

— Tu veux entrer un instant ? Ally dort, mais si on ne fait pas de bruit…

Il pénétra à l'intérieur, et une bouffée de son eau de toilette parvint à ses narines. La fragrance musquée et citronnée la troublait chaque fois.

— En fait, dit-il, le dîner commence dans une demi-heure, donc on ferait bien d'y aller. Tu as un châle ?

— Oui, sur la chaise.

Il le prit et elle saisit sa pochette argentée.

— Tu veux le mettre ? demanda-t-il.

— Non, il fait doux.

Le simple fait de le regarder dans son smoking la réchauffait jusqu'au bout des orteils. Elle doutait d'avoir besoin du châle au cours de cette soirée.

— Prête à partir, alors ?

Sa main se posa au creux de ses reins et il l'escorta dehors.

Elle sursauta presque en voyant la limousine étincelante garée dans son allée, et le chauffeur debout devant la portière ouverte. Son cœur s'emballa, mais elle se retint de poser la moindre question à Casey. Malgré ses interrogations, il était resté mystérieux au sujet de ce « truc de rodéo », ne lui offrant que des réponses évasives.

Elle remercia le chauffeur d'un sourire puis se glissa sur la banquette. Casey suivit le mouvement avec aisance, comme s'il avait fait ce genre de choses mille fois. Elle n'était jamais montée dans une limousine de sa vie.

— Je suis content que Mindy ait pu garder Ally, déclara-t-il tandis que la voiture démarrait.

— Oui, mais ça me rend nerveuse. J'ai emporté mon téléphone, et soûlé la pauvre Mindy de recommandations.

Il s'empara de sa main et la posa sur son genou. Elle considéra leurs deux mains jointes.

— Tout ira bien, répliqua-t-il. Il y a de grandes chances qu'elle ne s'aperçoive même pas que tu es partie.

— Je sais. Mais c'est un tel poids sur mes épaules. Pas seulement celui de la responsabilité. Je l'aime, cette enfant.

— Elle a beau t'appeler tantine, tu es sa mère, maintenant. Elle aussi t'aime. Et qui ne t'aimerait pas ?

Le rouge monta à ses joues. Que disait-il ? En se retournant, elle vit la sincérité absolue briller dans son regard, et, sous l'emprise de l'émotion, ses lèvres frémirent. Pourvu qu'il ne les voie pas trembler…

Il s'adossa à la banquette en soupirant, les yeux fixés devant lui. Ensuite, ils restèrent mains entrelacées sans plus dire un mot. Une nouvelle connexion semblait vibrer entre eux, bien plus forte qu'avant. Une chose merveilleuse, extraordinaire ?

Casey détestait ce genre de cérémonie. Il détestait se trouver au centre de l'attention, et si Austin et Elizabeth Brown n'avaient pas insisté, il se serait passé du gala Think Pink

Strong. Chaque homme présent dans la salle de réception du Grand Palace Hotel recevait un ruban rose à épingler à sa boutonnière, et chaque femme se voyait remettre un soliflore avec une rose. Autour d'eux, des nappes aux verres teintés, le décor se déclinait en subtiles nuances de rose.

Susie était sublime ce soir, sous la lumière étincelante des lustres, et il se réjouissait de lui avoir demandé de l'accompagner. Elle rendait la soirée supportable. Carrément plaisante, même. Il lui prit la main et la guida vers leur table. Austin et Elizabeth s'y trouvaient déjà, ainsi que quelques vétérans du rodéo avec qui il avait gravi les échelons autrefois. Il leur présenta Susanna puis ils s'assirent.

— Je suis si heureuse de vous rencontrer, dit Elizabeth à Susie. J'ai cru comprendre que Casey et vous êtes voisins de longue date.

— Oui, depuis l'enfance. Audrey est ma meilleure amie.

La vieille dame se tourna vers lui pour lui sourire. Elle avait déjà jaugé Susie et décidé qu'elle l'appréciait.

Austin posa une main sur son épaule.

— Je suis fier de Casey et du travail qu'il a effectué pour Think Pink Strong. Depuis la guérison d'Elizabeth, il a fait de son mieux pour collecter des fonds destinés à la recherche contre le cancer du sein. Il est juste qu'il soit distingué ce soir. Avec quatre autres personnes, toutes méritantes.

Susie l'interrogea du regard. Puis saisit le programme posé devant elle, le lut à toute allure et répliqua sans se démonter :

— Oui, il semble que sa donation à la cause ait été extrêmement généreuse. C'est un homme altruiste.

Elle avait l'esprit vif, et il s'en voulait de ne pas l'avoir mise au courant plus tôt. Cependant, il n'aimait pas se vanter de son travail caritatif. La plupart du temps, il le gardait pour lui. Et peut-être voulait-il qu'elle accepte son invitation uniquement parce qu'elle désirait sincèrement passer une soirée avec lui.

— Il n'en parle jamais, reprit Elizabeth. Quand on a eu

vent de ce dîner, Austin et moi avons pratiquement dû lui forcer la main pour qu'il consente à recevoir son prix ce soir.

Merci, Elizabeth.

— Je n'ai jamais attendu de prix, grommela-t-il.

— Exact, raison de plus pour t'en décerner un.

Les serveurs s'approchèrent avec l'entrée, une salade d'épinards au jambon cru. Bonne chose : le sujet de sa collecte de fonds devenait caduc.

Entre les plats, il y eut des discours et des témoignages. Des survivantes du cancer montèrent sur l'estrade raconter leurs histoires personnelles de chagrin et de perte, mais aussi de guérison et d'espoir. Quand la maladie avait frappé Elizabeth, Casey avait tout de suite voulu apporter son aide, et décidé de mettre sa célébrité dans le monde du rodéo au service d'une bonne cause. Il y croyait, et avait continué même après son accident.

Le dîner terminé, la cérémonie commença, et son nom fut appelé. Susanna lui pressa la main, et il sentit toute la chaleur de son encouragement dans ce contact. Il puisa du réconfort dans ses yeux et, ainsi armé, se dirigea vers l'estrade pour recevoir son prix.

Les discours n'étaient pas son fort, mais celui-ci sortit tout droit de son cœur. Il éprouvait une réelle tendresse pour les Brown, et avait vu à quel point Austin se sentait impuissant quand Elizabeth traversait une période difficile. Il fallait trouver un remède contre cette maladie, et vite. S'il pouvait, ne serait-ce qu'un peu, faire en sorte que cela arrive, il aurait l'impression que sa vie aurait un sens.

Tout du long, il fixa les Brown, suspendus à ses lèvres. Puis son regard glissa vers Susanna. Ses yeux étaient embués, et son sourire le bouleversa.

Les quatre autres récompensés furent appelés à leur tour. Ensuite, l'assistance les gratifia tous d'un tonnerre d'applaudissements. Puis Casey retourna à sa place avec sa plaque en bronze, soulagé que la partie honorifique de la soirée soit finie. Austin se leva pour lui serrer la main, Elizabeth le félicita d'un baiser sur la joue. L'orchestre attaqua un morceau, et il ne prit pas la peine de s'asseoir. C'était l'occasion de s'expliquer seul à seule avec Susie.

— Tu veux danser ? lui chuchota-t-il.

Elle acquiesça. Prenant sa main, il l'entraîna vers la piste, et l'attira aussitôt contre lui. Il huma avec délectation le parfum de ses cheveux, le nez enfoui dans ses boucles soyeuses. La senteur de vanille emplit ses narines.

— Pourquoi est-ce si dur d'accepter la reconnaissance du bien que tu fais ? demanda-t-elle d'une voix douce.

— Je ne cherche pas les éloges. Je n'aime pas recevoir des prix.

— Sauf en championnat de rodéo ?

Il sourit.

— Oui, autrefois. Je suis content que tu sois là, ajouta-t-il en la serrant plus fort. Ça rend tout ce bazar plus facile.

— Moi aussi, je suis contente d'être là. Mais j'aurais quand même bien aimé que tu me mettes au courant.

— J'aurais dû, sûrement.

Comment résister à cette exquise femme, la plus jolie de toute l'assemblée ? Il effleura son front d'un baiser. Il n'avait pas la tête aux œuvres de bienfaisance ce soir. C'était trop bon de danser avec elle, d'avoir une excuse légitime pour la tenir entre ses bras. La teneur de sa mission à Reno redevenait confuse dans son esprit. Il avait aidé Susie autant qu'elle le lui permettait, mais le temps filait. Il devait de nouveau aborder le sujet de l'ouverture de sa boutique, mais pas ce soir. Ce soir, il s'agissait de lui offrir du bon temps. Dieu sait si elle le méritait.

Lorsque la musique cessa, il n'eut pas envie de la lâcher, et ils enchaînèrent sur une nouvelle ballade, serrés l'un contre l'autre. Elle dansait avec grâce, légèreté. S'il l'avait toujours considérée comme une gamine charmante, il pensait maintenant à elle comme à une femme, une femme qu'il ne parvenait pas à chasser de son esprit.

Au bout d'un moment, Austin vint lui enlever Susanna, et Casey dansa avec Elizabeth. Néanmoins, il était impatient de la reprendre dans ses bras, ce qu'il fit dès le morceau suivant. Trois danses plus tard, elle demanda grâce.

— Tu t'amuses ?

— Oui, répondit-elle, les yeux brillants. Je n'ai jamais autant dansé de ma vie, mais là je n'en peux plus.

Il décocha un regard à leur table.

— On dirait qu'ils servent les desserts. Te voilà sauvée.

Ils regagnèrent leurs sièges. Elizabeth et Austin l'avaient observée durant toute la soirée. Nul doute que sa cavalière les intriguait. Quand il dansait avec Elizabeth, elle lui avait glissé quelques questions subtiles sur sa relation avec Susie. Le problème, c'était que lui-même n'avait pas la réponse.

Après le dessert, les Brown se levèrent pour partir, et, tandis qu'Elizabeth saluait Susie, Austin s'approcha de lui.

— Je l'aime bien, murmura-t-il, le regard approbateur.

Casey se renfrogna.

— Ne te fais pas des idées. On est juste… amis.

Austin hocha la tête.

— Tu te leurres, mon garçon. Tu ne l'as pas quittée des yeux de la soirée. Et tu étais prêt à me coller un coup de poing quand je suis venu vous interrompre dans votre slow.

— Uniquement parce que tu danses comme un pied, répliqua-t-il en riant. Je m'étonne que tu ne lui aies pas écrasé les orteils.

— Ris tant que tu voudras, Casey. Je sais ce que j'ai vu.

Il l'étreignit avec affection.

— Je suis fier de toi, bonhomme. Et content qu'on soit venus te voir recevoir un hommage.

La béance dans son cœur se combla un peu. Il avait passé la majeure partie de sa vie totalement dépourvu de soutien et d'encouragement parental. Aujourd'hui, grâce aux Brown, il savait plus ou moins à quoi ça ressemblait.

— Merci. Votre présence, à Elizabeth et toi, compte beaucoup pour moi.

Puis il embrassa Elizabeth pour lui dire au revoir. Le couple rejoignit les nombreux autres invités qui quittaient la salle, la réception arrivant à son terme.

Casey empoigna le châle de Susie.

— C'est l'heure de partir, Cendrillon.

— Si je suis Cendrillon, tu es le beau prince charmant.

En ce cas, il n'avait aucune intention que minuit sonne et que le carrosse se retransforme en citrouille.

Il lui prit la main.

— Si le soulier de verre correspond à ton pied…

Le rire de Susanna l'accompagna durant le trajet jusqu'à la limousine.

- 8 -

L'air au-dehors était lourd, mais Susanna savait que la climatisation rafraîchirait l'intérieur de la limousine. Elle se glissa sur la banquette, et Casey ôta sa veste avant de la rejoindre. Dès que le chauffeur démarra, Casey dénoua également sa cravate puis déboutonna les trois premiers boutons de sa chemise. Elle aperçut un pan de peau illuminé par le clair de lune.

Pas étonnant qu'elle ait du mal à respirer.

Elle l'avait vu torse nu, brièvement, lorsqu'il réparait son évier. Mais la situation était différente. Ally se trouvait dans la pièce voisine, et, ma foi, la fuite d'eau demandait une intervention urgente. Tandis que, là, la chaleur émanant de Casey devenait la sienne. Et, Seigneur, c'était suffocant.

— Une flûte de champagne ? proposa-t-il.

— Oui, bien volontiers.

Comment mourir heureuse sans avoir siroté du champagne en compagnie de cet homme à l'arrière d'une limousine ?

Il s'empara d'une bouteille dans un seau à glace, fit sauter le bouchon, canalisa la mousse débordante en la versant dans une flûte, qu'il continua de remplir ensuite.

— Tu fais ça comme un pro, dit-elle.

— Un de mes nombreux talents.

Il sourit, lui tendit la flûte puis se servit à son tour. Il entrechoqua le bord de leurs verres.

— Aux bonnes causes.

— Ça me plaît, concéda-t-elle avant de boire une gorgée.

Les bulles du champagne pétillèrent délicieusement dans sa bouche, lui procurant une fraîcheur bienvenue.

— Mmm, c'est bon.

Les yeux de Casey pétillaient également en l'observant par-dessus sa flûte. Les lèvres tremblantes, elle prit une nouvelle gorgée, et lui rendit son regard. Il faisait nuit, et seule une faible lumière pénétrait l'habitacle de la limousine, permettant juste de distinguer son beau visage taillé à la serpe.

Le champagne commença à lui monter à la tête quand elle remarqua que les yeux de Casey descendaient vers sa poitrine. La pointe de ses seins se durcit instantanément sous l'intensité avide de son regard.

— On sera à la maison dans un quart d'heure, annonça-t-il d'une voix un peu rauque. A moins que tu ne veuilles prolonger la promenade.

Il n'était pas encore 23 heures. Aux douze coups de minuit, elle redeviendrait Cendrillon. Elle savait également ce que signifiait une promenade dans cette atmosphère à peine respirable…

— Bonne idée, articula-t-elle.

Casey s'adressa au chauffeur par l'Interphone.

— Allons le long de la Truckee River.

Elle termina sa flûte de champagne.

— Une autre ? demanda-t-il, prêt à étancher sa soif.

— Pas tout de suite.

Suffisamment de pensées grisantes lui faisaient déjà tourner la tête.

La belle bouche de Casey forma une drôle de moue tandis qu'il remettait la bouteille dans le seau à glace.

— Dommage, fit-il.

— Pourquoi ?

Il lui prit son verre des mains, le posa, puis se pencha vers elle pour murmurer :

— Parce que maintenant je n'ai aucune raison de ne pas t'embrasser.

— Tu as besoin d'une raison ? répliqua-t-elle.

Un sourire terriblement sexy joua sur ses lèvres. Du bout du doigt, il toucha sa joue, puis dévia lentement vers sa bouche. Ce simple contact suffit à l'affoler. Son souffle se bloqua dans sa gorge alors qu'elle attendait… espérait.

Il suivit le contour de sa lèvre supérieure. Elle ferma les yeux, offerte. Il s'empara de sa bouche, le bras autour de sa taille, l'attirant au plus près. Son empressement lui arracha un hoquet.

Ses baisers la bouleversaient. Leur impact sur ses sens la stupéfiait. Ils l'emportaient dans un univers inconnu jusqu'alors, lui ouvraient des horizons insoupçonnés, lui procuraient un mélange d'ivresse et de lourdeur qui commençait dans ses seins et plongeait bien plus bas.

Un gémissement rauque résonna dans la gorge de Casey, qui l'installa sur ses genoux, profitant de l'espace qu'offrait la limousine pour allonger les jambes. Elle se trouvait à sa merci, plaquée contre lui, la robe relevée jusqu'aux hanches, mais pour rien au monde elle n'aurait été ailleurs.

Elle s'était leurrée en pensant ne pas être amoureuse de lui. A présent, elle savait à quel point ses sentiments pour lui étaient profonds. Tout au long de ces années, ils avaient faibli mais sans jamais s'éteindre complètement. Comme un flambeau qu'elle aurait porté pour Casey. Aujourd'hui, c'était un phare, brillant signal lumineux qui la guidait vers là où elle voulait être depuis le début. Avec lui.

Il la couvrit de baisers, puis déplaça sa bouche à la base de son cou, effleura la courbe de ses épaules, le creux de sa clavicule. Délicatement, il baissa les bretelles de sa robe et le tissu glissa sur sa poitrine. Casey embrassa les courbes douces de ses seins avec des lèvres à la fois voraces et respectueuses. Elle se cambra, ne désirant qu'une chose, qu'il les suce, les dévore. Ce qu'il fit. Ses mamelons se durcirent, plus tendus à chaque coup de langue. Son corps pulsait, traversé d'un plaisir électrique.

— Oooh, gémit-elle dans un souffle.

Entre ses cuisses, elle se liquéfiait. C'était si bon.

— Tu es magnifique, murmura-t-il entre deux baisers.

Sa poitrine à lui se soulevait, révélant le déchaînement d'une puissance torride sublime.

— J'ai envie de toi, ma chérie, chuchota-t-il.

Son souffle brûlant sur ses seins attisa son désir. Ses tétons devinrent presque douloureux. L'air autour d'eux, presque suffoquant d'intensité.

— Moi aussi, j'ai envie de toi, Casey.

— Tu es sûre ?

Il captura de nouveau sa bouche.

— Oui. Oh ! oui…

Elle se redressa un peu et déboutonna à la hâte le reste de sa chemise. Avec son aide, elle l'enleva, et posa aussitôt les lèvres sur son torse. Elle l'embrassa là, lécha la surface incroyablement lisse au-dessus de ses côtes, se grisant de la saveur de sa peau mêlée à la senteur subtile de son eau de toilette.

Il fourrageait ses cheveux tout en émettant des grognements de plaisir. Puis il descendit les mains jusqu'à la fermeture Eclair de sa robe. Le corsage s'ouvrit dans un murmure métallique. A eux deux, ils firent glisser la robe sur le sol de la voiture.

Une lueur d'appréciation étincela dans ses yeux tandis qu'il considérait longuement son corps.

— Tu es belle, Susie.

Elle rougit, et il sourit. Puis il la rassit à califourchon sur ses genoux et elle sentit la puissance de son érection. Il l'embrassa, ses mains défirent l'attache de son soutien-gorge. Ses seins libérés jaillirent, il en prit un dans sa main avant de le porter à sa bouche.

— Casey, gémit-elle, au comble de la félicité, transpercée de frissons survoltés.

De son autre main, il caressa son sexe par-dessus sa culotte de dentelle, l'obligeant à se mordre les lèvres pour étouffer les cris du plaisir qui montait.

C'était à la fois une torture et un bonheur. Se trouver nue dans une limousine avec Casey s'avérait de loin la chose la plus érotique qu'elle ait jamais faite, jamais rêvée. Les doigts de Casey se glissèrent sous la dentelle et explorèrent son lieu le plus secret. Très vite, trop vite, elle explosa sous ses caresses, le corps foudroyé de pulsations pareilles à des éclairs qui se figèrent et ensuite éclatèrent en mille bribes. Des cris s'échappèrent de ses lèvres, son orgasme tel un hymne doux chantant à travers son corps tout entier.

Elle finit par ouvrir les yeux, et, dans les siens, vit bouillonner un désir cru, sauvage.

— Je veux plus, souffla-t-elle, hors d'haleine.

— Sois sans crainte, ma belle. On n'a pas terminé.

Il s'étendit sur toute la longueur de la banquette en cuir, puis l'attira de nouveau sur lui.

En moins d'une minute, elle n'avait plus de culotte, lui avait baissé sa braguette et enfilé un préservatif. Il l'embrassa avec une fougue vertigineuse. Ensuite, il la redressa et la positionna au-dessus de lui. Elle lâcha un soupir ravi tandis qu'il la pénétrait.

Dans sa mémoire surgirent des souvenirs de leur première fois. La manière dont elle avait dissimulé la douleur causée par ses poussées, la manière dont elle avait feint de savoir ce qu'elle faisait. Non qu'elle soit devenue beaucoup plus experte depuis — elle avait connu quelques expériences. Mais rien comparé à ce qu'elle vivait ce soir, cette union de son corps avec celui de Casey. Rien du tout.

Elle le chevaucha, trouvant rapidement le rythme qui leur convenait à tous deux. D'un geste vif, il la coiffa de son Stetson et sourit tandis qu'ils bougeaient ensemble. Elle se figura à quoi elle ressemblait, entièrement nue exception faite du chapeau et de ses talons aiguilles. Puis les sourires disparurent de leurs visages à mesure qu'il s'enfonçait plus loin en elle, plus fort. Elle sentit son corps se tendre, tout comme le sien, sous ses coups de butoir. C'était fou, furieux, déchaîné, extraordinaire, on aurait dit deux animaux sauvages.

— Susie, dit-il entre ses dents serrées.

Elle jouit en même temps que lui, puissamment. Chaque cellule de son corps exulta, irradia d'un plaisir merveilleux, indescriptible. Elle n'était capable que de ressentir, éprouver, expérimenter, apprécier… et aimer.

Elle retomba sur Casey, leurs peaux moites fondues l'une dans l'autre. Il l'entoura de ses bras et la tint tout contre lui. Elle aurait pu rester ainsi pour toujours, mais la réalité battait le rappel. Elle n'avait aucune idée de l'heure, mais il devait être tard. Non sans mal, elle se libéra des bras vigoureux de Casey. Quoi qu'il lui en coûtât, le carrosse redeviendrait citrouille, et elle, Cendrillon, lorsque minuit sonnerait.

Il s'assit près d'elle.

— Ça va ?

Elle fit signe que oui, encore incapable de parler, et se recouvrit de sa robe.

Il l'embrassa avec une réelle passion sur les lèvres, et cela remit son univers dans l'axe.

— On ferait peut-être bien de rentrer, dit-il doucement.

Elle hocha de nouveau la tête.

Il donna l'instruction au chauffeur, et elle sut que, malgré la totale séparation entre lui et l'habitacle insonorisé, elle ne pourrait pas regarder l'homme dans les yeux quand elle descendrait de la limousine.

Casey l'aida à enfiler sa robe. Lui-même se rajusta, reboutonna sa chemise avant de se recoiffer avec les doigts. Puis il la reprit dans ses bras durant le reste du trajet. Une main posée sur son torse, elle ferma les yeux. Il baisa son front et y laissa ses lèvres. Le cœur de Susanna battait la chamade. Jamais elle ne s'était sentie plus heureuse.

Hélas, le carrosse de conte de fées parvint trop vite à destination. Il la lâcha à contrecœur et, lorsque le chauffeur eut ouvert la portière, il le remercia puis, le bras autour de sa taille, la raccompagna jusqu'à sa porte.

— Rentrée avant minuit, murmura-t-il, le regard étincelant. Quelle fabuleuse soirée.

Fermant brièvement les paupières, elle bredouilla :

— Je n'ai pas l'habitude de… enfin, ce n'est pas mon genre de…

— Chut, Susie. Je sais.

Comment pouvait-il savoir qu'elle ne couchait pas avec d'autres hommes ? Chaque fois qu'elle s'était retrouvée seule avec lui, elle s'était laissée aller et ils avaient fait l'amour. D'accord, ce n'était arrivé qu'à deux reprises, mais il la voyait probablement comme une femme différente de ce qu'elle était en réalité.

— Comment le sais-tu ?

— Parce que je sais qui tu es.

Sa confiance la rasséréna. Puis des pensées de lui avec d'autres femmes rampèrent dans son esprit. Est-ce qu'il les emmenait dîner avant de leur faire l'amour à l'arrière d'une limousine ? Casey était-il ce type d'homme ? Peut-être à son époque rodéo et groupies. Peut-être pas. Susanna n'avait jamais discuté de sa vie amoureuse avec sa sœur. Audrey disait qu'il gardait cela pour lui quand il l'élevait. Sachant comment Casey avait protégé et traité Audrey comme un bébé, cela tombait sous le sens.

— J'ai l'impression de perdre la tête dès que je suis avec toi, avoua-t-elle.

Il planta un chaste baiser sur ses lèvres.

— Je suis ravi de l'entendre.

— Vraiment ?

— Evidemment. Pourquoi ce ne serait pas le cas ?

— P… parce que, la dernière fois, tu m'as dit que j'étais trop jeune, qu'on était voisins et que j'étais la meilleure amie de ta sœur. Et que c'était une erreur.

— Il y a dix ans, donc ? Quand tu étais une ado sur le

point d'entrer à l'université ? Ecoute, je sais que j'aurais dû mieux m'y prendre, mais tout cela était vrai.

— Et aujourd'hui c'est différent ?

Il se figea, le regard hésitant, comme si des pensées contradictoires bataillaient dans sa tête. Son expression l'inquiéta, et les gages d'assurance qu'elle espérait entendre ne vinrent pas. Au lieu de quoi il la prit dans ses bras et nicha sa tête contre son épaule. La chaleur de sa peau irradiait, la pénétrait, mais il garda le silence.

— Casey ?

— Je n'ai pas toutes les réponses, Suse.

Elle s'écarta, le cœur battant à tout rompre.

— Qu'est-ce que tu dis ?

Un muscle se crispa sur sa mâchoire. Il semblait avoir du mal à trouver ses mots. Après quelques secondes, il répondit :

— Que tu es une femme merveilleuse, et que je veux passer plus de temps avec toi.

Les épaules de Susanna se relâchèrent. Ouf.

— J'aimerais aussi, tu sais.

Casey Thomas était l'homme de sa vie. Elle en était folle. Elle noua les bras autour de son cou, plongea les yeux dans les siens. Ils brillaient de sincérité, et elle sut qu'il ne mentait pas. Il pensait chacune de ses paroles. Elle devait s'y fier. Trop de choses étaient en jeu. Le tendre visage d'Ally surgit dans son esprit. Elle n'avait pas le droit de s'abandonner à une histoire d'amour où Ally n'aurait pas sa place, où elle souffrirait.

Elle ignorait quand elle aurait l'occasion de toucher de nouveau Casey ainsi. Aussi savoura-t-elle chaque centimètre de lui et, lorsqu'il l'embrassa, elle lui rendit son baiser avec toute l'intensité et la force de ses sentiments.

Le samedi après-midi, Susie, accompagnée d'Ally, était pile à l'heure pour livrer la commande destinée à la « *chocolate party* » des seize ans de Joanna Picorelli. Elle disposa ses gâteaux sur trois tables couvertes de nappes blanches parsemées de pétales de fleurs. Un déploiement de nature à impressionner tout connaisseur de chocolat raffiné, avec ses cupcakes au double chocolat, ses truffes maison fourrées à la framboise et ses brownies au cheesecake.

Trop excitée après sa soirée, Susie s'était levée encore plus tôt que d'habitude et avait profité du sommeil d'Ally pour peaufiner ses pâtisseries, le cœur joyeux, se repassant en boucle ces heures merveilleuses en compagnie de Casey. Elle aurait dû être épuisée, mais son moral était au beau fixe. Si elle craignait presque de céder à ses sentiments, il était trop tard pour reculer.

Pourtant, elle se sentait un peu coupable d'avoir menti à Mindy. « Casey a gagné un prix d'honneur pour son œuvre caritative, et on a dansé un petit moment. Rien de plus », avait-elle dit d'un ton léger.

Pauvre Mindy. Elle avait paru si déçue que rien de croustillant ne se fût passé. Seulement, si elle avait su ce qui s'était réellement passé dans la limousine, elle aurait accouché avant terme.

Lorsque Susanna eut terminé de tout installer pour la fête, elle rentra à la maison. Ally se frottait les yeux. L'heure de la sieste sonnait et, après lui avoir donné un verre de jus de fruit, elle la mit au lit.

En quittant la chambre, elle huma l'odeur fleurie qui embaumait la maison. Elle sourit et alla admirer une fois de plus la douzaine de lys blancs envoyés par Casey le matin même. Ce geste, tout comme le billet accompagnant le bouquet — *pour ton plaisir, Casey* — l'avait autant surprise que remplie de bonheur.

Elle s'assit devant le vase et soupira, les yeux fixés sur les fleurs splendides. Durant quelques instants, la veille, après qu'ils avaient fait l'amour, l'attitude de Casey avait changé. Il s'était tellement fermé, plongé dans ses pensées, qu'elle s'était demandé s'il ne regrettait pas l'entière soirée. Mais, quand les fleurs étaient arrivées ce matin, ses craintes s'étaient — quelque peu — apaisées.

Son téléphone sonna et elle décrocha en souriant.

— Bonjour, maman.

— Bonjour, ma chérie. Comment ça va aujourd'hui ?

— A merveille. J'ai été très occupée, dans le bon sens du terme. Et toi ? Comment va Chip ?

— Oh ! il irait mieux si sa mère n'était pas tombée malade. C'est une dame très âgée, et on a passé beaucoup de temps avec elle. C'est la principale raison qui m'a empêchée de venir vous voir, Ally et toi. Ça fait longtemps que j'ai envie de vous rendre visite.

— J'en meurs d'envie aussi, maman. Mais je comprends. Chip a besoin de toi pour le moment.

— Tu sais que notre porte vous est ouverte, ma chérie. Si tu décides de venir t'installer ici avec Ally, je t'aiderai avec cette petite boutique que tu souhaites ouvrir.

Toujours en pleine contemplation de ses fleurs, Susie ne put masquer le sourire dans sa voix.

— Merci, maman. Je le sais, oui. Mais tout va bien. Vraiment, je suis heureuse ici. Ne te fais pas de souci.

— Susie, les mères se font toujours du souci.

Susie pouffa.

— Oui, c'est ce que je suis en train de découvrir.

— Et comment va Casey maintenant ? demanda sa mère.

— Euh, en pleine forme.

— Toujours aussi sensationnel ?

— Maman !

— Hé, ne me dis pas que tu n'avais pas le béguin pour ce garçon quand tu étais plus jeune. Dès qu'il s'approchait, tu perdais ta langue. Ça nous amusait beaucoup, ton père et moi. On dirait que tu le vois souvent, ces temps-ci.

— Il habite la porte à côté. Bien sûr, que je le vois. Autant que n'importe quel autre voisin.

Petit mensonge impossible à éviter. Quoi qu'il se passe entre Casey et elle, il était trop tôt pour en discuter avec sa mère.

— Bon, répliqua cette dernière avec un soupir, tu lui transmettras mes amitiés quand tu le verras.

— Je n'y manquerai pas, promis. A bientôt, maman.

— Au revoir, ma chérie. Et au fait… tu… tu sembles très heureuse aujourd'hui. Ça fait plaisir à entendre, tu sais.

— Je suis heureuse, maman. Au revoir.

Sur le seuil de la chambre d'Ally, Susanna observait la petite fille. Bordée pour la nuit, elle était adorable dans son pyjama à nounours. Mustang ronflait à ses côtés. Son cœur se gonfla devant l'image qu'ils donnaient tous deux, telle une illustration de Norman Rockwell. Mais sa joie se mêlait de crainte. Le psychologue l'avait mise en garde contre tout changement dans la routine d'Ally. Il fallait lui éviter à tout prix le moindre bouleversement. Comment garantir cela ?

Une voix intérieure lui intima de faire attention. Elle avançait en territoire inconnu avec Casey. Refermant la porte à demi, elle regagna la cuisine, où il l'attendait.

— Elle dort ? demanda Casey.

— Oui, grâce à toi et Mustang. Je ne sais pas lequel de vous trois s'est le plus amusé ce soir.

— Moi, répondit Casey en souriant. Sans l'ombre d'un doute.

Il l'enlaça et l'embrassa tendrement sur les lèvres.

— J'ai eu envie de faire ça toute la soirée…

— Mmm. Et moi, que tu aies envie de le faire.

Il l'entraîna dans le salon, s'assit sur le canapé puis l'attira sur ses genoux, où elle s'écroula.

— Casey !

— Je dois te remercier correctement pour le dîner.

Et il l'embarqua dans un long baiser.

— Et moi, je dois te remercier pour les superbes fleurs.

Elle lui rendit son baiser avec fougue.

— Voilà qui est fait, déclara-t-elle en s'écartant.

Il glissa les doigts dans ses cheveux, jouant avec ses boucles. Elle adorait la facilité avec laquelle il la touchait. Ils étaient devenus si proches en si peu de temps !

— J'ai pas mal réfléchi, lança-t-il. A Sweet Susie's.

— Oh. Ce n'est pas encore le moment, Casey. Je m'y suis résignée, en quelque sorte, ajouta-t-elle d'une voix altérée.

— Tu ne veux pas ouvrir cette boutique ?

— Plus que tout au monde, si.

Enfin, presque. Dans l'immédiat, elle avait plutôt Casey en tête.

— Je n'arrive pas à obtenir le prêt dont j'ai besoin. Et…

— Et si — simple supposition — je devenais ton bailleur de fonds ?

Elle descendit de ses genoux pour le fixer dans les yeux.

— Qu'est-ce que tu veux dire par là ?

— Que je pourrais avancer l'argent pour Sweet Susie's. Cet endroit près de River Walk est…

— Probablement déjà vendu à cette heure.

— Exact. Je l'ai acheté.

— Quoi ?

— C'est un emplacement formidable, Susanna.

— Tu l'as acheté ?

— Oui. Donc si tu es prête à tenter le coup je te soutiens.

Elle vit la sincérité et la détermination dans ses yeux. Les implications allaient au-delà des affaires. Casey, qui gérait déjà sa propre entreprise multimillionnaire, n'avait pas besoin de s'associer avec elle. Alors, qu'est-ce qui le motivait ? Il avait pitié d'elle, il lui faisait l'aumône, ou est-ce qu'il tenait réellement à elle ? La générosité du geste dépassait largement la livraison d'une douzaine de lys.

— Je… je ne sais pas.

— Inutile de te décider tout de suite, Suse. Penses-y et tiens-moi au courant quand tu seras prête. Pas de pression.

— D'accord, marmonna-t-elle, décontenancée.

Il joua avec le col de son chemisier, effleura du bout des doigts la courbe de ses seins.

— Je devrais y aller, murmura-t-il.

— C'est ce que tu veux ? souffla-t-elle.

Il la considéra longuement sans un mot, cherchant son regard. De nouveau, quelque chose qu'elle ne pouvait définir passa dans son expression. Impossible de savoir ce qu'il ressentait. Mais elle savait ce qu'elle voulait : lui.

— Reste avec moi cette nuit.

Il inspira à fond. Puis hocha la tête, toute hésitation effacée sous un sourire radieux.

— J'aurais eu un mal fou à te laisser seule, avoua-t-il.

Elle se leva, lui tendit la main. Il se redressa, la dominant de toute sa taille, et la suivit dans sa chambre.

Une fois dans la pièce, Casey referma doucement la porte à clé en l'interrogeant du regard.

Elle acquiesça. Ally dormait à poings fermés, mais elle préférait qu'elle n'entre pas inopinément dans la chambre, et il le comprenait. Susie avait une bonne ouïe et entendrait la fillette le cas échéant.

La chambre était chaude, le silence, riche et tendu. Casey lui prit la main et l'attira vers le grand lit. D'un geste vif, il la plaqua contre lui et chuchota à son oreille :

— Enfin, je vais te faire l'amour dans un lit.

— Je ne me plains pas, tu sais…

Chacune des deux fois précédentes — sur le canapé quand elle avait dix-huit ans, et la banquette arrière de la limousine la veille — resterait à jamais gravée dans sa mémoire.

— Mais tu mérites mieux, Susanna, répliqua-t-il d'une voix rauque. Tu mérites… tout.

— Oh ! Casey, je crois que j'ai tout pour le moment.

Le cœur empli d'émotion, elle posa la main sur sa joue râpeuse, enchantée de cet aspect rude de lui.

— Je n'en sais rien.

Si, au début, elle émettait des réserves vis-à-vis de Casey, les choses entre eux changeaient désormais. Ces derniers temps, il avait répondu présent à la moindre occasion. Si elle ne saisissait pas cette chance avec lui pour voir où cela les menait, elle ne se le pardonnerait jamais. Elle se fiait à ce point à ses sentiments pour lui. Sinon, elle ne risquerait pas son cœur dans cette histoire.

— Mais moi, je le sais. Je te veux ici ce soir. C'est tout ce qui compte.

Hissée sur la pointe des pieds, elle l'embrassa sur les lèvres.

Un gémissement sourd monta de la gorge de Casey et il la serra avec une fougue sauvage pour lui rendre son baiser. Puis il l'allongea sur le lit et la contempla, tandis qu'elle s'étirait langoureusement. Ses cheveux se répandirent sur l'oreiller, aiguisant son attention. Le matelas s'enfonça lorsqu'il s'agenouilla près d'elle et remonta son T-shirt par-dessus ses seins, puis le lui enleva complètement. Il la parcourut d'un regard gourmand.

Alors il se releva, ôta son polo. Ensuite, il déboucla sa ceinture, la sortit des passants. Elle observa le jeu du clair de lune sur son torse musclé. Elle ne se lassait pas d'admirer Casey ainsi, à demi nu, les yeux brillants de désir.

Oh ! Seigneur…

Il revint près d'elle et reprit leurs baisers. Sa peau frissonnait sous les caresses qu'il prodiguait aux endroits cachés de son corps. Il pouvait faire d'elle ce qu'il voulait. Prendre tout ce qu'il voulait. Elle lui appartenait maintenant. Elle l'aimait de toute son âme. Etre allongée sur le lit avec lui rendait tout cela d'une certaine manière plus réel, rendait tout cela juste.

Il l'embrassa sans se presser, comme s'il avait tout le temps du monde. Il la toucha partout, et elle gémit, se cambra sous ses mains, se colla contre lui. La bouche de Casey s'empara d'un de ses seins, sa main fouilla entre ses cuisses. Elle se mit à respirer précipitamment, submergée par un désir violent. Il lui écarta les jambes et elle attendit, immobile, prête.

— Casey…

— Chut, ma chérie. Je veux que ce soit bon pour toi.

Comment cela pouvait-il être meilleur ?

Une nouvelle tournée de baisers écrasa ses lèvres, puis il descendit plus bas et la goûta, mouillant de sa langue le point le plus sensible de son corps, sa barbe naissante frottant la peau tendre entre ses cuisses. Les sensations tourbillonnaient en elle, un cri monta, menaçant de briser le silence et aussitôt, comme s'il anticipait sa réaction, il recouvrit sa bouche d'une main pour en étouffer le son. Les dents plantées dans sa paume, elle s'abandonna aux vagues de plaisir qui la traversaient, en savoura chaque seconde.

Sa jouissance arriva très vite, électrique et exquise. Son cœur battait à tout rompre.

— C'était bon ?

— Mmm, plus que bon, soupira-t-elle.

Puis il enfila prestement un préservatif et se positionna au-dessus d'elle. Un rideau de cheveux blonds cachait son beau visage, mais elle apercevait sa mâchoire crispée et sentait son corps tendu à l'extrême.

— Prête pour moi ?

Elle l'avait toujours été.

— Oh oui, gémit-elle. Viens, vite !

Avec une grande inspiration, il la pénétra.

Le rythme patient qu'il imposa se révéla parfait. Ses lentes poussées régulières l'emportèrent au bord du précipice. Il allait et venait en elle, chuchotait à son oreille :

— Encore, mon cœur, encore.

Ces paroles sexy la firent basculer. Elle se raidit, au-delà de toute pensée. Il plongea plus loin. Son nom s'échappa de ses lèvres et soudain elle n'y tint plus. L'orgasme la fit voler en mille éclats de feu brûlant.

Avec un râle sourd, il s'effondra en tremblant sur elle. Ils restèrent ainsi, immobiles, silencieux, pantelants, les yeux rivés dans ceux de l'autre, attendant que leurs corps s'apaisent. Puis il roula sur le côté, glissa un bras autour d'elle, et elle ferma les paupières.

Elle était au paradis, et Casey en détenait la clé.

Susanna se lovait entre les bras de Casey, la tête sur sa poitrine, ses cheveux lui chatouillant le menton. Il effleurait du bout des doigts la peau encore moite de ses épaules. Elle sentait aussi bon que les gâteaux qu'elle cuisait, et il ne se lassait pas de respirer son odeur vanillée. Elle était devenue une femme merveilleuse, une mère aimante et une partenaire amoureuse du tonnerre.

Sa mission avait été compliquée dès le départ. Il avait dû gagner la confiance de Susie et s'imposer dans sa vie afin de l'aider sans qu'elle s'en rende compte. Il avait globalement réussi cette partie-là. Mais il n'avait pas prévu de tomber amoureux d'elle. Il n'avait pas prévu de s'attacher autant à elle et à la petite fille qu'elle élevait.

Susanna était devenue la femme avec qui il pourrait passer sa vie sans un regard en arrière. Puisqu'une enfant était impliquée et parce qu'il ne voulait à aucun prix la faire de nouveau souffrir, il devait avancer avec précaution. Pas question de commettre d'erreurs cette fois.

Il voulait Susie et en cet instant, tandis que son souffle chaud caressait sa peau, il n'entrevoyait que du possible avec elle. Prenait-il ses désirs pour des réalités ? Il l'ignorait. Mais bientôt il devrait lui dire la vérité à propos de lui-même, et assumer sa réaction à ce sujet. Cependant, pour le moment, il gardait son secret. Pour le moment, il ne pouvait risquer de faillir à sa mission.

Pour le moment, il n'était pas prêt à risquer quoi que ce soit.

— Mmm, Casey, ronronna Susanna en se blottissant plus près encore. C'est bon...

Il commença à lui caresser les cheveux, jouant avec ses boucles soyeuses tandis qu'elle poussait des petits soupirs de satisfaction. Jamais auparavant il n'avait eu autant de plaisir à câliner une femme.

— Mieux que bon, même, ma douce.

- 9 -

A la fenêtre de la cuisine, Susanna guettait le passage de Casey lors de son jogging matinal, ainsi qu'elle le faisait presque chaque jour. Le voir fouler le trottoir en tenue de sport, les bras et les épaules luisants de sueur, la transportait de joie. Mustang trottinait à côté de lui aussi vite que lui permettaient ses petites pattes. Elle le suivit des yeux jusqu'à ce que le chêne de Mme Simpson le dissimule à sa vue. Dans une vingtaine de minutes, elle le verrait revenir dans Meadow Drive d'un pas plus lent pendant qu'il récupérait.

Oh ! il lui manquait déjà.

Comme tous les matins, quand elle se réveillait seule dans le grand lit après une merveilleuse nuit torride en sa compagnie. S'il la sentait fatiguée, il partait avant minuit, sinon, ils dormaient dans les bras l'un de l'autre et il s'en allait à l'aube, avant la sonnerie de son réveil.

La semaine avait filé comme un éclair. On était déjà samedi, jour de l'inauguration de Zane's. Ce soir, elle voulait être particulièrement belle pour Casey. Et elle avait recruté Mindy pour ce faire. Si elle grillait d'impatience à l'idée de cette seconde sortie officielle avec lui, l'ouverture du restaurant et arrêter l'emplacement de ses nouveaux bureaux signifiait que sa tâche ici arrivait bientôt à son terme.

Une brusque migraine emprisonna son crâne. L'inconnu l'effrayait. Elle avait vécu cette semaine en profitant de l'instant présent avec Casey. Bien qu'il ne fasse aucune promesse verbale, ses baisers en disaient long. Les avait-elle mal interprétés ? Tout comme la bonté qu'il manifestait à leur égard, à Ally et elle ?

Le lundi précédent, elle était tombée sur lui et un ouvrier, à qui il demandait de réparer les barrières communes à leurs deux jardins. Mardi, une équipe de peintres repeignait l'auvent décoloré par le soleil de sa terrasse, après avoir exécuté des retouches dans la maison des Thomas. Mercredi, c'est un jardinier qui repiquait des rosiers blancs et des massifs de végétation dans les plates-bandes devant son porche. Casey avait dit qu'il voulait lui offrir des fleurs qui dureraient. Comment refuser ?

Hier matin, alors qu'il souffrait de son dos malgré le massage qu'elle lui avait prodigué la veille, il avait emmené Ally en promenade avec Mustang afin que Susie puisse terminer une grosse commande. Ally était aux anges. Elle adorait Casey, et le chiot lui procurait beaucoup de bonheur.

— Souviens-toi, Mustang n'est là que pour peu de temps, Ally, lui répétait-elle sans cesse. Un jour, il partira.

Elle ferait bien de se donner le même avertissement à propos de Casey.

Après l'avoir regardé revenir de son jogging, Susanna poursuivit sa routine matinale et, assistée d'Ally, confectionna des gâteaux puis effectua ses livraisons. Mindy vint en début d'après-midi, et toutes trois se rendirent au centre commercial. Elles déjeunèrent ensemble puis, sous l'œil attentif de Susie, Ally grimpa au toboggan de l'aire de jeux située devant leur table de bistrot. La petite fille glissa en poussant des cris de joie.

— Regarde, tantine, j'ai réussi !

— Je vois, Ally. Bravo !

D'autres enfants la rejoignirent, et Ally fit la queue pour remonter sur le toboggan.

— C'est incroyable, remarqua Susie, terminant sa salade.

Elle avait rarement le temps d'emmener Ally s'amuser ailleurs ou prendre un repas à l'extérieur.

— Ce qui est incroyable, c'est que tu me caches un secret si longtemps, riposta Mindy en lui jetant un regard noir.

Susie soupira. L'heure de vérité avait sonné.

— Tu sors avec Casey Thomas, poursuivit Mindy.

— Tu le sais déjà. Tu as de nouveau accepté de garder Ally ce soir. Je te promets que c'est la dernière fois que je te le demande.

— J'espère bien que non. Mais qu'est-ce qui se passe réellement entre vous ? Tu dois me répondre, insista Mindy en l'observant attentivement par-dessus sa limonade.

Susie inspira à fond. Admettre à haute voix que leur relation était devenue intime signifiait l'admettre elle-même. Jusqu'à maintenant, le secret enfoui dans son cœur était resté intact, protégé.

— Bon, d'accord, peut-être que… on a passé quelques nuits ensemble.

Mindy en resta bouche bée.

— C'est…, bafouilla Susie. Je ne sais pas ce que c'est.

— Tu couches avec lui ?

— Chut, fit Susie en jetant un coup d'œil vers Ally.

Celle-ci s'était fait une copine et elles attendaient leur tour au toboggan en jacassant. Adorables.

— Oui, avoua-t-elle enfin.

— Wouah ! s'exclama Mindy, les yeux ronds.

— « Wouah » est ce qui convient.

Elle se sentit devenir rouge comme une tomate.

— Oh, Suse… Je suis stupéfaite. Et ravie pour toi. Je veux dire, Casey est un mec sublime.

— Je sais.

Casey était bien plus qu'un mec sublime. Il avait d'abord été un ami pour elle, même si elle ne le voulait pas. Et extrêmement présent. Qu'il en soit conscient ou non, il lui facilitait la vie. Comment ne pas l'aimer ?

— Tu es dingue de lui, pas vrai ?

Inutile de mentir, Mindy lisait en elle. Elle acquiesça.

Son amie lui prit la main et la serra.

— Ma chérie, je suis heureuse que tu aies trouvé quelqu'un, mais fais attention.

— Promis. Je le fais déjà.

Faux. Elle avait beau essayer de rester prudente, ses sentiments la dépassaient totalement.

— Tant mieux. Je cherche juste à te protéger.

— Tu es une amie formidable, Mindy. Merci de ne pas me juger.

— Il n'y a rien à juger. Fonce, si c'est lui que tu veux.

— C'est lui.

— Bien, alors notre mission est claire. On va te trouver la robe idéale pour ta soirée torride avec l'époustouflant Casey Thomas.

— Tu es magnifique, Susie !

Sa peau picota sous le regard de Casey, qui balayait son audacieuse robe noire en cuir souple et moulant entrelacé de dentelle délicate. Il lui offrit une main et elle descendit gracieusement du 4x4, priant pour ne pas trébucher sur ses bottines à talons.

— J'espérais que ça te plairait.

Mindy avait insisté sur le fait que le noir s'imposait et, quand elles avaient trouvé cette robe dans une boutique branchée, elles n'avaient pas hésité. Cela valait le coup de puiser dans ses économies pour impressionner Casey. Lui-même l'avait considérablement impressionnée ces derniers temps — au lit et en dehors.

Elle pouffa avant de se ressaisir.

— Qu'est-ce qui t'amuse, mon cœur ?

Son amant secret était l'homme qu'elle avait toujours voulu. Pouvait-on être plus chanceuse ?

— Rien. J'ai juste un peu le tournis.

— Le tournis ?

Elle croisa son regard et y vit danser quelque chose de lumineux et beau.

— Ah, je comprends, reprit Casey avec un sourire narquois. C'est parce que tu vas dîner avec le super-talentueux Zane Williams ce soir.

— Peut-être que j'ai le tournis pour une autre raison.

Elle lissa le col de son smoking puis redressa son col.

— Ah oui ?

Ses bras vinrent entourer sa taille et il l'attira doucement vers lui. Ils se tenaient devant les magnifiques jardins menant au restaurant. Casey semblait se moquer comme d'une guigne qu'on les voie se comporter tels des ados amourachés. Ses lèvres se posèrent sur les siennes, et un gémissement impatient s'éleva de sa gorge. Après le baiser, il enfouit le nez dans ses cheveux et soupira.

— Dans une minute, il faudra que je plonge dans le fleuve pour me calmer, murmura-t-il.

Elle rit et il lui décocha un regard d'avertissement. Puis il la fit pivoter face au restaurant.

— Alors, qu'est-ce que tu en penses ?

Les guirlandes lumineuses éclairaient les jardins pour cette soirée d'inauguration de Zane's, exclusivement sur invitation. Le bâtiment présentait un design subtil mêlant harmonieusement pierre et bois clair, et combinait les styles moderne et rustique avec son deuxième étage entièrement vitré. Les doubles portes massives étaient sculptées de panneaux taillés en biseau.

— C'est superbe, Casey. Tu dois être fier.

— Merci, répliqua-t-il, la mine radieuse.

Il venait de loin, et son succès l'épatait. Il n'avait pas laissé sa blessure ruiner sa vie. Au contraire, il était allé de l'avant et avait risqué gros pour devenir PDG de Sentinel.

— Allons-y, dit-il en lui prenant la main avant de l'entraîner à l'intérieur du restaurant.

L'hôtesse leur montra leur table. Peu après, Zane Williams

fit son entrée. Sa haute taille, son chapeau légendaire et son sourire charmeur attiraient l'attention. Il savait gérer sa célébrité et se soumettait de bonne grâce à l'admiration de ses fans, enchantés de son comportement naturel. Susie le regarda serrer la main de ses invités et les remercier d'être venus. Elle observa l'assemblée de jolies femmes et d'hommes habillés. Ce soir, elle frayait avec le gratin de la ville.

Enfin, Zane les rejoignit, et prit place juste à côté d'elle.

— Bonsoir, beauté. Susanna, c'est ça ? Vous m'avez apporté un de vos délicieux muffins ?

Ça, alors, il se souvenait de son nom…

— Non, mais je vous en ferai porter, promis.

— Je plaisantais, mon chou, encore que je ne me plaindrais pas si une fournée atterrissait devant ma porte un de ces quatre matins ! Hé, Casey, content de te voir, mon vieux.

La veste du chanteur frôla son épaule tandis qu'il tendait le bras pour serrer la main de Casey.

— Pareil, Zane. Mais tiens-toi correctement avec ma petite amie, tu veux ?

Elle retint son souffle. Casey avait-il vraiment dit ça ? Pourtant, Zane Williams ne flirtait pas avec elle.

— Ah, vous êtes passée du stade « amie » à « petite amie », répliqua Zane en se penchant vers elle, les coudes sur la table. Casey montre enfin un peu de jugeote dans le domaine des femmes. Je pourrais vous raconter des trucs…

— Elle n'a pas envie de les entendre, dit Casey en l'interrompant. Et le sujet est définitivement clos.

Elle piqua un fard. Ce n'était pas tous les jours qu'elle était le sujet de la conversation avec une star de la musique country. Mais elle aimait entendre Casey l'appeler sa petite amie, même pour badiner avec son vieux copain.

— Motus et bouche cousue, promit Zane.

Il portait un pantalon noir et une chemise ornée de clous et de broderies, rien de trop voyant, mais sa tenue tranchait néanmoins avec celle du reste de l'assistance.

— Bon, le chef nous a promis des échantillons de ses spécialités. J'espère que la nourriture, le service et tout le reste seront au top.

Un serveur vint prendre les commandes de boissons. Zane et Casey optèrent pour un whisky, elle demanda un verre de vin blanc. Un bel homme aux traits rudes s'installa à leurs côtés ; le frère de Zane, assurément, leur ressemblance était frappante. Il s'appelait Caleb. Puis deux autres hommes prirent place à leur tour, complétant la tablée, et on servit les entrées.

Susie goûta de petites bouchées de crevettes à la thaïlandaise sur un lit de polenta. La fusion des saveurs s'avérait surprenante, à la fois douce et épicée.

— J'aime bien ça, dit-elle.

— Moi aussi, renchérit Casey.

Durant le dîner, Zane parla de sa prochaine tournée, qui débutait à la fin du mois, et le repas fut animé, et la nourriture, délicieuse.

Elle reconnut des musiciens de Zane qui s'installaient sur une estrade dans un coin dégagé du restaurant. Ils accordèrent leurs instruments pendant que Zane quittait la table et les rejoignait. S'emparant du micro, il s'adressa aux convives.

— Excusez l'acoustique. Cet endroit n'est pas destiné aux concerts. Mais mon groupe est capable de tirer un bon son d'à peu près n'importe quoi, y compris de moi.

Il gloussa, puis considéra la soixantaine de personnes assises dans la salle à l'éclairage tamisé.

— Tout d'abord, poursuivit-il, je veux tous vous remercier, mes amis, d'être venus. J'espère que vous aimez l'endroit, car je suis sacrément fier du résultat. Maintenant, si vous permettez et tant que je vous tiens à ma merci, je vais vous présenter quelques nouvelles chansons… et peut-être aussi quelques anciennes.

Casey posa un bras possessif sur l'épaule de Susie. Les lumières baissèrent, sauf sur la scène improvisée. Casey se pencha vers elle et lui baisa tendrement les lèvres. Elle en fut touchée et émue. Son cœur fondit de bonheur.

Les premières chansons étaient des morceaux au tempo enlevé, et, comme presque tout le monde, elle frappa des mains et tapa des pieds au rythme de la musique.

Quand Zane cessa de chanter, un tonnerre d'applaudissement éclata, puis, le silence revenu, il prit un tabouret de bar, sa guitare, et annonça :

— Maintenant, levez-vous pour venir danser. Cette fois, je vais chanter une ballade, les gars, alors pas d'excuse, amenez votre chérie sur la piste. Ça vaut pour toi aussi, Casey, ajouta-t-il avec une œillade en direction de leur table.

Casey éclata de rire et pressa l'épaule de Susie.

— Je crois qu'on n'a pas le choix. Tu danses ?

Comme si elle allait refuser ! Elle sourit.

— S'il le faut…

Ils gagnèrent la piste et s'enlacèrent. Ils s'accordaient désormais à merveille, toute gêne ou réserve disparues. Leurs bras, leurs mains savaient exactement où se placer et ils swinguèrent harmonieusement sur la chanson d'amour de Zane. Casey chuchota à son oreille :

— Sans vouloir vexer Zane, j'ai hâte de te ramener à la maison…

— Mmm.

Elle avait beau jouir d'un concert privé de son idole, rentrer en compagnie de Casey semblait encore meilleur. Elle se blottit entre ses bras et il l'embrassa sur le front.

Une heure plus tard, elle était dans la voiture, Casey au volant, heureuse de se trouver enfin seule avec lui.

— Tu as passé une bonne soirée ? demanda-t-il, posant sa main sur son genou.

Elle adorait ces petits gestes qui les liaient.

— Oui, c'était comme un rêve, merveilleux et extraordinaire à la fois.

— Je pourrais dire la même chose de toi, ma douce. Tu es merveilleuse et extraordinaire.

— Merci, murmura-t-elle, sous le charme.

Il mit un bras autour de sa nuque et l'attira contre lui, autant que le permettait la ceinture de sécurité. Il jeta un coup d'œil au rétroviseur, vérifiant que la route était déserte, puis s'empara avidement de sa bouche. Un désir foudroyant la submergea. Le baiser prit fin et Casey se redressa en poussant un soupir de frustration.

Soudain, le portable de Casey sonna.

— Zut, qui peut m'appeler à cette heure ?

Il pressa la touche mains libres sur le volant.

— Allô ?

La voix de son beau-frère résonna dans l'habitacle.

— Casey, c'est Luke. Désolé de te déranger si tard…

— Qu'est-ce qui se passe ?

— C'est Audrey. Elle a été pliée de douleur pendant des heures. Je l'ai amenée aux urgences. Oh ! si tu savais comme je suis inquiet pour elle !

— Qu'est-ce qu'ils ont dit ? Qu'est-ce qu'elle a ?

— L'appendicite. Ils vont l'opérer.

— Bon sang ! Péritonite ?

— Non, Dieu merci. On est venus à temps.

— Dis-lui que j'arrive. Vous êtes où ?

— Douglas County Hospital.

— J'y suis aussi vite que possible.

Il raccrocha avec une grimace.

— Oh non, gémit Susie en se mordant la lèvre.

Elle avait entendu toute la conversation, et le visage préoccupé de Casey l'effrayait. Elle détestait ce sentiment d'angoisse. Cela ne lui rappelait que trop l'époque où son père était malade.

— Casey, je voudrais t'accompagner, mais Ally…

— Tu ne peux laisser Ally cette nuit. Ni la réveiller pour la traîner dans un hôpital.

— Elle déteste les hôpitaux. Ça lui rappelle des mauvais souvenirs de sa mère.

Il hocha la tête.

Le trajet du retour parut durer une éternité. Quand ils arrivèrent enfin, Susie couvrit de sa main celle de Casey. Elle tremblait.

— Je t'en prie. Fais attention en conduisant.

— Ne t'inquiète pas.

— Et dis à Audrey que je l'aime, quand tu la verras. Je prie pour que tout aille bien.

— Tout ira bien, assura-t-il.

Mais ce qu'elle entendit en réalité, ce fut : « Pourvu que tout aille bien. »

Casey était avachi sur une chaise inconfortable dans la salle d'attente de l'hôpital, paupières closes. Sa troisième tasse de café refroidissait sur l'accoudoir. Audrey était sortie de la salle d'opération, tout allait bien. Merci, mon Dieu, merci. Jamais son instinct de protection envers sa sœur ne faiblirait. Il s'était fait du souci pour elle toute sa vie. Même s'ils se disputaient parfois, il l'avait toujours protégée envers et contre tout.

Elle s'était réveillée une heure plus tôt, et Luke se trouvait auprès d'elle. Ava était en de bonnes mains, avec sa tante Kat et son oncle Justin, au Sunset Ranch. L'autre frère de Luke, Logan, et sa femme Sophia avaient tenu compagnie à Luke jusqu'à ce qu'ils sachent Audrey hors de danger.

Casey était passé voir sa sœur pendant qu'elle dormait encore, assommée par l'anesthésie. Elle ne s'était pas rendu compte de sa présence, ni des larmes dans ses yeux alors qu'il contemplait son visage livide.

— Entre à ton tour, maintenant. Audrey te réclame.

A la voix de Luke, il ouvrit brutalement les yeux. Il se leva, les articulations raides, redressant précautionneusement le dos.

— Merci. Comment va-t-elle ?

— Un peu groggy, mais ça va. Selon le chirurgien, son appendice était au bord de la perforation.

— Oh ! tu as bien fait d'insister pour l'amener ici, mon vieux. Audrey n'a jamais autant coopéré avec moi.

— Ma foi, j'ai joué ma carte maîtresse. Ava. Audrey ferait n'importe quoi pour notre petite fille. De toute façon, elle souffrait tellement qu'elle n'avait plus la force de discuter.

Le cœur de Casey se serra. Il détestait l'idée que sa petite sœur ait mal. Il tapota le dos de son beau-frère.

— Je vais aller la voir. Et si tu rentrais jeter un œil sur Ava et souffler un peu ?

— C'est exactement ce que m'a dit Audrey. Elle peut rentrer à la maison aujourd'hui. Tant mieux. Ava lui manque.

— Vas-y, alors. Je resterai avec elle jusqu'à ton retour.

Il longea le couloir et entra dans la chambre de sa sœur. Elle lui adressa un grand sourire avec des yeux embués.

— Casey, salut.

Adossée contre deux gros oreillers, elle portait la chemise de nuit à carreaux verts de l'hôpital et parlait lentement, d'une voix un peu brouillée.

— Ce n'était pas la peine de venir. Tu as attendu toute la nuit sur une vilaine chaise pour moi.

— Si, je devais venir. Je devais m'assurer que ça allait.

Il se pencha pour l'embrasser, laissant ses lèvres s'attarder sur son front tandis qu'il fermait fort les paupières. C'était bon de la voir réveillée et hors de danger, même l'esprit embrumé.

— J'ai le meilleur grand frère du monde, murmura-t-elle.

— Tu ne disais pas ça autrefois.

Malgré son état semi-comateux, elle leva les yeux au ciel.

— Tu as changé, voilà tout.

Il éclata de rire, tant il était soulagé.

— Tu nous as fait une belle frayeur. Luke devenait fou.

— Ça n'a pas été une partie de plaisir pour moi non plus,

tu sais. Mais savoir que Luke s'inquiétait était pire que tout. Je l'aime, cet homme.

— Oh ! ça va, hein ! Epargne-moi la chanson.

Son meilleur ami avait mis sa petite sœur enceinte et, têtue comme elle l'était, elle avait commencé par refuser de l'épouser, malgré la demande en mariage de Luke et l'insistance de Casey.

Il prit une chaise.

— Alors, tu te sens vraiment bien ?

— Prête à courir un marathon.

Il l'étudia. Les couleurs revenaient un peu sur son visage encore très pâle. Elle était un peu sonnée par les médicaments, c'était évident, mais qu'elle plaisante était bon signe.

— Le médecin dit que je peux rentrer tout à l'heure. Ouf, ajouta-t-elle, les yeux brillants d'émotion. J'ai hâte de retrouver Ava. On n'avait encore jamais été séparées.

— Je parie que Luke l'amènera quand il viendra te chercher, assura-t-il en lui prenant la main.

— Tu n'as pas idée à quel point j'aime ce bébé !

De son autre main, il se frotta la nuque. Des pensées de Susie et Ally surgirent dans son esprit. Il se représentait de plus en plus souvent avec elles. Et les contours flous de cette image devenaient de plus en plus clairs. Bientôt, il faudrait qu'il dise la vérité à Susanna.

— C'est un adorable petit ange.

— A propos d'anges, comment vont mon amie Susie et sa petite Ally ? Est-ce que notre plan suit son cours ? On n'en a pas parlé depuis un moment.

Le plan ? Il considérait Susanna et Ally autrement maintenant. Plus du tout en termes de mission. Ça allait bien au-delà. Quoi qu'il en soit et quoi qu'il se passe dans le futur, il avait réussi à accomplir certaines choses et n'en était pas peu fier.

— Suse t'envoie tout son amour, ma puce. Et tout va bien. Elle envisage d'ouvrir sa boutique, en fin de compte. Je lui ai proposé un partenariat.

— Suse ? Tu viens de l'appeler Suse ?

Audrey le fixait en souriant. Il ignora sa question.

— Elle a la tête sur les épaules, et me donnera sa réponse bientôt. Ally et elle ont besoin de stabilité dans leurs vies, et la boutique la leur donnera. Elle fait un travail remarquable en élevant cette enfant.

— Je ne m'imagine même pas élever Ava sans Luke, répliqua Audrey, qui poursuivit d'un air pensif : je me souviens qu'on passait des étés entiers à rêver qu'on se mariait et qu'on avait des bébés. Susanna a toujours voulu une famille nombreuse. Parce qu'elle était fille unique, sans doute. On choisissait des prénoms et tout. Bref, mes rêves sont devenus réalité, et je souhaite la même chose pour Susie.

Il dévisagea sa sœur. Un brouillard montait devant ses yeux, sa gorge se serrait, son cœur s'emplissait de plomb.

Susanna a toujours voulu une famille nombreuse.

Il trembla. Jamais il ne s'était senti aussi brisé qu'en cet instant. Déchiré en deux. L'inéluctable vérité anéantissait tous ses espoirs.

Austin, son mentor et meilleur ami, ne lui avait-il pas dit qu'il aurait dû faire autrement pour qu'Elizabeth puisse avoir des enfants, qu'il regrettait d'avoir laissé les affaires prendre le pas sur leurs vies, jusqu'à ce qu'il soit trop tard ? Il avait même failli perdre sa femme à cause de ça.

Casey tressaillit. Qu'est-ce qu'il croyait ? Il ne pouvait pas avoir Susanna. Ce serait malhonnête vis-à-vis d'elle. Il ne pouvait lui offrir ce qu'elle voulait. Et elle avait déjà fait suffisamment de sacrifices dans sa vie.

Il l'aimait trop pour lui imposer ce sacrifice-là.

Il l'aimait.

Bien sûr. Comment ne pas fréquenter Susie sans tomber amoureux ? Il est vrai qu'au début il ne l'avait pas vu venir, mais en la connaissant mieux, jour après jour, il avait été incapable de freiner ses sentiments.

A présent, son cœur souffrait comme jamais auparavant.

La triste vérité était qu'il ne pourrait jamais donner à Susanna la famille qu'elle voulait.

Pas question qu'Audrey le voie aussi désemparé. Il se composa un sourire rassurant.

— Je suis sûr que Susanna aura la vie qu'elle souhaite.

— Casey, ça va ? Tu es blanc comme un linge.

— Voilà ce que c'est que de passer une nuit sans manger ni dormir. Je ne suis plus aussi jeune qu'avant, ma puce.

Plus tard dans l'après-midi, Casey s'engagea dans son allée. Une grosse boule lui comprimait la gorge. Mustang dévala en courant le porche de Susanna, fonçant vers sa voiture. Susie l'avait gardé pendant la nuit, le temps qu'il reste auprès de sa sœur à l'hôpital.

— Mustang !

La voix mélodieuse de Susanna chanta à ses oreilles. Elle descendit les marches à son tour, Ally dans les bras. Sa poitrine se serra en voyant les deux femmes de sa vie se précipiter vers lui, un grand sourire aux lèvres.

Susie portait son habituel T-shirt Sweet Susie's bleu lavande et un jean moulant. Ses cheveux relâchés flottaient derrière elle en une cascade de boucles auburn. Ally lui fit un signe de la main. Elle était adorable dans sa robe d'été jaune et avec ses couettes blondes enrubannées.

Il ne put s'empêcher de sourire. Elles étaient magnifiques.

L'amour qu'il éprouvait pour elles se déversa sur lui tel une pluie torrentielle. Mais son ventre était noué.

Il ouvrit la portière de la voiture, posa les pieds sur l'asphalte et sortit avec lourdeur. un poids terrible pesait sur ses épaules, et ses jambes vacillaient, mais il se ressaisit avant que Susie s'en aperçoive. Que c'était difficile d'aimer quelqu'un à ce point.

Les pattes griffues de Mustang se posèrent aussitôt sur ses genoux ; la petite boule d'énergie détourna Casey de ses problèmes. Il prit le chiot dans ses bras et le gratta sous le menton. La queue du toutou battait contre son torse.

— Du calme, Mustang.

Puis Susie fut là, devant lui. Ally souriait de toutes ses dents et elle le salua de sa voix flûtée.

— Je suis contente que tu sois rentré, dit Susie.

Son visage était radieux. Il aurait aimé lui retourner sa joie, mais il garda le silence.

— Comment va Audrey ? demanda-t-elle, essoufflée.

— Plutôt bien, compte tenu de ce qu'elle vient de traverser. Luke est avec elle. Avec un peu de chance, elle va rentrer chez elle ce soir. Elle se rétablira sans problème.

— Quel soulagement. J'ai appelé l'hôpital tout à l'heure pour essayer de lui parler mais elle dormait. Je suis contente que tu m'aies téléphoné ce matin pour me tenir au courant.

— C'était bien normal, répliqua-t-il en reposant le chiot par terre. Merci d'avoir gardé le toutou. J'espère qu'il a été sage.

Son ton un rien solennel fit plisser les yeux de Susie, qui l'étudiait à présent avec attention.

— Oui, bien entendu.

Ally réclama de quitter ses bras, et elle se baissa pour la remettre sur le sol. Quand elle se redressa, ses yeux étaient deux sondes qui fouillaient son âme.

— Quelque chose ne va pas ?

— Je suis juste crevé. Ces dernières vingt-quatre heures ont été longues. Je crois que je vais me coucher tôt.

— D'accord. Tu veux que je te débarrasse de Mustang ?

— Non, Susanna, ce n'est pas la peine.

Son regard brillait de désir, un désir qui était le même qu'il ressentait pour elle. Il dut rassembler toute sa volonté pour ne pas l'embrasser à perdre haleine et lui dire ce qu'elle représentait pour lui. Mais cela valait mieux ainsi. Il ne pouvait plus reprendre le cours de leur relation ni lui donner de faux espoirs. Il devait lui dire la vérité. Rompre.

— Bon, eh bien, repose-toi, Casey.

— Promis.

Puis il appela le chien, qui, pour une fois, lâcha Ally et le suivit en trottinant dans la maison.

Casey alla droit dans la cuisine, ouvrit un placard et sortit une bouteille de scotch et un verre. Il les emporta dans le salon, alluma la télévision et s'effondra sur le canapé. Mais il ne se servit pas tout de suite. Il enfouit son visage entre ses mains. Et maintenant ? Quel immense gâchis. Il n'y avait qu'une seule façon de s'en sortir. Dire la vérité à Susanna et en finir avec ce martyre.

Mustang sauta sur le canapé, tourna en rond puis se coucha, le menton sur les genoux de Casey. Il le caressa distraitement, les yeux sur l'écran. Un western classique se terminait. Un cow-boy en chemise amidonnée, monté sur un cheval pie, se dirigeait vers le soleil couchant, laissant derrière lui une fille au visage doux. L'image en noir et blanc avait quelque chose de charmant et romantique.

Mais dans la vraie vie ? Beaucoup moins.

Susie disposa du poulet frit, des pommes de terre sautées et un muffin au miel sur une assiette, qu'elle recouvrit de papier aluminium, tout en mettant Ally en garde.

— On ne doit pas faire de bruit, ma puce. Casey risque de dormir quand on entrera chez lui.

Puis elle prit le petit mot qu'elle venait d'écrire. Si Casey ne leur ouvrait pas, elle comptait mettre son repas dans le réfrigérateur et lui laisser le mot avant de quitter la maison à pas de loup sans le réveiller. Munie du double de la clé de Casey, elle saisit l'assiette et tendit la main à Ally.

— Allons-y.

La fillette trouvait cela follement amusant. Elles traversèrent le jardin et Susie frappa doucement à la porte de derrière. Seul le silence répondit. Elle recommença, colla son oreille au battant. Rien. Mustang devait dormir aussi.

— Bon. Ally, on va entrer, mais surtout pas un mot.

Elle pénétra dans la cuisine sur la pointe des pieds. Ally la suivait en pouffant silencieusement. Heureusement que Casey avait un sommeil de plomb. Depuis sa chambre, il n'entendrait probablement pas les petits bruits de l'enfant.

Elle aimait bien faire des choses agréables pour Casey. Un repas par-ci, un massage par-là. Des petits riens, mais c'est tout ce qu'elle avait à lui offrir. Lui-même n'avait cessé de faire des choses agréables pour elle depuis son arrivée à Reno. Y compris proposer d'être le bailleur de fonds pour Sweet Susie's. Pendant qu'il était à l'hôpital, elle avait beaucoup réfléchi. A dire vrai, le pépin de santé d'Audrey lui avait rappelé combien la vie était courte et précieuse. Dieu sait que la maladie avait écourté celle de son père. Il était temps pour elle d'agir. S'il souhaitait devenir son associé, pourquoi ne pas accepter sa proposition ? Pourquoi ne pas tout mettre en œuvre pour assurer leur stabilité, à Ally et elle-même ? Elle avait espéré en discuter avec lui ce soir, lui donner sa réponse, mais il était de toute évidence épuisé. Il ne semblait plus lui-même quand il était rentré. Demain, après une bonne nuit de repos, ils parleraient.

Au moment où elle ouvrait le réfrigérateur, une sonnerie musicale retentit dans la pièce voisine. Elle sursauta, manquant laisser tomber l'assiette. Elle pivota sur ses talons, fit signe à Ally de rester silencieuse.

Ally plaqua sa main sur ses lèvres afin d'étouffer une nouvelle série de gloussements.

Puis Susie entendit la belle voix de Casey.

La sonnerie du portable extirpa Casey d'un profond sommeil. Il se redressa sur le canapé, tendit la main vers le téléphone, qu'il cogna contre une bouteille de whisky, laquelle vacilla. Il la reposa près de son verre. Les deux objets avaient été ses meilleurs amis quelques heures plus tôt.

— Allô ?

— Casey, c'est Audrey.

Il dessoûla aussi sec.

— Audrey, quelque chose ne va pas ?

— Si, tout va bien, je suis à la maison, dans mon lit. Je me sens mieux. L'anesthésie ne fait plus effet mais j'ai des médicaments antidouleur, pas trop forts.

— Bon, tant mieux.

— En fait, j'appelle à propos de toi.

— De moi ? Pourquoi, sœurette ?

— Eh bien, une fois l'esprit plus clair, j'ai commencé à me rappeler notre conversation à l'hôpital.

— Et ?

— Et tes yeux se sont illuminés quand on parlait de Susanna. Tu avais cette expression sur le visage, Casey. Le même genre d'expression que j'ai quand je parle de Luke. Et tu l'as appelée Suse. Je ne sais pas, c'était tendre.

Il se figea, puis se leva pour gagner la fenêtre, regardant dehors sans rien voir. Audrey touchait trop près.

— Susanna est une femme tendre, Audrey. Où veux-tu en venir ?

— Tu es en train de tomber amoureux d'elle ?

— Non, je ne suis pas en train de tomber amoureux de Susanna, dit-il, faisant une entorse à la vérité : il était *déjà* amoureux d'elle. Ecoute, Audrey, je suis ici sur ta suggestion pour l'aider, pour rendre sa vie un peu plus facile. Telle est ma mission. Et je l'ai honorée de toutes les manières possibles. J'ai dû devenir très proche d'elle pour ça. J'ai presque réussi à la convaincre de s'associer avec moi pour sa boutique. Ensuite, que veux-tu que je fasse de plus ?

Un fracas éclata derrière lui, comme du verre brisé. Provenant de sa cuisine ? Il se retourna. Oh ! Seigneur. Susie se tenait dans l'encadrement de la porte. Et son visage… bon sang, son visage était tordu par la souffrance, ses joues, écarlates. Ses épaules, assez raides pour soutenir la maison tout entière. La haine, le dégoût, le désespoir assombrissaient ses beaux yeux. En arrière-plan, il entendit Ally sangloter.

— Audrey, je te rappelle.

Il coupa le téléphone et le jeta sur le canapé.

— Reste ici, Ally, ordonna Susie à la fillette.

Elle avança vers lui, leva un bras. Et le gifla à toute volée. La douleur cinglante brûla sa joue et descendit jusqu'à ses orteils. Elle le foudroya du regard.

— Je vais te dire ce que tu peux faire de plus, Casey. Aller au diable.

— Susie, écoute-moi. Ce n'est pas ce que tu penses…

Il tendit la main, mais elle la repoussa violemment.

— Plus un mot. Je dois ramener Ally. Elle est bouleversée maintenant.

Il se tut. Ally n'avait pas besoin d'entendre cela. Elle n'avait pas besoin d'assister à leur dispute. Qui risquait d'être terrible. Mon Dieu, comment se défendre ? Comment lui expliquer ?

— D'accord. Je t'appelle plus tard.

Elle lui tournait déjà le dos.

— Ne t'avise pas de le faire.

Puis elle traversa la cuisine, marchant sur la vaisselle brisée, et claqua la porte derrière elle.

Il lâcha un nombre incalculable de jurons, mais ils ne soulageraient ni ne répareraient rien. A l'intérieur de lui grandissait un mal sourd, un poison qui se répandrait et tuerait toute joie dans son cœur. Il n'osait imaginer ce que pensait Susie en ce moment même. Son chagrin. Les mots qu'elle avait entendus de sa bouche devaient la blesser horriblement. Mais il ne pouvait lui dire ce qu'elle avait envie d'entendre. Il ne pouvait pas lui dire « je t'aime » puis s'en aller. Il ne pouvait pas rajouter de la peine à celle qu'elle ressentait déjà. Il ne pouvait pas lui donner la vie qu'elle voulait.

Il n'était pas l'homme qu'il lui fallait.

D'ailleurs, qu'est-ce qu'elle fichait chez lui ? Pourquoi était-elle entrée avec son double de clé ? Il aperçut un bout de papier collé sur la porte du frigo. Contournant les débris sur le sol, il s'en empara, et lut :

« Ton plat préféré, parce que tu es mon préféré. Au cas où tu aurais faim ce soir. »

— Susie…

Il s'adossa contre la porte du réfrigérateur, la tête sur l'inox froid, et pressa le mot sur sa poitrine. Ses yeux s'emplirent de larmes.

- 10 -

Susie tint le coup jusqu'à l'heure de coucher Ally. Elle avait réussi à persuader le petit ange que tout allait bien. Ally était une enfant sensible, à qui rien n'échappait, et qui s'angoissait au moindre mot de travers. D'abord en raison de son jeune âge, mais surtout à cause des traumatismes qu'elle avait subis. Susanna en était consciente bien avant de la prendre chez elle.

Son objectif était de procurer à Ally une vie stable. Une vie où elle n'aurait plus peur. Susie devait être son point de repère. Pas question que la fillette la voie craquer. Assister quotidiennement au déclin de sa mère toxicomane avait été bien suffisant.

Susie sortit de la chambre sur la pointe des pieds. Toute la soirée, elle avait pensé qu'un verre de vin calmerait ses nerfs, mais elle en avait perdu l'envie, comme de tout le reste. Son cœur saignait à présent.

Après avoir fait bonne figure pour Ally, elle pouvait enfin s'écrouler sur son propre lit tout habillée et laisser les larmes couler sur ses joues.

Les paroles brutales de Casey la dévastaient. Ses pleurs silencieux se muèrent en sanglots. Elle les étouffa dans l'oreiller afin qu'ils n'atteignent pas les oreilles d'Ally. Comment quelque chose d'aussi immatériel que des mots pouvait-il la détruire à ce point ? Comment ces mots pouvaient-ils instiller une tristesse aussi inconsolable ? Son énergie la fuyait par tous ses pores. Elle la sentait quitter son corps, et l'engourdissement l'envahir. C'était un luxe de permettre à ses émotions de se déverser ainsi. Demain, pour le bien d'Ally, il lui faudrait donner le change. Pourtant, une question la taraudait encore. Une question sans réponse.

Pourquoi Casey avait-il fait cela ? Il ne savait pas à quel point apprendre la vérité la ravagerait ?

Soudain, elle se redressa. Il n'allait pas la faire souffrir une seconde fois et s'en tirer à si bon compte. Quand il l'avait couverte de reproches, dix ans plus tôt, elle s'était éloignée comme un chien la queue entre les pattes pour lécher ses plaies.

Cette fois, ce serait différent. Elle ne le laisserait pas la détruire sans lui dire son fait, sans se défendre. Sans lui donner l'occasion de demander : « Pourquoi ? »

Elle alla chercher son téléphone dans la cuisine. Elle le trouva à l'envers sur le plan de travail, avec le son coupé. Elle avait trois appels et deux SMS de Casey. Il voulait expliquer. Lui parler. Il lui demandait de répondre à ses messages.

Maudit soit-il.

« Viens à la porte de derrière. Et ne fais pas de bruit. Ally dort. J'ai des questions à te poser », tapa-t-elle.

Moins de cinq minutes plus tard, après s'être lavé le visage et remaquillée pour cacher sa mine chiffonnée, elle fit entrer Casey dans sa cuisine.

— Merci de me recevoir, murmura-t-il.

Ses yeux, si clairs, si bleus, débordaient d'une inquiétude sincère. Et alors, elle était censée se sentir mieux ?

— Assieds-toi, Casey.

Elle désigna une chaise. C'est elle qui décidait des conditions désormais. C'est tout ce qui lui restait.

Sans mot dire, il prit la chaise.

Durant une bonne minute, elle fit les cent pas, priant pour s'empêcher de pleurer, et durant tout ce temps il la suivit des yeux. Normalement, elle aimait son regard sur elle, ce contact appréciateur sans qu'il la touche. Tout cela n'avait-il été que mensonge ? Elle ravala sa fierté.

— Je veux que tu me dises la vérité, déclara-t-elle.

Casey ferma brièvement les yeux, puis hocha la tête.

— Je n'ai jamais voulu te faire de mal d'aucune façon, Susie. Au début, j'espérais que tu ne l'apprendrais pas. Ensuite, j'ai voulu tout t'avouer, mais c'est devenu difficile.

Elle luttait contre les larmes.

— Tu te prenais pour Robin des Bois ou quoi ? Maintenant que j'y pense, qu'est-ce que j'ai été inconsciente. Tous ces cadeaux, tout ce que tu as fait pour Ally et moi…

— Pas tant que ça. J'aurais aimé pouvoir faire plus.

— Je n'ai pas besoin de ta charité !

— Tu crois que je ne le sais pas ?

— Je n'en sais rien, Casey. Parce que c'est bien ça dont il s'agit, pas vrai ? Tu es généreux, je te l'accorde. Et tu veux que personne ne le sache. Ni ne reconnaisse tes mérites. Je le comprends pour la recherche contre le cancer. Mais pour moi ? C'est ça qui m'échappe. Pourquoi es-tu venu à Reno, en réalité ?

— J'avais du travail ici. Je devais superviser les dernières étapes du restaurant, et m'occuper d'implanter une filiale Sentinel ici. Tout cela est vrai, Susie.

— Mais rien du reste ne l'était.

Ses épaules s'affaissèrent et sa voix faiblit.

Il baissa la tête, puis répondit d'un ton hésitant :

— Tu as traversé des moments difficiles même avant qu'Ally vienne vivre avec toi. Tes parents ont pris soin d'Audrey quand je ne le pouvais pas. Ils l'ont nourrie, l'ont aidée à faire ses devoirs d'école, l'ont emmenée voir des matches, ils ont fait en sorte qu'elle ne manque de rien. Je n'aurais pas pu élever ma sœur sans leur aide. C'est si mal de ma part de vouloir rendre pareille gentillesse ?

Susie le dévisagea, observa la crispation de sa joue.

— Oh ! je comprends maintenant. Quelle idiote j'ai été. Tu me faisais marcher, en fait. Tu me faisais croire que tu voulais m'aider parce que… tu tenais à moi. Mais je vois la vérité à présent. Rien de cela ne venait de ton cœur. Tu ne m'aidais que pour régler une sorte de dette que tu penses avoir envers mes parents ?

— Je ne dirais pas ça comme ça, non.

— Tu le dirais comment, alors ? Tu m'as dupée. Tu t'es insinué dans nos vies, la mienne et celle d'Ally, alors que tu savais combien elles sont fragiles. Tu m'as menti tout du long.

— Je n'ai jamais menti.

— Tu m'as fait croire que tu tenais à moi.

Sa voix commençait à craquer, et elle inspira à fond pour rester calme, avant de poursuivre.

— Mais je représentais seulement un devoir, une obligation, pour toi. Un point à cocher sur ta liste de choses à faire.

Une moue de défi tordit la belle bouche de Casey.

— Je tiens à toi, Susie.

— Tu m'as fait l'amour. Je croyais qu'on vivait quelque chose de beau. Tu m'as trahie de la pire des manières. Tu as dû me prendre pour une cible si facile. Après tout, continua-t-elle avec un rire amer, je t'ai offert ma virginité la première fois. Alors, une petite supercherie entre voisins, quelle importance, n'est-ce pas ?

Il se leva et pointa le doigt vers elle.

— C'est faux, Susie. Ça n'a jamais été cela entre nous. Je te voulais pour toi, pour ce que tu es.

Elle aussi bondit de sa chaise, l'affrontant de l'autre côté de la table.

— C'est sacrément difficile de le croire quand je t'entends dire à ta sœur que tu n'es pas en train de tomber amoureux de moi. Mais que tu es en mission, en quelque sorte. Seigneur, qu'est-ce que je suis supposée penser ? Comment te croire ? Et dans quelle mesure était-ce l'idée d'Audrey ? Je ne suis pas ravie d'elle non plus à cet instant.

— Audrey ne sait rien à notre sujet. Elle n'avait que de bonnes intentions.

— Contrairement à toi. Tu m'as utilisée, Casey. Pour avoir

ce que tu voulais. Tu me pensais incapable de monter Sweet Susie's seule. En m'aidant professionnellement, tu lavais ta conscience. Tu pouvais repartir avec le sentiment d'avoir payé ta dette à la famille Hart. Comme ça… tu pouvais te débarrasser de moi.

Ces derniers mots lui avaient coûté, mais elle devait les dire. Laminée, elle se détourna, tentant de retenir ses larmes.

— Susie, je t'en prie. Ne pleure pas.

Il tendit le bras vers elle mais elle recula vivement. S'il la touchait, elle ne savait pas comment elle réagirait.

Heureusement, il n'insista pas.

— Je suis tellement désolé, ma chérie.

— Je ne suis pas ta chérie !

Il poussa un soupir exaspéré.

— Inutile de dire que je ne m'associe pas avec toi, ajouta-t-elle, les joues baignées de larmes.

Elle aurait aimé pouvoir retirer la nouvelle barrière et arracher la peinture sur l'auvent de la terrasse. Mais surtout elle aurait aimé effacer le souvenir de l'amour avec lui.

— Susie, j'essayais seulement de t'aider.

— M'aider, ça aurait été me demander si j'avais besoin de quelque chose. Pas me faire croire à ton amour et obtenir que j'accepte tes conditions.

— Susie, protesta-t-il, le regard sombre.

Elle éprouva une mince consolation à le contrarier à ce point.

— Tu m'as possédée, Casey. Dans tous les sens du terme. Je crois qu'on s'est tout dit. Tu as répondu à mes questions.

Elle se planta devant lui, les bras croisés sur sa poitrine.

— Je tiens réellement à toi, Suse. Tu dois me croire. Tu es une femme formidable, intelligente, jolie, dévouée. Lorsque j'ai essayé de t'aider, les choses m'ont échappé. Je n'avais que ton bien-être en tête. Je ne…

— Quoi ?

Il s'interrompit, se ravisant sans doute. Il en avait assez

dit. Ou plutôt il n'avait pas dit les mots qu'elle voulait si désespérément entendre. Il n'avait pas tenté d'arranger quoi que ce soit.

— Bon, la discussion est close.

— Et… pour Ally ?

La tendresse avec laquelle il prononça son nom lui donna le frisson. Ça aurait été si merveilleux pour eux trois… mais elle savait où il voulait en venir. Ally était très attachée au chiot. Attachée à Casey aussi. L'idée que l'enfant connaisse une nouvelle déception parce qu'elle s'était méprise sur Casey la ravageait. Elle ne l'avait pas protégée comme elle aurait dû. Toutes les deux désormais auraient le cœur brisé.

— Je vais y réfléchir, répondit-elle.

— Je laisserai Mustang dans ton jardin l'après-midi pour qu'elle puisse jouer avec lui. Si ça te convient.

— D'accord, murmura-t-elle, refusant de le regarder.

Après une minute, il finit par comprendre le message.

— Je regrette vraiment de t'avoir fait souffrir, Susie, dit-il en se dirigeant vers la porte.

Elle haussa les épaules.

— Rien de nouveau sous le soleil, répliqua-t-elle d'une petite voix avant que le battant se referme sur lui.

Le matin déversa un rayon de soleil sur le visage de Casey, qui grimaça. Il avait une gueule de bois monstrueuse.

Cela ne lui était pas arrivé depuis son époque de rodéo.

Sauf que, hier soir, il avait bu seul.

Il se sentait très, très mal.

Le visage choqué de Susie ne cessait de tourner en boucle dans son esprit. Elle vivait juste à côté, mais ne voulait plus entendre parler de lui. Chaque après-midi, comme promis, il laissait Mustang dans son jardin. Il lui arrivait d'entendre Ally jouer avec le chien, et ses rires contagieux lui serraient le cœur. Ally lui manquait aussi.

Depuis leur rupture, il n'avait aperçu Susie qu'une fois. Hier, alors que le soleil se glissait derrière les arbres, elle faisait rentrer Ally. Il se tenait près de la barrière séparant leurs jardins, prêt à rappeler le chiot. Elle avait sursauté en le voyant. La lassitude altérait ses jolis traits et il s'était maudit d'avoir entamé une relation amoureuse avec elle. Il était convaincu de ne pas être l'homme qu'il lui fallait.

— Salut, Susie, avait-il lancé depuis la barrière.

— Casey.

Il avait perçu la tristesse de sa voix.

— Mustang a fait un trou dans notre ballon, avait dit Ally.

— Vraiment ? avait-il répliqué en souriant.

— Oui, il a fait comme ça, « argn ».

Froissant son visage, la fillette avait mimé le chien mordant dans la balle, et il avait éclaté de rire.

Puis, ses yeux candides rivés sur les siens, elle avait demandé :

— Tu peux venir chez nous ?

Susie s'était renfrognée.

— Casey est occupé ce soir, Ally. Remercie-le de nous avoir laissées jouer avec Mustang. On rentre maintenant.

— Merci, avait poliment lancé l'enfant.

Susie l'avait entraînée dans la maison avant qu'il puisse répondre qu'il n'y avait pas de quoi.

Ce souvenir doux-amer le força à quitter son lit. En posant les pieds au sol, il sentit sa tête tourner comme une toupie. Il inspira à fond, amenant de l'oxygène frais dans ses poumons. Il devait revenir à la réalité. Son cœur s'alourdit lorsqu'il arriva à la conclusion que quitter Reno et couper carrément les ponts s'avérait la seule solution. Pour Susie et Ally.

Il avait réussi à terminer son travail ici. Mais il lui restait encore une chose à faire.

Il consulta sa montre. 21 heures passées. Il composa le numéro de sa sœur, qui répondit aussitôt.

— Bonjour, Audrey. Comment tu te sens aujourd'hui ?

— Bien, Casey. Sauf que ma meilleure amie est un peu fâchée contre moi.

— Elle ne devrait pas. Ce n'est pas toi qui as tout fichu en l'air, c'est moi. Je n'aurais jamais dû coucher avec elle.

— Pourquoi tu l'as fait, alors ? Pourquoi tu m'as menti ?

— Désolé, sœurette. Je n'étais pas prêt à parler de Susie, surtout à toi, car ça t'aurait mise dans une situation embarrassante. Quant à Susie, mes sentiments pour elle sont venus tous seuls. Ce n'était ni prévu ni intentionnel. C'est arrivé, c'est tout.

— Susie semblait si malheureuse quand on a parlé l'autre jour, Case. Elle essayait de masquer son chagrin, parce qu'elle est comme ça. Elle ne se plaint jamais. Et elle est tellement fière. Mais à mon avis elle est amoureuse de toi. Et toi, tu es amoureux d'elle. Tu refuses de l'admettre.

Casey se raidit. La réalité de ses paroles fit mouche. Oui, il aimait Susie. De tout son cœur. Mais entendre sa petite sœur affirmer que Susie l'aimait aussi… voilà une raison supplémentaire pour rentrer chez lui et lui éviter plus de souffrance. Pas question qu'elle se sacrifie encore, pour lui.

— Je ne refuse pas de l'admettre, ma puce. Fais-moi confiance sur ce point. C'est juste impossible. Je rentre chez moi, Audrey. Mais, avant, je veux ton accord sur ma décision.

— Je préférerais que tu ne vendes pas la maison, Casey.

— Tu n'habites plus ici. Et moi, je ne serai plus jamais le bienvenu. Quel intérêt de garder une maison dont aucun de nous n'a besoin ou ne veut ?

— Tu n'es pas obligé de le faire maintenant, objecta-t-elle d'une voix douce.

— Peut-être que si. Peut-être que j'ai besoin de lâcher cet endroit une bonne fois pour toutes.

La boule dans sa gorge rendait ses paroles rocailleuses.

— Oh ! Casey, je suis désolée. Fais comme bon te semble.

Après avoir raccroché, il se prépara une pleine cafetière, dont il but deux tasses à la suite. Si sa migraine voulait bien se calmer, et la souffrance dans son ventre, disparaître, il pourrait accomplir une dernière corvée aujourd'hui.

A 11 heures tapantes, Lana Robards se présenta, à l'heure pour leur rendez-vous.

Elle lui adressa un regard étrange quand il la fit entrer. Il avait une sale tête et le savait. Il s'était douché, mais pas rasé ni coiffé. Si lui portait un jogging, elle ressemblait à la duchesse de Windsor en tailleur blanc archimoulant, talons aiguilles et longs colliers en or.

Il lui offrit un siège dans la salle à manger.

Elle sortit un dossier puis, tout en lui souriant, avança chiffres de vente, comparaisons dans le quartier et explications de manière très professionnelle. Elle connaissait son affaire. Quand elle eut terminé et que les papiers furent signés, elle chercha son regard.

— Vous êtes sûr de ce que vous faites, Casey ?

Il hésita. Il avait élevé Audrey dans cette maison. Ils y avaient vécu seuls, elle contenait de jolis souvenirs. Mais comment pourrait-il y revenir ? Comment pourrait-il voir Susie et Ally et ne pas vouloir être avec elles ?

Susanna le haïssait à présent. Elle ne lui pardonnerait pas une seconde fois. Ils n'avaient aucun avenir ensemble.

— Oui, je suis sûr.

Elle se pencha en avant, ses seins pointant sous la soie de sa blouse.

— Quel dommage, susurra-t-elle. Ça aurait pu être chouette de vous connaître mieux.

Sexy. Mais pas pour lui. Il la regarda dans les yeux.

— Peut-être, mais je pars demain. Et je ne pense pas que je reviendrai souvent dans le coin.

Même s'il avait désormais des bureaux à Reno. S'il décidait de rester une nuit, il logerait dans l'appartement qu'il venait de louer pour les clients et les cadres commerciaux, bien éloigné de Meadow Drive.

— Bon, eh bien, merci de m'avoir confié le dossier. Le panneau « à vendre » sera posé cet après-midi.

Il hocha la tête et tous deux se levèrent.

— Merci.

— Je vous en prie.

Il posa la main sur son dos et la raccompagna au pied de son porche. Dès que le soleil toucha son visage, il plissa les yeux et les détourna de l'autre côté de la pelouse. Susie était en train d'ouvrir sa boîte aux lettres. Elle se retourna en entendant leurs voix et les vit ensemble. Son regard descendit vers sa main sur le dos de Lana. Lentement, il l'enleva.

Trop tard.

Une lueur accusatrice étincela dans les yeux verts de Susie. Le maudissant.

Décidément, sa capacité à blesser Susie relevait du génie.

Elle pivota sur ses talons et s'engouffra dans sa maison avant que lui ou Lana puissent ne serait-ce que la saluer. Mais comment pouvait-elle imaginer quoi que ce soit entre Lana et lui, quand il la voulait, elle — la petite Susanna Hart, sa voisine, la meilleure amie de sa sœur —, avec une intensité telle qu'il se sacrifiait lui-même pour son bonheur ?

Il prit rapidement congé de Lana et rentra chez lui.

Il avait besoin de boire quelque chose, et du café ne ferait pas l'affaire.

Mustang menait, lui, une existence tranquille, ronflant paisiblement sur le canapé. Casey l'enviait de n'avoir aucun souci dans la vie, ni d'angoisse de bien ou de mal faire.

C'était presque le moment de le sortir. Il le laissait dans le jardin de Susie chaque jour aux alentours de 16 heures. Ally jouait alors avec lui et il ne voulait pas décevoir la petite fille, aujourd'hui moins que jamais.

Il serra fort les poings. Son cœur se serra également, plus fort encore. Il avait passé l'après-midi à régler des détails de dernière minute et à se demander comment dire au revoir à Susie et Ally. Il y avait une chose dont il était certain : il ne quitterait pas Reno sans les avoir vues toutes les deux et leur avoir souhaité bonne chance. Il espérait que Susie avait préparé Ally en lui expliquant que ce jour risquait d'arriver, mais, bon sang, faire ses adieux serait dur, très dur.

Quelqu'un frappa à sa porte. Mustang dressa la tête et se mit à aboyer. Le chiot atteignit la porte avant lui. Casey s'attendait à trouver sur son seuil une personne de l'agence immobilière pour poser le panneau « à vendre ». Mme Hart, la mère de Susie, se tenait devant lui.

— Bonjour, Casey.

Elle étudia sa pitoyable allure. Si possible, il était en pire état que ce matin, quand il arborait une méchante gueule de bois. Une barbe drue ombrait ses joues, ses cheveux en broussaille pendaient n'importe comment, et ses vêtements étaient froissés à force d'être resté avachi dedans toute la journée.

Instantanément, il se redressa.

— C'est bon de vous voir, Mme Hart.

Elle ouvrit les bras et il avança dans leur étreinte. Elle avait toujours été une seconde mère pour lui. Son accolade était sincère et affectueuse. Il la serra contre lui.

— C'est bon de te voir aussi, Casey. Ça faisait bien trop longtemps.

— Vous voulez entrer ?

— Oui, répondit-elle sans hésiter.

Il la suivit dans le salon en se grattant l'oreille. Eleanor Hart ne lui rendait pas une visite de courtoisie. Elle avait un regard déterminé qui lui flanquait un peu la frousse.

— Ne faites pas attention à Mustang. Il est très gentil, mais s'il vous gêne je le mettrai dehors.

Le chien reniflait les chaussures d'Eleanor.

— Asseyez-vous, je vous prie.

Elle balaya la pièce des yeux puis prit place au bord du

canapé, face à la fenêtre. Quand il s'installa dans un siège en vis-à-vis, elle lui adressa un sourire plein de tendresse.

— Casey, tu as une mine épouvantable.

Elle était la seule personne au monde à pouvoir lui faire ce genre de remarque sans craindre de se faire rembarrer.

— Je sais.

— Susie a le même regard terriblement vide.

Il se passa une main sur le visage.

— En entendant sa voix au téléphone l'autre jour, poursuivit Eleanor, j'ai su que ça n'allait pas du tout. J'ai réservé un vol pour venir ici le plus vite possible. J'espère que je n'arrive pas trop tard.

— Trop tard ?

— Susie a le cœur brisé. Quand je suis arrivée, le peu qu'elle a dit m'a suffi pour comprendre qu'elle est amoureuse de toi, Casey. Follement amoureuse de toi. Et elle souffre. Mais elle ne parle pas beaucoup. Non, ma Susanna est trop fière et a trop de cran pour ça. Depuis trois ans, je lui demande si elle aimerait déménager en Géorgie. Et depuis trois ans elle me répond non. Sa place, sa maison sont ici. Elle a des amis. Un travail qu'elle aime. Et d'un coup, sans crier gare, Susie m'annonce hier qu'elle pense quitter Reno. Mais ce n'est pas ce que j'ai entendu. J'ai entendu que la vivacité, l'entrain, la joie de vivre avaient disparu chez ma fille. Entendons-nous bien, j'adorerais que Susie et Ally vivent plus près de moi, si c'est ce qu'elle souhaite réellement. Je sais que ce n'est pas le cas.

— Peut-être qu'il vaudrait mieux pour Susie qu'elle s'installe près de chez vous. Vous lui manquez.

Eleanor Hart baissa la tête et le fixa d'un regard sévère. Le même regard qu'une maîtresse d'école adresse à un élève avançant une excuse bidon pour ne pas avoir fait ses devoirs.

— Casey, réponds juste à une seule question. Est-ce que tu aimes ma fille ?

Il n'avait jamais pu mentir à Mme Hart. Il n'allait pas commencer maintenant. Mais l'aveu lui coûtait. Il soupira.

— Oui. J'aime Susie.

— Elle ne le sait pas, si je ne m'abuse.

— Non. Je ne lui ai pas dit.

— Pourquoi, Casey ?

Plusieurs secondes s'écoulèrent. Les yeux de Mme Hart restaient attentivement rivés sur lui.

— C'est compliqué, déclara-t-il enfin.

— Il y a une autre femme ?

Il secoua vigoureusement la tête.

— Non, oh non.

— Si elle t'aime et que tu l'aimes, qu'est-ce qui vous tient tous les deux éloignés ?

— En dehors du fait qu'elle refuse même de me regarder, désormais, vous voulez dire ?

Eleanor se pencha pour lui tapoter la main.

— Vous pourriez résoudre ça ensemble. Je sais que tu as essayé de l'aider et les choses ont mal tourné. Elle pense que tu l'as manipulée et trahie, mais il existe trois petits mots capables de raccommoder les cœurs brisés, Casey.

— Parfois, ça ne suffit pas. Parfois… il y a quelque chose de plus grave, qui ne peut pas s'arranger.

Elle l'étudia d'un air pensif.

— Une sorte d'obstacle s'interpose entre vous ?

— Ouais.

— Et Susie n'est pas au courant ?

— Non, elle ne l'est pas. J'ai peur que, si je lui dis, elle fasse un énorme sacrifice pour moi. Je ne peux pas la laisser faire ça. Elle mérite mille fois mieux.

— Elle mérite avant tout la vérité, Casey. Crois-moi, j'ai appris que garder des secrets pour protéger quelqu'un n'est pas toujours la solution. Quand le père de Susie était malade et qu'on le lui a caché, elle est restée longtemps en colère contre nous. Certes, elle était jeune, et nous pensions épargner ainsi ce chagrin à notre fille. Mais au bout du compte ça a fini par lui faire plus de mal. Casey, ne commets pas la même erreur que nous. Dis la vérité à Susie. C'est une fille intelligente. Peu importe de quoi il s'agit, elle y fera face. Tu ne peux la laisser dans l'ignorance. Elle a droit à mieux, tu ne crois pas ?

— Je pars demain, soupira-t-il.

— Tu comptais vendre la maison et disparaître sans dire au revoir ?

Il fronça les sourcils. Comment savait-elle qu'il vendait ? Il se retourna pour regarder par la fenêtre derrière lui, au moment où un ouvrier repartait dans son camion, laissant un gigantesque panneau « à VENDRE » planté au milieu de la pelouse devant son porche.

— Je peux garder Ally ce soir, reprit Eleanor, si tu décides que tu aimerais avoir un moment pour discuter avec Susie.

— Je doute qu'elle accepte de me parler.

— Elle le fera. Compte sur moi.

— Comment saurez-vous la convaincre ?

Le sourire rassurant d'Eleanor pénétra profondément en lui et remplit le vide d'espoir.

— Je suis sa mère. J'ai mes méthodes.

Le panneau « à vendre » devant la maison de Casey était le coup de grâce qu'il lui portait, songea Susie en s'écartant de la fenêtre de sa cuisine, déterminée à retenir ses larmes. Cette maison avait symbolisé l'amour et l'amitié entre deux familles durant des années. Comment pouvait-il faire ça ? Elle voyait cette mise en vente comme une stigmatisation, une gifle cinglante dans la face de tous les souvenirs que leurs familles partageaient. Il se débarrassait clairement d'elle et de leur histoire. Plus elle luttait contre les larmes et protégeait son cœur meurtri, plus son désespoir s'intensifiait.

Ses blessures étaient fraîches, à vif, et planter ce panneau achevait de l'anéantir.

Elle ne voulait absolument pas parler à Casey, mais sa mère l'avait persuadée qu'elle devait tourner la page. Oui, elle devait déballer ce qu'elle avait sur le cœur et se libérer de lui. Il n'avait jamais tenu à elle. Il l'avait considérée comme un devoir, une obligation, un moyen d'apaiser sa conscience et soulager sa culpabilité de lui avoir pris sa virginité. Tout cela la rendait malade. Mais, au lieu de se recroqueviller au milieu d'un maelström d'émotions pitoyables, la force de Susie l'aiderait à traverser cette ultime épreuve.

Il le fallait.

Elle termina de se maquiller et se changea, enfilant un jean confortable et un simple chemisier blanc cassé.

— Tu es prête, Susie ? demanda sa mère en entrant dans sa chambre. Oh ! ma chérie, tu ne vas pas porter ça, si ?

— Je ne vais pas m'habiller pour Casey. Ce n'est pas un rendez-vous galant.

Elle avait déjà donné, pas vrai ?

Sa mère ouvrit le placard et en sortit une robe décolletée à la coupe fluide et féminine, aux teintes rose, pistache et mauve. Cela faisait un moment qu'elle ne l'avait pas mise. Elle lui rappelait un tableau impressionniste.

— Non, ce n'est pas un rendez-vous galant. Mais autant lui laisser un souvenir inoubliable, tu ne crois pas ?

— Maman !

Sa mère émit un petit rire.

— C'est ce que ton père me disait. Laisse-moi un souvenir inoubliable, Eleanor. Enfin, fais comme tu veux. Mais réfléchis vite. Casey sera là dans cinq minutes.

Sa mère avait monté le coup d'un bout à l'autre.

Peu de temps après, Susie se trouvait face à Casey devant la porte d'entrée. Sa maman et Ally avaient disparu comme par enchantement, et tous deux se tenaient chacun à une extrémité du seuil. Ce soir, il était vêtu d'un polo noir et d'un pantalon beige. Peu importait sa tenue, cow-boy ou magnat des affaires, son visage sculpté, ses yeux d'azur et sa peau bronzée lui coupaient le souffle. Ses cheveux étaient peignés en arrière, et il s'était rasé de près.

Le soleil couchant enveloppait les arbres, dont les branches dessinaient des ombres sur la pelouse. L'air était tiède. Meadow Drive, silencieuse. Aucune agitation alentour, hormis son cœur, qui battait à tout rompre.

Il l'observait, puis ses yeux descendirent sur sa robe.

— Tu es belle, Susanna.

— Merci.

En fait, elle se réjouissait d'avoir suivi le conseil de sa mère.

— Je pensais qu'on pourrait faire un tour en voiture le long du fleuve.

— Ah… euh, d'accord.

Elle avait supposé qu'ils discuteraient chez lui.

Ils se dirigèrent vers le 4x4. Il ouvrit la portière et elle se glissa à l'intérieur, bouclant aussitôt sa ceinture et regardant droit devant elle. Elle perçut un effluve de son eau de toilette et des souvenirs incontrôlables de nuits torrides à faire l'amour sans tabou surgirent dans son esprit. De son corps puissant pressé contre le sien, de la sensation de son sexe la pénétrant et transformant ses rêves en réalité. Puis des images de leur séance érotique dans la limousine les remplacèrent, tellement excitantes que rien ne serait jamais comparable. L'odeur de Casey lui rappela tout cela.

Stop, Susie. Ne deviens pas sentimentale maintenant. Pas quand l'homme que tu aimes depuis dix ans est en train de plier bagages et quitter la ville pour de bon.

Il mit le contact. Puis tourna la tête vers elle, ses yeux tels deux flambeaux de lumière bleue.

— Je tiens à ce que tu le saches, il ne se passe rien entre Lana Robards et moi.

Touché.

— C'était professionnel. Elle est agent immobilier et…

— Ça ne me regarde pas. Tu ne me dois aucune explication, Casey.

Il ouvrit la bouche, se ravisa, hocha la tête.

Ils firent le trajet en silence. Casey gara la voiture sous un arbre, au bord de la Truckee River illuminée par la lune.

— Il fait doux. Tu veux sortir ?

— Oui.

Elle avait besoin de respirer de l'air frais et de mettre de l'espace entre eux. Le clair de lune et le bruit du courant apaisèrent ses nerfs crispés.

Il vint à côté d'elle, inspira à fond et commença.

— Je suppose que tu as vu le panneau devant la maison.

— Difficile de le rater.

— J'aurais dû t'en parler avant. Pardonne-moi. C'était une décision difficile à prendre, mais j'ai pensé que c'était mieux ainsi.

— Oui, sans doute, répliqua-t-elle, la gorge nouée de chagrin, les yeux fixés sur l'eau miroitante.

Il s'appuya à la voiture, la tête penchée en avant. Une attitude abattue qui retint son attention. Sourcils froncés, il semblait lutter contre quelque chose.

— Ta mère est venue me rendre visite aujourd'hui.

— Ce n'est pas moi qui l'ai envoyée, si c'est ce que tu penses.

Qu'il croie qu'elle avait demandé à sa mère de plaider sa cause serait l'humiliation ultime.

— Je le sais. Eleanor… est une personne très perspicace.

— Comment ça ?

Il se rapprocha et lui prit la main. Elle laissa échapper un long soupir languissant. Seigneur, comme c'était bon de le toucher, de le sentir. La douce chaleur de sa paume s'immisça à travers son corps, attirante, exquise. A la place de la ridicule assurance qu'elle voyait habituellement dans les yeux de Casey, elle trouva douleur et peine.

— Parce qu'elle a compris que je t'aimais, Susanna.

Elle avala une goulée d'oxygène. Voilà bien la dernière chose qu'elle s'attendait à entendre. Mais s'il l'aimait, pourquoi n'étaient-ils pas ensemble ? Pourquoi avait-il mis sa maison en vente ? Pourquoi partait-il ?

Il pressa sa main, et la caresse voyagea jusqu'à son cœur.

— Je sais que j'ai tout gâché, mais en vérité je trouve que tu es une femme extraordinaire, une mère extraordinaire. Tu es pleine de ressources, bosseuse, et je n'ai jamais admiré une femme plus que toi. Je ne m'attendais sûrement pas à tomber amoureux de toi. Je ne suis pas venu ici en quête d'amour ou d'une liaison, mais tu étais là, ma voisine, à me donner du fil à retordre, à me forcer à regagner ton amitié. A me pousser à inventer des manières spéciales de t'aider, parce que ta nature fière et indépendante me compliquait les choses.

— Donc j'étais un challenge ?

— En effet, répondit-il en souriant. Au début. Mais ensuite tu es devenue beaucoup plus pour moi. Oui, je suis venu pour t'aider à sortir d'une période difficile, c'est vrai. Mais tu m'as également aidé à bien des égards. Tu m'as montré un aspect plus doux de la vie, Suse. Je sais à présent ce que signifie réellement former une famille. Je t'aime profondément et totalement, Susanna. Et Ally ? Mon Dieu, comme j'aime cette petite fille aussi.

A l'intérieur d'elle, tout fondit comme du chocolat chaud sur un gâteau moelleux.

— Oh ! Casey, je pensais ne jamais entendre ces mots dans ta bouche.

— J'essayais de te protéger. Et j'essaye encore.

Elle fouilla son regard, cherchant la vérité.

— Me protéger comment ? Dans les propos que tu tenais à Audrey, tu me réduisais à une obligation, rien de plus.

Il lui caressa tendrement la joue.

— Excuse-moi. Je n'avais pas les idées claires. Quand je

t'ai quitté ce soir-là, j'étais déterminé à te parler de ce que je ressentais pour toi quand je te reverrais, mais ensuite…

— Ensuite quoi ? Qu'est-ce qui s'est passé ? Pourquoi as-tu fait machine arrière ?

— Je me suis rendu compte que je ne pouvais pas t'offrir la vie que tu mérites. Tu as fait un tas de sacrifices par le passé. Je ne voulais pas que tu doives faire le plus grand de tous pour moi.

— En quoi est-ce que je me sacrifierais pour toi, Casey ?

La tristesse envahit ses yeux, et il laissa retomber sa main.

— Je sais que tu désires des enfants. Plein d'enfants. En me cassant le dos, j'ai aussi perdu la capacité à avoir des enfants. Je suis stérile, ma chérie.

Elle fronça les sourcils. C'était la raison pour laquelle il partait ?

— Je n'ai jamais dit ça à personne, Susie.

Brusquement soulagée, elle réprima un sourire.

— Sauf à Audrey, n'est-ce pas ?

— Oui, mais quel rapport ?

— Elle me l'a confié un jour. Peu après ton accident. Audrey en était tellement malade que je lui ai promis qu'on n'en reparlerait plus jamais. Et on a tenu promesse.

— Tu veux dire que, tout du long, tu le savais ?

— Mais oui, j'étais au courant dès le départ, Casey. Tu ne m'apprends rien. Je me suis embarquée là-dedans en toute connaissance de cause.

— Mais, mon cœur, tu as toujours voulu plein d'enfants.

— Il s'agissait de mes rêves de gamine. Ce n'est plus ma réalité. La première fois qu'on a fait l'amour, je n'étais pas une fille imprudente qui abandonnait sa virginité à un homme fantasmé, Casey. Je suis amoureuse de toi depuis l'adolescence. J'ai toujours su ce que je voulais. Crois-moi. T'aimer, élever ma petite Ally, et exercer un métier qui me plaît me suffit largement. Pas toi ?

— Si, bon sang, répondit-il aussitôt. Tu es sûre ?

Son expression torturée céda la place à un sourire radieux.

— Certaine.

Ses pieds quittèrent le sol et elle se retrouva en train de virevolter entre les bras vigoureux de Casey. La brise venant de la rivière soulevait sa robe tandis qu'elle tournoyait. Quand il la reposa enfin par terre, il fit tomber une pluie de baisers sur son visage.

— Je t'aime, Susie. Je t'aime tant, répétait-il en chuchotant à son oreille, ses joues, son front, sa bouche.

Aux anges, elle lui rendit ses baisers jusqu'à ce qu'ils soient à bout de souffle.

Puis il prit sa main avec dévotion, les yeux brillants d'émotion.

— Je t'aime plus qu'aucun homme n'a jamais aimé une femme. Susanna, veux-tu m'épouser ? Veux-tu me permettre de faire partie de ta famille ?

— Oui, Casey, répondit-elle, les joues baignées de larmes, le cœur empli de bonheur. Oui, je le veux.

Il la reprit dans ses bras.

— On va avoir une vie formidable, mon amour. Je te construirai une maison à Tahoe avec une cuisine ultramoderne, ou alors on restera à Reno et tu ouvriras ta boutique. Tu choisiras ce que tu voudras. Tout me conviendra. Mon foyer, c'est toi et Ally.

Hissée sur la pointe des pieds, elle l'embrassa fougueusement. Il avait la saveur… du bonheur.

— On verra, mon amour. On a l'éternité devant nous.

Il agrippa sa main.

— J'ai hâte de faire de toi ma femme. Allons-y.

— Déjà ? protesta-t-elle, voulant prolonger encore ce tête-à-tête avec lui.

— Ta mère ne t'a pas donné une heure limite pour rentrer, si ? rétorqua-t-il, un désir ardent et grisant dans le regard. J'ai besoin de me trouver seul avec toi. On peut prendre une chambre d'hôtel. Une suite, même. Tu mérites le meilleur.

— Mais j'ai déjà le meilleur. Et nous sommes seuls.

Elle s'adossa à la portière du 4x4, et lui sourit d'un air coquin.

— C'est plutôt isolé par ici, tu ne trouves pas ?

Après avoir considéré la berge solitaire, il lui retourna un sourire diablement sexy.

— Sweet Susie veut tester l'amour en 4x4 ?

Elle hocha la tête, le cœur explosant de joie.

— Je te veux partout, tout le temps. Et le plus tôt sera le mieux.

Il émit un grognement d'approbation et ouvrit galamment la portière arrière.

— Pas question de décevoir ma fiancée. Monte, ma chérie.

Elle grimpa dans la voiture et lui tendit la main.

Leur promenade durerait toute la vie.

Vous avez aimé ces deux romans ?
Retrouvez sur Harlequin.fr les premiers volets de votre série « Secrets et rivalités » :

1. *Retour à Sunset Ranch*
2. *Un nuit à Sunset Ranch*
3. *Promesses à Sunset Ranch*
4. *Tant de souvenirs à Sunset Ranch*

Retrouvez prochainement,
dans votre collection

PASSIONS

Une famille pour Becky, de Marie Ferrarella - N°1083

Steve a absolument besoin d'une gouvernante pour sa fille, Stephie ! Il sollicite alors une entreprise et ne s'attend pas à voir arriver chez lui une belle jeune femme du nom de Becky Reynolds. Steve est aux anges, car la douceur de cette dernière apaise vite les relations entre sa fille et lui. Mais il lui est impossible d'ignorer que Becky l'attire de plus en plus, menaçant ce nouvel équilibre…

Le secret de l'héritier, de Zuri Day

Trahie une nouvelle fois par son petit ami, Reign Eddington se le jure : l'amour et elle, c'est terminé ! Jusqu'à ce qu'elle rencontre Abe Baiden, qui travaille dans l'école de sa belle-sœur. Reign est séduite par sa gentillesse et sa beauté, et se laisse aller à une idylle passionnée entre ses bras. Mais elle déchante vite quand elle apprend qu'Abe lui a menti sur son identité ! Comment a-t-il pu la manipuler alors qu'elle lui avait confié son cœur ?

Une semaine dans ses bras, de Cynthia St. Aubin - N°1084

SÉRIE : LES HÉRITIERS KANE 2/3

Charlotte est sous le choc : tandis qu'elle enquête sur un club de boxe clandestin pour son roman, elle y découvre Mason Kane, le fils de son patron et l'homme qu'elle désire depuis deux ans ! Mason connaît désormais son petit secret et lui fait alors une proposition inattendue : il l'invite une semaine sur la Côte d'Azur afin qu'elle explore son monde… et les plaisirs sensuels. Charlotte accepte, intriguée et excitée, tout en sachant que cette liaison ne sera qu'éphémère…

Sous le charme d'un Irlandais, de Rachel Lee

Diane ne sait plus où donner de la tête : elle a changé de travail, déménagé à Conrad City et élève depuis peu Daphne, la fille de sa cousine, sans rien y connaître en bébés ! Mais son nouveau collègue Blaine lui vient en aide, cochant toutes les cases de l'homme parfait. Bientôt l'Irlandais ne quitte plus ses pensées, cependant Diane reste sur la défensive et se demande si elle peut à nouveau faire confiance à un homme…

Ce baiser interdit, de Maisey Yates - N°1085

SÉRIE : IRRÉSISTIBLES RANCHERS 3/3

Le rêve de Cara ? Acheter un hôtel supposément hanté. Son problème ? Elle doit y dormir une nuit avant de l'acquérir. Jace, son meilleur ami, propose tout de suite de l'accompagner, rendant la perspective de cette nuit encore plus troublante car Cara est amoureuse du beau rancher depuis l'adolescence... Mais, alors qu'elle embrasse Jace pour la première fois, Cara est prise de doute : ne vient-elle pas de détruire leur précieuse amitié ?

Sous le feu de la passion, de LaQuette

Keely est ravie : elle est à Royal afin de créer la robe de mariée d'une célèbre actrice, une immense chance pour sa carrière de styliste ! À la suite d'une coupure de courant, elle doit séjourner dans le ranch de Jacob, un ami des mariés. Ce dernier est bien trop séduisant et la déconcentre... jusqu'à ce que la passion s'enflamme entre eux ! Mais Keely a été claire avec lui : elle veut juste une liaison sans engagement, bien que son cœur lui crie l'inverse...

Le retour de Jack Buchanan, de Maureen Child - N°1086

SÉRIE : PETITS SECRETS, GRANDS AMOUR 1/4

Jack Buchanan, vivant ? Impossible. Rita est sous le choc en voyant l'homme qu'elle a tant aimé pousser la porte de sa boulangerie. L'homme qui ne lui a plus donné signe de vie depuis leur brûlante étreinte et que tous pensaient disparu en mission. Mais surtout l'homme qui toise son ventre arrondi d'un air réprobateur avant de faire volte-face. Le cœur battant, Rita se lance à sa poursuite. Il est à présent temps d'avoir la conversation qu'elle redoute... et espère à la fois.

La fuite d'une mariée, de Sarah M. Anderson

SÉRIE : PETITS SECRETS, GRANDS AMOUR 2/4

Quand un homme lui tend la main pour l'extraire de sa limousine accidentée, Kate sent un violent tremblement la parcourir. Sans doute le contrecoup du choc. Après tout, elle vient de s'enfuir de son mariage, abandonnant son fiancé au pied de l'autel. Une décision qu'elle a prise difficilement, forcée de s'avouer qu'il ne ferait jamais battre son cœur. Comment, dans ces conditions, pourrait-elle ressentir des émotions aussi fortes pour un parfait inconnu ?

Pour le bonheur de Lily, de Cat Schield - N°1087

« Qui est le père ? » Quand Kyle – l'homme qu'elle aime plus que tout et dont elle vient d'apprendre qu'elle porte l'enfant – prononce ces terribles paroles, Melody sent le sol se dérober sous ses pieds. Comment peut-il l'accuser d'infidélité, pour un simple bouquet de roses envoyé par un admirateur secret ? Terriblement blessée, Melody sait qu'elle doit partir. Sa priorité est à présent de protéger ce bébé. Pourtant, la seule idée de quitter Kyle lui brise le cœur…

Un printemps à Wolff Mountain, de Janice Maynard

Dès qu'elle a croisé les yeux bleus de Larkin, Winnie a senti l'air s'embraser autour d'eux. Une sensation délicieuse, contre laquelle elle s'est promis de lutter. Car elle vient de l'engager pour qu'il assure sa protection, et il n'y aura qu'une relation professionnelle entre eux. Mais, quand il lui propose de le suivre à Wolff Mountain, sa détermination vacille. Si près de lui, sera-t-elle encore capable de résister à l'attirance qui la pousse entre ses bras ?